Krzyżacki poker

W serii „Kuźnia Fantastów" ukazało się:

1. **Anna Kańtoch** *Miasto w zieleni i błękicie*
2. **Dariusz Spychalski** *Krzyżacki poker* tom 1

W serii ukaże się:

1. **Szczepan Twardoch** *Obłęd rotmistrza von Egern*
2. **Marcin Wroński** *Tfu, pluje Chlu! czyli Opowieści z Pobrzeża*
3. **Milena Wojtowicz** *Podatek*
4. **Dariusz Spychalski** *Krzyżacki poker* tom 2

Dariusz Spychalski

Krzyżacki poker

tom 1

Fabryka Słów

Lublin 2005

Wydanie I

ISBN 83-89011-24-7

Rozdział 1

Wschodnie wybrzeża Emiratu Irlandzkiego
25 października 1955 roku

Komandor Johan Gibert stał oparty o metalową barierkę, okalającą kiosk okrętu podwodnego, i wpatrywał się z niepokojem w pokryte chmurami niebo. Noc miała się ku końcowi. Blada poświata, widoczna na wschodzie, zwiastowała rychłe nadejście dnia. Morze było spokojne – łagodne fale uderzały miarowo w kadłub „Hermana von Salzy". Dowódca zapalił nerwowo papierosa i zerknął w dół. Przy wielkim pontonie, zajmującym całą szerokość pokładu, trwała gorączkowa krzątanina. Dwóch ludzi, pochylonych nad silnikiem, wlewało do miniaturowego zbiornika paliwo, dwóch innych sprawdzało w pośpiechu zawory powietrza, mieszczące się na dziobie jednostki. Z ust komandora padło stłumione przekleństwo.

Odwrócił się w stronę pierwszego oficera.

– Weź kilku ludzi i pomóż im z załadunkiem! Ci durnie z Sonderkommando[1] myślą pewnie, że mój Herman jest niewidzialny!

Porucznik Hase skinął głową, przetarł zaczerwienione z niewyspania oczy.

– Nasi dzielni komandosi grzebią się jak muchy w smole! – mruknął nie bez złośliwości.

– Idźże wreszcie! – Gibert machnął niecierpliwie ręką. – Im szybciej ich się pozbędziemy, tym szybciej będziemy mogli położyć się na dnie!

Hase zbiegł na pokład. Komandor powrócił do obserwacji nieba. Nie obawiał się okrętów wojennych, które sporadycznie patrolowały wschodnie wybrzeża Irlandii, a samolotów. Na płytkich przybrzeżnych wodach okręt podwodny był dla nich wymarzonym celem. Gibert westchnął ciężko. Ten desperacki rejs wystawił jego i całą załogę na ciężką próbę. Pokonali prawie dwa tysiące mil morskich w ciągu zaledwie ośmiu dni, dotarli szczęśliwie do brzegów Emiratu i, gdy cel podróży był już na wyciągnięcie ręki, spotkało ich coś takiego! Konwój Pielgrzymkowców płynących do Ghazzah[2] zmusił „Hermana von Salzę" do zmiany kursu. Stracili dwie niezwykle cenne godziny. Wyładunku powinni dokonać w nocy i pod osłoną bezpiecznych ciemności położyć się na dnie, tymczasem zbliżał się świt, a oni wciąż tkwili w niewielkiej odległości od brzegu.

---

[1] *niem.* jednostka specjalna

[2] Gaza – miasto w Kalifacie Bagdadzkim

Na pokładzie kiosku stanął człowiek ubrany w ciemny kombinezon. Był to mężczyzna czterdziestoletni, barczysty, o szczupłej twarzy i zimnym, twardym spojrzeniu.

– Komandorze, za chwilę ruszamy. Zsynchronizujmy zegarki, jest szósta piętnaście. – Major Hans Gruber, dowódca Sonderkommando, odchylił brzeg rękawa, by spojrzeć na połyskującą blado, fosforyzującą tarczę.

– Potwierdzam, szósta piętnaście. – Gibert skinął głową. – Jesteście gotowi? Nie mogę dłużej czekać.

– Proszę jeszcze o pięć minut, zaraz kończymy. – Gruber zerknął na pokład, gdzie kilku marynarzy przenosiło wyposażenie grupy na unoszący się przy burcie okrętu ponton.

– Niczego nie zapomnieliście? W pośpiechu łatwo coś przeoczyć. – W głosie Giberta pojawiło się rozdrażnienie.

– Bez obaw – odparł spokojnie major. – Moi ludzie zadbali o wszystko.

Komandor zmieszał się wyraźnie.

– Przepraszam. Nie mogę powiedzieć, żebym był spokojny, każda minuta zwłoki naraża okręt i ludzi.

– Rozumiem pana doskonale. Dokonał pan prawdziwego cudu, docierając tu w tak krótkim czasie.

– Zrobiłem co było w mojej mocy – stwierdził Gibert, lekkim skinieniem głowy dziękując za uznanie. – Mam nadzieję, że zdążyliśmy...

– Musimy być dobrej myśli. – Ton Grubera wyraźnie sugerował dezaprobatę dla tego typu wątpliwości.

Gibert nie zamierzał się z nim kłócić. Popatrzył w dół. Załoga „Hermana von Salzy" schodziła właśnie pod pokład.

– Niech Bóg ma was w opiece. Wasz los w jego rękach. – Uścisnął dłoń majora.

– Do zobaczenia, komandorze. Jeśli wszystko pójdzie dobrze, spotkamy się za dwanaście godzin.

Komandos wparł wiosło w śliską, ociekającą wodą krzywiznę zbiornika balastowego okrętu, z wysiłkiem odepchnął ciężki, wyładowany ponton, który fale wciąż starały się rzucić na burtę. Zakaszlał uruchamiany silnik, po chwili jego odgłos przeszedł w jednostajny terkot.

– Komandorze, okręt gotowy do zanurzenia! – Porucznik Hase, stojąc nad otwartym włazem, spoglądał niecierpliwie na dowódcę. Ciemna sylwetka pneumatycznej łodzi zniknęła już w mroku, jeszcze dobiegał odgłos silnika, lecz i on cichł coraz bardziej.

– Odpływamy do punktu B i schodzimy na dno! – Ocknął się Gibert. – Dzięki, Boże, wielkie dzięki.

* * *

Fale poczynały się załamywać, między grzbietami pojawiła się kipiel białej piany. Sternik zdławił przepustnicę. Wybrzeże bywało zdradliwe, pełne skał i ostrych głazów, które mogły rozpruć gumowaną tkaninę pontonu zanim załoga zdążyłaby cokolwiek zauważyć. Wszyscy wpatrywali się przed siebie, usiłując przebić wzrokiem szarość przedświtu.

Skalista plaża wyłoniła się nagle.

– Silnik stop! Chwytajcie za wiosła!

Zapadła cisza, przerywana tylko szumem przyboju pomiędzy wielkimi głazami i skrzypieniem wioseł w dulkach. Dwóch żołnierzy, omijając starannie przeszkody, prowadziło ponton do brzegu. Wreszcie dno zaszurało o kamienie i nagłe szarpnięcie obwieściło koniec podróży.

– Do roboty!

Żołnierze, ustawieni jeden obok drugiego, podawali sobie z rąk do rąk nieprzemakalne worki, które utworzyły pokaźną piramidę. Trzech, brodząc po pas w lodowatej wodzie, wyciągnęło ponton na brzeg. Rozległ się syk odkręcanego zaworu powietrza. Gumowa łódź poczęła szybko wiotczeć.

– Tam! – Sierżant Hugo Freitag, niski mężczyzna o twarzy naznaczonej śladami ospy, wskazał odcinek plaży położony poza zasięgiem fal. Przeciągnęli ponton pomiędzy skały. Dwóch z nich sięgnęło po saperki, pokrywając materiał warstwą piasku, kolejny zdemontował silnik, złożył go ostrożnie do niewielkiej skrzynki i zamknął starannie wieko.

Sierżant obserwował przez chwilę pracę żołnierzy, po czym podszedł do sterty worków. Odszukał najmniejszy i wyjął z niego szarą, wełnianą tunikę, tradycyjny ubiór chłopów, zamieszkujących wschodnią część Emiratu Irlandzkiego.

– Dla pana, majorze. – Podał strój dowódcy.

– Dziękuję. – Gruber szybko zdjął kombinezon i podał go Freitagowi.

Sierżant ujął worek pod pachę i ruszył między skały. Kilka minut później czterech komandosów, przebranych za irlandzkich chłopów, stanęło przed dowódcą.

– Jesteśmy gotowi – zameldował Freitag.

Gruber omiótł uważnym spojrzeniem plażę. Gdy uznał, że wszystko jest w porządku, spojrzał na zegarek i podniósł jeden z worków wypełnionych warzywami.

– Od tej chwili ani słowa po niemiecku. Jasne?

Żołnierze przytaknęli milcząco.

– Zatem w drogę. – Major zarzucił worek na plecy. – Zostało nam niewiele czasu.

* * *

Szli gęsiego, środkiem brukowanej drogi, biegnącej przez rozległe pastwiska, leżące pośród niewysokich gór Habban, których szczyty ginęły w porannej mgle. Niebo zasnuwały nadciągające z zachodu gęste chmury. Dokuczliwe zimno wciskało się pod przesiąknięte wilgocią tuniki. Klekot drewnianych sandałów niósł się echem po okolicy. Dotarli właśnie do mostu nad niewielkim strumieniem, gdy od strony widocznych w oddali zabudowań dobiegło ujadanie psów. Gruber ruchem dłoni zatrzymał oddział. Komandosi obserwowali sporą wieś, położoną u podnóża łagodnego wzniesienia. Kilkadziesiąt mocno zapuszczonych zagród chłopskich otaczały koślawe płoty, z szop przylegających do chałup dochodziło żałosne pobekiwanie owiec. Pośrodku wsi, nieopodal starego cmentarza, wznosił się maleńki, pobudowany z kamienia kościół. Celtycki krzyż, widoczny na dachu budowli, odznaczał się wyraźnie na tle pochmurnego nieba.

– To An Chloch Liath, jesteśmy już blisko celu – powiedział cicho Zygfryd Szczupak, wysoki brunet o bystrym spojrzeniu.

– Majorze, zabierajmy się stąd. Kundle pobudzą tubylców. – Sierżant Freitag popatrywał z niepokojem w stronę zabudowań.

– Bez nerwów. – Gruber któryś już raz zerknął na zegarek i zmarszczył czoło. – Siódma dwadzieścia. Pozostała nam niecała godzina.

– Idziemy przez wzgórza? – spytał Otto Peltz, jasnowłosy olbrzym, z racji sporej tuszy mało oryginalnie nazywany Grubym.

– Nie ma takiej potrzeby. Zdążymy. – Major, nie oglądając się za siebie, ruszył żwawo.

– Przyjemna okolica – odezwał się po chwili chudzielec Ditrich, maszerujący obok Grubera. – Przypomina trochę Bieszczady albo Krym.

– Na Krymie łan ziemi kosztuje tyle, co tu pół powiatu. – Sierżant Freitag spoglądał z niesmakiem na ostatnie zabudowania wsi. – Prądu też pewnie nie mają.

– Przestańcie ględzić i wyciągnijcie krok. Nie czas teraz na pogaduszki – przerwał im dowódca.

Żołnierze przyśpieszyli znacznie, kierując się ku przełęczy, za którą leżał cel ich wyprawy.

Okolica wyglądała teraz zupełnie inaczej. Pastwiska ustąpiły miejsca poletkom warzywnym, w znacznej odległości od drogi pojawiło się więcej budynków. Prawie wszystkie były do siebie podobne. Kryte strzechą chałupy, otoczone lichymi zabudowaniami gospodarskimi. Na pierwszy rzut oka widać było, że chrześcijańska ludność, zamieszkująca okolice Dublina, nie należała do zamożnych. Dwie mile dalej, prowadząca znad morza droga zakręcała na północ.

W oddali, pomiędzy wzgórzami, pojawiły się wieże miasta An-Nabuk. Właściwie nie było to miasto, lecz spora osada założona, jak setki innych, w czternastym wieku, gdy Arabowie przystąpili do kolonizacji wyspy. Średniowieczne mury obronne, otaczające An-Nabuk, były jedyną pozostałością fortu. Z czasem przekształcił się on w miasteczko, które, posiadając połączenie kolejowe z niedaleką stolicą, prosperowało całkiem nieźle.

Dochodziła ósma rano, gdy oddział majora Grubera dotarł do położonego pod murami obskurnego osiedla, zamieszkanego przez biedotę. Z pobliskiego meczetu dochodziły nawoływania muezina, wzywającego wiernych na poranną modlitwę. Żołnierze szybko minęli otwartą na oścież bramę i weszli w wąską uliczkę, prowadzącą do głównego placu osady. Mimo wczesnej pory, panował tu już spory ruch. Sklepikarze otwierali właśnie swoje kramy, upchnięte jeden przy drugim wzdłuż całej ulicy. Przejście było tak wąskie, że ledwie dwóch ludzi mogło minąć się swobodnie. Żołnierze przeszli kilkadziesiąt jardów główną ulicą osady i skręcili w cuchnący zaułek, który prowadził wprost do budynku dworca.

– Pośpieszcie się! Pociąg odjeżdża za osiem minut! – Gruber, mokry od potu, zaczął biec.

Minęli magazyny, ciągnące się wzdłuż torów, i wpadli na peron.

Rozległy plac przed budynkiem wypełniał tłum ludzi odzianych w wełniane tuniki. Większość drzemała na koszach i pękatych workach, kilku rozmawiało cicho, spoglądając z ciekawością na przybyszów. Major Gruber, starając się nie trącić żadnego ze śpiących, zniknął w wejściu. Komandosi złożyli worki i, podobnie jak reszta tubylców, usiedli wprost na ziemi.

– Jednak zdążyliśmy – powiedział z ulgą Gruby.

– Macie ochotę? – Freitag sięgnął do worka, wyjmując z niego owinięte w lnianą szmatkę płaskie placki, które w Irlandii uchodziły za chleb.

– Nie znoszę ich żarcia – mruknął Gruby.

– Bierz – rzucił krótko sierżant. – Musimy zachowywać się tak jak oni.

Jedząc w milczeniu, obserwowali otaczających ich ludzi. Wszyscy niemal, prócz kilku angielskich robotników, dojeżdżających do pracy w stolicy Emiratu, byli Irlandczykami, zamieszkującymi góry Habban – jedyne miejsce na całej wyspie, w którym ludność chrześcijańska stanowiła większość. Z oddali dobiegł przeciągły gwizd. Po chwili, z przeraźliwym zgrzytem hamulców, na peron wtoczyła się stara lokomotywa.

– Gdzie on jest? – Gruby spoglądał ze złością na budynek dworca.

– Już idzie. – Sierżant wskazał na majora, który z biletami w garści wpadł na peron.

Komandosi zajęli miejsca w ostatnim wagonie wśród kilkunastu Irlandczyków, którzy, usadowiwszy się na siedzeniach, natychmiast zapadli w drzemkę. Wagonami szarpnęło. Pociąg ruszył. Do stolicy Emiratu miał piętnaście mil.

Rozdział 2

Al-Dublin. Stolica Emiratu Irlandzkiego
25 października 1955 roku

Wiszące nad miastem chmury zapowiadały deszcz. Tłum podróżnych opuścił już dworzec i, minąwszy budynki magazynów kolejowych, podzielił się na dwie grupy. Anglicy, dojeżdżający do pracy w Dublinie, podążyli w stronę wielkiego osiedla ponurych, dziewiętnastowiecznych kamienic, skupionych wokół jednego z trzydziestu meczetów miasta. Irlandczycy zaś ruszyli przez opustoszałe ulice New York[3] w stronę bazaru nieopodal nabrzeża. Mimo chłodu, w powietrzu unosił się nieznośny odór rynsztoków.

[3] Dzielnica Al-Dublin. Założona w XIV wieku przez przesiedlonych do Irlandii uczestników antyarabskiego buntu w angielskim mieście York.

Zabite deskami okna świadczyły, że mieszkańcy bezpowrotnie opuścili zdewastowane budynki. Kiedy w 1922 roku połączona flota Francji i Niderlandów złamała ostatecznie potęgę morską Zachodniego Kalifatu[4], skończyły się łupieżcze wyprawy na chrześcijańskie wybrzeża, a wraz z nimi i bogactwo dzielnicy portowej, niegdyś największego w Europie targu niewolników. Z dawnej świetności nie pozostał już nawet najdrobniejszy ślad, jedynie kroki podróżnych wypełniały echem pustkę popadających w ruinę domów.

Na końcu uliczki, pośród resztek murów zabezpieczonych niskim płotem, otwierał się widok na największy port Emiratu Irlandzkiego. W oddali, przesłonięte kratownicami dźwigów, majaczyły sylwetki okrętów wojennych. Kilka minut później tłum, wędrujący z dworca, dotarł na East Jetty[5], gdzie cumował wielki Pielgrzymkowiec, na którego pokładzie każdy muzułmanin z Zachodu powinien znaleźć się choć raz w życiu.

Setki ludzi, zebranych na nabrzeżu, oczekiwało na zaokrętowanie. Sądząc po ich skromnych strojach i niewielkim bagażu, składającym się przeważnie z jednej walizki, byli to zapewne najbiedniejsi mieszkańcy Irlandii. Podróż do Mekki pochłaniała często oszczędności całego ich życia. Bezpośrednio przy trapie trwała zwykła, drobiazgowa kontrola

---

[4] Zachodni Kalifat – powstał w 1567 roku z połączenia Emiratów Hiszpańskiego, Irlandzkiego i Angielskiego.

[5] *ang.* Wschodnie Nabrzeże

pielgrzymów. Za wystawionym na nabrzeżu stołem zasiadał oficer Fastatu[6] i przeglądał dokumenty kolejnych osób, porównując je z listą poszczególnych gmin. Jeśli uznał, że wszystko jest w porządku, za jego przyzwoleniem żołnierze otwierali przejście.

Zbliżała się ósma trzydzieści. Pięciu komandosów, wmieszanych w tłum, maszerowało raźno, zerkając na szary kadłub olbrzyma.

– Z bliska wydaje się zacznie większy – stwierdził Freitag, a w jego głosie pojawiły się nutki podziwu.

– Ogromny... wielki jak stodoła. – Ditrich najwyraźniej podzielał nie tylko zdanie, ale i emocje kompana.

– Cicho – mruknął Gruber. – Jesteśmy już prawie na miejscu.

Przed nimi rozciągał się rozległy plac, zastawiony drewnianymi budami. Na bazarze panował już spory ruch. W północnej części, położonej tuż obok bocznicy kolejowej, handlowano towarem z przemytu, który docierał do Dublina z Emiratu Angielskiego. Można tu było nabyć francuskie papierosy, czeskie zegarki, a przede wszystkim części do samochodów, produkowanych na kontynencie, których tysiące jeździły po ulicach Dublina. Trwająca już kilkanaście lat blokada granic sprawiła, że wymiana handlowa z chrześcijańską Europą została niemal zupełnie wstrzymana. Kontrabanda łagodziła nieco skutki blokady, lecz nie była w stanie pokryć zapotrzebowania na deficytowe towary. Rządzący

---

[6] policja religijna

Kalifatem Mutazylici[7] przymykali oko na krążące pomiędzy Al-London, a francuskim wybrzeżem kutry, karząc jednak śmiercią każdego z szyprów, który, skuszony łatwym zarobkiem, ryzykował przewóz kafirów[8].

Tłum chłopów irlandzkich minął kramy z kontrabandą i skierował się w stronę kościoła, położonego na skraju bazaru. Teren wokół świątyni, nazywany Irlandzkim Targiem, był jednym z niewielu miejsc, gdzie wolno było handlować zakazanym przez Koran alkoholem. Mimo wczesnej pory, większość kramów była już zajęta. Był piątek – dzień, w którym wszystkie meczety wypełniały się wiernymi, a chrześcijańskim robotnikom, zatrudnionym na budowach i w porcie, przysługiwał dzień wolny. Wtedy odbywała się jedyna w ciągu całego tygodnia msza, po której targ zamieniał się w miejsce spotkań towarzyskich.

Komandosi minęli kościół. Gruber zatrzymał się nagle.

– Tam. – Wskazał na puste jeszcze kramy. – Ditrich, zostajesz w ubezpieczeniu, reszta za mną.

Wyznaczony komandos złożył swój worek na ziemi, zapalił papierosa i zaczął spokojnie przyglą-

---

[7] *arab.* ci, którzy się izolują. Racjonalistyczny kierunek w islamie, powstał w VIII wieku pod wpływem filozofii greckiej. W XIX wieku mianem tym określono ortodoksyjne ugrupowanie islamistów, nawołujących do przerwania wszelkich kontaktów ze światem chrześcijańskim.

[8] *arab.* ten, który odrzuca otrzymane dobrodziejstwa. Niewierny, również muzułmanin, który dopuścił się zdrady.

dać się Irlandczykom, którzy czynili ostatnie przygotowania na przyjęcie pierwszych klientów. Chłopi opróżniali kosze, zastawiając kramy butelkami whisky – tutejszego bimbru, pędzonego ze zboża, oraz serami, warzywami i peklowaną wieprzowiną. W bezpośrednim sąsiedztwie kościoła rozległy się nagle dźwięki dud irlandzkich. Dwóch dudziarzy stroiło instrumenty, przygotowując się do występu, który jak zwykle rozpocząć miał się zaraz po mszy.

Ditrich wyrzucił niedopałek i omiótł okolicę uważnym spojrzeniem. Nic nie wzbudziło jego podejrzeń. Ujął worek i ruszył w stronę pustych kramów.

* * *

Profesor William Hopkins zakończył wykład o godzinie jedenastej. Sala była już pusta, lecz on stał ciągle w otwartym oknie, spoglądając na pokryte chmurami niebo. Spojrzał na zegarek i westchnął ciężko. Obradujący Fakihowie[9] doszli już pewnie do konkluzji. Wiedział, że powinien zejść na dół i poznać ich decyzję, jednak na myśl o tym poczuł w żołądku gwałtowny skurcz. Co będzie, jeśli uznali, że prowadził niedozwolone eksperymenty? W najlepszym wypadku zostanie usunięty z katedry, w najgorszym... Wolał nawet o tym nie myśleć. Dziesięć lat ciężkiej pracy, żebrania o pieniądze i wszystko na

---

[9] *arab.* uczeni w prawie

nic? Trzech ludzi, którzy nie mieli bladego pojęcia o fizyce, ma zadecydować o jego losie?

Uśmiechnął się ponuro. Wiedział, gdzie popełnił błąd. Chyba stracił rozum, skoro złożył podanie o sprowadzenie aparatury potrzebnej do dalszych eksperymentów. Musieli wreszcie pojąć, że coś przed nimi ukrywa. Do tej pory rada uczelni chroniła go przed dociekliwością Fastatu, jednak prośba o zakup drogich urządzeń od kafirów nie mogła przejść niezauważona. Może oskarżą go o zdradę? Nie, chyba nie. Zachował przecież wszelkie środki bezpieczeństwa. Zamówienia kierowane były do kilku fabryk, w czterech chrześcijańskich państwach. Profesor zamknął okno i rozejrzał się po sali. Najpewniej już nigdy tu nie wróci. Inszallah[10]. Wszystko dzieje się z woli Boga.

Wyszedł na korytarz i ruszył schodami na parter. Pokój, w którym obradowali Fakihowie, mieścił się tuż obok gabinetu rektora Madrasy[11]. Profesor zapukał delikatnie. Nikt mu nie odpowiedział. Ostrożnie uchylił drzwi i zajrzał do środka. Pomieszczenie było puste. Skończyli obrady i nie wezwali go? Cóż to mogło znaczyć? Stał przez chwilę niezdecydowany, wreszcie podszedł do sąsiednich drzwi. Zapukał i, tym razem nie czekając na wezwanie, wszedł do środka. John Smith, rektor największej uczelni w mieście, siedział za biurkiem i rozmawiał przez telefon. Hopkins zatrzymał się niepewnie

---

[10] *arab.* jeśli bóg zechce

[11] muzułmańska szkoła wyższa

w drzwiach, jednak Smith niemalże natychmiast zakończył rozmowę, podniósł się z fotela i podszedł do kolegi.

– Ahlan wa sahlan[12], przyjacielu. Miło znów cię widzieć. – Objął Hopkinsa i ucałował w oba policzki.

– Sabah alkhair[13]. Twój widok raduje me serce – odparł profesor.

– Wiedziałem, że przyjdziesz, mamy kilka rzeczy do omówienia. – Przywitawszy się zgodnie ze zwyczajem po arabsku, rektor zwrócił się do Hopkinsa w ojczystym angielskim.

Wrócił za biurko i uprzejmym gestem wskazał przyjacielowi krzesło. Zapowiadała się dłuższa rozmowa.

– Co postanowili? – Hopkins nie ukrywał zdenerwowania.

Smith obrzucił go uważnym spojrzeniem, postukał palcami o blat biurka i odezwał się powściągliwie:

– Fetwa[14] nie została jeszcze wydana, ale wszystko wskazuje na to, że zostaniesz oczyszczony z zarzutów...

Na twarzy uczonego odmalowały się bezgraniczne zdumienie i radość.

– Jak tego dokonałeś? To prawdziwy cud!

---

12 *arab.* witaj

13 *arab.* dzień dobry

14 opinia biegłego w prawie muzułmańskim w spornej kwestii teologicznej

– Aby ocalić cię od więzienia, podjęliśmy pewne decyzje... – Rektor tej radości nie podzielał, w jego głosie wyraźnie słychać było zakłopotanie i zdenerwowanie.

– Decyzje? Jakie decyzje? – Uśmiech spełzł z twarzy Hopkinsa.

– Wiesz, drogi przyjacielu, że chroniliśmy cię jak długo to było możliwe, lecz sprawy zaszły za daleko...

– O czym mówisz? – Profesor patrzył na Smitha z nietajoną obawą.

– Przeklęci Fakihowie uznali, że władze uczelni brały udział w spisku. Zażądali zamknięcia wszystkich nieprawowiernych wydziałów – oświadczył tamten przygnębiony.

– Co takiego?! – Hopkins poderwał się z krzesła. – Przecież to niemożliwe!

– Owszem. Możliwe. Wiesz, kto rządzi Kalifatem. Ci ludzie nie chcą zrozumieć, dlaczego chrześcijanie tak bardzo nas wyprzedzili. Zamknęli granice, sądząc, że w ten sposób powstrzymają ich ekspansję, lecz to właśnie oni niszczą wszystko to, co może nas przed nią uchronić. Od dłuższego czasu czekali na okazję, aby dobrać się nam do skóry. Wreszcie ją znaleźli.

– Jaką podjąłeś decyzję? – Uczony poczuł lodowaty dreszcz. Przeczuwał już, co usłyszy.

– Wybacz, przyjacielu – powiedział smutno rektor. – Nie było innego wyjścia. Powiedziałem im o militarnym zastosowaniu twoich prac.

Hopkins wyprostował się gwałtownie.

– Zrobiłeś to? – W jego oczach pojawiło się przerażenie. – Naprawdę to zrobiłeś?

– Musiałem ratować uczelnię. – Smith rozłożył bezradnie ręce. – Postaraj się mnie zrozumieć.

– Skoro wyjawiłeś im naszą tajemnicę, to dlaczego jestem jeszcze wolny? Dlaczego nie zabrali mnie od razu?

– Próbowałem wytłumaczyć im sens twoich badań, ale ci idioci niczego nie zrozumieli. Uznali pewnie, że próbuję ich oszukać, by powstrzymać zamknięcie uczelni. Wyrazili jednak zgodę, żeby na temat prowadzonych przez ciebie eksperymentów wypowiedzieli się specjaliści.

– Prędzej czy później wszystko zrozumieją... – Hopkins zacisnął usta. – Co mam teraz robić?

– Nie wiem, przyjacielu. Allach nie bez powodu obdarzył cię niepospolitym rozumem. Zdaj się na niego. Wierzę, że nie pozwoli, by twój geniusz służył złu.

– Zniszczę całą dokumentację. Zniszczę wszystko, aby nie pozostał najmniejszy ślad! – W głosie Hopkinsa pojawiła się rozpacz.

– Myślisz, że to coś da? Masz przecież rodzinę, wiesz, co potrafią ci dranie.

– Może nasi przyjaciele zaradzą nieszczęściu? Mówiłeś, że ukryją wyniki moich prac przed Mutazylitami...

– Wszystko, co pomyśli człowiek, Allach może zmienić. Spóźniliśmy się może o kilka dni, może o miesiąc, a może o rok.

– Kiedy po mnie przyjdą? – spytał profesor.

– Powiedzieli, że jeszcze dziś wezwany zostaniesz na przesłuchanie.

– Sądzisz, że powinienem z nimi współpracować? – Profesor nawet nie próbował ukrywać ogarniającej go rezygnacji.

– Oszukiwałeś sam siebie, drogi przyjacielu. Jak zamierzałeś dokończyć badania bez ich pomocy? Potrzebne są wielkie pieniądze, których my nie mamy.

– Domyślasz się chyba, co zrobią z wynikami moich prac...

– Pamiętaj, że każdy z nas jest tylko narzędziem w ręku Allacha. Jesteś jego wybrańcem i to on wskazuje ci drogę. Musisz nią iść. Jeśli jest twoim przeznaczeniem uwolnić wielką siłę, to tak się stanie. Nie unikniesz nieuniknionego.

Profesor opuścił głowę.

– Może masz rację – powiedział po chwili. – Może tak właśnie miało być?

* * *

Major Gruber stał na skraju rozległego placu postojowego, położonego przed okazałym budynkiem dublińskiej Madrasy. Jego mundur oficera Fastatu wzbudzał powszechny szacunek. Przechodnie milkli, zerkając ukradkiem na czterech policjantów, którzy towarzyszyli oficerowi. Wiedzieli, co oznacza ten widok. Znowu kogoś aresztują. Ostatnimi czasy zdarzało się to coraz częściej. Pewnie tym razem ofiarą wszechwładnego Fastatu padnie ktoś z uczelni.

Gruber ignorował ciekawskie spojrzenia. Stał nieruchomo, przyglądając się uważnie każdemu, kto opuszczał budynek uczelni.

– Jest! – powiedział nagle. – Zdążyliśmy.

* * *

Komandosi, pozornie bez większego zainteresowania, obserwowali otyłego, przygarbionego człowieka, który zasiadał właśnie za kierownicą starego, lecz dobrze utrzymanego Toora 420.

– Dziś piątek, jedzie pewnie do meczetu – odezwał się Ditrich.

Gruber spojrzał na zegarek.

– Jedenasta czterdzieści. Wróci do domu około pierwszej, mamy więc godzinę czasu. – Major rozejrzał się po placu.

– Którego bierzemy? – Sierżant omiótł wzrokiem samochody.

– Ten będzie odpowiedni. – Gruber ruchem głowy wskazał podniszczonego granatowego kobuza.

Komandosi podeszli do samochodu. Stanęli plecami do pojazdu, osłaniając sierżanta. Minęło kilka sekund i Freitag był już w środku. Silnik zawarczał hałaśliwie. Chwilę później kobuz opuścił plac i skierował się ku południowym dzielnicom miasta.

* * *

Profesor Hopkins prowadził swojego toora szeroką drogą, biegnącą w stronę gór Habban. Południowa modlitwa nie przyniosła mu ukojenia. Teraz dopiero poczuł, jak bardzo zmęczył go dzisiejszy poranek. Wielkie napięcie, w jakim żył od kilku tygodni, dawało znać o sobie coraz częstszym kłuciem pod łopatką. Miał już pięćdziesiąt lat i sporą nadwagę. Lekarze ostrzegali, że grozi mu zawał, zalecając zmianę trybu życia, a przede wszystkim unikanie stresu. Nie powinien się tak denerwować. Jak jednak zachować spokój, gdy całe jego dotychczasowe życie legło w gruzach?

Próbował uporządkować myśli, lecz jakoś mu to nie wychodziło. Wszystko wydarzyło się tak nagle. Co z nim będzie? Co stanie się z jego rodziną? Jest jeszcze wolny czy też wpadł już w tryby potężnej machiny państwowej, przed którą uciekał tyle czasu? Oszukiwał się, myśląc, że uchroni swoje odkrycie przez głupcami sprawującymi władzę. I cóż by uczynił, gdyby nawet doprowadził rzecz do końca? Nie był tchórzem, ale przerażała go wizja pobytu w lochach Domu Wioślarzy[15]. Prędzej czy później zmuszą go do współpracy. A może należy po prostu zaufać Bogu, jak radził Smith?

Skręcił w wąską drogę, prowadzącą do położonego u stóp gór osiedla, zamieszkanego przez bogatych dublińczyków. Okazałe wille, zbudowane w hiszpańskim stylu, otoczone były rozległymi ogrodami, w których zagościła już jesień. Profesor zatrzymał toora przed bramą jednej z posiadłości. Wysiadł z samochodu i ruszył wolnym krokiem przez ogród.

---

[15] dublińska siedziba Fastatu

Gdy dotarł do drzwi, stanął nagle. Przez przeszkloną ścianę salonu dostrzegł kilku ludzi, którzy zrzucali właśnie książki z półek. Poczuł, że zaczyna brakować mu powietrza. Więc już są.

– Profesor William Hopkins? – Usłyszał nagle zimny głos.

Obrócił się gwałtownie. Stał przed nim wysoki, barczysty oficer Fastatu.

– Tak, to ja – odparł z wysiłkiem. W jednej chwili zrozumiał, że jego rozważania o stawianiu oporu były czystym szaleństwem. Ten człowiek wyglądał na kogoś, kto potrafi zabić z uśmiechem na twarzy.

– Proszę do środka. – Oficer mówił po arabsku, z hiszpańskim akcentem.

Weszli do salonu. Profesor zamarł na widok zniszczonego księgozbioru, który był jego dumą. Dwóch policjantów przeglądało dokładnie każdą książkę, odkładając niektóre z nich na bok. Dwóch innych pakowało do szarych worków zawartość szafy wypełnionej zapiskami.

– Willy! – Z sofy poderwała się starsza żona profesora. – Co tu się dzieje?! Czego chcą ci ludzie?! – Próbowała podejść do męża, lecz jeden z policjantów, brzydal o twarzy naznaczonej śladami ospy, zatrzymał ją w pół kroku.

– Puść! – padł krótki rozkaz. Policjant odstąpił od kobiety.

– Helen, co z dziećmi? – spytał szybko Hopkins.

– Jest z nimi twoja druga żona.

Profesor wystraszony spojrzał na oficera.

– Proszę nie robić im krzywdy. Oddam całą dokumentację i będę współpracował. Władze uczelni powiadomiły mnie o decyzji Fakihów. Zgadzam się na współpracę – powtórzył.

Policjanci zamarli w bezruchu. Przez twarz oficera przemknął ledwie dostrzegalny cień zdziwienia.

– Przygotujcie się do wyjazdu, ruszamy za kwadrans – rzucił krótko.

– Kwadrans? – zaprotestował Hopkins. – W ciągu kwadransa...

– Zabierzcie tylko najpotrzebniejsze rzeczy. – Tamten nie zamierzał dopuścić do jakichkolwiek sprzeciwów.

Profesor pochylił głowę i pociągnął skamieniałą z przerażenia żonę. Jeden z policjantów ruszył za nimi.

* * *

Trójka komandosów spoglądała z niedowierzaniem na drzwi, za którymi znikł profesor.

– O czym on mówił? – spytał sierżant Freitag. – Czyżby...

Major pokręcił głową.

– Zdążyliśmy w ostatniej chwili – powiedział cicho. – Oni już wiedzą.

– Myśli pan, że... – sierżant nie dokończył. – Ditrich i Gruby, worki do samochodu, spieprzamy stąd!

– Do zmierzchu jeszcze sześć godzin. Gdzie się schowamy? – spytał nerwowo Gruby.

– Plan awaryjny. – Major skinął na Freitaga. – Podstaw samochody pod drzwi. Reszta niech zajmie się rodziną. I niech im włos z głowy nie spadnie.

* * *

Rodzina profesora stała na pogrążonej w nocnym mroku plaży, pilnowana przez policjantów, którzy zamienili swoje mundury na dziwne, wykonane z ciemnego materiału kombinezony. Młodsza z żon tuliła dwójkę popłakujących dzieci. Sam uczony przyglądał się w zdumieniu ludziom, którzy porwali ich z domu, przetrzymywali w śmierdzącej szopie kilka godzin, a teraz najwyraźniej zamierzali wywieźć z wyspy. Wytężył wzrok, spoglądając na morze. Nie dostrzegł jednak żadnej łodzi. Kim oni byli? Może to jego przyjaciele postanowili przyjść mu z pomocą? Dlaczego jednak nie powiadomili go o ucieczce?

– Willy – szepnęła starsza żona. – Porozmawiaj z nimi. Strasznie się boję. Zapytaj dokąd nas zabierają?

– Uspokój się. – Profesor zamilkł na widok oficera, który wyłonił się nagle z ciemności.

Gruber zatrzymał się nad brzegiem. Spojrzał na zegarek, potem na morze. Po chwili podbiegło do niego dwóch komandosów.

– Wszystko w porządku? – spytał krótko major.

– W porządku – odparł Gruby. – Zepchnęliśmy oba graty z urwiska. Zanim je odnajdą, będziemy już daleko.

– Pakujcie wyposażenie. Zaraz odpływamy. – Major przyglądał się przez chwilę załadunkowi, po czym podszedł do wystraszonych cywilów.

– Nie bójcie się, nic wam nie grozi, pod warunkiem, że wasze zachowanie nie ulegnie zmianie.

– Kim jesteście? – spytał podejrzliwie Hopkins. – Odnoszę wrażenie, że nie macie nic wspólnego z policją.

– Twoje spostrzeżenie jest słuszne. – Gruber uśmiechnął się nieznacznie. – Nie jesteśmy policjantami. Jesteśmy oddziałem specjalnym Zakonu Krzyżackiego.

– Chrześcijanie? – Profesor wyglądał na oszołomionego wiadomością. – Czego od nas chcecie?

– Za chwilę znajdziemy się na pokładzie okrętu podwodnego, którym popłyniemy do Königsberga, gdzie oczekują cię nasi naukowcy. Uznaliśmy, że taki talent nie może marnować się na podrzędnym uniwersytecie.

W tej samej chwili na morzu błysnęło światło.

– Majorze! Jest sygnał! – krzyknął po niemiecku Ditrich.

– Profesorze, zapraszam. – Major Gruber wskazał kołyszący się na falach ponton.

William Hopkins ujął za ręce córkę i syna. Spojrzał jeszcze za siebie, westchnął ciężko i z opuszczoną głową ruszył na brzeg. Jego żony, zbyt przerażone, by protestować, podążyły za nim.

– Sprawdziłeś plażę? – Major spojrzał na sierżanta składającego właśnie przenośny reflektor.

– Zabraliśmy wszystko – potwierdził Freitag.

– Odpływamy!

Ponton, lawirując wśród głazów, pomknął w stronę niewidocznego okrętu.

Rozdział 3

Pogranicze Zakonu Krzyżackiego i Rzeczypospolitej
26 kwietna 1957 roku

Nad rozległymi lasami Bischofsurwald[16] zapadła głęboka noc. Ze szczytu wysokiej, sięgającej ponad korony drzew, drewnianej wieży wartowniczej dwóch żołnierzy Grenzschutzu[17] obserwowało brzozowy zagajnik, który w widmowym świetle księżyca mógł z powodzeniem uchodzić za siedliszcze upiorów. Starszy z żołnierzy, kapral Otto Schmidt, zapalił papierosa i zerknął na podwładnego – knechta z jesiennego poboru.

– Gustaw, wszystko w porządku? – zapytał z niemalże ojcowską troską.

– W porządku. – Chłopak wytarł spocone dłonie o mundur i, zorientowawszy się, że ten gest nie

[16] Puszcza Biskupia. Położona na terenie Zakonu i województwa mazowieckiego

[17] *niem.* straż graniczna

uszedł uwadze towarzysza, dodał: – Tylko... trochę się denerwuję.

– Niepotrzebnie. – Otto uspokajająco klepnął młodego po ramieniu. – Mówiłem ci, że nic nie ryzykujesz. Nawet nie będziesz ich widział.

– Ja tylko tak, ogólnie. – Gustaw przełknął nerwowo ślinę.

– Nic się nie martw. Moje słowo, że wszystko będzie w porządku. – Kapral spojrzał na zegarek. – Zejdę teraz na dół, załatwię, co trzeba, i zaraz wracam. To proste, prawda?

– Tak jest. – Gustaw skinął głową. – Będę na pana czekał.

Kapral z wprawą zszedł po kilkunastołokciowej[18] drabinie i ruszył w stronę brzeziniaka należącego już do Rzeczypospolitej. Między drzewami biegła wąska gruntowa droga, którą bez trudu mogły poruszać się ciężarówki. Otto rozejrzał się raz i drugi i, skrzywiwszy się, z niezadowoleniem pokręcił głową.

– Znowu się spóźniają – mruknął pod nosem zrezygnowany.

Sięgnął do kieszeni mundurowej kurtki i wygrzebał z niej pogniecioną paczkę. Ruszył wolno skrajem drogi, cały czas nasłuchując. Po kilkudziesięciu łokciach zagajnik kończył się jak ucięty nożem, zaraz za nim zaczynał się dwuletni sosnowy młodnik. Otto przystanął. Stąd widział już zarys wieży wartowniczej, identycznej niemal z tą,

[18] łokieć – 0,98 cm

w której sam pełnił służbę. Wprawdzie doskonale znał obsadę tamtej strażnicy, często bowiem wymieniał z Rzeplitami papierosy na szynkę i wódkę, lecz dzisiaj, kiedy miał przechodzić transport, wolał nie podchodzić bliżej. Pomiędzy pogranicznikami panowała cicha, niepisana umowa, że w takim dniu każdy siedzi po swojej stronie.

Zaciągnął się, zasłaniając żar dłonią. Nagle, wśród ciszy, pojawił się nowy dźwięk. Odgłos silników wolno zbliżający się do brzeziniaka.

Otto rzucił niedopałek i cofnął się szybko w stronę granicy krzyżackiej. Stanął niedaleko wieży i zaczął obserwować wylot drogi. Nie minęła minuta, kiedy na polanę wjechały trzy kryte plandekami żubry z wygaszonymi reflektorami. Silniki samochodów zamilkły. Z pierwszej ciężarówki wyskoczyło dwóch ludzi z karabinami w dłoniach. Otto odetchnął z ulgą.

– Tutaj, do mnie! – zawołał po polsku.

Tamci natychmiast odwrócili się w jego kierunku.

– Otto? – odezwał się jeden z nich.

– Pewnie, że ja, pamięć ci doskwiera czy wzrok, co, Sołtys? – Krzyżak rozpoznał go w chwili, gdy tylko zobaczył charakterystyczną, przysadzistą sylwetkę przemytnika.

– Miło widzieć, jak dzielnie trwasz na posterunku, strzegąc granic tej pięknej krainy. – Z uśmiechem na szerokiej twarzy Sołtys wyciągnął rękę w stronę pogranicznika.

Jego kompan, wielkolud o wyjątkowo poczciwej fizjonomii był bardziej wylewny. Objął Ottona i podrzucił go w górę.

– Puszczaj, Kuna, pogruchoczesz mi kości! Że też matka natura stworzyła cię na podobieństwo tura a nie człowieka! – stęknął Schmidt.

– Ja, mój drogi Ottonku, niejednego profesora przewyższam rozumem, ale los nie dał objąć katedry. – Olbrzym roześmiał się serdecznie i klepnął Krzyżaka w ramię.

– Nadawałbyś się na wykładowcę kopania rowów, niedźwiedziu – burknął Otto, rozcierając bolące miejsce.

Sołtys nie zwracał uwagi na te przekomarzania i uważnie rozejrzał się wokół.

– Okolica czysta? – upewnił się.

– Wszystko w najlepszym porządku, spokój i cisza – uspokoił go Otto. – Gdzie Mateusz?

– Już idzie.

Zza ciężarówki wyłonił się wysoki mężczyzna w skórzanej kurtce. Pewnym i mocnym uściskiem dłoni przywitał pogranicznika.

– Wszystko w porządku? – spytał krótko.

– Okolica czysta. – Otto niemalże stanął na baczność. Było coś takiego w tym człowieku, w spojrzeniu chłodnych, niebieskich oczu, w ostrych rysach jego twarzy, znamionujących pewność siebie, co narzucało dystans i zmuszało do posłuchu.

– Jak twój nowy podwładny? Sprawdziłeś go? – Mateusz zniżył głos.

– Jest trochę nerwowy, ale lubi pieniądze – zapewnił go Otto.

– Sprawdź go mimo wszystko. Takiemu gówniarzowi może wpaść do głowy, żeby postarać się o medal. – Mateusz spojrzał na zegarek. – Wybacz, Otto, zamarudziliśmy w Wielbarku i musimy nadrobić stracony czas. Idź z Kuną, on przekaże ci twoją dolę. I jeszcze jedno. – Złapał odchodzącego Krzyżaka za ramię. – Dla twojego nowego kolegi przygotowaliśmy podwójną stawkę. Nich wie, że z nami opłaca się współpracować.

– Na pewno doceni twój gest – powiedział z uznaniem Otto. – Do zobaczenia za miesiąc.

– Niech los ci sprzyja.

Chwilę później nocną ciszę znów zakłócił miarowy warkot silników. Z kabiny pierwszej ciężarówki wychylił się Sołtys, dając znak, że jest gotowy do odjazdu. Żubry ruszyły wolno, kierując się na północ – w głąb lasów, które ciągnęły się nieprzerwanie aż pod Ortelsburg[19]. Otto stał jeszcze przez chwilę obok drewnianej podpory strażnicy, patrząc, jak samochody znikają wśród drzew.

Na szczycie wieży odjazd przemytników obserwował Gustaw. Gdyby Otto mógł go teraz zobaczyć, z pewnością byłby zdumiony, ponieważ niepokój i obawa młodego knechta zniknęły bez śladu. Upewniwszy się, że jego towarzysz jest na dole, chłopak wyjął ze skrzynki przeciwpożarowej krótkofalówkę.

---

[19] Szczytno

– Ruszyli przed chwilą, kierunek: wieś Birke – powiedział cicho.

* * *

Leśna droga wiodła przez podmokłe tereny wśród licznych jezior. Nadto zeszłej nocy spadł obfity deszcz, który rozmiękczył grunt i uczynił jazdę niezwykle uciążliwą. Ciężarówki z trudem pokonywały wykroty i wielkie kałuże. Niedaleko wsi Eichenwald kolumna wjechała na asfaltową drogę, prowadzącą do Ortelsburga i dalej w stronę Allenstein[20]. Jednak samochody nie pozostały za długo na niezbyt uczęszczanej drodze, po pięciu minutach skręciły z powrotem między drzewa. Dochodziła dziesiąta wieczorem, gdy dotarli na skraj wioski Birke, leżącej nieopodal jeziora Saad.

Wieś była niewielka, liczyła zaledwie kilkadziesiąt chałup Nad osadą górował strzelisty kościółek, rzymskokatolicki. Zaraz za nim widać było zabudowania sporego majątku, otoczone licznymi stawami rybnymi. Ciężarówki zatrzymały się bezpośrednio przed otwartą na oścież bramą. Przez chwilę zdawało się, że nikt nie zauważył przybyszów. Nagle, nie wiadomo skąd, przy szoferce pierwszego żubra pojawił się uzbrojony człowiek.

– Odłóż broń, Waltor, to my. – Mateusz nie drgnął nawet na widok skierowanej w jego stronę lufy.

---

[20] Olsztyn

Strażnik odetchnął z widoczną ulgą.

– Nareszcie – odezwał się po polsku, w gwarze wileńskiej. – Baliśmy się już, że wpadliście w łapy Krzyżaków.

– Z nami nie tak łatwo, przyjacielu. – Przemytnik wychylił się z szoferki i rozejrzał. – Gdzie reszta chłopaków?

– Są wszyscy. – Waltor gwizdnął na palcach. Natychmiast wokół zaroiło się od uzbrojonych postaci. Mateusz kiwnął głową z uznaniem dla ich sprawności i doskonałej organizacji. To zawsze cenił u Prusów. Szczególnie tych z klanu Kaunigasów, największego i najznakomitszego w całym państwie krzyżackim, którego potęga skupiała się nie gdzie indziej, a właśnie w tej niepozornej wiosce – siedzibie głowy rodu.

Przemytnicy wjechali na wielki dziedziniec. Zatrzymali samochody na wprost dworu i ruszyli na ganek, gdzie oczekiwał na nich niewysoki, gruby mężczyzna w szlacheckim stroju. Był to Witold Kaunigas – wnuk wielkiego Jagi Kaunigasa, przywódcy największego powstania pruskiego w 1916 roku. Witold niewątpliwie wdał się w dziada, choć łagodny uśmiech, goszczący zwykle na nalanej twarzy, rumiane policzki i dwa podbródki, przydawały mu pozorów jowialnego fajtłapy. Myliłby się jednak każdy, kto dałby temu wizerunkowi wiary, i to mylił niebezpiecznie bardzo. Kaunigas bowiem odziedziczył po przodkach stalowe nerwy, wolę, której siła stała się przysłowiowa, i odwagę, połączoną z niewiarygodnym wręcz sprytem. Te cechy nie tylko pozwoliły mu zdobyć, szacunek swoich ludzi, ale też skutecznie unikać krzyżackiego więzienia. Jego posiadłość nachodzona była wielokrotnie, jednak za każdym razem intruzi odchodzili z kwitkiem, nie znajdując żadnych dowodów na to, że wspiera on zbrojne oddziały pruskie.

Przemytnicy pochylili głowy w powitalnym ukłonie, Witold odpowiedział tym samym.

– Witajcie w moich skromnych progach, drodzy przyjaciele. – Prus mówił po polsku, z silnym krakowskim akcentem.

– Witaj – odezwał się Mateusz. – Wybacz nasze spóźnienie. Drogi po wiosennych deszczach całkowicie rozmiękły. Niewiele brakowało, a utknęlibyśmy w błocie.

Kaunigas skinął ze zrozumieniem głową.

– Jakieś problemy na granicy? – spytał.

– Raczej wszystko w porządku.

– Raczej? – W szarych oczach grubasa natychmiast błysnęła czujność. – Czyli pewności nie masz?

– Miesiąc temu Krzyżacy zmienili jednego z pograniczników – odparł Mateusz.

Kaunigas spojrzał na przemytnika z namysłem i machnięciem ręki przywołał jednego z ludzi.

– Wzmocnijcie posterunki na drodze i koło starego młyna – nakazał. Po czym, ująwszy Mateusza za ramię, wprowadził gości do domu.

Weszli do ogromnego salonu, urządzonego z mieszczańskim przepychem. Meble gdańskie, najbardziej cenione w Europie, nadawały wnętrzu wyraz dostojeństwa i powagi, świadcząc o zamożności gospodarza. Ściany zdobiły portrety przedstawiające słynnych Prusów. Na miejscu honorowym, nad przepięknym kominkiem wisiał obraz przedstawiający bitwę pod Wormditt[21], w której poległ Jaga Kaunigas i która położyła kres marzeniom o wolnych Prusach.

– Uznałem, że po podróży najstosowniejszy będzie posiłek. Siadajcie, proszę. – Witold zajął miejsce u szczytu suto zastawionego stołu. – Szczególnie polecam dzika, mięso jest wspaniałe, świetnie przyprawione z odrobiną ziół.

Przemytnicy bardziej niż skwapliwie skorzystali z zaproszenia. Przez dłuższą chwilę słychać było jedynie szczęk sztućców.

– Jak interesy? – zapytał Sołtys, kiedy już zaspokoił pierwszy głód.

Kaunigas machnął ręką.

– Ci przeklęci Krzyżacy doprowadzą ten kraj do ruiny. Od miesiąca ceny spadają, bo wszystkie komturie otworzyły granicę dla importu z Rosji. Codziennie kilkadziesiąt ciężarówek dociera do Królewca, no i moi kierowcy odjeżdżają z kwitkiem. Wiadomo, chcą mnie dranie boso puścić, ale im się nie uda. Będę jeździł z moimi rybami dalej, aż do Warszawy i Torunia, a jak będzie trzeba, to jeszcze dalej, na Litwę i do południowych województw Korony. Zboże też nie sprzedaje się tak jak dawniej, bo Kujawy zasypują nas tańszym towarem. Najle-

---

[21] Orneta

piej idzie jeszcze produkcja, ale ci dranie podpalili tydzień temu moje magazyny w Królewcu. Sześćset gotowych kompletów mebli poszło z dymem! Oczywiście było śledztwo i nawet przyszedł do mnie taki jeden z policji, co to na gębie miał wypisane, że pewnie sam ten ogień podłożył. Długo jednak nie mógł zostać, bo następnego dnia w stoczni w Królewcu doszło do groźnego pożaru. – Złośliwy ton wypowiedzi kontrastował z jak zawsze łagodnym uśmiechem Prusa. – Ale dość o tym. Powiedzcie lepiej, czy zrealizowaliście moje zamówienie?

Mateusz odstawił talerz i powiedział z namysłem:

– Było kilka problemów, szczególnie z karabinami Kania. Jest bardzo trudno zdobyć taki towar. Wiesz pewnie, że ceny ostatnio bardzo wzrosły, a nasi dostawcy nie chcą ryzykować. Rozumiesz więc, że nie możemy oddać ich tanio.

Kaunigas popatrzył na Mateusza i mrugnął porozumiewawczo.

– Handel z tobą przypomina pchanie wozu wyładowanego ołowiem. Wiesz, jak się targować, łobuzie jeden, i wiesz, że na tej broni zależy mi szczególnie. Ale pamiętaj, jak będziesz próbował mnie oskubać, zadzwonię do kogoś innego. Nie tylko ty masz dobre kontakty.

– Drogi Witoldzie, ty z kolei wiesz, że nikt nie ma takich kontaktów jak ja. – Tym razem na surowej twarzy Mateusza zagościł uśmiech. – Sądzisz, że nie dotarło do mnie, że próbowałeś tych innych możliwości? Wszędzie odpowiedzieli ci, że kani nie sposób zdobyć. Proponowali inne, ale to cię przecież nie interesuje. Nie mylę się chyba?

Kaunigas spoważniał.

– Mów, ile chcesz.

– Dziesięć tysięcy moresów – rzucił Mateusz twardo.

– Warte są dziewięć tysięcy i ani grosza więcej.

– Za dziewięć tysięcy dostaniesz pięćdziesiąt sztuk, a resztę zabiorę ze sobą. Jest kilku kupców, którzy odprowadzali mnie tęsknym wzrokiem, kiedy jechałem do ciebie.

– Dziewięć tysięcy, to moje ostatnie słowo.

– Dziewięć tysięcy i kilka informacji.

– Jakich?

– Chcę wiedzieć, do kogo udać się w Królewcu w sprawie koncesji portowych. Jeden z moich klientów jest bardzo zainteresowany taką wiadomością. Ile i komu trzeba dać, żeby uzyskać pozwolenie na otwarcie składu?

Kaunigas odchylił się na krześle. Zniknął gdzieś jowialny tłuścioch, a jego miejsce zajął nieodrodny wnuk Jagi.

– Obawiam się, że taka wiadomość warta jest bardzo dużo pieniędzy – powiedział wolno.

– Jak dużych?

– Bardzo dużych. Szczególnie biorąc pod uwagę, że dobrze ją sprzedasz.

– Na ile ją wyceniasz?

– Na dwa tysiące. Zostawiasz mi cały transport, a w zamian dostajesz osiem tysięcy gotówką i potrzebną ci informację.

– Robienie interesów z tobą jest czystą przyjemnością. – Mateusz uśmiechnął się odprężony.

– Zatem zaraz wypróbujemy te cudeńka. – Witold zatarł pulchne dłonie.

* * *

W zgodzie opuścili salon. Na polecenie Kaunigasa jego ludzie podnieśli plandeki żubrów i zaczęli wystawiać na żwirowy podjazd długie drewniane skrzynie z plombami po bokach. Kuna podał Prusowi gotowy do użycia karabin. Była to broń skonstruowana w Kijowskich Zakładach Uzbrojenia Lekkiego i stanowiła dumę całej armii Rzeczypospolitej. Witold, z zadowoleniem, przeładował i wycelował.

– Celownik optyczny i zasięg skuteczny do tysiąca łokci! To prawdziwe cudeńko! Chodźmy na pole, muszę wypróbować.

Zanim jednak zdążyli ruszyć gdziekolwiek, na dziedziniec wpadł zadyszany chłop.

– Panie! – krzyknął, łapiąc z trudem oddech. – Knechty stoją na drodze!

Witold zamarł z karabinem w dłoni.

– Ilu? – spytał spokojnie.

– Trudno powiedzieć, część stoi pod lasem!

– Dadzą radę przejść? – Witold wskazał na przemytników.

Posłaniec pokręcił głową.

– Nie ma mowy. Może przez bagna dałoby radę, ale ciężarówki na pewno nie przejdą. – Spoglądał nerwowo na przywódcę klanu.

– Nie chcą stracić dowodów sukinsyny – mruknął Kaunigas.

– Co robimy? Może by tak... – zaczął stojący obok Waltor.

– Żadnej walki. Będą mieli pretekst, żeby spalić wieś. Niech wszyscy wracają do domów i udają, że o niczym nie wiedzą. Zabierajcie skrzynie i wrzućcie je do stawów, samochody pod wiatę! Szybko!

– To nic nie da – odezwał się Mateusz. – Znajdą je, prędzej czy później.

– Może tak, może nie. – Witold spojrzał na Waltora. – Przeprowadzisz Rzeplitów przez bagna. Jeśli złapią ich tutaj, nie będą potrzebowali innych dowodów.

– Niech to szlag! – sapnął gniewnie Kuna. – Kto sypnął?

– A jak myślisz? – W oczach Mateusza pojawił się zimny błysk. – Jak myślisz? – powtórzył przez zaciśnięte zęby.

– Kawał durnia z tego Ottona! Dał się podejść jak dzieciak! – Sołtys też nie miał żadnych wątpliwości.

– A my razem z nim. – W głosie Mateusza słychać było rosnącą wściekłość.

– Dość gadania! – uciszył ich Kaunigas ostro. – Waltor wyprowadzi was na Starą Drogę, a stamtąd traficie już łatwo do Kiejsztan. Schronicie się u mojego brata.

– Myślisz, że obstawili granicę? – spytał niepewnie Kuna.

– Nawet nie próbujcie się do niej zbliżać. To nie są idioci! Macie siedzieć cicho! – Witold nie dopuścił do żadnych sprzeciwów. Stanowczym gestem pchnął Kunę w stronę Waltora. Od strony drogi dobiegał już warkot silników. – Uciekajcie, te psy zaraz tu będą!

– Do zobaczenia, Witoldzie, postaraj się nie wpaść w ich łapy – rzucił jeszcze Mateusz i skinął na swoich ludzi. – Idziemy! Szybko!

Chwilę później piątka przemytników zniknęła w lesie. Witold odetchnął głęboko, wrócił na ganek. Warkot silników potężniał z każdą chwilą.

– Idą, psubraty – mruknął jeden z Prusów.

– Zachowajcie spokój. – Kaunigas skrzywił się lekko, widząc, jak pancerka mija powoli bramę i zatrzymuje się przed dworem. Za nią przelał się strumień krzyżackich żołnierzy, którzy natychmiast rozbiegli się po dziedzińcu. Kilku podbiegło do ganku i wymierzyło z karabinów do stojących tam Prusów.

– Gdzie wasz dowódca? – krzyknął po niemiecku Witold. – Chcę poznać przyczynę tego najścia.

– Poznasz ją, Prusie. – Zza pancerki wysunął się porucznik służb komturialnych. – Poznasz ją bardzo szybko.

– Słucham zatem. – Kaunigas podniósł dumnie głowę.

Krzyżak przyglądał mu się przez chwilę z urągliwą obojętnością, po czym rozejrzał się po dziedzińcu.

– Przeszukajcie dwór i stajnie! – krzyknął do żołnierzy.

– Jakim prawem? Proszę o nakaz sądowy! – Witold wystąpił krok naprzód. Nie zamierzał dać się zastraszyć.

– Za chwilę go otrzymasz. – Porucznik zerknął na Prusa kpiąco.

Komturialny zapalił papierosa i, ignorując Prusów, czekał na wyniki przeszukania. Po chwili nadbiegł jeden z żołnierzy. Stanął przed porucznikiem i pokręcił przecząco głową. Ten zmarszczył czoło i zerknął z wściekłością na Witolda.

– Do lasu! Nie mogą być daleko!

Kaunigas uśmiechnął się nieznacznie.

– Cóż zatem z tym nakazem? – Nie musiał już krzyczeć, teraz on był górą.

Porucznik zacisnął szczęki i rozejrzał się bezradnie po dziedzińcu. Wydawało się, że zrezygnuje i wycofa ludzi, gdy nagle coś zwróciło jego uwagę. Ruszył w stronę wiaty, stanął przy jednym z żubrów, dotknął obłoconych opon i zajrzał na platformę ładunkową. Otworzył drzwi ciężarówki i zniknął na chwilę w szoferce. Prusowie poruszyli się niespokojnie.

– Bez nerwów – mruknął Witold.

Krzyżak powrócił na ganek. Już się nie denerwował, jego twarz była bez wyrazu.

– Do kogo należą te ciężarówki?

– Nie muszę odpowiadać na to pytanie – odparł chłodno Witold. – Skoro nie macie nakazu, proszę opuścić moją posiadłość.

– Te żubry mają bydgoskie tablice. Ciekawe, skąd się tu wzięły... – zastanawiał się porucznik pozornie obojętnym tonem, całkowicie ignorując żądania Prusa.

– Jeśli zaraz nie wyniesiecie się stąd, złożę skargę w delegaturze...

– Milcz, psie! – Krzyżak przestał udawać, w jego głosie pogarda mieszała się ze złośliwą satysfakcją. – Jesteś aresztowany pod zarzutem zdrady! Brać go!

Trzech Prusów zagrodziło drogę żołnierzom.

– Stawianie oporu nie poprawi waszej sytuacji! – Porucznik wymierzył z pistoletu w pierś najbliższego.

– Zostańcie na miejscu! – Witold zatrzymał swoich ludzi. – Rzeczpospolita dowie się o waszym napadzie! – rzucił w stronę Krzyżaka.

– Nie myśl, że jesteś tak sprytny. – Porucznik splunął mu pod nogi. – Tym razem wpadłeś i już się nie wywiniesz. Przeszukamy każdą piędź ziemi i znajdziemy dowody twojej zdrady. Tych drani też złapiemy. Nie umkną nam.

– Jutro będę wolny. – Witold spojrzał na komturialnego z pogardą.

– To się jeszcze okaże. – Porucznik skinął na swoich ludzi. – Do samochodu z nim!

Rozdział 4

Toruń. Rynek Starego Miasta
28 kwietnia 1957 roku

Powietrze było rześkie, przepełnione intensywnym zapachem kwitnących drzew. Poprzedniego dnia nad miastem przeszła gwałtowna burza, a silny wiatr połamał drzewa w parku Dobosza. Jeszcze nad ranem deszczowe chmury zasnuwały niebo, jednak powoli zaczęło się przejaśniać i wreszcie około godziny dziesiątej zaświeciło słońce. Brukowany plac wokół ratusza staromiejskiego wypełniał tłum mieszczan. Wszystkie okna kamienic otaczających rynek otwarte były na oścież, a niemalże z każdego kilkoro ludzi spoglądało na dół, gdzie za chwilę miały rozpocząć się doroczne uroczystości Postanowień Toruńskich[22].

---

[22] Postanowienia Toruńskie – zawarte w 1772 r. po stłumieniu powstania w Zakonie, sankcjonowały podział tego kraju na samodzielne, niezależne komturie.

Na wprost bramy głównej ratusza kończono właśnie montaż wysokiego podium. Robotnicy ułożyli już na deskach czerwone sukno i teraz zaczęli kłaść materiał na bruku, pomiędzy metalowymi barierkami, które wyznaczały korytarz, biegnący przez rynek w głąb głównej ulicy Starego Miasta. Fronty kamienic obwieszone były ogromnymi flagami Rzeczypospolitej i Zakonu Krzyżackiego. Przestrzeń pomiędzy budynkami a metalowym kordonem wypełniali szczelnie mieszkańcy miasta. Wczorajsza burza znacznie utrudniła, a zarazem opóźniła wszelkie prace, więc teraz robotnicy pracowali w pośpiechu, przeciskając się od czasu do czasu wśród czekającego tłumu. Po pół godzinie zakończyli rozkładanie chodnika u wylotu rynku nowomiejskiego. Uroczystość mogła się rozpocząć.

Pośrodku placu, tuż obok niewielkiego kościoła husyckiego, w dwóch równych szeregach stanęło dwudziestu żołnierzy garnizonu toruńskiego. Do dwunastej brakowało zaledwie pięciu minut, kiedy od strony ulicy Świętej Katarzyny nadjechał biały Toor 670. Samochód zatrzymał się w specjalnie wyznaczonym miejscu, otworzyły się drzwi i ze środka wysiadł Konrad von Elster, Wielki Mistrz Zakonu Krzyżackiego, ubrany w stosowny do okoliczności, zwyczajowy strój urzędników krzyżackich – prosty, szary kaftan pozbawiony jakichkolwiek ozdób.

Mistrz liczył sobie blisko pięćdziesiąt lat. Jego ponurą twarz przecinały liczne zmarszczki i paskudna, szeroka blizna, ciągnąca się od skroni aż do wydatnej szczęki – pamiątka po nieudanym zamachu, którego cztery lata temu dokonali Prusowie. Zarówno surowe skrzywienie warg, jak i sylwetka, szczupła, żylasta wręcz, mimo szerokich ramion, znamionowały ascetę. Wysiadłszy, uniósł głowę i wyprostował. Po jego bokach stanęło dwóch komturów, olsztyński i elbląski. Oddział reprezentacyjny oddał Krzyżakom honory, po czym ustawił się tuż za nimi, przy początku czerwonego chodnika.

Kiedy zegar, umieszczony na jednej z kamienic, wybił południe, Wielki Mistrz wraz z komturami ruszyli w stronę rynku staromiejskiego. Żołnierze Rzeczypospolitej, ustawieni w równych szeregach, tworzyli żywy mur odgradzający Krzyżaków od tłumu.

Zgromadzona publiczność odprowadzała wzrokiem postać Mistrza, który zdawał się nikogo nie dostrzegać. Szedł równym krokiem, patrząc wprost przed siebie, a na jego twarzy malował się wyraz obojętności i lekkiego znudzenia. Ludzie szeptali między sobą, lecz nie sposób było usłyszeć, o czym mówią. Nikt nie odważył się podnieść głosu, bowiem wzdłuż trasy przemarszu, rozstawieni co kilka łokci, policjanci pilnowali, aby przebieg uroczystości nie został w żaden sposób zakłócony. Kiedy Krzyżacy dotarli do Szerokiego Traktu, a w perspektywie pojawił się ratusz staromiejski, z głośników umieszczonych na dachach kamienic popłynęły dźwięki Bogurodzicy – hymnu Rzeczypospolitej.

Tłum po obu stronach barierek najpierw powoli, a potem coraz głośniej podjął pieśń, która zabrzmiała z tak potężną mocą, że zdawała się przenikać przez mury. Wielki Mistrz spoglądał w stronę widocznego już podium. Ostatnie sto łokci pokonał w ogłuszającym jazgocie werbli. Kiedy pochód stanął na rynku, wszystko nagle umilkło.

Z ratusza na spotkanie Krzyżaków wyszli dostojnicy Rzeczypospolitej z wojewodą toruńskim na czele. Weszli po schodach na podest i zasiedli na specjalnie przygotowanych krzesłach, umieszczonych na dodatkowym podwyższeniu. Wielki Mistrz i komturowie dotarli na podium z drugiej strony i stanęli naprzeciw wojewody. Panowała teraz kompletna cisza. Oczy wszystkich zwrócone były na drewnianą mównicę, obróconą w stronę rynku.

Konrad von Elster pochylił lekko głowę w stronę wojewody. Ten wstał, ukłonił się i usiadł ponownie. Mistrz wszedł na mównicę, spojrzał na tłum i zaczął mówić wolno, głosem czystym i wyraźnym:

– Ja, Konrad von Elster, z Bożej łaski Wielki Mistrz Zakonu Krzyżackiego, zgodnie ze starym zwyczajem przybyłem do miasta Torunia, by złożyć dowód nieustającej przyjaźni, która od wieków łączy nasze państwa. Tak jak moi poprzednicy, pomni na miłość i opiekę, jaką otacza nas Rzeczpospolita, chcę zapewnić, że będziemy trwać przy niej w wojnie i pokoju, będziemy cieszyć się jej szczęściem i smucić, kiedy dotknie ją niepowodzenie. Wielka Rada Zakonu Krzyżackiego ustanowiona została strażnikiem praw, które powołano do życia dla naszego wspólnego dobra. Stojąc na tym miejscu, zaświadczam, że dołożę wszelkich starań, aby nikt nigdy tych praw nie podważył. Poświadczam powagą mojego urzędu, że wszystkie zasady Postanowień Toruńskich będą przestrzegane. Świadomy przysięgi, jaką złożyłem, wobec Boga i historii przysięgam, że danego słowa nie złamię.

Mistrz zamilkł i skierował spojrzenie ku wojewodzie. Uśmiechnął się, lecz jego oczy pozostały zimne.

* * *

W wielkiej sali rycerskiej, na parterze ratusza staromiejskiego, kończono ostatnie przygotowania do uroczystego obiadu, wydawanego na cześć dostojników krzyżackich. Zaproszono jak zwykle radę miejską Torunia, władze jedenastu nadgranicznych powiatów, oraz wojewodę gdańskiego. Gospodarzem przyjęcia był wojewoda toruński, który zajął miejsce przy drzwiach i witał się z przybyłymi. Jako pierwsza pojawiła się delegacja krzyżacka. Tradycyjnie zarezerwowano dla niej miejsce pośrodku stołu. Potem kolejno wchodzili przedstawiciele powiatów, a na końcu wojewoda gdański. Sala wypełniła się gwarem. Dopiero gdy wojewoda toruński, Bartłomiej Lisowczyk, zastukał ceremonialną buławą w stół, uciszyło się nieco. Lisowczyk odczekał jeszcze chwilę i powiedział głośno:

– Chciałem powitać serdecznie naszych dostojnych gości, którzy odwiedzili nas w ten piękny wiosenny dzień.

Rozległy się oklaski. Mistrz uniósł się z krzesła i ukłonił wojewodzie.

– Gościć w waszym mieście, które z roku na rok zdaje się być coraz piękniejsze, to niewypowiedziana przyjemność. – Podobnie jak reszta Krzyżaków, mówił doskonale po polsku. Jego wypowiedź również nagrodzono gromkimi brawami.

Nadszedł moment przekazania darów, które zwyczajowo miały stanowić wyraz jak najlepszej woli obu stron. Lisowczyk podszedł do Mistrza i wręczył mu wielki kosz, wypełniony piernikami toruńskimi, oraz srebrną paterę – symbol miasta. W zamian otrzymał ciężką bursztynową szkatułę, wykonaną w słynnych na całym świecie warsztatach sambijskich. Znowu rozległy się brawa. Oficjalna część spotkania została zakończona.

Kiedy dostojnicy wrócili na swoje miejsca, otworzono boczne drzwi, weszło przez nie czterech kucharzy niosących na barkach wielki, wykonany ze srebra półmisek, na którym spoczywał pieczony dzik. Za nimi następna czwórka wtoczyła wózek z dębową beczką piwa gdańskiego, uchodzącego za najlepsze w całej Koronie. Potem podano bigos, bażanty po królewsku, wino z Sofii oraz wiele innych potraw, wśród których nie zabrakło tradycyjnej kiełbasy królewieckiej, pasztetów ostródzkich i szczupaków w galarecie, z których słynęła kuchnia krzyżacka. Na koniec, w kryształowych karafkach, podano wódkę Goldwasser wyrabianą w Rzeczypospolitej i Zakonie. Zapachy potraw napełniły całą salę. Zapłonęły świece. Był to sygnał do rozpoczęcia uczty.

Komtur olsztyński już od kilku minut z utęsknieniem spoglądał na zastawiony stół. Kochał jeść, co zresztą łatwo było odgadnąć, patrząc na jego tuszę. Nie wyglądał na swoje pięćdziesiąt lat, bowiem nawet czas nie dał rady solidnej warstwie tłuszczu i nie zdołał wyryć zmarszczek na twarzy komtura, pozostawiając ją gładką i pyzatą. Jedynie mocno przerzedzone i siwiejące włosy, opadające na kark cienkimi kosmykami, mogły być świadectwem wieku olsztynianina, bowiem i zachowanie Krzyżaka było wcale młodzieńcze. Jak wielu grubasów, miał niespożytą wręcz energię i prezentował nieustanną pogodę ducha. O ile nikt nie kazał mu czekać na posiłek. Komtur położył ręce na stole i witał radosnym wzrokiem każde nowe danie. Łykał nerwowo ślinę, ilekroć półmisek lądował daleko. Mistrz spoglądał na niego z niechęcią, wreszcie nie wytrzymał i mruknął cicho:

– Anton, przestań zachowywać się jakbyś nie jadł od trzech dni. Gotowi pomyśleć, że komtur krzyżacki odżywia się suchym chlebem.

– Żartujesz sobie? Wystarczy, że popatrzą na mnie, a nic takiego nie przyjdzie im do głowy! – roześmiał się Nowotny. – Poza tym, dobre obyczaje nakazują spróbować każdej potrawy. Nie chcesz chyba urazić naszych gospodarzy. – W jego głosie pojawiła się kpiąca nuta.

– Zamierzasz spróbować wszystkiego? – spytał Mistrz, trudno ocenić, czy bardziej z niedowierzaniem, czy też niesmakiem.

– Nie przejmuj się moją dietą, a raczej współbiesiadnikami. Zdaje się, że burmistrz tylko czeka na okazję do rozpoczęcia pogawędki. – Komtur nieznacznie skinął głową w stronę siedzących naprzeciwko Lisowczyka i radnych z Brodnicy. Rzeczywiście. Gdy tylko Konrad von Elster podniósł wzrok, burmistrz uśmiechnął się radośnie i pochylił przez stół w jego stronę.

– Przepraszam, że przerywam interesującą zapewne rozmowę, i ja, i rada miasta chcielibyśmy wykorzystać tę jakże sposobną okazję i zwrócić się o pomoc w pewnej sprawie...

– Ależ proszę. Okazja rzeczywiście rzadka. Takie spotkania stanowią sprzyjającą okoliczność do rozmów o wszelkich problemach. Jaka to sprawa? – Wyraz uprzejmej przychylności na chwilę złagodził nieco surowość rysów Krzyżaka.

Burmistrz usadowił się wygodniej, spojrzał na rajców i zaczął z namysłem:

– Otóż mamy problem z drogą, która wiedzie z Brodnicy do Ostródy. Po naszej stronie zakończyliśmy remont już dwa miesiące temu, jednak u was roboty stanęły i cały odcinek dwudziestu pięciu staj niezdatny jest do użytku. Ta droga ważna jest nie tylko dla nas, ale także i dla waszych kupców, którzy tracą ogromne kwoty, wysyłając towary przez Grudziądz.

– Z pewnością – zgodził się z powagą komtur. – Tym bardziej jej jakość leży w interesie obu stron. Czy o to chodzi?

– Otóż, proszę mnie źle nie zrozumieć, ale według nas, jest to problem natury politycznej... – Burmistrz zawahał się.

– Niech pan mówi, proszę się nie krępować.

– Problem jest taki, że burmistrz Ostródy wstrzymał prace, bo przetarg na remont waszego odcinka wygrała firma z Brodnicy. Proszę mi wierzyć, wszystko przebiegło zgodnie z prawem, co zresztą można sprawdzić. Pan Krebs czyni zaś trudności. Natomiast, kiedy myśmy budowali lotnisko, aż cztery wasze firmy dostały koncesję. Na budowę pasa startowego, utwardzanie gruntu, no i na budowę dróg dojazdowych – wyliczał burmistrz. – Jeśli sytuacja się nie zmieni, wystąpimy w tej sprawie do Sądu Najwyższego. Choć to ostatnia rzecz, jakiej byśmy chcieli. – Zgodny pomruk rajców potwierdził słowa burmistrza.

Konrad von Elster uśmiechnął się rozbrajająco i powiedział ugodowo:

– Nie będzie takiej potrzeby. Wyznaję zasadę, że kiedy ludzie rozmawiają, najczęściej dochodzą do porozumienia...

– My też jesteśmy otwarci na współpracę – zapewnił burmistrz, znowu przy wtórze aprobujących pomruków członków rady.

– Moja propozycja jest następująca. – Mistrz odsunął pusty półmisek. – Jeszcze dziś spotkam się z komturem ostródzkim i osobiście poproszę go o interwencję. Zakon stoi prawem i jeśli rzeczywiście doszło do jego złamania, winni zostaną pociągnięci do odpowiedzialności. Czy takie rozwiązanie sprawy was zadowala?

– Pańskie słowo jest dla nas wystarczającą gwarancją. – Burmistrz uśmiechnął się z zadowoleniem.

Rajcy brodniccy unieśli wielkie kufle z piwem gdańskim.

– Pańskie zdrowie, komturze!

– I was niech Bóg ma w opiece. – Komtur dźwignął swój kufel.

* * *

Wraz z kolejnymi kuflami piwa, atmosfera na sali stawała się coraz swobodniejsza. Niewielu z gości pozostało na swoich miejscach. Większość korzystała z okazji, by drogą półoficjalną załatwić swoje interesy. Konrad von Elster i komturowie olsztyński i elbląski również wstali od stołu, mniej wprawdzie mieli do załatwienia, ale wielu z biesiadników domagało się rozmowy z nimi, w imię kolejnych, nie cierpiących zwłoki spraw. Anton Nowotny – mistrz uników i dyplomacji – był w swoim żywiole. Rozdawał uśmiechy, kłaniał się, ściskał ręce. Sama jego aparycja ściągała kolejnych rozmówców, bowiem każdy czuł się swobodniej w towarzystwie roześmianego tłuściocha, niż surowych i poważnych Wielkiego Mistrza i Edwarda Libela – komtura elbląskiego. Ci dwaj byli o wiele rzadziej nagabywani, więc cieszyli się większą swobodą w wyborze towarzystwa. Dołączyli do dostojników Rzeczypospolitej, którzy z wyraźnym zainteresowaniem przysłuchiwali się ożywionej wymianie zdań pomiędzy wojewodą toruńskim i gdańskim. Na widok podchodzących Krzyżaków obaj panowie zamilkli nagle, a Lisowczyk wydawał się być zakłopotany.

– Nie przeszkodziliśmy chyba w omawianiu jakiś ważnych spraw? – spytał sucho Libel, wiedząc, że tamtym nie wypada przytaknąć.

– Nie, skądże. Właściwie to nawet chcieliśmy zaprosić panów do rozmowy – odpowiedział ostrożnie wojewoda toruński. – Mówiliśmy o Witoldzie Kaunigasie, który jest naszym wspólnym znajomym...

– Witold Kaunigas przebywa w więzieniu i sądzony będzie z wyłączeniem Postanowień Toruńskich, które, jak wiadomo, nie obejmują zdrady państwa – zareagował ostro komtur elbląski.

– Macie oczywiście dowody? – Ton gdańszczanina, nawet przy dużej dozie dobrej woli, trzeba było uznać za napastliwy. Zresztą wojewoda znany był z niewyparzonego języka i krewkiego charakteru. Jego maniery często przysparzały mu kłopotów.

Komtur elbląski spojrzał wyzywająco na swojego sąsiada zza Wisły. Znali się od wielu lat i co rusz toczyli zaciekłe spory, jako że i Libel do dyplomatów nie należał.

– Czy mamy dowody? Nasze dowody są niepodważalne i nie zamierzamy wcale ich ukrywać. Zamierzamy nawet zwrócić się w tej sprawie do Sądu Najwyższego Rzeczypospolitej. Otóż kilka dni temu nasze wojska otoczyły posiadłość Kaunigasa i dokonały tam bardzo ciekawego odkrycia!

Dla zwiększenia efektu komtur zawiesił głos.

– Niech pan nie zwleka. – Lisowczyk nie potrafił ukryć zniecierpliwienia.

– Zatem dobrze, odkryję karty. Prócz zwykłej broni, zatrzymaliśmy również ładunek karabinów snajperskich Kania, które, jak wiadomo, są bronią strzelecką przeznaczoną dla oddziałów specjalnych, a ich wywóz objęty jest całkowitym zakazem. Kiedy sami złożyliśmy zapytanie o możliwość zakupu niewielkiej ilości tej broni, odprawiono nas z kwitkiem. Tymczasem najwyraźniej Prusowie złożyli ofertę odpowiedniej osobie, bo gdyby nie nasza akcja, weszliby w posiadanie karabinów nadających się znakomicie, na przykład, do skrytobójczych ataków.

– To niemożliwe! – krzyknął wojewoda gdański. – Broń ta objęta jest klauzulą pierwszej wagi i jej dystrybucja podlega bardzo ścisłej kontroli. Nigdy nie zdarzyło się, aby zginęła!

– Radziłbym zweryfikować poglądy, a może nawet i system tej kontroli. – Ton Krzyżaka był tak suchy i oficjalny, że trudno było nawet dopatrywać się w jego słowach złośliwości. – Odnaleźliśmy kanie zatopione w stawach otaczających posiadłość Kaunigasa. Sześćdziesiąt sztuk w oplombowanych fabrycznie skrzyniach.

– Czy pan coś sugeruje, komturze? – parsknął oburzony gdańszczanin.

– Przytaczam tylko fakty – odparł tym samym tonem Libel.

– Skąd ta broń się tam wzięła? – Wojewoda toruński wyglądał na zakłopotanego.

– Zakładamy, że dostawcą Kaunigasa jest ten słynny przemytnik, Mateusz Boryna. Choć nie udało się nam go złapać, to jednak jesteśmy pewni, że to on właśnie dostarczył broń Prusom. Według naszych informacji, człowiek ten współpracuje z pewnymi organizacjami, które są w rzeczywistości zakamuflowanymi bandami zbrojnymi, posiadającymi bazy wypadowe na terenie Rzeczypospolitej. – Komtur elbląski udawał, że nie widzi ostrzegawczego spojrzenia Mistrza.

Rzeplici popatrzyli na siebie w milczeniu.

– Moi drodzy, ta sprawa znajdzie swój finał w sądzie i on wyda wyrok. Nie jest naszą rzeczą rozstrzygać o tych sprawach. Proponuję, abyśmy wrócili do stołów. Widzę, że pojawiły się desery, a nie darowałbym sobie, gdyby przeszły nam koło nosa – powiedział szybko Mistrz, piorunując wzrokiem komtura.

Wojewodowie skłonili się i odeszli szybko. Edward Libel spoglądał za nimi z nieukrywaną satysfakcją.

– Zabiliśmy naszym drogim przyjaciołom niezłego ćwieka. – Uśmiechnął się złośliwie. – Udają, że nic nie wiedzą o przemycie broni...

– Powinieneś trzymać język za zębami. Teraz, gdy jesteśmy już tak blisko osiągnięcia celu, nie wolno nam ich prowokować – powiedział ze złością von Elster. – Wracajmy do stołu. Niech widzą, że Zakon nadal jest im posłuszny.

– Chodźmy. – Komtur elbląski westchnął ciężko – Chcę to już mieć za sobą.

Rozdział 5

Zakon Krzyżacki. Powiat Passenheim
1 maja 1957 roku

Zbliżało się południe. Słońce zalewało okolicę potokami żaru. Czarny Kobuz 1200 – mały, niepozorny samochód produkowany masowo w stolicy Mazowsza, minął ostatnie zabudowania wsi Novy Sad i wjechał na szeroką, wysadzaną lipami drogę prowadzącą do odległego o dwa staje[23] majątku. Pięć minut później limuzyna zatrzymała się przed bramą sporej posiadłości, położonej na skraju lasu. Natychmiast pojawiło się dwóch ludzi. Jeden z nich podszedł do samochodu i zajrzał do środka przez wpółotwartą szybę. Ciężkie wrota bramy rozwarły się na oścież. Kierowca odczekał chwilę i wjechał na wysypaną żwirem aleję, prowadzącą przez niewielki park. Limuzyna

[23] 1025 metrów

minęła stajnię i zatrzymała się na podjeździe przed okazałym, lecz zdewastowanym dworem. Pasażer kobuza – komtur ełcki Wilhelm Tellow, wysiadł z samochodu i, mrużąc oczy, rozejrzał się po dziedzińcu. Na pierwszy rzut oka wszystko wyglądało normalnie. Ot, zwykły majątek, średnio zamożnego szlachcica zakonnego, jakich setki pomiędzy Wartenburgiem[24], Allensteinem i Ortelsburgiem. Coś jednak różniło to miejsce od innych...

– Wilhelm! Co tak stoisz?! Wszyscy już na ciebie czekają! – Z ganku dobiegł donośny głos.

Komtur Anton Nowotny schodził po schodach, rozkładając ramiona w powitalnym geście.

– Podziwiam twoją pomysłowość. Jak znalazłeś to miejsce? – spytał Tellow, oddawszy uścisk.

– Nie było to specjalnie trudne. Przez podstawionego człowieka kupiliśmy majątek i tyle. Świetne, prawda?

– Czy aby nie za blisko wsi? Ludzi?

– Poprzednio otaczały nas las i zasieki, i co? Te pruskie psy już po dwóch miesiącach zaczęły węszyć po okolicy. Tutaj stosujemy maskowanie doskonałe. Spójrz tylko. – Komtur wskazał na kilku parobków, którzy szykowali opryskiwacze do wyjścia w pole.

– To ludzie Wiktora? – Tellow nie krył rozbawienia. – Jak idzie im robota?

– Radzą sobie. – Nowotny ujął komtura pod ramię. – Chodźmy do środka, wszyscy już są.

---

[24] Barczewo

Po chwili znaleźli się w obszernym, pozbawionym mebli, salonie. Całe pomieszczenie poddano gruntownej przebudowie. Wyburzono ściany, oddzielające salon od kuchni, a okna wychodzące na park i ogród zabito deskami. Pod ścianą umieszczono długi, wzmocniony metalowymi dźwigarami stół, na którym stały wielkie drewniane skrzynie.

Anton Nowotny zatrzymał się pośrodku salonu.

– Tutaj urządziliśmy składy, montownia znajduje się w chlewni.

– W chlewni? – Na twarzy ełckiego komtura odmalowało się zdumienie. – Myślałem, że ten proces wymaga... bardziej odpowiedniego miejsca.

– Na obecnym etapie to już nieważne. – Nowotny uśmiechnął się szeroko, niewątpliwe dumny z całego przedsięwzięcia. – W gruncie rzeczy potrzebne jest tylko pomieszczenie, w którym można spokojnie dokonać montażu.

– Mam jednak pewne obawy. – Tellow był bardziej sceptyczny. – Ilu ludzi pilnuje majątku?

– Wiem, o czym myślisz. – Z twarzy grubasa na moment nie zniknął wyraz rozradowania. Wyglądał jak wyłysiały, ale bardzo zadowolony z siebie, amorek. – Mamy tu pięćdziesięciu komturialnych. Bądź pewien, że nasza tajemnica jest dobrze chroniona.

Tellow westchnął ciężko.

– Mam nadzieję, że już niedługo nie będziemy musieli się ukrywać.

– Ale póki musimy, jest to najlepsza kryjówka z możliwych. Ale teraz dość o tym. Chodźmy na górę. Masz pewnie wiele do opowiedzenia.

Weszli na piętro. Przy wygaszonym kominku, wokół suto zastawionego stołu, siedziało kilku ludzi, którzy na widok Tellowa podnieśli się z foteli.

– Witamy naszego bohatera! – Mistrz objął komtura i ucałował go w oba policzki. – Pokaż się no! Dobrze wyglądasz! Syberia nie jest chyba taka straszna, jak mówią!

– Syberia jest naprawdę tak straszna, jak mówią. – Tellow usiadł w fotelu i odetchnął z ulgą. – To okropne miejsce i bardzo się cieszę, że wróciłem do normalnego świata. Gdzie Wiktor?

– Sprawdza posterunki, zaraz będzie. – Mistrz sięgnął po karafkę z wódką i podał kieliszek komturowi. Reszta obecnych natychmiast podniosła swoje.

– Za szczęśliwy powrót naszego drogiego Wilhelma! Za udaną próbę!

– Za wolność! – zabrzmiał donośny okrzyk.

– Opowiadaj. Jesteśmy ciekawi, jak to wyglądało z bliska. – Konrad von Elster spoglądał na komtura z niecierpliwością.

Ten założył ręce na brzuchu i zaczął mówić z przejęciem:

– Wyjechaliśmy z ośrodka o świcie, w kilkanaście samochodów. Podróż trwała niemal cały dzień. Tam nie ma w ogóle dróg, więc na miejsce dotarliśmy pod wieczór. Noc spędziliśmy w jakiejś zapomnianej przez boga wiosce. Zapewniam was, że była to najgorsza noc, jaką przeżyłem. Mróz dochodzący do...

– Wilhelmie, do brzegu, do brzegu – mruknął Nowotny.

– W porządku. – Komtur skinął głową ze zrozumieniem. – Nie będę was zanudzał. Eksperyment rozpoczęto o ósmej rano. Gdy nasi ludzie zakończyli montaż instalacji, wsiedliśmy do samochodów i wycofaliśmy się kilka staj na zachód. Myślałem, że nic nie zobaczę. Myliłem się. Nad wzgórzem, które wyznaczono jako miejsce przeprowadzenia eksperymentu, ukazał się gigantyczny grzyb utworzony z ziemi, popiołu i dymu. Tajga stanęła w ogniu, niebo zasnuły ciemności. Porażająca moc. Gdyby ładunek został zdetonowany w mieście... – Zamilkł na chwilę. – Panowie, po pięciu latach starań dopięliśmy wreszcie celu! 6 lutego roku pańskiego 1957 rozpoczęła się nowa era – era atomu. Jesteśmy jedynym państwem, dysponującym tak potężną bronią!

– Co z tymi... efektami ubocznymi? – spytał praktyczny jak zwykle Edward Libel. – Podobno narobił się tam niezły bigos?

Tellowowi nie udało się powstrzymać kolejnego ciężkiego westchnienia. Pokiwał głową.

– To, niestety, prawda. Straty spowodowane wybuchem były o wiele większe, niż zakładali specjaliści...

– O ile większe? – zaniepokoił się Konrad von Elster.

– Mimo że w promieniu dziesięciu staj nie było ludzkich siedzib, pożar rozprzestrzenił się w nieprawdopodobnym tempie. Spłonęło, niestety, kilka chałup położonych zbyt blisko strefy wybuchu. W Rosji nie przykłada się zbytniej wagi do życia chłopów pańszczyźnianych, ale należeli oni do naszego drogiego gubernatora, który, mówiąc oględnie, jest bardzo poruszony eksperymentem przeprowadzonym na jego ziemi.

– Rozmawiałeś z nim? Nie chce chyba zerwać umowy? – indagował Nowotny.

– Zerwać? Nie, raczej nie, ale jest wyraźnie przestraszony. Nie spodziewał się, że dojdzie do czegoś takiego. Jednak to nie wpłynęło na jego umiejętności handlowe. Wywęszył znakomitą, jego zdaniem, okazję.

– Ile chce? – Libel, jak każdy skąpiec, cierpiał na samą myśl o ponoszeniu jakichkolwiek kosztów.

– Ten dziwkarz nie chce pieniędzy. W zamian za zatuszowanie skutków eksplozji i rekompensatę za zniszczone obszary, zażądał wyłącznego przedstawicielstwa marki Toor na teren guberni moskiewskiej.

– Tylko tyle? A może od razu na całą Rosję? Co ten idiota sobie wyobraża?! – Mistrz uderzył pięścią w blat stołu. – Ten pies zapominał chyba, komu zawdzięcza swoje dotychczasowe powodzenie!

– Może już czas mu o tym przypomnieć. – Rozległ się nagle ponury głos. Szef służb komturialnych, Wiktor von Osten, podszedł do Tellowa, przywitał się z nim i spojrzał na Mistrza. – Z tą świnią od początku należało postępować zupełnie inaczej. – Na jego chudej, surowej twarzy pojawił się grymas złości. – Zawsze powtarzałem, że z Rosjanami należy rozmawiać z pozycji siły. To jedyna rzecz, którą rozumieją i szanują.

– Daj spokój. – Mistrz pokręcił głową. – Jesteśmy od niego zależni.

– On od nas też. – Von Osten nalał do kieliszka wódki i wypił ją jednym haustem. – Mam już plan, jak pozbyć się tego knura z gubernialnego stołka.

– Nie, na razie nie będziemy podejmować żadnych drastycznych kroków – powstrzymał te zapędy von Elster. – Zaproponujemy mu raz jeszcze pieniądze. Jeśli będzie robił problemy, wtedy zajmiesz się sprawą. W tej chwili najważniejsze są dostawy plutonu. – Mistrz spojrzał na Tellowa. – Powiedz, jak radzą sobie nasi ludzie?

– Ośrodek pracuje pełną parą, ale i tu pojawił się pewien problem... – Komtur zawiesił głos.

– Chińczycy? – Libel skrzywił się z głęboką niechęcią. – Jak blisko podeszli? W gazetach piszą, że nad Bajkałem trwają zacięte walki...

– Kiedy się temu przyjrzeć, to wszystko nie wygląda zbyt ciekawie – powiedział Tellow. – Choć, co prawda, kopalnie i ośrodek dzieli od chińskich pozycji niemal dziewięćset staj, to jednak, na tych olbrzymich przestrzeniach, europejskie pojęcie wojny nie ma zastosowania. Tam wszystko wygląda zupełnie inaczej. Nie ma linii frontu, okopów. Rosjanie bronią większych miast i głównych dróg, Chińczycy starają się te miasta i drogi odebrać. Po okolicy kręcą się setki dezerterów z armii chińskiej, rabują wsie, napadają na koleje i tak naprawdę są dla carskiej armii o wiele bardziej dokuczliwi, niż cała reszta tej żółtej dziczy.

– Może należałoby ewakuować laboratorium? – Libel powiódł wzrokiem po twarzach zebranych. – Może lepiej przenieść je gdzieś bliżej Uralu?

– To bezsensowny pomysł – powiedział twardo szef służb komturialnych. – Wojna na Syberii trwa już dwa lata i, jak dotąd, toczy się ze zmiennym szczęściem. Nie można zakładać, że właśnie teraz Rosjanie ulegną.

– To prawda – poparł go Nowotny. – Budowa nowych reaktorów pochłonie masę czasu i pieniędzy. Sami wiecie, jak wielkie wydatki ponieśliśmy. W obecnej chwili nie stać nas na taką rozrzutność.

– Co o tym sądzisz? – Mistrz spojrzał pytająco na Tellowa.

– Ośrodek powinien pracować bez chwili przerwy. – Komtur rozłożył bezradnie ręce. W takich okolicznościach decyzja nie była rzeczą łatwą. – Myślę, że powinniśmy wyasygnować środki na dodatkowy oddział najemników, który wzmocni ochronę naszej syberyjskiej bazy.

– Ryzykowna sprawa. – Libel najwyraźniej nie był ani uspokojony, ani zadowolony z sytuacji. – Jeśli dojdzie do załamania rosyjskiej obrony, ośrodek znajdzie się w niebezpieczeństwie. W obecnej chwili dysponujemy tylko czterema ładunkami...

– Decyzja o rozpoczęciu powstania jest nieodwołalna.

Von Elster podniósł się z fotela i powiedział uroczystym tonem:

– Panowie, pojutrze przystępujemy do realizacji ostatniego, decydującego etapu naszego planu.

W pokoju zaległa cisza. Komturowie spoglądali na siebie w milczeniu.

– Wiktorze. – Mistrz spojrzał na von Ostena. – Czy twoi ludzie są gotowi?

– Znają swoje zadania i czekają na rozkazy – odparł krótko szef służb komturialnych.

– Co z wywiadem Rzeczypospolitej?

– Nie odkryli niczego, co mogłoby naprowadzić ich na właściwy trop. – W głosie von Ostena pojawiła się satysfakcja. – Ich pruskie sługusy też nie spisały się najlepiej. Nic nie wiedzą. To pewne.

– I od nich właśnie zaczniemy. – Twarz von Elstera zabarwił ledwie dostrzegalny rumieniec. Całe życie czekał na tę właśnie chwilę. – Wszystkie pruskie bandy mają zostać rozbite!

– Wstępny etap akcji został już zakończony. – Wiktor von Osten uśmiechnął się, wyjątkowo szeroko jak na niego. – Po akcji w Birke, mamy solidne podstawy, by rozpocząć aresztowania.

– Co z opozycją? – wtrącił się Nowotny. – Teraz, gdy zaczyna się decydująca rozgrywka, nie powinni pozostawać na wolności.

– Jest jeszcze za wcześnie. – Von Elster uniósł dłoń w ostrzegawczym geście. – Nie możemy...

– Zapominasz chyba, jak wielu mamy wrogów. – Grubas zmarszczył brwi, choć zazwyczaj ostrożny, czasem i do przesady, tym razem zdecydowanie skłaniał się ku konkretnym działaniom. – Wystarczy, że ten pies Minimus zacznie coś podejrzewać, a zaraz będziemy mieli na karku Inspektorów!

– Konrad ma rację – nieoczekiwanie poparł Mistrza von Osten. – Aresztowanie Minimusa w obecnej chwili byłoby co najmniej nierozsądne, mówiąc bez ogródek, byłoby kardynalnym błędem. Pod żadnym pozorem nie wolno nam obudzić czujności Rzeczypospolitej. Wszelkie gwałtowne, nierozważne posunięcia mogą zniweczyć wszystko, czego już dokonaliśmy. Pamiętajcie, że powodzenie naszego planu zależy od całkowitego zaskoczenia. Spokój i rozwaga mają teraz decydujące znaczenie.

– To właśnie rozwaga nakazuje zlikwidowanie źródła zagrożenia, jakim jest Minimus. – Nowotny był wściekły. – Dobrze wiecie, o czym mówię. Ten szczurzy pomiot bez wytchnienia szuka sojuszników! Znaczna część szlachty nie poprze powstania...

– Za nami stoi lud – odpowiedział mu chłodno Mistrz. – Obędziemy się bez szlachty. Plan działania został ustalony i nie ulegnie zmianie. Opozycja zostanie zlikwidowana w odpowiednim czasie.

Przez chwilę mierzyli się wzrokiem.

– Pozostawianie wroga za plecami nie jest przejawem rozsądku. – Komtur raz jeszcze spróbował przekonać zebranych do swoich racji, nie miał jednak wątpliwości, że próba ta była skazana na niepowodzenie. Von Osten też o tym wiedział.

– Wróg znany lepszy jest od nieznanego. Jeśli aresztujemy Minimusa, reszta tej hołoty natychmiast nabierze podejrzeń. Musimy unieszkodliwić ich jednocześnie.

– Nie traćmy czasu na jałowe dysputy. – Libel postanowił zażegnać rodzący się konflikt. – Chciałbym jeszcze rzucić okiem na montownię.

– Dobry pomysł. – Mistrz skinął głową. – Chodźmy zatem zobaczyć, jak radzą sobie nasi naukowcy.

* * *

Pięciu dostojników zakonnych opuściło dwór i skierowało się do chlewni. Długi na kilkadziesiąt łokci budynek był świeżo wyremontowany.

– Wiem już, czego tu brakuje – mruknął Tellow, kiedy stanęli przy głównym wejściu. – Świńskiego smrodu. Pamiętam folwark mojego dziadka. Choć chlewnie mieściły się z dala od dworu, w wietrzny dzień trzeba było zamykać okna.

– To ma jakieś znaczenie? – zainteresował się uprzejmie von Elster.

– Nie wiem. Myślę jednak, że miejscowi mogą zwrócić na to uwagę.

– Jesteś przewrażliwiony. Poza tym właściciel mógł przecież zrezygnować z hodowli, prawda?

– Niby tak.

Mistrz uśmiechnął się i skinął na muskularnego parobka, który pilnował wejścia.

– Proszę otworzyć, sierżancie – rzucił krótko.

Weszli do niewielkiego przedsionka, pobudowanego z nie otynkowanych cegieł. Przy stole ustawionym obok drzwi zasiadał młody człowiek, który na widok wchodzących wstał szybko, wyprężył się i zameldował służbiście:

– Kapitan Arnold Kądziela melduje posterunek w pełnej gotowości!

– Dziękuję, kapitanie. – Mistrz skinął głową. – Proszę o dostęp do montowni.

Komturialny podszedł do wmurowanej w ścianę klawiatury i kilkoma szybkimi ruchami wstukał kod otwierający drzwi.

– A niech mnie! – mruknął z podziwem Tellow. – Nieźle to wygląda!

Oczom Krzyżaków ukazała się rozległa, pozbawiona okien hala. Jej ściany pokryto warstwą białej farby, wyburzono kojce macior, a całą przestrzeń podłogi wyrównano betonową wylewką. Spomiędzy metalowych dźwigarów, na których opierał się strop, sączyło się mdłe światło. Centralny punkt hali stanowiło betonowe podwyższenie, na którym trwał właśnie montaż kolejnej bomby atomowej. Kilkunastu naukowców, ubranych w białe fartuchy, nadzorowało pokrywanie bomby duralowym poszyciem. Krzyżacy przeszli obok nich w milczeniu, kierując się w stronę drugiej części hali, oddzielonej od pierwszej świeżo wymurowaną ścianą. Komturialny, pilnujący wejścia do hali oznaczonej dużym „B", otworzył kolejne drzwi. Znaleźli się w niewielkim pomieszczeniu, gdzie w otwartych skrzyniach spoczywały gotowe bomby atomowe. Kilku ludzi pochylało się nad jedną z nich. Starszy mężczyzna w białym kitlu na widok dostojników zamarł w bezruchu.

– Dzień dobry. Miło pana znowu ujrzeć – powiedział Mistrz.

Profesor William Hopkins, szef zespołu naukowców, przyglądał się Krzyżakom bez słowa. W ciągu półtora roku, jaki minął od chwili jego uprowadzenia, zmienił się nie do poznania. Schudł znacznie, na jego twarzy pojawiły się nowe zmarszczki, pod oczyma zaś głębokie cienie.

– Jak czuje się największy geniusz naszych czasów? – spytał Nowotny.

– Czuję się dobrze. – Niemiecki profesora był niemal bez zarzutu.

Von Osten zerknął w stronę techników, którzy natychmiast opuścili pomieszczenie. Profesor Hopkins nawet tego nie zauważył, nie spuszczał wzroku z Mistrza.

– Czy ma pan jakieś wieści o moim synu? – spytał natarczywie. – Czy udało się wam wreszcie ustalić, gdzie jest więziony?

Mistrz skinął głową.

– Zgodnie z naszą umową, podjęliśmy pewne działania zmierzające do wydostania go z Irlandii...

– Co się z nim dzieje? Jak go traktują? Czy był torturowany? – wyrzucił jednym tchem profesor, nerwowo splatając palce, jakby nagle nie wiedział, co zrobić z rękoma. Bał się, a jednak obudzona nadzieja ożywiła jego twarz, przydając oczom dawnego blasku.

– Przebywa obecnie w więzieniu w Dublinie – odparł von Osten, wyraźnie ważąc słowa. – Z tego co udało się nam ustalić, ma się dobrze.

– Kiedy go odbijecie? – spytał gorączkowo Hopkins. – Wypełniłem swoje zobowiązanie. Pomogłem wam zbudować bomby.

– Zawsze dotrzymujemy danego słowa – powiedział spokojnie Mistrz. – Jeśli wszystko pójdzie po naszej myśli, zobaczy się pan z synem za dwa miesiące.

– Dwa miesiące? – Na twarzy profesora pojawiła się ulga, lecz zaraz powrócił wcześniejszy niepokój. – Jak zamierzacie to zrobić? Wyślecie znowu okręt podwodny? Co stanie się, jeśli wasi ludzie popełnią jakiś błąd? Sami powiedzieliście, że ci dranie z Fastatu pilnują go jak oka w głowie.

– Proszę się o to nie martwić – uspokoił go von Osten. – Jak pan zauważył, nasze siły specjalne potrafią poradzić sobie w każdej sytuacji.

– To dobrze, to bardzo dobrze. – Profesor uniósł twarz ku górze i przymknął oczy.

– Zechce nas pan opuścić? – Libel trącił go lekko w ramię i bezceremonialnie wskazał drzwi.

– Oczywiście. – Hopkins zmieszał się lekko i, odwróciwszy się na pięcie, wyszedł szybko z hali.

– Trzeba będzie wreszcie powiedzieć mu, co stało się z jego synem – odezwał się po chwili Mistrz. – Prędzej czy później pozna prawdę.

– Jeszcze nie teraz – mruknął szef służb komturialnych. – Jeśli dowie się, że jego syn zmarł w więzieniu, może odmówić dalszej współpracy, a do tego dopuścić nie wolno. Ten człowiek jest nam ciągle potrzebny.

– Właściwie po co? – spytał niechętnie Libel. – Pomógł naszym naukowcom zakończyć program, więc nie widzę powodu, dla którego mamy się z nim cackać, jak z jajkiem. Powiedzmy mu prawdę.

– To nie takie proste, jak myślisz. – Nowotny podszedł do skrzyni i zajrzał do środka. – Gdyby nie on, to kto wie, jak długo musielibyśmy czekać na naszą cudowną broń. Umysł tego człowieka kryje jeszcze wiele tajemnic, które musimy poznać.

Krzyżacy otoczyli skrzynię, spoglądając w milczeniu na bombę.

– Wreszcie je mamy – powiedział z przejęciem Nowotny. – Tak długo czekałem na tę chwilę...

– Pięć lat starań zostało wreszcie nagrodzone – odezwał się uroczystym tonem Mistrz. – Teraz nadchodzi dzień próby.

Rozdział 6

Ciechanów – rynek Starego Miasta
2 maja 1957 roku

Zbliżało się południe i kocie łby, którymi wybrukowany był rynek ciechanowski, zdawały się roztapiać w słońcu, powietrze falowało ciężko, a ludzie snuli się otępiali i senni. Wiosna tego roku przyszła późno, bo jeszcze na początku kwietnia wschodnie połacie Kurlandii pokrywał śnieg, lecz kiedy wreszcie ustąpił, nastały upały, jakich nie było od przeszło pięćdziesięciu lat. Pogoda stała się ulubionym tematem rozmów mieszkańców Ciechanowa, przesiadujących w piwiarniach wokół rynku. Dla tego rolniczego powiatu, deszcz, burze, mróz i susza ciągle stanowiły o przyszłym powodzeniu.

W karczmie „U Haaga", naprzeciw ratusza, już prawie wszystkie miejsca były zajęte. Obszerne wnętrze huczało gwarem rozmów, narastającym w miarę, jak przybywało gości. Jan Haag, gruby karczmarz z sumiastym wąsem, na przemian popędzał gromadę, uwijających się jak w ukropie, kuchtów i witał nadchodzących gości. Szlachta z okolicznych majątków tłumnie odwiedzała tego dnia gospodę, więc już o wpół do dwunastej otwarto drzwi prowadzące na galerię, przeznaczoną właśnie dla niej.

Kiedy zegar na wieży wybił południe, w drzwiach oberży pojawił się Edo van Vaal, burmistrz Ciechanowa, ubrany w stosowny dla swojego urzędu mieszczański kaftan ze złotymi guzikami. Za nim na salę wkroczyło sześciu rajców. Burmistrz zajął miejsce za długim dębowym stołem, rajcowie zaś usiedli po jego bokach.

Gwar ucichł nagle. Oczy wszystkich obecnych skierowały się na ludzi stojących na wprost stołu. Już za chwilę miał rozpocząć się comiesięczny Nabytek, jak nazywano nadawanie obywatelstwa Kandydatom. Choć mogłoby się wydawać rzeczą niezwykłą, że czynności urzędowych dokonywano w karczmie, to jednak dla mieszkańców Ciechanowa było to nie tylko powszednie, ale też powodem do dumy. Uważali bowiem, że najważniejsze procedury powinny odbywać się jawnie, bez skrywania ich przed oczyma obywateli. Uznano też, że odwiedzana przez wszystkich, największa w mieście karczma jest najlepszym do tego miejscem. Że zaś w Rzeczypospolitej każdy powiat stanowił niemal odrębne państwo, rządzące się własnymi prawami, uznając zaledwie kilkaset Praw Kardynalnych[25], obowiązujących we

[25] zbiór praw określających ustrój Rzeczypospolitej

wszystkich województwach, w Ciechanowie tradycja publicznego urzędowania była przestrzegana od dziesiątek lat.

W zamierzchłych czasach piwo i miody często niebezpiecznie rozgrzewały atmosferę, lecz od przeszło stu lat obowiązywało prawo stanowiące, że czas obrad ograniczony będzie do dwóch godzin, co miało gwarantować trzeźwość umysłów obecnych. Różnie z tym bywało, lecz w ogólnym zarysie system się sprawdzał. Wspólne obrady były gwarantem praworządności, uznawanej przez wszystkich za podstawę wszelkiej pomyślności.

Edo van Vaal podniósł się ze swojego miejsca i głębokim ukłonem przywitał obecnych.

– Przepraszam za spóźnienie, doglądałem pola, przeklęta susza strasznie daje się we znaki – usprawiedliwił się, ocierając czoło.

Sala przyjęła jego oświadczenie ze zrozumieniem, większość zebranych borykała się z tym samym problemem. Ten i ów mruknął półgłosem coś niepochlebnego o pogodzie, ale te uwagi ścichły natychmiast, gdy van Vaal ponownie zajął swoje miejsce za stołem.

– Zatem zgodnie z tradycją, przystąpmy do comiesięcznego Nabytku. – Burmistrz sięgnął po leżące na stole dokumenty. – W miesiącu marcu roku pańskiego 1957 wpłynęło dwadzieścia jeden podań od Kandydatów, które zostaną dziś rozpatrzone.

Sięgnął po pierwszą teczkę, leżącą po prawej stronie. Spoglądał na nią przez chwilę, po czym podniósł wzrok na stojących naprzeciw ludzi.

– W pierwszej kolejności rozpatrzymy Obywatelstwa Natychmiastowe. Proszę o wystąpienie Kandydata, pana Aleksandra Reinera, obywatela Saksonii, doktora nauk medycznych, specjalistę w dziedzinie chorób serca.

Do stołu podszedł brodaty jegomość z żoną i dwójką dzieci. Ukłonił się nisko i wypowiedział stosowną formułkę:

– Zwracam się z prośbą o przyjęcie mnie i mojej rodziny w poczet obywateli Rzeczypospolitej. Prawa Kardynalne poznałem i zobowiązuję się przestrzegać ich, pod karą utraty wszelkich przywilejów.

– Witamy w Rzeczypospolitej. – Burmistrz sięgnął po oprawiony w skórę dokument nazywany Dowodem Obywatelskim. – Mam nadzieję, że to Ciechanów wzbogaci się o tak znamienitego fachowca? – Spojrzał pytająco na lekarza.

– Oczywiście, burmistrzu. Zamierzam otworzyć praktykę na ulicy Długiej pod numerem ósmym. Przez pierwszy miesiąc pobierać będę od każdego pacjenta opłatę w wysokości dwóch moresów – odparł nowy Rzeplita.

Jego słowa spotkały się z powszechnym uznaniem. Doktor postępował według starego prawa, nakazującego nowemu obywatelowi tak zwane Wkupne, polegające na świadczeniu usług po obniżonych cenach przez okres trzydziestu dni.

Burmistrz uśmiechnął się z zadowoleniem. Ilekroć Ciechanów wzbogacał się o wartościowych obywateli, jego pozycja również stawała się mocniejsza.

Sięgnął po kolejną teczkę. Zmarszczył czoło, bowiem na wprost niego stanął gruby Czech, oczywiście Husyta, a zarazem właściciel dwóch żwirowni i jednego tartaku. Człowiek ten, w odróżnieniu od reszty, był bardzo bogatym mieszczaninem, pochodzącym ze starego rodu z okolic Wraclavia. Wdowiec, który zapragnął przenieść się na starość do Ciechanowa wraz ze swoim majątkiem, ocenianym na blisko siedemset tysięcy moresów. Taka kwota musiała wzbudzać szacunek, lecz któż mógł przewidzieć, co ten grubas uczyni ze swoimi pieniędzmi? Może zapragnie wybudować fabrykę, która zmieni oblicze miasta?

Mieszczańskie rody Ciechanowa nie lubiły ludzi z południa i wschodu, przynoszących do Korony nowe obyczaje. Nikt tutaj nie potrzebował zmian istniejącego od setek lat porządku rzeczy. Cóż jednak mógł uczynić burmistrz? Jedno z Praw Kardynalnych mówiło, że majątek potrzebny do uzyskania natychmiastowego obywatelstwa musi wynosić najmniej czterysta tysięcy moresów. Czech był niemal dwa razy bogatszy, więc odmowa była niemożliwa. Van Vaal uśmiechnął się do grubasa i wręczył mu dokument.

W następnej sprawie jednak burmistrz mógł pofolgować swojej niechęci do obcych i dać wyraz złemu humorowi. Spojrzał na liczącą dwanaście osób rodzinę z Istambułu. Udał, że przegląda dokumenty, lecz werdykt był przesądzony. Południowcy nie mieli czego szukać w Koronie. Może gdyby spróbowali szczęścia gdzieś na Litwie lub w Megapolis, kto wie, być może los byłby dla nich bardziej łaskawy. Na Mazowszu traktowano ich jak zapowietrzonych, przyznając obywatelstwo tylko bogatym, lecz ci z kolei rzadko uciekali na północ.

Muzułmańska biedota mogła liczyć co najwyżej na skromny zasiłek, wypłacany przez okres trzech miesięcy, po którym wydalano ich poza obręb powiatu. System ten posiadał jedną, za to bardzo poważną wadę. W okolicy, na przedmieściach większych miast, koczowały tysiące uciekinierów z południa, żyjących w trzymiesięcznym rytmie „zasiłkowym". Składali podanie o obywatelstwo, a kiedy je odrzucano pobierali zasiłek, po czym przenosili się do kolejnego powiatu. Oczywiście pracowali nielegalnie, konkurując z Brandenburczykami, którzy z tego powodu nie wahali się prześladować muzułmanów.

– Odrzucone! – Burmistrz uderzył wielką pieczęcią w formularz. – Proszę zgłosić się jutro w urzędzie – powiedział, nie kryjąc niechęci, graniczącej wręcz z obrzydzeniem. Chudy Turek, nie zrażony odmową, uśmiechnął się, przyjmując dokument jako gwarancję utrzymania przez kolejny kwartał.

– Dziękuje pan – wymamrotał w łamanej polszczyźnie.

Burmistrz zacisnął ze złością zęby. Nie znosił południowców, nie rozumiał w tym względzie stanowiska szlachty, która z niezrozumiałych dla niego przyczyn uważała, że tym ludziom należą się jakiekolwiek pieniądze. Osobiście przepędziłby tych wszystkich brudasów, gdzie pieprz rośnie, ale stała mu na przeszkodzie „wielka" polityka. Twór rządzący się swoimi, coraz bardziej dziwnymi prawami.

Decyzja burmistrza co do Turków została przyjęta przez salę z uznaniem. Mieszczanie odprowadzali imigrantów wzrokiem, w którym nie było najmniejszego nawet cienia sympatii. Przez najbliższe trzy miesiące chudzielec i jego rodzina będą żyć z podatków płaconych sumiennie przez mieszkańców powiatu. A ci rozdawanie pieniędzy pochodzących, jakby nie patrzeć, z ich portfeli, uważali na objaw wielkiej głupoty. Kiedy południowcy opuścili piwiarnię, burmistrz odetchnął z ulgą.

Na sali pozostała jeszcze sześcioosobowa rodzina rosyjskich chłopów pańszczyźnianych. Uciekli podobno z bojarskiego majątku, leżącego gdzieś pod Pskowem. Mieszkali przez pół roku w Wilnie, lecz nie znaleźli tam stałego zatrudnienia i, stawiając wszystko na jedną kartę, ruszyli na zachód. Stali teraz przed dębowym stołem, niepewni swego losu. Rosjanie mieli na Mazowszu opinię dobrych pracowników, lecz okoliczne majątki szlacheckie zatrudniały głównie ludzi z Brandenburgii i Saksonii.

Burmistrz podniósł wzrok na galerię. Kubiak i Chrymiła, dwóch największych właścicieli ziemskich w całym powiecie, skinęło głowami twierdząco. Burmistrz zerknął ku drugiej stronie. Siedzieli tam Mrówczyński i Honczar, oponenci Kubiaka i Chrymiły. Burmistrz zawahał się. Przetarł ręką spocone czoło, westchnął ciężko i odezwał się z niejakim wahaniem:

– Obywatelstwo przyznane...

Ledwie wypowiedział te słowa, na sali zapanował tumult. Zanosiło się na długą kłótnię...

Druga część sali, odgrodzona od pierwszej drewnianym przepierzeniem, tonęła w półmroku. Tutaj dobijano targów. Przy stole, osłoniętym wielkimi beczkami z piwem, dwóch ludzi prowadziło cichą rozmowę.

– ...wczoraj aresztowali pięciu moich ludzi. Zgarnęli ich wprost z ulicy bez podania przyczyny. Nie udało mi się ustalić, dokąd ich wywieźli. Z całej mojej grupy na wolności pozostała zaledwie garstka. Nie jestem pewien, ale mnie też chyba śledzą. – Młody Prus rozejrzał się niepewnie po sali.

– Co z innymi grupami? Podobno wśród klanów znad Wielkich Jezior też były aresztowania? – Jego rozmówca, kapitan Wydziału Drugiego[26], przyglądał się mu badawczo.

– U nich jest jeszcze gorzej. Zamknęli już niemal wszystkich. Z tego co wiem, ocalało zaledwie kilkunastu. W całym protektoracie dzieje się to samo.

– Nie macie ze sobą kontaktu?

– Od jakiegoś tygodnia – potwierdził chłopak. – Pięć dni temu, zaraz po tym jak zamknęli Witolda, rozesłałem wiadomość o spotkaniu w Morągu. Mieli być ludzie ze wszystkich klanów. – Uśmiechnął się ponuro. – Gdy przybyliśmy na miejsce, już na nas czekali. Pułapkę zastawili doskonale. Policja, wojsko, służby komturialne. Zaczaili się w lesie, a gdy uznali, że jesteśmy w komplecie, uderzyli znienacka.

---

[26] wywiad wojskowy Rzeczypospolitej

– Zaatakowali was? – spytał z niedowierzaniem kapitan. – Chcesz powiedzieć, że użyli wojska?

– Wjechali do wsi dwoma czołgami. Nie mieliśmy żadnych szans. – Prus zapalił papierosa i zaciągnął się głęboko. – Z sześćdziesięciu ludzi ocalało zaledwie dwunastu. Reszta albo zginęła, albo dostała się do niewoli.

Z głębi sali dobiegły głośne wrzaski obradujących. Kapitan zerknął w tamtym kierunku, ale upewniwszy się, że to jedna ze zwykłych, przy takiej okazji, pyskówek, wrócił do przerwanej rozmowy.

– Wychodzi na to, że psubraty demontują całą waszą siatkę wywiadowczą – mruknął, wyraźnie zaniepokojony.

– To prawda, kapitanie. – Chłopak skinął głową. – Po napadzie na Brzozę wszyscy myśleliśmy, że to był nieszczęśliwy zbieg okoliczności, który pozbawił nasz klan przywódcy. Krzyżacy mieli mocne podstawy, żeby dokonać aresztowania, a protest złożyliśmy dla zyskania czasu. Teraz jednak wygląda na to, że szukali pretekstu, żeby uderzyć na nas. To wszystko zaczyna łączyć się w całość...

– Co masz na myśli? – zainteresował się kapitan.

– Nie czyta pan gazet? – Na twarzy jego rozmówcy odmalowało się autentyczne zdumienie.

– Mówisz o napadach na posterunki? Myśleliśmy, że to wasza robota...

– Nie mamy z nimi nic wspólnego – zaprzeczył zdecydowanie Prus. – Żaden oddział nie wychodził na akcję do tygodnia. Wiem to na pewno.

– Chcesz powiedzieć, że to prowokacja?

– Absolutnie. Widział pan te zdjęcia w gazetach? Pięciu żołnierzy zastrzelonych w lesie? A tytuły artykułów? „Wściekłe pruskie psy znowu kąsają", „Pruscy bandyci atakują o zmroku" i temu podobne. Od tygodnia o niczym innym nie piszą.

– Ciekawe – powiedział wolno kapitan. – Wiecie, dlaczego? Jakieś konkretne podejrzenia?

Prus pokręcił przecząco głową.

– Próbowaliśmy dowiedzieć się czegoś od naszych przyjaciół z północy, lecz oni również zamilkli. Kapitanie, Krzyżacy knują coś naprawdę niedobrego. – Rozejrzał się po sali i położył na stole szarą kopertę. – Tu jest wszystko, co udało się nam zebrać w ciągu ostatniego miesiąca. Niewiele tego. To właśnie główna treść meldunku. Blokada informacyjna. Aresztowali również wielu naszych informatorów.

Kapitan włożył kopertę do sakwy.

– Dziękuję, że mimo wszystko przybyłeś na spotkanie.

– Na nas zawsze możecie liczyć. – Chłopak uśmiechnął się zadowolony. – Póki choć jeden z nas jest na wolności, nie przestaniemy wam pomagać.

– Uważaj na siebie – powiedział kapitan.

– Niech pan pozdrowi swoich. – Prus podniósł się z miejsca. – Mam nadzieję, że niebawem znowu się zobaczymy.

Rozdział 7

Lwów. Stolica Rzeczypospolitej
3 maja 1957 roku

W kabinie niewielkiego śmigłowca „Dniestr-3" panował trudny do zniesienia hałas. Bogumił Stuk, dowódca mazowieckiej delegatury Wydziału Drugiego, siedział w przedziale pasażerskim i zrezygnowany wpatrywał się w plecy pilota. Dwugodzinny lot sprawił, że nie słyszał już nawet własnych myśli. W skroniach czuł świdrujący ból. Przymknął oczy w całkiem irracjonalnej nadziei odgrodzenia się od wszechobecnego huku, a poszarzałą twarz wykrzywił grymas cierpienia. Było coraz gorzej. Zerknął w stronę schowka, w którym trzymał lekarstwo na swoje dolegliwości. Zawahał się, wreszcie westchnął ciężko.

– Jeszcze jeden nie zaszkodzi.

Otworzył schowek, wyjął butelkę ulubionej „Woroneskiej" i podniósł ją do ust. Od razu poczuł się lepiej. Odetchnął z ulgą i skierował wzrok ku ziemi. W dole pokazały się już przedmieścia Lwowa. Ogromna, pięciomilionowa metropolia tonęła w promieniach porannego słońca. Śmigłowiec przelatywał właśnie nad fabryką „Jan Żubr i syn", produkującą najlepsze ciężarówki na świecie. Kompleks fabryczny, położony w przemysłowej dzielnicy Rogatki, przytłaczał swym ogromem. Po kilku minutach śmigłowiec znalazł się nad Starym Miastem. Przeleciał nad rynkiem i obrał kurs na Cebulkowo – dzielnicę wysokościowców. Górująca nad miastem wyspa drapaczy chmur wyrastała wprost w morza kamienic śródmieścia. Śmigłowiec obniżył gwałtownie lot. Przed nosem maszyny pojawiła się przysadzista sylwetka siedziby Wydziału Drugiego. Gmach rósł w oczach. Pilot osadził śmigłowiec na dachu budynku.

– O której wracamy, pułkowniku? – Spojrzał pytająco na Stuka.

– Nigdzie nie łaź. Zabawię niedługo. – Stuk wygramolił się z kabiny i ruszył w stronę schodów, prowadzących na położony w dole dziedziniec.

* * *

Janusz Sapieha, nazywany przed podwładnych niedźwiedziem z racji swojej potężnej budowy, przeglądał stertę dokumentów, zajmującą niemal połowę biurka. W gabinecie panowała cisza, mącona jedynie szumem wentylatora. Szef wywiadu wojskowego Rzeczypospolitej sięgał po kolejny raport, gdy rozległo się pukanie.

– Wejść! – rzucił krótko.

Skrzypnęły drzwi i do gabinetu wkroczył Bogumił Stuk. Sapieha zmierzył go uważnym spojrzeniem i wskazał na fotel stojący pod oknem.

– Siadaj.

Pułkownik zajął wskazane miejsce.

– Nie przeszkadzam?

– Przeszkadzasz, ale skoro masz sprawę nie cierpiącą zwłoki, znajdę chwilę. – Sapieha odsunął dokumenty i zerknął na swojego gościa badawczo. – Co przygnało cię tak nagle? Comiesięczne spotkanie już za tydzień. Nie mogłeś poczekać?

– Czasami tydzień to cała wieczność.

– Domyślam się więc, że to naprawdę coś ważnego. – Sapieha zapalił papierosa. – Mów, co się stało.

– Pamiętasz, o czym rozmawialiśmy ostatnim razem?

– Oczywiście. Twierdziłeś, że w protektoracie dzieje się coś niepokojącego. Żadnych konkretów, same przypuszczenia. Co zmieniło się od tamtego czasu?

– Przypuszczenia były tylko w ocenie tych durniów z wydziału analiz – powiedział ze złością Stuk. – Dla nich, póki niebo nie zawali się im na głowę, wszystko jest tylko niepotwierdzoną hipotezą.

– Analiza dostaw ropy od protektoratu nie wykazała niczego niepokojącego – odpowiedział Sapieha. – Twoje domysły okazały się chybione.

– Ich interpretacja faktów to przykład skrajnej bezmyślności – mruknął Stuk. – Krzyżacy w ciągu ośmiu ostatnich miesięcy zwiększyli import ropy niemal dwukrotnie. Czy ci durnie nie zauważyli, że w ten sposób protektorat może obyć się bez dostaw przez niemal rok? Wygląda to, jakby szykowali się do oblężenia. To właściwe słowo.

– Wykorzystują koniunkturę – odparł Sapieha. – Przy obecnych cenach ropy koszt zwiększenia zapasów strategicznych jest po prostu znacznie mniejszy.

– A import z Norwegii? Cena norweskiej ropy nie jest zbyt korzystna.

– To margines dostaw. – Sapieha wzruszył ramionami. – Taka jest opinia specjalistów.

Stuk zmrużył oczy i odezwał się, z trudem hamując narastającą wściekłość.

– Mam kilka nowych informacji, o których pewnie już słyszałeś. Dwudziestego szóstego kwietnia doszło do napaści na posiadłość przywódcy największego klanu pruskiego. Następnego dnia zaczęły się masowe aresztowania. W ciągu tygodnia zdemontowali niemal całą pruską siatkę wywiadowczą. Ta afera z karabinami, to zaplanowana, dobrze przygotowana akcja. Zadbali o każdy szczegół. Jestem pewien, że czekali tylko na okazję, by uderzyć. Wiem, co zaraz powiesz. Sąd Najwyższy zajmie się sprawą. Nim jednak to się stanie, miną miesiące. Zanim zareagują delegatury, zanim zjadą się komisje rozjemcze, nasze możliwości penetracji protektoratu spadną do zera. Czy nie rozumiesz, że im o to właśnie chodzi? Krzyżacy znają doskonale procedury i wiedzą, że działając zgodnie z prawem, mogą zyskać pół roku swobodnego działania, bez narażania się na sankcje ze strony Rzeczypospolitej.

– Krzyżacy mieli mocne podstawy do aresztowań. – Sapieha wzruszył ramionami, cała ta rozmowa zaczynała go irytować. – Wiesz zapewne, że złożyli już protest, a dowody rzeczowe, w postaci sześćdziesięciu karabinów snajperskich, dostarczyli do jednej z delegatur. Prusowie sami są sobie winni. Powinni wiedzieć, że Rzeczpospolita nie może tolerować takiego postępowania.

– Skoro Krzyżacy wiedzieli, którędy płynie broń dla Prusów, dlaczego dokonali przejęcia właśnie teraz? Nie dziwi cię to, że zwlekali? Przecież, na logikę, powinni uciąć proceder w chwili, gdy się o nim dowiedzieli! – Sięgnął do teczki i wyjął z niej kilka krzyżackich gazet. – Obejrzyj to. Zrozumiesz, o czym mówię.

Sapieha przyglądał się przez chwilę zdjęciu, umieszczonemu na tytułowej stronie polskojęzycznego wydania die „Zeit" – jedynej ogólnozakonnej gazety. Fotografia, wcale niezłej jakości, przedstawiała spalony posterunek policji w okolicach wsi Altedorf.

– Twierdzisz, że Prusowie nie mają z tym nic wspólnego? – zapytał wreszcie, choć domyślał się już, jaka będzie odpowiedź. Przy takim nastawieniu Stuka nie można było spodziewać się innej.

– To prowokacja – potwierdził tamten. – Sześciu zabitych żołnierzy, dwudziestu rannych, pięć napadów na wioski i siedmiu schwytanych napastników, którzy rzekomo należeli do Legionu Pruskiego. Moi ludzie i sami Prusowie potwierdzili, że to kryminaliści, którzy jeszcze miesiąc temu siedzieli w twierdzy w Ostródzie. Wyrok na nich wydano przedwczoraj, a następnego dnia zostali straceni. Inspektorzy nie zdążyli nawet zareagować. Czy to nic nie znaczy? W protektoracie nienawiść do Prusów wzrosła do nie notowanego od lat poziomu...

– Skąd pewność, że Prusowie nie próbują wprowadzić nas w błąd? Nie zapomniałeś chyba o wpadce twojego wydziału sprzed dwóch lat? Twierdziłeś, że to Krzyżacy napadli na delegaturę w Ełku.

– To była pomyłka! – Zirytował się Stuk. – Wszystkie klany potępiły ludzi Trokajły. Teraz informacje są pewne.

– Powiedz mi w takim razie, co ma się niby tam wydarzyć? – spytał Sapieha. – Chcesz powiedzieć, że Krzyżacy zamierzają się zbuntować?

– Tego nie powiedziałem – zaprzeczył gwałtownie Stuk. – Mam jednak przeczucie, że to wszystko łączy się ze sobą...

– Wiesz dobrze, że bunt w protektoracie to abstrakcja – przerwał mu Sapieha. – Jak miałoby to wyglądać? Ich armia liczy dwadzieścia tysięcy żołnierzy. Sądzisz, że odważą się wypowiedzieć posłuszeństwo? Myślisz, że nie zdają sobie sprawy, że na Litwie i w Koronie stoją dziesięciokrotnie liczniejsze siły, zdolne dotrzeć do Królewca w ciągu kilku?

– Wszystkie doniesienia wskazują... – zaczął Stuk.

– Posłuchaj mnie uważnie. – Sapieha już nie ukrywał zniecierpliwienia. – Odnoszę wrażenie, że nie potrafisz zachować dystansu wobec całej sprawy. Wiem, że z bliska wszystko może wyglądać nieco inaczej, jednak nie masz nic na potwierdzenie swoich podejrzeń. Kilka faktów, które można interpretować na wiele sposobów. Jeśli Krzyżacy próbują za naszymi plecami zrobić porządek z Prusami, podejmiemy stosowne kroki. Najpierw jednak niech sprawą zajmie się Sąd Najwyższy. Na razie nie będziemy się wtrącać.

– Takie są twoje polecenia? – spytał chłodno Stuk. – Mam pozwolić, by Krzyżacy spokojnie, krok po kroku, rozdeptali Prusów?

– Nie bądź cyniczny. Rozumiem twój niepokój, lecz nie widzę tu nic, co zagrażałoby Rzeczypospolitej. Na razie obserwuj rozwój wydarzeń. Za tydzień czekam na kolejny raport. – Sapieha ujął w ręce teczkę z dokumentami, dając poznać, że rozmowę uważa za zakończoną.

Pułkownik westchnął ciężko, podniósł się z fotela i bez słowa opuścił pokój. Sapieha podniósł głowę znad dokumentów i zerknął na pozostawione przez Stuka gazety. Przebiegł wzrokiem treść jednego z artykułów. Na jego czole pojawiła się głęboka bruzda. Przez chwilę przyglądał się zdjęciu przedstawiającemu spalony budynek policji.

– To niedorzeczność – mruknął wreszcie. – Ten człowiek jest przewrażliwiony.

Rozdział 8

Königsberg
3 maja 1957 roku

W pokoju, położonym na trzydziestym piętrze wieżowca, należącego do konsorcjum „OSO", panowała cisza. Komtur malborski Franc Minimus spoglądał przez okno, z którego rozpościerał się widok na śródmieście krzyżackiej stolicy. Sylwetka stojącego po drugiej stronie Blumenallee[27] bliźniaczego wieżowca, należącego do czeskiego banku VETLA, rozmywała się w potokach deszczu. Komtur wrócił do stołu, stojącego na środku pokoju, usiadł na krześle i zerknął w stronę drzwi. Poczuł ogarniającą go irytację. Od chwili gdy przybył na spotkanie, minął już kwadrans, a gospodarz nie raczył jeszcze się pojawić. „Chce pokazać, kto rozdaje karty" – pomyślał Minimus z goryczą. Dotknął spoconego czoła

[27] Aleja Kwiatowa

i poluźnił sztywny kołnierz, który uwierał go niemiłosiernie. Na myśl o spotkaniu, poczuł dreszcz niepokoju. Jak zostanie przyjęty? Być może źle postąpił, podejmując się tej delikatnej misji?

Drzwi uchyliły się bezszelestnie. Gospodarz, siedemdziesięcioletni starzec o surowym, władczym spojrzeniu, pojawił się jak zjawa.

– Witam w moich skromnych progach. – Starszy pan podszedł do komtura i wyciągnął rękę na powitanie. Nie było w tym geście serdeczności.

– Jest dla mnie zaszczytem, że zechciał pan poświęcić mi swój czas. – Minimus wstał pośpiesznie i uścisnął dłoń gospodarza.

– Mój czas jest rzeczywiście cenny, mam więc nadzieję, że to, co ma pan do powiedzenia, nie będzie czczą gadaniną. – Usłyszał chłodną odpowiedź.

Komtur spojrzał na rozmówcę. Stał przed nim sam Adam Toor, właściciel fabryki samochodów, którą założył pięćdziesiąt lat temu na przedmieściach Allenstein. Ten syn bednarza, w ciągu pół wieku przekształcił niepokaźny warsztat w największe północnoeuropejskie konsorcjum, którego przychód w 1945 roku przewyższył dochody państwa zakonnego. Zatrudniał sto dziesięć tysięcy robotników, w siedmiu oddziałach rozsianych po całej chrześcijańskiej Europie. Jego majątek oceniano na dziesięć miliardów moresów, a marka, którą stworzył, była bardziej znana niż samo państwo zakonne.

– Myślę, że to, co mam do powiedzenia, godne jest wysłuchania – odpowiedział Minimus.

– Niech pan siada. – Toor wskazał krzesło.

Sam zajął miejsce po przeciwnej stronie stołu i spojrzał na swojego gościa świdrującym wzrokiem.

– Powiem szczerze, że długo zastanawiałem się, czy przyjąć pana – powiedział po chwili.

– Co zatem przeważyło? – Minimus poczerwieniał lekko ze złości. Toor znany był ze swojej impertynencji, lecz rozmawiał przecież z komturem.

Starzec udał, że nie dosłyszał pytania. Sięgnął po stojącą obok karafkę.

– Napije się pan? To zwykła wódka, nie żadna Goldwasser, ani temu podobne świństwa. Piłem ją, gdy otwierałem swój warsztat, pijam i teraz. Najważniejsze, to nie wstydzić się swoich korzeni.

– Chętnie wypiję. – Minimus skinął głową.

Toor napełnił kieliszki.

– Zatem za nasze spotkanie, komturze.

– Za spotkanie.

Toor wprawnym ruchem przechylił kieliszek i otarł usta rękawem kaftana.

– Co zatem pana do mnie sprowadza? – spytał oficjalnym tonem.

– Sprawa, z którą przybywam, jest natury politycznej i dotyczy przyszłości Zakonu. Grupa ludzi, których reprezentuję, posiada dowody, że Mistrz wespół z kilkoma komturami zmierzają do rozwiązania problemu pruskiego na drodze siły. – Minimus zamilkł, przyglądając się kątem oka starcowi.

– Kogo właściwie pan reprezentuje? Grupa ludzi, to dość szerokie pojęcie. – Toor zapalił fajkę i spojrzał na gościa badawczo.

– Jest nas wielu – odparł Minimus. – Większość, to posłowie Sejmów Komturialnych.

– Słowa, które tu padły są poważnym oskarżeniem wobec Wielkiego Mistrza. – Toor wstał z miejsca i podszedł do okna. Spoglądał przez chwilę na panoramę miasta, po czym odezwał się już nieco mniej napastliwie. – Czy te dowody są... przekonywające?

– Zależy, o co pan pyta... – komtur zawiesił głos.

– Pytam, co zamierzacie z nimi zrobić.

Minimus westchnął ciężko i opuścił głowę.

– Zmierzamy do tego, by uniknąć ingerencji Rzeplitów w wewnętrzne sprawy Zakonu. Ludzie, którzy poważyli się na tak nieodpowiedzialne działania, nie zdają sobie sprawy z zagrożenia, które ściągną na nasze głowy.

– Nasze głowy? – Ton starca znów był sarkastyczny. – Kogo ma pan na myśli? Posłów Sejmów Komturialnych? Tych sztucznych tworów, stworzonych wbrew naszej tradycji?

Minimus podniósł się gwałtownie.

– Źle nas pan ocenia – powiedział twardo. – Jesteśmy patriotami, którzy chcą ocalić kraj przed interwencją Rzeczypospolitej.

Toor spoglądał na komtura z uwagą.

– Czego pan ode mnie właściwie chce? – spytał oschle.

Minimus nabrał głęboko powietrza.

– Szukamy drogi porozumienia z ludźmi skupionymi wokół Konrada von Elstera – powiedział szybko. – Rozumiemy ich postawę, lecz uważamy, że działania, które zamierzają podjąć, sprowadzą na Zakon nieszczęście. Że próba zniszczenia Prusów skończy się wkroczeniem obcych wojsk. W Rzeczypospolitej istnieją siły, które chciałyby uczynić z Zakonu kolejne województwo. Stracimy autonomię...

– To, co nazywa pan autonomią, jest w istocie zwykłą okupacją! – wysyczał Toor, pomarszczoną twarz wykrzywił grymas nienawiści.

– Od dwudziestu lat na terenie Zakonu nie stacjonują już obce wojska! – odparował natychmiast komtur. – Osiągnęliśmy to dzięki zręcznej polityce, prowadzonej przez ludzi, którzy zrozumieli, że w naszej sytuacji dyplomacja jest jedyną właściwą drogą postępowania...

– Wojska, o których pan mówi, mogą tu wrócić w każdej chwili – przerwał mu starzec gwałtownie.

– Od tego chcemy właśnie uchronić naszą ojczyznę – powiedział opanowanym głosem Minimus. Jego spokój podziałał na starca niczym kubeł zimnej wody. Toor opanował się natychmiast i następne pytanie zadał już pozornie obojętnym tonem:

– Dlaczego przychodzi pan akurat do mnie?

– Nie czas teraz na zabawę w kotka i myszkę – odparł Minimus. – Wiemy, że jest pan zwolennikiem Mistrza i że wspiera pan jego działania.

Na dźwięk tych słów Toor drgnął niespokojnie.

– Co jeszcze wiecie?

– Stan naszej wiedzy powiększa się ciągle – odparł enigmatycznie komtur.

Starzec odłożył wygasłą fajkę i opadł ciężko na krześle.

– Wie pan, gdzie byłem w 1902 roku? – spytał po chwili.

– W 1902 – komtur zawahał się. – Czy ma pan na myśli...

– To właśnie mam na myśli. – Toor podwinął rękaw kaftana. Skóra na przedramieniu była zgrubiała, pozbawiona owłosienia. – Wie pan co to jest? To ślad po miotaczu.

– Brał pan udział w obronie Memla[28]? – To było bardziej stwierdzenie niż pytanie.

– Otoczyli nas na starówce, dwadzieścia tysięcy żołdaków Drugiej Litewskiej. Nas było czterystu – głos starca zadrżał. – Reszta miasta była już w ich rękach. Płonęły Stare Spichrze i port. Przypuścili szturm o północy, gdy zakończył się ostrzał artylerii. Oni zawsze najpierw niszczą wszystko z dział, aby potem zająć ruiny. Taki miły sposób walki. I skuteczny. Z całego oddziału pozostało przy życiu pięćdziesięciu ludzi. Byłem jednym z nich. Gdy podeszli pod ratusz, rzuciliśmy ostatnie granaty. Wtedy właśnie użyli miotaczy płomieni. Poparzony wpełzłem do jakiejś dziury i przesiedziałem tam do świtu. Od śmierci uratował mnie przypadek. Uznali, że byłem zbyt młody, by brać udział w walce i puścili mnie wolno. – Starzec zamilkł ze wzrokiem utkwionym w okno. – Wie pan, dlaczego o tym mówię? – spytał po chwili.

Minimus skinął głową.

---

[28] Kłajpeda. 24 maja 1902 roku w wyniku akcji zbrojnej przyłączona do Rzeczypospolitej.

– Mój ojciec spędził rok w więzieniu, tylko dlatego, że ośmielił się żądać wycofania wojsk z Zakonu. Proszę mi wierzyć, nienawidzę Rzeplitów tak samo jak pan, lecz nie mogę pozwolić, by grupa szaleńców zniszczyła Zakon – odpowiedział w tym samym tonie.

Toor zmierzył komtura nienawistnym spojrzeniem.

– Jakie są wasze warunki? – spytał lodowato.

– Prosimy, byście zaprzestali dalszej działalności, której skutki mogą okazać się tragiczne dla całego kraju – rzucił twardo Minimus.

– Co zaś się stanie, jeśli to żądanie nie zostanie spełnione?

– Podejmiemy kroki, które uniemożliwią wam wszczęcie buntu.

Toor przyglądał się chłodno rozmówcy.

– Treść naszej rozmowy poznają zainteresowane osoby – powiedział po chwili milczenia tonem, który jasno sugerował, że rozmowa dobiegła końca.

– Gotowi jesteśmy spotkać się z pańskimi przyjaciółmi. Rozmowa może wiele wyjaśnić. – Minimus podniósł się z miejsca. – Oczekuję w najbliższym czasie konkretnych propozycji.

Ukłoniwszy się nieznacznie, ruszył w stronę wyjścia.

Toor odczekał chwilę, aż za komturem zamkną się drzwi, a odgłos jego kroków ucichnie na korytarzu i sięgnął po telefon. Nerwowym ruchem podniósł słuchawkę, wykręcił szybko numer i, stukając palcami o blat stołu, czekał na połączenie.

– Witam, Konradzie. – Starzec nabrał głęboko powietrza – Tak, był u mnie. Jest gorzej niż myślałeś. On coś wie. Nie, chyba nie poznał jeszcze naszej tajemnicy, ale jest blisko. Musicie go unieszkodliwić. To niebezpieczny człowiek. Bardzo niebezpieczny...

Rozdział 9

Zakon Krzyżacki, wieś Kiejsztany – posiadłość klanu Kaunigasów
4 maja 1957 roku

Pięciu ludzi kroczyło środkiem brukowanej drogi, biegnącej przez wieś, pogrążoną teraz w przedwieczornej ciszy. Minęli zamkniętą już kaufhalę litewskiej sieci „Alytus" i zatrzymali się pod kamiennym murem, otaczającym stary, piętnastowieczny kościół rzymskokatolicki, który jeszcze kilkadziesiąt lat temu stanowił centralny punkt osady, teraz zaś był ostatnim miejscem, do którego nie docierał zgiełk nowoczesności.

– Tutaj możemy spokojnie pogadać. – Mateusz spoczął na jednej z ław ustawionych pod olbrzymim dębem. Splótł dłonie na brzuchu i powiódł wzrokiem po twarzach swoich kamratów, którzy, rozsiadłszy się wokół niego, zerkali na siebie ukradkiem w oczekiwaniu, aż któryś z nich pierwszy zabierze głos.

– Mówcie, co leży wam na sercu – powiedział swobodnie, w tonie lekkiego znudzenia.

– W pierwszej kolejności, chcielibyśmy podziękować, żeś wreszcie raczył z nami porozmawiać – zaczął z przekąsem Sołtys. – Czekaliśmy na ciebie cały wczorajszy wieczór, a tobie nawet nie zachciało się poinformować nas, że nie będziesz miał czasu, żeby się z nami spotkać. Od kilku dni siedzisz we dworze i nosa za próg nie wychylisz. Staliśmy pod bramą do dziesiątej! Rozumiesz?! Do dziesiątej!

– Gadasz od rzeczy. – Ton głosu Mateusza stał się nagle oschły. – Wiecie przecież doskonale, kto wczoraj odwiedził Kiejsztany. Byli przedstawiciele wszystkich największych pruskich klanów. Czy uważacie, że w takiej chwili miałem czas na rozmowę z wami?

– No pewnie. – Sołtys wydął pogardliwe wargi. – Na cholerę miałeś z nami gadać, skoro zjechało się tak dostojne towarzystwo.

– Dajcie spokój – odezwał się szybko Kuna, widząc błysk w oku Mateusza. – Kłótnie nam niepotrzebne.

– Dowiedziałeś się choć czego? – spytał Dymitr Laszko, najstarszy z przemytników, liczący czterdzieści lat chudzielec, o zapadniętych policzkach i spokojnym, wiecznie zasmuconym spojrzeniu.

Mateusz wzruszył ramionami i powiedział niechętnie:

– Rozmowy toczyły się całą noc za zamkniętymi drzwiami. Wyszli dopiero nad ranem i zaraz rozjechali się każdy w swoją stronę.

– No to co żeś tam właściwie robił? – zdumiał się Kuna.

– Wyczekiwałem okazji, by dowiedzieć się, co postanowili – odparł Mateusz już wyraźnie rozdrażniony. – Mówcie, co macie do powiedzenia, nie mam zbyt wiele czasu.

– Przecież to jasne – odezwał się Otto Hötzel, dwudziestopięcioletni jasnowłosy Brandenburczyk, którego pyzata twarz, porośnięta kilkudniowym, szczeciniastym zarostem, przypominała księżyc w pełni. – Trzeba się stąd jak najszybciej wynosić. Po co tu siedzimy? Chcesz czekać, aż Krzyżacy i Prusowie wezmą się za łby? Czy ty naprawdę nie widzisz, na co się zanosi?

– Otto ma rację – potwierdził Dymitr. – W Brzozie mało co nas nie dorwali. Tutaj też nie jest bezpiecznie.

Mateusz zmarszczył brwi, odgarnął opadające na czoło włosy i zmierzył badawczym spojrzeniem pozostałą dwójkę.

– A wy? Co myślicie?

– Czy ja wiem? – Kuna potarł brodę i westchnął ciężko. – Prusowie to nasi najlepsi klienci. Jak ich teraz zostawimy, mogą się na nas wypiąć później.

– Bieszczadzki filozof – mruknął ze złością Sołtys. – Chyba ci się rozum od gorąca pomieszał, skoro tak głupio gadasz. Inną rzeczą jest dostarczać im broń, inną mieszać się w jakąś gównianą politykę. Co nas obchodzi ich wojna z Krzyżakami? To nie nasza sprawa. Wracajmy do domu i poczekajmy, co będzie.

– Posłuchaj, Mateuszu. – Branderburczyk nie miał wątpliwości i był zdecydowany zdusić je w kamracie. – Sam chyba widzisz, że tu dzieje się coś dziwnego. Granica obstawiona, wojsko na drogach. Zaczyna robić się niewesoło.

– Za chwilę możemy znaleźć się w samym środku wojny domowej – poparł go Dymitr.

Mateusz skinął głową, dając im do zrozumienia, że pojmuje te obawy. Milcząco patrzył przez chwilę na każdego ze swoich towarzyszy, wreszcie odchrząknął i zaczął mówić powoli, dobitnie, ważąc każde słowo.

– Straciliśmy ładunek wart dziesięć tysięcy To prawie wszystko, co udało się nam do tej pory odłożyć. Sami wiecie najlepiej, jak wielkie nadzieje wiązałem z tą dostawą. Ta inwestycja miała nas wreszcie postawić na nogi i umożliwić rozpoczęcie obsługi innych klanów. Tymczasem staliśmy się bankrutami. Tak, moi drodzy, to właściwe słowo. Cofnęliśmy się do punktu wyjścia, nie mamy nawet samochodu, żeby się stąd wydostać. Dlatego nie zgadzam się absolutnie na opuszczenie Kiejsztan. Jeśli przejdziemy na drugą stronę, nigdy już nie odzyskamy forsy. Wiecie, co to znaczy?

– O czym ty, do cholery, mówisz? – W głosie Ottona bardziej słychać było irytację niż zdziwienie. – Myślisz, że odzyskamy karabiny? Niby jakim sposobem? Przepadły i tyle. Czasami tak się zdarza.

– Życie ważniejsze jest od pieniędzy – powiedział filozoficznie Dymitr. – Strata dziesięciu tysięcy to jeszcze nie koniec świata. Byliśmy już w gorszych opałach i zawsze jakoś wychodziliśmy na swoje.

– Nie chodzi mi o karabiny.

– To po jaką cholerę chcesz tu siedzieć? – Sołtys był zły. Wciąż żywił urazę do Mateusza, a i zdanie Ottona i Dymitra jakoś bardziej trafiało mu do przekonania.

Mateusz odruchowo obrzucił uważnym spojrzeniem pusty dziedziniec kościoła, po czym sięgnął powoli do wewnętrznej kieszeni i wyjął złotą papierośnicę.

– Pamiętacie naszą akcję na Bałtyku? – spytał, zapalając jednocześnie papierosa. – Przejęliśmy dwadzieścia tysięcy w towarze. Wyszło na każdego po cztery tysiące. Niezła sumka, prawda?

– Co ma jedno do drugiego? – Otto wzruszył ramionami. – Możesz mi to wytłumaczyć?

– Niby nic, a jednak. Wtedy też mówiliście, że ryzyko jest zbyt duże.

– Przestań pieprzyć i powiedz wreszcie, o co ci chodzi? Masz jakiś konkretny plan? – burknął Sołtys.

– Plan? – Mateusz uśmiechnął się tajemniczo, strącając przesadnie uważnym ruchem słupek popiołu. – Mam raczej przeczucie, że nadarza się okazja, by nadrobić z nawiązką naszą stratę.

– W jaki sposób? – Otto przyglądał mu się podejrzliwie. – Myślisz o dostawach broni? Sam przecież powiedziałeś, że jesteśmy goli. Skąd weźmiesz forsę? Myślisz, że dostaniemy coś na kredyt?

– Jeśli będzie trzeba, lecz nie to w tej chwili jest najważniejsze. Teraz wystarczy obserwować sytuację i reagować, w zależności od jej rozwoju.

– Czyli że co? – spytał niepewnie Kuna.

– Jeśli Krzyżacy zamierzają dobrać się Prusom do skóry, w całym protektoracie zapanuje chaos. Prusowie będą atakowali Krzyżaków, Krzyżacy Prusów, my zaś będziemy w pobliżu. Może uda się zdobyć jakiś bank?

– To nie przejdzie – zauważył cierpko Dymitr. – Prusowie walczą o wolność i nie pozwolą na rabunek. Kostas jest jeszcze młody i głupi, ale jego doradcy to starzy wyjadacze. Nie lubią nas i jeśli tylko nadarzy się okazja, pozbędą się raz na zawsze.

– Morgajła to idiota o ograniczonym umyśle – stwierdził pogardliwie Mateusz. – Poradzimy sobie z nim bez problemów.

– Nie uśmiecha mi się łazić po lesie z karabinem. – Otto nadal nie był przekonany. – Ja się do tego nie nadaję...

– Nie będziemy nigdzie chodzić. – Mateusza wyraźnie irytował opór Brandenburczyka. – Będziemy pełnić rolę doradców. Kostas ma mnie za wielkiego specjalistę w zakresie taktyki, więc będę wiedział o każdym posunięciu Prusów. Czy naprawdę nie rozumiecie, jakie to daje możliwości?

– No to co będziemy właściwie robić? – Kuna był już kompletnie zdezorientowany. Skomplikowane plany, taktyka, czy jakakolwiek strategia nigdy nie były mocną stroną olbrzyma. – Mów jaśniej, bo za cholerę nie wiem, o co ci chodzi.

– Nie będziemy robić nic, absolutnie nic. – Mateusz poklepał górala po plecach. – Pójdziemy teraz do karczmy i posłuchamy najnowszych wieści z linii frontu.

– Nie chcę tu zostać – postawił się Otto. – Myślę...

– Nie interesuje mnie, co myślisz! – Mateusz obrócił się gwałtownie w stronę Brandenburczyka, celując w niego żarzącym się papierosem. – Mam dość twoich narzekań! Odkąd się ożeniłeś, stale są z tobą problemy! Jeśli taka jest twoja wola, to spieprzaj stąd w podskokach! Wracaj do żonki!

– Powiedz o niej choć jedno złe słowo, a rozwalę ci twój szlachecki łeb! – Otto poderwał się, zaciskając pięści.

– Ludzie, dajcie spokój – próbował łagodzić Kuna. – Po co się kłócić, nic dobrego to nie przyniesie.

– Idę do karczmy. – Mateusz cisnął ze złością niedopałek i wstał z ławy, ignorując dyszącego z wściekłości Ottona. – Jeśli myślicie tak samo jak on, to droga wolna. – Machnął ręką w ironicznym geście pożegnania. – Do granicy jest stąd jakieś dziesięć staj. Jak was Krzyżacy nie dopadną, za kilka godzin będziecie w Rzeczypospolitej.

Odwrócił się na pięcie i ruszył w stronę otoczonego sadami dworu. Kuna westchnął ciężko i spojrzał bezradnie na resztę przemytników.

– Co robimy?

– Idziecie ze mną? – Czerwony z gniewu Otto przyglądał się kamratom wyczekująco.

– Po mojemu, nie ma co się pchać diabłu na widły – odezwał się Sołtys stanowczo mniej obrażony i zły, za to raczej niepewny. – Nie znamy dobrze tych przeklętych lasów, a Prusów lepiej o pomoc nie prosić. Jak wyjdziemy na jakiś krzyżacki patrol, będzie z nami krucho.

– Sołtys dobrze mówi. – Dymitr kiwnął głową z wahaniem. Też chciał wrócić do domu, ale upieranie się przy tym za wszelką cenę mogło przynieść zdecydowanie odwrotny skutek. – Bez pomocy nie przejdziemy na drugą stronę.

– Powiedzcie lepiej, że was przekonał. – Otto zaśmiał się szyderczo. – Ja idę. Pogadam z którymś z leśników i jutro będę pił piwo w Rzeczypospolitej.

– Złapią cię i tyle. – Sołtys wzruszył ramionami.

– Gówno prawda! – odpalił Brandenburczyk. – Słuchacie go jak wyroczni! Prędzej czy później wpędzi nas w kłopoty! To diabeł wcielony!

– Daj spokój. Ochłoniesz, to podejmiesz decyzję. – Dymitr położył dłoń na ramieniu Ottona, lecz ten strząsnął ją jednym ruchem, cofnął się o krok i wycedził przez zęby:

– Słowa nie cofnę. Jutro stąd pryskam.

* * *

Mateusz szedł szybkim krokiem, skrajem jasno oświetlonej drogi, która za stacją benzynową skręcała na północ, w głąb lasów, otaczających Kiejsztany zielonym pierścieniem. Kilka minut później wszedł w jedną z bocznych alejek, prowadzących w stronę jeziora. W oknach większości Gasthausów[29], położonych po obu stronach alejki, panowały ciemności. Mimo że sezon żeglarski trwał już w najlepsze, jedynie „Adler” i „Poniewież”, luksusowe rezydencje odwiedzane głównie przez gości z Rzeczypospolitej, miały zajęte pokoje. Gwałtowny wzrost napięcia pomiędzy Prusami a Zakonem sprawił, że Kiejsztany, już na początku maja zamieniające się w sporej wielkości miasteczko turystyczne, świeciły obecnie pustkami.

Mateusz minął plac postojowy i, skracając sobie drogę, wyszedł na brzeg jeziora. Po lewej stronie, w pobliżu przystani jachtowej, jaśniały światła karczmy „Welle”. Chwilę później stanął przed masywnymi drzwiami, zza których dobiegał gwar rozmów. Wszedł do środka i zmrużył oczy. Obszerne wnętrze, przesycone wonią piwa, tonęło w kłębach tytoniowego dymu. Dębowe ławy ustawione pod ścianami zajmowało kilkudziesięciu młodych Prusów. Chóralne śpiewy przemieszane z pijackimi wrzaskami świadczyły, że legioniści bawili się znakomicie. Mateusz podszedł do kontuaru.

– Janosz, piwo proszę. – Skinął na karczmarza, grubego Czecha, który na jego widok uśmiechnął się szeroko.

– Witam serdecznie przyjaciela moich przyjaciół! Szukasz pewnie Kostasa?

– Jest tutaj? – Mateusz rozejrzał się po sali.

[29] *niem.* dom gościnny

– A jakże! – Czech wskazał na młodego człowieka, który, chwiejąc się na nogach, wykrzykiwał coś do otaczających go Bojów.

– Nie mam tutejszej waluty. – Przemytnik podał karczmarzowi moresa.

– Nic nie szkodzi. – Zabrał monetę i wydał resztę w markach zakonnych. – Podać coś do jedzenia?

– Nie trzeba. – Mateusz ujął kufel i ruszył w stronę biesiadujących. Przemknął zręcznie pomiędzy ławami i klepnął w plecy młodzieńca, przerywając mu bełkotliwą tyradę.

– Kostas! Krzyżacy we wsi!

Młody Prus rozejrzał się nieprzytomnie na boki. Gdy ujrzał Mateusza, na jego pryszczatej twarzy odmalował się wyraz zadowolenia.

– Przyjacielu drogi! Gdzieś się podziewał?! Zaczęliśmy pić bez ciebie!

– Właśnie widzę. – Mateusz usiadł obok Kostasa. – Twoje zdrowie, pogromco knechtów! Niech klan Kaunigasów rozkwitnie pod twoimi rządami!

– Zdrowie Kosty! – Kilku Prusów uniosło kufle.

Kostas czknął, łapiąc z trudem równowagę.

– Ale się zaprawiłem – stęknął niewyraźnie.

– Daj spokój, wypijemy chyba jeszcze? – Mateusz stuknął swoim kuflem w naczynie chłopaka.

– A pewnie, dam radę. Witold mógł wypić dziesięć kufli! – krzyknął w stronę swoich ludzi.

Mateusz podniósł się z ławy i, opierając dłoń na ramieniu Prusa, powiedział głośno:

– Zdrowie twojego brata i na pohybel krzyżackim psom!

– Odbijemy Witolda! – Z oczu pijanego w sztok młodzika popłynęły łzy. – Zdobędziemy więzienie, w którym trzymają mojego kochanego brata!

– Pójdę z tobą, drogi przyjacielu! – Mateusz poklepał Kostasa przyjacielsko po łopatce. – Uderzymy na nich jak wiatr i rozpędzimy na cztery strony świata!

– Na ciebie zawszę mogę liczyć! – Kostas czknął ponownie. – Dostarczysz nam broń! Czołgi też!

– Dla ciebie załatwię nawet samoloty!

Prusowie odpowiedzieli radosnymi wrzaskami. Mateusz wzniósł kufel do kolejnego toastu.

– Śmierć knechtom! Odpowiedzą za swoje zbrodnie!

– Śmierć im! – Sala zadrżała od okrzyków.

Mateusz przysiadł na ławie i objął rozczulonego bezgranicznie Kostasa.

– Jestem pod wrażeniem, jak doskonale radzisz sobie w tych trudnych dla was czasach. Teraz, gdy zabrakło Witolda, cała odpowiedzialność spoczywa na twoich barkach...

Młodzieniec posmutniał.

– Witold ma głowę na karku, a ja się do polityki nie nadaję. Za głupi na to jestem, rozumiesz? – poskarżył się.

– Nie mów tak! – zaprotestował Mateusz obłudnie, potrząsając chłopakiem, który oklapł zupełnie i teraz kiwał się tylko, z wyrazem głębokiego przygnębienia na twarzy. – Widziałem jak rozmawiałeś z przywódcami innych klanów. Po takim przyjęciu nie mogli chyba nie zgodzić się na współpracę?!

Kostas machnął ręką niemalże wytrącając Borynie kufel z dłoni.

– Jak zwykle gówno uradziliśmy. Jedni chcą walczyć, inni proponują ugodę, a większość boi się robić cokolwiek. Tak to u nas już jest. Nigdy nie możemy dojść do porozumienia – opowiadał płaczliwie. – Nie, to ja nie potrafię z nimi rozmawiać! Witold pewnie przekonałby ich, aby zjednoczyć się jak za czasów Wielkiego Powstania!

– Mówisz więc, że reszta klanów chowa głowę w piasek. – Mateusz zamyślił się na chwilę. – Myślisz, że przyłączą się do was?

– Jak się nie przyłączą, pójdziemy sami!

– Pójdziecie sami... – powtórzył przemytnik. – Powiesz mi, co zamierzacie zrobić?

– To nie twoja sprawa. – Zza pleców Kostasa rozległ się ponury głos.

Mateusz obrócił się szybko. Antas Morgajła, dowódca zwiadowców, nie zważając na wrogie spojrzenie, jakim obdarzył go przemytnik, ujął pijanego młodzieńca pod ramiona i podniósł niczym piórko.

– Zabierzcie go do dworu. – Skinął na dwóch Bojów, którzy natychmiast podnieśli się z miejsc i powiedli Kostasa w stronę wyjścia.

Morgajła ruchem ręki odprawił resztę legionistów i zasiadł obok przemytnika. Zapalił papierosa i zapatrzył się przed siebie, pozornie nie zwracając uwagi na siedzącego obok Mateusza.

– Zignorowałeś moje drugie ostrzeżenie, Rzeplito. Ostrzegałem cię, żebyś nie próbował wtykać nosa w nie swoje sprawy – powiedział zimno.

– Za dużo sobie pozwalasz, kmiotku – wycedził przez zęby Mateusz. – Pamiętaj, gdzie twoje miejsce.

Twarz Morgajły spąsowiała. Nie udawał już obojętności, odwróciwszy głowę zmierzył Borynę wściekłym spojrzeniem.

– Powiedz jeszcze jedno słowo, a...

– A co? – Przemytnik spojrzał prosto w oczy Prusa. – Chcesz ze mną zadrzeć? Myślisz, że przestraszę się twoich gróźb? Rusz mnie tylko, a zobaczysz, co się stanie.

Morgajła zacisnął zęby, z trudem hamując złość.

– Chcę, żebyście się stąd wynieśli. To moja propozycja. Zostawisz Kostasa w spokoju, a ja dam wam przewodnika, który przeprowadzi was przez granicę.

– Ten zaś przewodnik będzie miał kilku kolegów, którzy wpakują nam kulkę w plecy – zakpił Mateusz i pokręcił przecząco głową. – Nie idę na to.

Prus skrzywił się paskudnie.

– Odkąd ujrzałem cię po raz pierwszy, od razu wiedziałem, że z ciebie kawał drania. Omotałeś Kostasa, ale mnie oczu nie zamydlisz. Ostateczna propozycja – dostaniesz częściową rekompensatę za karabiny, które straciłeś i rozstaniemy się w pokoju.

Mateusz parsknął śmiechem.

– Raczysz chyba żartować! Chcesz mi odebrać zarobek? Wiesz dobrze, że obsługuję wasz klan od czterech lat. Dlaczego mam z tego rezygnować?

– Jeśli nie przyjmiesz moich warunków, postaram się, żeby Kostas przejrzał na oczy... – W głosie Morgajły zabrzmiała groźba.

Boryna upił niewielki łyk piwa i uśmiechając się do kilku Bojów z kompanii Jastrzębi, którzy właśnie weszli do karczmy, odpowiedział, dobitnie cedząc słowa:

– Jeśli będziesz mi szkodził, przekonam go, że nie powinieneś dłużej pełnić funkcji dowódcy. Twoi ludzie cię nie lubią. Wiesz o tym. Myślisz, że nie uzyskam wśród nich poparcia?

– Tak to sobie wyobrażasz. – Morgajła uśmiechnął się dziwnie. – Dobrze więc, zobaczymy kto mocniejszy.

Prus podniósł się z ławy i ruszył do wyjścia.

– Niech cię piekło pochłonie – rzucił za nim Mateusz. – Gówno mi zrobisz.

* * *

Zapadała już noc. W ogrodzie, otaczającym wschodnie skrzydło dworu, panował spokój. Nieruchome powietrze wypełniło się cykaniem świerszczy. Dwóch mężczyzn, w wystawionych na tarasie wiklinowych fotelach, spoglądało w milczeniu na pogrążone w mroku drzewa. Pierwszy z nich, olbrzym o długich, opadających na kark włosach, zerknął w stronę swojego towarzysza.

– Myślisz więc, żeby wysłać poselstwo do Wilna? Nie wiem, czy to dobry pomysł. U nich wybory za trzy miesiące, książę może nie mieć dla nas czasu. I kogo chciałbyś wysłać? Kostas jest za młody, z nami nikt nie będzie nawet chciał gadać. Gdyby pojechał tam Witold... – Olbrzym pokręcił głową.

Dawid Zambrowicz, stary Żyd, który od lat trzydziestu doradzał klanowi Kaunigasów, spojrzał na dowódcę Legionu Pruskiego zmęczonym wzrokiem.

– Źle mówisz, Walocha, bardzo źle. Radziwiłłowie zawsze byli nam przychylni i powinniśmy to wykorzystać. A że wybory blisko, to bardzo dobrze. To jest właśnie doskonała okazja, by się tam pojawić. Jeśli nadamy całej sprawie odpowiedni wydźwięk, nasi bracia z Litwy staną za nami murem. Zaraz pojawią się komisje rozjemcze, których nie możemy się doprosić. Ty musisz zrozumieć, co to jest polityka. Polityka to takie coś, że jak ktoś ma pieniądze, to ma posłuch. Witold zostawił mi w dyspozycji konta, więc sypniemy groszem, gdzie trzeba i te psy krzyżackie szybko się przekonają, co znaczy z nami zadzierać.

– Sam chcesz jechać? – Walocha nagle zorientował się, jakie stary ma plany. – Jak i ciebie zabraknie, kto zajmie się wszystkim?! Jutro przyjeżdżają ludzie od Waliusa, trzeba z nimi obgadać całą sprawę...

– Nie czas na gadanie! – uciął gniewnie Zambrowicz, uderzając dłonią w oparcie fotela. Lekko, żeby nie urazić powykręcanych artretyzmem stawów. – Gadamy i gadamy, i nic z tego nie wynika! Klany są skłócone i nie wystąpią przeciw Krzyżakom! Trzeba szukać pomocy w Rzeczypospolitej.

– Rzeczpospolita ma nas gdzieś! – W głosie dowódcy Legionu słychać było gorycz. – Potrzebują nas do szpiegowania, kiedy zaś jesteśmy w potrzebie, każą czekać na komisje. Tak było i jest teraz. Jak sami sobie nie poradzimy, nikt nam nie pomoże.

Zambrowicz westchnął ciężko, podniósł się z fotela i, utykając, podszedł do balustrady otaczającej taras. Powietrze chłodne i czyste przynosiło wytchnienie po upalnym dniu. Stary wychylił się lekko i uniósł twarz ku rozgwieżdżonemu niebu.

– Żyję już długo, mój drogi, bardzo długo – powiedział smutno. – I odkąd sięgam pamięcią, klany zawsze się kłóciły. Nawet teraz nie umieją stanąć razem, gdy Krzyżacy aresztują naszych ludzi, inni czekają, co będzie dalej. W tym jest największa przewaga Zakonu.

Walocha stanął obok starca i wbił wzrok w pociemniałe kontury drzew.

– Uderzmy na nich! – odezwał się niemal prosząco. – Ruszę jutro na północ i ogłoszę powstanie! Klany znad Wielkich Jezior przyłączą się na pewno! Zakon nas nie unicestwi!

Stary potrząsnął gwałtownie głową.

– Głupstwa pleciesz – skarcił Walochę tonem, jakim ojciec przemawia do nieznośnego dziecka. – Chcesz rozpocząć wojnę?! Weźmiesz na siebie odpowiedzialność za skutki tak pochopnej decyzji?! Czyżbyś zapomniał, co stało się podczas Wielkiego Powstania? Było nas wtedy dwadzieścia tysięcy, a mimo to przegraliśmy! Myślisz, że w kilkuset ludzi coś zdziałasz?!

– Mamy czekać aż rozdepczą nas na miazgę?! – protestował uparcie olbrzym. – Zbiorę ludzi i ruszymy do lasu. Trzeba pokazać, że się nie damy!

– To, co się teraz dzieje, jest wyjątkowo niepokojące! To nie są sprawy zwyczajne! – Zambrowicz położył dłoń na ramieniu Walochy, powykręcane palce zacisnęły się zaskakująco mocno. – Tu na nic karabiny, tu trzeba szybko znaleźć mocnego sojusznika, a takich w protektoracie nie mamy. Przygotujesz mi na jutro samochód z obstawą. Ruszę z rana i zaraz, jak stanę w Wilnie, zacznę starać się o audiencję u księcia... – Stary zamilkł nagle, bowiem od strony salonu dobiegło skrzypnięcie drzwi. Obrócił się gwałtownie.

– A, to ty, Morgajła – powiedział z ulgą. – Skradasz się jak kot. Chodź do nas. Przyprowadziłeś Kostasa?

Dowódca zwiadowców przeszedł przez taras i usiadł w fotelu.

– Odprowadziłem go do łóżka. Był kompletnie pijany.

– Martwi mnie ten chłopak – Zambrowicz zmarszczył siwe brwi. – Czego on tyle pije? Ja rozumiem zgryzotę, ale jest teraz głową klanu.

– Młody jeszcze, to i głupi – burknął Morgajła. – Grunt, to pilnować go dobrze... Trzeba pozbyć się jak najszybciej przemytników. Ten zbir Mateusz omotał już dzieciaka bez reszty.

– A tak. – Starzec skinął głową. – Nie podobają mi się ci ludzie. Witold darzył ich szacunkiem, ale ja im nie ufam. To handlarze, za nic mają naszą sprawę.

– Mateusz jest nam potrzebny – zaprotestował Walocha. – Nie droży się, a broni w takiej sytuacji nigdy nie za wiele...

– Broń można kupić gdziekolwiek – parsknął gniewnie Morgajła.

– Co tak na niego nastajesz? – Walocha skrzyżował ręce na piersiach i spojrzał na Morgajłę spod przymrużonych powiek. – Mateusz to swój chłop. Nie raz pokazał, że stoi za nami.

Dowódca zwiadowców odwrócił szybko głowę i patrząc gdzieś w bok powiedział sucho:

– Zgadzam się całkowicie z Dawidem. Nie możemy tolerować obcych, zwłaszcza teraz, w tak niespokojnych czasach.

– Jasne, najlepiej pozbądźmy się wszystkich! W tym sojuszników, bo pewnie też są podejrzani w tak niespokojnych czasach!

– Uspokójcie się. – Stary Żyd podniósł ostrzegawczo dłoń. – Jeszcze nam tylko brakuje walki we własnym domu!

Prusowie zamilkli w jednej chwili.

Zambrowicz wrócił na fotel, rozprostował nogi z sapnięciem ulgi i, masując obolałe kolana, zapytał:

– Sprawdziłeś straże? Osada bezpieczna?

– Wszystko w porządku. – Morgajła skinął głową. – Podwoiłem obsadę posterunków i obsadziłem Starą Drogę.

– Masz jakieś wieści o knechtach?

– Od czterech dni nie docierają do nas żadne informacje. Wysłałem kilkunastu ludzi, ale jak do tej pory żaden nie powrócił.

– To niedobrze, to bardzo niedobrze. – Stary westchnął ciężko. – Brak wiadomości gorszy jest od złych wiadomości.

Walocha spojrzał na zegarek.

– Pójdę na obchód. Wezmę kilku ludzi i założę posterunek koło Starych Ruin.

– Po co? Myślisz, że nie potrafię zorganizować ochrony wsi? – Dłoń Morgajły zacisnęła się na poręczy fotela, aż pobielały kostki.

– Strzeżonego Pan Bóg strzeże. – Olbrzym obrócił się na pięcie i zniknął w głębi domu.

Dowódca zwiadowców spoglądał za nim chmurnym wzrokiem.

– On podważa mój autorytet wśród Bojów – powiedział z goryczą. – Powiedz, Dawidzie, dlaczego to robi?

– Daj spokój. – Zambrowicz machnął niecierpliwie ręką. – Jak dzieci jesteście obaj... Chodźmy spać. Pora już późna, a jutro czeka nas ciężki dzień.

Morgajła spojrzał na zegarek. Minęła właśnie pierwsza w nocy. Do świtu pozostały trzy godziny.

* * *

Zbliżała się piąta rano. Kilkanaście wojskowych żubrów zatrzymało się na skraju drogi. Silniki ciężarówek umilkły. Boczne klapy opadły jednocześnie i batalion żołnierzy krzyżackich, ponaglanych okrzykami podoficerów, uformował pośpiesznie zwarty szereg. Pięć minut później, od strony wsi Feldberg, nadjechał łazik z wymalowaną na burcie głową łosia – symbolem czwartego regimentu „Ortelsburg". Pułkownik Albrecht von Ostrowski wychylił się z samochodu i niecierpliwym ruchem ręki przywołał oficera nadzorującego wyładunek sprzętu.

– Kapitanie Schmitd! Zechce pan podejść!

– Na rozkaz, pułkowniku!

– Wszystko gotowe?

– Tak jest! Możemy ruszać w każdej chwili!

– Doskonale. – Pułkownik przebiegł wzrokiem po szeregach żołnierzy i skinął z zadowoleniem głową.

– Jedź! – rzucił w stronę kierowcy.

Łazik ominął ciężarówki i ruszył na wschód.

* * *

W wielkim namiocie nieopodal drogi unosił się nieprzyjemny zapach starych magazynów. Dym z papierosów tworzył siną zasłonę, spływającą na umieszczony centralnie stół, na którym spoczywała wielka topograficzna mapa Bischofsurwald. Pochylali się nad nią oficerowie sztabu czwartej brygady „Allenstein". Jej dowódca, brygadier Thomas von Redow, wpatrywał się skupionym wzrokiem w, leżące pośrodku wielkich lasów, jezioro Niedersee[30], kształtem przypominające olbrzymią podkowę zwróconą na północ. U dołu tej podkowy leżała wieś Kiejsztany. Raz jeszcze przyjrzał się rozmieszczeniu chorągiewek, symbolizujących poszczególne jednostki i powiedział z namysłem:

[30] Jezioro Nidzkie

– Jeżeli wszystko pójdzie po naszej myśli, będziemy ich mieli. Są już meldunki z zachodu? – spytał oficera łącznikowego.

– Otrzymałem właśnie informację, że zamknęliśmy pierścień okrążenia – odparł tamten.

– Doskonale. Zatem omówmy raz jeszcze plan działania. Najpierw pan, pułkowniku Ostrowski.

Dowódca czwartego regimentu ujął leżący obok wskaźnik. Jego oddziały oznaczone niebieskimi chorągiewkami rozmieszczono wzdłuż drogi Sensburg [31] – Lyck [32], która tworzyła niemal idealną cięciwę, spinającą łuk jeziora, zamykając je od północy.

– Moi ludzie zajęli pozycje na wprost Kiejsztan – zaczął pułkownik. – Dwa bataliony posuwać się będą w tyralierach, bezpośrednio w kierunku osady, pozostałe zajmą pozycje na północny wschód od wioski. Ruszamy równo o piątej i w ciągu trzydziestu minut powinniśmy osiągnąć pierwsze zabudowania. Nie zabieramy ciężkiego sprzętu, aby nie spowalniać pochodu. Każdy żołnierz został wyposażony w kilka dodatkowych magazynków, więc możemy prowadzić walkę bez potrzeby korzystania z podwodów, ale dla bezpieczeństwa zarządziłem, żeby za oddziałami posuwały się zaprzęgi konne z zapasami amunicji. Ciężarówki mogłyby narobić hałasu i uprzedzić Prusów o naszym nadejściu. Kiedy dotrzemy do skraju osady, zgodnie z planem

[31] Mrągowo
[32] Ełk

zajmujemy pozycje i czekamy na efekt rokowań. Jeżeli Prusowie podejmą walkę, blokujemy im drogę ucieczki w kierunku północnym. – Pułkownik odłożył wskaźnik i spojrzał na dowódcę z wahaniem.

– Chce pan coś jeszcze powiedzieć? – Von Redow dostrzegł niepokój podwładnego.

– Obawiam się, że kiedy ich przyciśniemy, mogą w akcie rozpaczy ruszyć do samobójczego ataku. Wszyscy wiemy, że Legion Pruski, to duża, zaprawiona w walkach leśnych jednostka, dowodzona przez fanatyków. Jeśli mimo wszystko uderzą, czeka nas z nimi ciężka przeprawa.

– Czy pan chce powiedzieć, że lęka się starcia z Prusami? – zapytał chłodno von Redow.

Pułkownik podniósł dumnie głowę i odparł sztywno:

– Jedyne, czego się lękam, to niepotrzebnych strat, jakie przyniesie bitwa w tak trudnym terenie.

Dowódca pokiwał głową, przyglądając się pozostałym oficerom.

– Prusowie zostaną uprzedzeni, że jezioro otacza pięć tysięcy doborowych żołnierzy Zakonu – odezwał się głosem, w którym brzmiała skrywana niechęć. – Myśli pan, że zdecydują się na walkę z niemal dziesięciokrotnie liczniejszym przeciwnikiem? Wbrew temu, co pan powiedział, nie są oni pozbawieni rozsądku. Nie podejmą walki, jestem o tym przekonany.

Brygadier znowu pochylił się nad mapą i przesunął ręką nad południową częścią puszczy.

– Teraz pan, pułkowniku Fuks – zwrócił się do swojego zastępcy.

Wymieniony oficer podniósł ze stołu wskaźnik i zatoczył nim krąg wokół lasów leżących na południe od jeziora.

– Moje oddziały, zgodnie z rozkazem, obstawiły brzegi jeziora w sześciu miejscach, przez które Prusowie prawdopodobnie będą próbowali uciekać. Dwóch z tych miejsc, nieopodal wioski, pilnuje batalion, wyposażony w ciężkie karabiny maszynowe i moździerze. Według naszych informacji, Prusowie nie posiadają dostatecznej liczby łodzi, aby mogli ewakuować wszystkich mieszkańców, więc będą prawdopodobnie uciekać wpław, w tych właśnie miejscach, gdzie szerokość jeziora nie przekracza dwustu łokci. Pozostałe trzy bataliony zajęły pozycje wzdłuż południowego brzegu. Zostawiłem je w głębi lasu, aby uniknąć przedwczesnego wykrycia. O godzinie piątej piętnaście ruszą w stronę jeziora. Powinni zostać zauważeni, kiedy nasz emisariusz zjawi się w Kiejsztanach. Będzie to dla Prusów sygnał, że ucieczka na drugą stronę jest niemożliwa. Jeżeli nie są kompletnymi idiotami, zrozumieją, że wszelki opór jest bezcelowy, a próba przedarcia się przez jezioro oznacza śmierć. – Fuks odłożył wskaźnik i spojrzał na brygadiera.

– Doskonale! Mamy tych bydlaków w garści! – Von Redow pokiwał głową. – Niech jednak artyleria będzie w pogotowiu, bo gdyby mimo wszystko próbowali szczęścia, musimy natychmiast zniszczyć przystań i wszystkie łodzie. Majorze Nowak – zwrócił się do dowódcy piątego regimentu artylerii polowej. – Czy pańscy ludzie są już na stanowiskach?

– Tak jest! O północy podciągnąłem armaty i zgodnie z zaleceniami zająłem pozycje nieopodal jeziora. Jeżeli dojdzie do bitwy, złamiemy szybko ich opór – odparł major.

– Najważniejsze jest aby nie ucierpiał żaden z przebywających w wiosce obywateli Rzeczypospolitej. Mistrz uczulił mnie na tę kwestię szczególnie. Śmierć choć jednego Rzeplity może mieć poważne konsekwencje polityczne. Pamiętajcie, że tak czy inaczej nasza operacja spotka się z powszechną krytyką. Prusowie złożą protest w Sądzie Najwyższym i do Kiejsztan zjadą się komisje, które będą starały się udowodnić, że do opanowania wioski nie był potrzebny ostrzał artyleryjski. Całą akcję musimy przeprowadzić tak, żeby każdy, kto tutaj się zjawi, widział jak na dłoni, że podjęliśmy starania, aby obyło się bez rozlewu krwi. – Brygadier zmierzył Nowaka uważnym spojrzeniem. – Czy dobrze mnie pan zrozumiał?

– Jak mam, do cholery, rozróżnić cywilów od bandytów, skoro ci nie noszą mundurów? – spytał ze złością major. – Kiedy otworzę ogień, wioska przemieni się w piekło, a liczba ofiar pójdzie w setki.

Dowódca skrzywił się, widać pytanie majora przypomniało mu o dręczących go wątpliwościach.

– Cała akcja będzie filmowana na dowód, że winą za śmierć niewinnych obarczyć należy Prusów – odparł po chwili. – Musimy podporządkować się rozkazom, ale wierzcie mi, gdyby nie one, rozprawiłbym się z tymi bydlakami inaczej. Nie byłoby żadnych podchodów i negocjacji. Ani jeden Prus nie opuściłby wioski żywy. Czy macie jeszcze jakieś pytania?

Oficerowie milczeli, oczekując rozkazów. Von Redow spojrzał na zegarek i uśmiechnął się z zadowoleniem.

– Panowie, pora ruszać. Bóg was poprowadzi.

– On z nami zawsze i wszędzie!

Oficerowie zasalutowali i opuścili namiot. Von Redow spoglądał za nimi przez chwilę, po czym wrócił do stanowiska radiostacji.

– Łącz z Königsbergiem – powiedział do operatora. – Bezpośrednio ze sztabem.

* * *

Wartownik na kościelnej dzwonnicy ziewnął szeroko. Przetarł zaczerwienione z niewyspania oczy.

Było już widno. Pasemka porannej mgły unosiły się z łąk, aż do odległej o kilkaset łokci, wciąż ciemnej ściany lasu. Czyste, bezchmurne niebo zapowiadało piękną pogodę.

Prus omiótł zmęczonym wzrokiem skraj puszczy. Nie spodziewał się, że cokolwiek zobaczy. Jednak coś sprawiło, że aż drgnął i, nie odrywając spojrzenia od tego, co przykuło jego uwagę, sięgnął po lornetkę. Senność opuściła go w jednej chwili.

Z lasu wysypywali się krzyżaccy żołnierze. Nie kryli się wcale, dobrze widoczni mimo snującej się wciąż mgły.

Wartownik aż otworzył usta ze zdumienia. Były ich już dziesiątki, zajmowali stanowiska na krańcu łąk.

Lornetka wysunęła się z nagle zdrętwiałych dłoni, zawisła na piersi. Prus trącił nogą swego towarzysza, który, oparty o belkę, spał w najlepsze.

– Co jest?! Stało się coś? – Ten poderwał się nieprzytomnie.

– Krzyżacy! Bij w dzwon, ja powiadomię resztę! – Wartownik chwycił karabin i zbiegł po schodach. Drugi z Prusów, niezupełnie jeszcze rozbudzony, chwycił grubą konopną linę i pociągnął ją z całych sił.

* * *

Mateusz naciągnął na głowę koc, lecz uporczywe bicie dzwonu docierało i przez tę zasłonę, płosząc sen bezpowrotnie. Otworzył oczy, spojrzał na zegar i mruknął ze złością:

– Żeby was pokręciło!

Odrzucił koc i podszedł do okna wychodzącego na dziedziniec.

– Co jest, do cholery? – Widok uzbrojonych Prusów, zbierających się pod stajnią, wprawił go w osłupienie.

Drzwi pokoju otworzyły się z hukiem. Czterech przemytników wpadło do środka, omalże nie wywalając przy tym futryny.

– Pali się, czy co?! – Mateusz odwrócił się od okna. – Wyglądacie, jakby was diabeł gonił...

– To ty nic nie wiesz?! – krzyknął Otto, machając w stronę okna obiema rękami. – Krzyżacy stoją pod lasem! Kilka tysięcy wojska! Rozumiesz, co to znaczy?

– Niech to szlag! – Mateusz chwycił w pośpiechu koszulę. – Wiecie, co zamierzają Prusowie?

– Skąd mamy wiedzieć?! – krzyknął Sołtys, spoglądając niespokojnie na dziedziniec. – Dowiedzieliśmy się o wszystkim kilka minut temu!

Mateusz założył szybko buty i, wpychając koszulę w spodnie, ruszył niezgrabnie w stronę drzwi.

– Dokąd idziesz? – spytał Kuna.

– Nie zamierzam skończyć na szubienicy. Trzeba stąd wiać.

– Teraz to mówisz?! – Otto roześmiał się nerwowo. – Gdybyś mnie posłuchał, bylibyśmy już w Rzeczypospolitej!

– Przestań się mazgaić. – Mateusz zmarszczył czoło, rzucając w stronę Brandenburczyka groźne spojrzenie. – Jeszcze nas nie złapali.

Kuna usiadł ciężko na łóżku, objął głowę rękoma i wymamrotał zbolałym głosem:

– Aleśmy się wpieprzyli. Mój Boże, dlaczego zsyłasz na nas te wszystkie nieszczęścia! Cośmy Ci, Panie, zawinili? Czemu, do cholery, to robisz?! – zakończył z pretensją.

Mateusz trącił górala w ramię, otworzył drzwi i ruchem głowy wskazał korytarz.

– Idźcie do siebie i zabierzcie najpotrzebniejsze rzeczy. Jeśli Prusowie podejmą walkę, kilku ludzi w bitewnym zamęcie ma szansę na ucieczkę.

– Co będzie, jak się poddadzą? – spytał ponuro Sołtys. – Wieś jest okrążona! Którędy chcesz wiać?!

– Tu wszędzie lasy – odparł niecierpliwie Mateusz, spoglądając jednocześnie na zegarek. – Jakoś sobie poradzimy.

– Genialna myśl. – Otto wzruszył ramionami, przyglądając się Mateuszowi ze złośliwą satysfakcją. – Jakoś sobie poradzimy? To wszystko, co potrafisz wymyślić?

– Chcesz teraz o tym rozmawiać? – Twarz Mateusza spąsowiała, a w oczach pojawił się błysk nie wróżący niczego dobrego. – Naprawdę chcesz o tym rozmawiać?

Brandenburczyk otworzył już usta, lecz wreszcie machnął tylko ręką i powiedział chłodno:

– Chcę się tylko stąd wydostać. To wszystko. Skoro wiesz, jak to zrobić, idę z tobą.

Mateusz skinął głową i spojrzał ponownie na zegarek.

– Pójdę rozeznać się w sytuacji i za dziesięć minut spotkamy się pod bramą kościoła. Jeśli nam się poszczęści, może jeszcze z tego wyjdziemy.

– Niech Bóg ma nas w opiece. – Sołtys przeżegnał się. – Inaczej będzie z nami krucho.

* * *

Dawid Zambrowicz obudził się nagle. Natarczywe bicie dzwonu docierało do jego pokoju. Usiadł na łóżku i spojrzał na zegar. Dwadzieścia po piątej.

– Msza o tej porze? – mruknął ze zdziwieniem.

Podniósł się z łóżka i podszedł do okna. Cały dziedziniec wypełniali Bojowie, którzy szeptali coś między sobą, wpatrując się niecierpliwie w zamknięte drzwi dworu.

– Coś się stało – Zambrowicz naciągnął pośpiesznie kaftan i sięgał po buty, gdy nagle rozległo się pukanie.

– Wejść! – rzucił krótko.

Do pokoju wpadł Walocha. Zambrowicz spojrzał z niepokojem na wzburzoną twarz olbrzyma.

– Co się...

– Krzyżacy otoczyli wieś! – krzyknął Prus.

Starzec stał przez chwilę nieruchomo, całkiem jakby nie zrozumiał wypowiedzianego zdania.

– Otoczyli? Chcesz powiedzieć, że...

– Stoją pod lasem, może być ich nawet kilka tysięcy! – Walocha zapalił nerwowo papierosa i spojrzał wyczekująco na Zambrowicza.

– Budź Kostasa! Szybko!

– Co zamierzasz?

– Obudzisz go i poczekasz na mnie w salonie! Ma się nie pokazywać! – Starzec założył buty i, kuśtykając, ruszył w stronę drzwi.

W tej samej chwili w korytarzu rozległ się tupot wielu stóp i do sypialni wpadło czterech młodych Prusów z kompanii Jastrzębi. Jeden z nich zameldował wyraźnie zdenerwowany:

– Dawidzie! Na placu stoi krzyżacki emisariusz!

– Idź do Kostasa! – Stary Żyd spojrzał rozkazująco na Walochę i w pośpiechu opuścił pokój. Dysząc ciężko, wybiegł na dziedziniec. W perspektywie widać było główny plac osady zapełniony przez mieszkańców Kiejsztan, wyrwanych ze snu nagłą wieścią, która obiegła już całą wieś. Spoglądali na emisariusza wzrokiem przepełnionym nienawiścią. Kiedy pojawił się Zambrowicz, wszystkie oczy zwróciły się na niego. Starzec podszedł do krzyżackiego oficera i popatrzył mu prosto w twarz.

– Z czym do nas przychodzisz, człowieku? – spytał donośnie.

Oficer rozejrzał się ponuro.

– Przybyłem tu, aby przekazać wam wolę naszych władz...

– Naszych? – przerwał mu Zambrowicz. – Nasze władze są tutaj, o kim więc mówisz?

Emisariusz zmrużył oczy, jakby próbował pokonać wzrokiem przeciwnika.

– Mówię o Wielkim Mistrzu Zakonu Krzyżackiego. Jesteście obywatelami naszego państwa i podlegacie jego prawom.

– Czego więc chce od nas Mistrz? – spytał chłodno starzec.

Emisariusz nabrał głęboko powietrza i odezwał się silnym głosem:

– Oskarża się was o udział w spisku, wymierzonym w państwo zakonne. Wszyscy Bojowie muszą złożyć broń i udać się w miejsce, w którym oczekiwać będą na proces.

W tłumie zawrzało. Groźny pomruk narastał coraz bardziej. Przestraszony Krzyżak cofnął się w stronę łazika. Zambrowicz poniósł rękę i nagle zapanowała cisza.

– Rozumiem, że takie są wasze warunki. Co jednak zrobicie, jeśli nie poddamy się waszej woli? – zapytał z pozornym spokojem.

– Armia Zakonu została upoważniona do użycia siły. Jesteście otoczeni ze wszystkich stron. Spójrzcie na drugi brzeg jeziora. Dwa tysiące żołnierzy obstawia je na całej długości. Nie macie żadnych szans na ucieczkę. – Krzyżak machnął ręką w kierunku, gdzie można było dostrzec pojedyncze sylwetki żołnierzy, które formowały linię wijącą się wzdłuż brzegu. Szyderstwa i drwiny ucichły w jednej chwili, a ich miejsce zajął strach. Emisariusz czekał, aż Prusowie pojmą, w jakiej znaleźli się sytuacji. Uznał wreszcie, że przyszedł czas, aby pozbawić ich ostatnich złudzeń.

– Dowódca naszej brygady prosił, powtarzam, prosił, abyście nie popełnili jakiegoś głupstwa, które mogłoby kosztować życie niewinnych ludzi. Nie skrzywdzimy mieszkańców, jeżeli Bojowie złożą broń.

Przeszedł do samochodu i sięgnął po rakietnicę. Uniósł ją do góry i nacisnął spust. Rozległ się suchy trzask i w niebo poszybowała zielona raca, zatoczyła łuk i zgasła w wodach jeziora. Przez chwilę nic się nie działo, aż nagle z południa, z drugiego brzegu, rozległ się przeciągły gwizd i na skraju lasu, jakieś dwieście łokci od pierwszych zabudowań wykwitł gejzer wybuchu. Dwie młode sosny padły jak podcięte.

Kiedy ucichło echo eksplozji Krzyżak podniósł rękę i powiedział dobitnie:

– To była tylko demonstracja naszej siły. Nie zamierzamy jej używać, jednak gdyby zaszła tak potrzeba... – zawiesił znacząco głos.

– Macie pół godziny – dodał po chwili. – Po tym czasie na każdym domu ma wisieć biała flaga, a legioniści muszą zebrać się na placu. Przeszukamy oczywiście każdy budynek, więc niech mieszkańcy nie próbują nikogo ukrywać, bo zostaną uznani za współwinnych. Jeżeli do szóstej się nie poddacie, nie będziecie mogli liczyć na łaskę. – Krzyżak odwrócił się i wsiadł do łazika.

Prusowie spoglądali za nim w milczeniu, aż zniknął za zakrętem. Nagle wszyscy zaczęli mówić jednocześnie. Zambrowicz zacisnął usta, raz jeszcze spojrzał na drugi brzeg, po czym bez słowa ruszył w stronę dworu.

* * *

W salonie panowała ponura cisza. Kostas, ze zmierzwioną czupryną i przekrwionymi oczyma, chodził od okna do okna, co chwila spoglądając na zegarek. Walocha siedział na sofie obok Zambrowicza i Morgajły, a dowódcy kompanii Wilków i Sokołów, Wułkas i Jantor, przestępując nerwowo z nogi na nogę, wodzili wzrokiem za Kostasem.

– Co robimy? – spytał wreszcie Jantor. – Nie możemy tak siedzieć! Za dwadzieścia minut upływa termin ultimatum!

– Będziemy się bić! – wypalił Wułkas. – Nam śmierć albo im!

– Głupiś, Wułkas! – przerwał mu ze złością Zambrowicz. – Krzyżacy czekają na pretekst, by uderzyć na wieś!

– Dawid ma rację, trzeba złożyć broń. – Morgajła podniósł się z sofy, przemierzył wolnym krokiem salon i zatrzymał się przy oknie, z którego otwierał się widok na przeciwległy brzeg. – Mają olbrzymią przewagę. Jeśli stawimy opór, spalą wieś. Musimy się poddać.

– Nic nie rozumiecie! – Stary Żyd dźwignął się ciężko z sofy i podreptał w stronę Kostasa. – Oni przyszli po niego. Teraz, gdy nie ma z nami Witolda, Kostas jest ostatnią nadzieją klanu. Jeśli i on znajdzie się w więzieniu, nie będzie już nikogo, kto poprowadzi Prusów do walki. Dlatego trzeba go ratować. Za wszelką cenę.

– Mam uciekać? – spytał płaczliwie. – Chcesz, bym porzucił moich ludzi?

– To nie ucieczka! Nawet głupiec tak nie powie! – skarcił go starzec. – Jesteś głową klanu! Twoje uwięzienie będzie niepowetowaną stratą!

– To szaleńczy plan! – Morgajła stanął obok Kostasa. W jego pociemniałych nagle oczach błyskała wściekłość. – Wieś jest okrążona, a za każdym drzewem stoi krzyżacki żołdak! Jak go wyprowadzimy?

– Jest pewien sposób – odezwał się milczący do tej pory Walocha. – Każdy z dowódców wybierze ze swojej kompanii po dziesięciu najlepszych ludzi. Niewielka grupa przemknie niezauważona... Jeśli uda się odwrócić uwagę knechtów choć na kilka minut, istnieje spora szansa, że wydostaniemy się z okrążenia... Najsłabiej obsadzili teren w pobliżu tartaku – zawahał się i dokończył już nieco mniej pewnie. – Jeśli jedna kompania zaatakuje w tym miejscu, ściągnie ich uwagę i umożliwi ucieczkę...

– Chcesz wysłać ludzi na pewną śmierć? – Dowódca zwiadowców rozejrzał się wokół, szukając poparcia dla swojego oburzenia. – Nie będą mieli żadnych szans!

– Ja pójdę – odezwał się nagle Wułkas. – Biorę to na siebie.

– Nawet jeśli przejdziemy przez kordon, dopadną nas najdalej po godzinie. – Morgajła odepchnął Wułkasa i stanął pośrodku salonu. – Sami widzieliście, że granica jest strzeżona z powietrza i lądu...

– Nie pójdziemy w stronę granicy. – Walocha pokręcił głową, wciąż niezdecydowany, jak przyjąć deklarację Wilka. – Pójdziemy na północ, tam nie będą nas szukać.

– Skąd ta pewność? – Nie ustępował dowódca zwiadowców. – Jeśli wydarzy się coś nieprzewidzianego...

– Bredzisz, Morgajła! – Rozległ się nagle kategoryczny głos.

Prusowie jak na komendę obrócili głowy w stronę drzwi.

– Mateuszu! – wykrzyknął radośnie Kostas. – Witaj, przyjacielu! Nawet nie wiesz, jak się cieszę, że cię widzę!

– Ja również rad jestem, że widzę cię w zdrowiu. – Mateusz wszedł do salonu, przywitał się z Kostasem i zerknął na Morgajłę. – Widzę, że strach cię obleciał i żeby nie narażać swojego tyłka, gotów jesteś poświęcić głowę klanu! Prawdę mówiąc, nie spodziewałem się po tobie niczego innego!

– Kto tu myśli o własnym tyłku. – Tamten uśmiechnął się pogardliwie. – To ty chcesz wydostać się z Kiejsztan. Gdybyś znał dobrze okolicę, już by cię tu nie było. I nie mów, że pragniesz uratować Kostasa. Nasza sprawa nic cię nie obchodzi.

– W jednej kwestii masz rację – odparł Mateusz. – Jeśli zostaniemy na miejscu, mnie i moich ludzi czeka szubienica. To wystarczający powód, by się stąd wynieść. Nie rozumiem jednak, dlaczego starasz się za wszelką cenę zatrzymać Kostasa na miejscu. Dlaczego ci tak na tym zależy?

Morgajła zacisnął dłonie w pięści.

– Obrażasz mnie, Rzeplito!

– Podjąłem decyzję – przerwał im Kostas zaskakująco stanowczo. – Opuszczę Kiejsztany. Ty, Morgajła, skoro tak bardzo boisz się nadstawić karku, zostaniesz z resztą ludzi.

– Moje miejsce jest przy tobie. – Dowódca zwiadowców podniósł dumnie głowę. – Sprzeciwiałem się tej szalonej wyprawie z obawy o twoje życie. Skoro jednak zadecydowałeś inaczej, uszanuję twoją wolę. Mam tylko nadzieję, że ludzie, którzy tak bardzo pewni są swego, poniosą odpowiedzialność...

– Nie czas na dyskusje! – Zambrowicz popchnął Kostasa w stronę drzwi. – Musicie ruszać natychmiast! Liczy się każda minuta!

– Powiedz ludziom, że zrobię wszystko, by ci dranie ponieśli zasłużoną karę. – Głos młodzieńca przed chwilą twardy, załamał się nagle. – Powiedz im, że nie uciekłem...

– Powiem im to. Możesz być spokojny – starzec pokiwał głową.

– Kostas, czas na nas. – Walocha ujął młodzieńca pod ramię.

– Do rychłego zobaczenia, przyjaciele. – Stary Żyd uśmiechnął się z przymusem. – Niech wam los sprzyja.

* * *

Plac przed dworem wypełniony był po brzegi szeregami Bojów z sześciu kompanii tworzących Legion Pruski, największy oddział zbrojny, jaki działał na terenie Zakonu od czasu Wielkiego Powstania w 1916 roku. Prusowie stali w milczeniu, spoglądając na otwarte drzwi dworu i na drugą stronę jeziora, strzeżoną przez setki krzyżackich żołnierzy. Nienawiść wisiała w powietrzu niczym gęsta mgła, a mała iskierka mogła spowodować potężny wybuch.

Tuż przed upływem terminu ultimatum ktoś pojawił się na dzwonnicy, przyciągając uwagę wszystkich. Spoglądał chwilę w stronę jeziora a potem przerzucił przez mur płachtę materiału. Białą płachtę.

Na bliskim, przeciwległym brzegu rozległy się wiwaty, a Prusowie spoglądali oniemiali na symbol ich klęski i upokorzenia. Na placu zapanował tumult. Niektórzy w geście desperacji zwrócili karabiny w stronę Krzyżaków, ktoś krzyczał, aby wystąpił Kostas i wyjaśnił sytuację. Jednak zamiast młodzieńca pojawił się Zambrowicz. Stanął w bramie, spoglądając ponuro na rozgorączkowanych ludzi. Uniósł rękę.

– Wysłuchajcie mnie!

Dyscyplina wzięła górę. Bojowie umilkli.

– Wiem, co czujecie, widząc białą flagę, ale uwierzcie mi, nie było innego wyjścia! Zostaliśmy otoczeni przez siły, którym nie jesteśmy w stanie sprostać! Walka z nimi byłaby samobójstwem, a dla naszych prześladowców stałaby się doskonałym pretekstem, aby zniszczyć wieś i raz na zawsze rozbić klan!

– Lepsza śmierć niż niewola! Gdzie jest Kostas?! Niech on nam powie, że mamy się poddać! – padły okrzyki z tłumu, a kilku Prusów w pierwszym szeregu uniosło broń.

– Chcemy walczyć! Lepsza śmierć niż hańba! – Można było usłyszeć w gniewnym pomruku, który przetaczał się przez plac.

– Chcecie iść jak bydło pod krzyżackie lufy? – krzyknął ze złością starzec. – Jeśli podejmiemy walkę, co najmniej połowa z was zginie, a wieś zostanie spalona! Legion i tak zostanie rozbity, ci zaś, których ominie śmierć, trafią do twierdzy!

– Kostas nas wyprowadzi!

– Kostas zrozumiał, że walka jest bezcelowa. Opuścił już osadę i przedziera się wraz z kilkudziesięcioma ludźmi z okrążenia. Nie myślcie, że stchórzył! Jego decyzja jest dowodem prawdziwej odwagi! Kiedy będziemy uwięzieni, on krążyć będzie pod murami krzyżackich miast, a nasi wrogowie pojmą szybko, że Prusowie walczą nadal! Czasami trzeba się wycofać, aby potem uderzyć mocniej!

Jego ostatnie słowa utonęły w nagłym warkocie samolotów. Maszyny przeleciały nisko nad Kiejsztanami, można było wyraźnie dostrzec czarne krzyże na skrzydłach. Prusowie z rozpaczą zrozumieli, że przeciwnicy przygotowali pułapkę perfekcyjnie. Spoglądali w bezsilnej wściekłości na niebo, wypełnione latającą śmiercią. Na drugim brzegu Krzyżacy wymachiwali do przelatujących maszyn i z zadartymi głowami śledzili ich lot.

Po niewielu minutach, które zebranym na placu wydawały się wiecznością, do wsi poczęła wkraczać krzyżacka piechota.

Nim żołnierze, nie kryjący się, lecz idący z bronią gotową do strzału zbliżyli się do placu, Zambrowicz, świadomy, że wystarczy moment nieuwagi, jeden zbyt nerwowy ruch i lawina ołowiu przemieni plac w wielkie pobojowisko odebrał z rąk jednego z Bojów karabin. Ruszył naprzeciw nadchodzącym, prosto do dowodzącego nimi, idącego na przedzie, krzyżackiego porucznika. Spojrzał na niego bez wyrazu i złożył karabin na ziemi. Z ociąganiem reszta Bojów poszła w jego ślady.

Dowódca krzyżackiej piechoty odetchnął z wyraźną ulgą.

– Dobrze zrobiliście, żeście nie podjęli walki. To byłoby bardzo nierozsądne. Moi żołnierze mieli rozkaz strzelać.

Stary Żyd spojrzał na niego przeciągle.

– Gdyby rozpoczęła się walka, wasi żołnierze byliby już martwi.

Porucznik zmieszał się i spojrzał niespokojnie na szeregi Prusów, jakby obawiał się, że mają jeszcze ukrytą broń. Ale nic się nie stało, myśl o oporze została już pogrzebana.

Padł krótki rozkaz i Krzyżacy ruszyli w stronę Prusów. Zaczęli formować jeńców w kolumny. Bojowie poddawali się temu z dziwną obojętnością, całkiem jakby ich zmysły przestały nadążać za zmieniającą się sytuacją. Ruszyli wreszcie piaszczystą drogą, odprowadzani wzrokiem przez mieszkańców osady. Kiejsztany zostały zdobyte.

* * *

Zwiadowca przeskoczył ostrożnie do starego dębu. Przypadł do ziemi i spojrzał na kępę krzaków. Zawahał się. Dziesięć łokci odkrytej przestrzeni, ale dopiero stamtąd będzie widział drogę. Jeśli coś akurat nadjedzie, albo Krzyżacy są po drugiej stronie... Podpełzł ostrożnie w stronę zarośli. Nic się nie wydarzyło.

Gdzieś ze wschodu, stłumione odległością, dobiegały odgłosy gwałtownej strzelaniny, lecz w lesie panował spokój. Zwiadowca, mrużąc oczy przed słońcem, omiótł uważnym spojrzeniem pobocze. Odetchnął z ulgą. Ani śladu Krzyżaków.

Kiedy wrócił na niewielką polanę, czterdziestu ludzi skierowało na niego pełne niepokoju spojrzenia. Podbiegł do Walochy.

– Teren czysty! Ani jednego knechta! – zameldował pośpiesznie, łapiąc z trudem oddech.

– Ruszamy! – rzucił szybko dowódca Legionu.

Ludzie poderwali się z ziemi.

Nisko pochyleni, rzucili się do biegu.

Rozdział 10

Lyck
5 maja 1957 roku

Niewielki plac, na zapleczu koszar czwartego regimentu „Lyck", tętnił gorączkowym ruchem. Kilkudziesięciu żołnierzy służb komturialnych otaczało go szczelnym kordonem, a w słabnącym świetle dnia mechanicy kończyli przegląd trzech żubrów. Z burt samochodów uśmiechał się znany w całej Europie biały niedźwiadek – symbol „Eisfabrik in Lyck"[33], wchodzącego w skład konsorcjum OSO. Poniżej, wypisane jeden pod drugim, widniały adresy i numery telefonów czterech zagranicznych oddziałów wytwórni. Między samochodami kręcili się ludzie, ubrani w białe kombinezony pracowników wytwórni, nadzorując załadunek. Potężny, buchający kłębami spalin podnośnik cofnął się

[33] *niem.* Ełcka Wytwórnia Lodów

ostrożnie, kiedy na platformie ostatniego żubra spoczęła skrzynia, wypełniając niemal całą przestrzeń ładunkową ciężarówki. Major Gruber, z papierosem w ustach, obserwował uważnie, czy skrzynia zostaje fachowo zabezpieczona.

– Ostrożnie! Bez pośpiechu!

Pięć minut później ludzie z obsługi zakończyli swoją pracę i szybko opuścili plac. Gruber wyrzucił niedopałek i sięgnął do kieszeni kombinezonu, odwracając się ku podchodzącym właśnie komandosom.

– Ditrich i Zygfryd, poprowadzicie trójkę i dwójkę, ja z sierżantem i Grubym pojadę jedynką. – Podał im dokumenty samochodów.

Jeszcze jednym uważnym spojrzeniem obrzucił plac i samochody, potem przeniósł wzrok na swoich ludzi, wreszcie skinął głową.

– Skoro wszystko gotowe, ruszamy w drogę. Najpóźniej o północy musimy być w Wilnie. Jakieś pytania?

Tylko Ditrich zaprzeczył nieznacznym ruchem głowy, nikt z pozostałych nawet nie drgnął. Doskonale wiedzieli, co mają robić.

– Zatem do wozów – rzucił krótko Gruber.

Chwilę później zagrzmiały silniki. Wielkie, niezgrabne monstra ruszyły do bocznej bramy, która wychodziła na jedną z ulic miasta. Żubry wjechały na drogę i, zostawiając za sobą chmurę spalin, skręciły w stronę centrum miasta, potem dalej, aż do wjazdu na autostradę, biegnącą na wschód – w stronę odległej o dwadzieścia staj granicy.

Rozdział 11

Wilno
5 maja 1957 roku

Odcinek Alei Żmudzkiej, od Placu Świętego Wojciecha do Bramy Kijowskiej, wypełniał sunący leniwie sznur samochodów. Choć zbliżała się jedenasta wieczorem, ruch wcale nie malał, a wręcz przeciwnie, z każdą chwilą coraz więcej pojazdów tłoczyło się na śródmiejskich ulicach. Następnego dnia zaczynały się doroczne uroczystości dni Wilna, które nieodmiennie ściągały do miasta tłumy gości. W tym roku jednak spodziewano się rekordowej liczby przyjezdnych – blisko pół miliona. A to oznaczało trudne chwile dla tego, liczącego dwa miliony mieszkańców, miasta. Pod pałacem Sapiehów korek przybrał tak wielkie rozmiary, że aby go rozładować, wysłano specjalne patrole policji.

Najgorzej sytuacja przedstawiała się jednak w okolicach trzech najwyższych budynków Wilna.

Wysokościowce, Kacper, Melchior i Baltazar, górowały nad Nowym Miastem – dzielnicą wybudowaną na wzór lwowskiego Cebulkowa. Na placu przed wieżowcami rozpoczynało się właśnie Święto Piwa i Miodów, które zgodnie z tradycją trwać miało przez trzy dni i trzy noce. Kilka tysięcy ludzi zasiadało przy setkach stołów poustawianych w długie podkowy. Każda z nich posiadała swojego patrona – browar lub wytwórnię miodów, które raczyły swoich gości darmowymi trunkami. Wszyscy gospodarze imprezy dbali, by to przy ich stołach tłoczyło się najwięcej ludzi, bowiem puste miejsca oznaczały, że dany miód lub piwo nie cieszy się powodzeniem. Setki obsługujących uwijało się jak w ukropie, by nadążyć z realizacją zamówień. Dokonywali prawdziwych akrobacji, nosząc drewniane tace o średnicy pół łokcia, z dziesięcioma kuflami piwa lub piętnastoma dzbanami miodu.

Pośrodku placu grupa mimów z Teatru Wileńskiego odgrywała spektakl „Lokomotywa w podróży". Pociąg ruszał właśnie ze stacji. Zamykano drzwi wagonów, machano na pożegnanie chusteczkami. Obserwujący przedstawienie widzowie, czasami dobrowolnie, czasami całkiem wbrew swoim chęciom, włączali się do zabawy. Pod murami starych koszar, zamykających plac od północy, trwały występy teatrów ulicznych. Teatr z Königsbergu odbierał właśnie brawa za sztukę „Żywot codzienny grabarzy".

Trzy ciężarówki „Eisfabrik in Lyck" przesuwały się w ślimaczym tempie w stronę Bramy Kijowskiej. W ciągu pół godziny pokonali zaledwie kilkaset łokci. Major Gruber, siedzący za kierownicą pierwszego żubra, spoglądał ponurym wzrokiem na beznadziejnie długi sznur samochodów.

– Minęła jedenasta – mruknął sierżant Freitag. – Jak tak dalej pójdzie, to nie zajedziemy na miejsce przed północą.

– Trzeba było jechać piątką – wypomniał mu Gruby. – Nadłożylibyśmy kilkanaście staj, ale przynajmniej ominęlibyśmy te cholerne korki.

– Gówno prawda – sarknął sierżant, strasznie irytowały go wszelkie sugestie, jakoby on był winien sytuacji w jakiej się znaleźli. – Sam widziałeś, co działo się w Rukojnach. Przez to cholerne święto całe miasto jest sparaliżowane.

– Może za Bramą Kijowską skręcimy na Nową Wilejkę? – zaproponował Gruby ugodowo. – Jakbyśmy polecieli dołem, zaoszczędzimy z pół godziny.

– To bez sensu – mruknął Gruber. – Nie wiadomo, jak tam wygląda sytuacja. Lepiej poczekać, aż tutaj trochę się poluźni.

– Będą na nas czekać? – spytał Freitag.

– Wiedzą przecież, że dziś święto – odparł major.

Sznur samochodów ruszył powoli. Żubr pokonał kolejne kilkadziesiąt łokci i zatrzymał się na wprost placu, wypełnionego po brzegi tłumem gości.

– Niezły ubaw. – Gruby rzucił tęskne spojrzenie w tamtą stronę. – U nas, na jesień, też mamy święto piwa. Idziemy wtedy całą wsią do karczmy i nie wychodzimy z niej przez dwa dni. W zeszłym roku zdobyłem drugie miejsce w Turnieju Piwosza.

– Ile wypiłeś? – zaciekawił się Freitag.

– Dziesięć kufli – odparł z dumą Gruby.

– Też coś. – Sierżant wzruszył ramionami. – Ja kiedyś wypiłem jedenaście.

– Bez obrazy, Freitag. – Gruber uśmiechnął się pobłażliwie. Z zasady nie wtrącał się do takich przekomarzanek, ale wystawanie w korkach nigdy nie stanowiło zajmującej rozrywki. Każda rozmowa miała sens, jeśli tylko pozwalała odwrócić na chwilę uwagę od tego irytującego czekania. – Trudno mi wyobrazić sobie, że byłeś w stanie dokonać czegoś takiego.

– Wypiłem jedenaście – upierał się Freitag. – Jak ktoś nie chce, niech nie wierzy.

W tej chwili coś uderzyło mocno w drzwi ciężarówki.

– Co jest? – Sierżant opuścił szybko szybę i wychylił się z kabiny.

Gruby jegomość, pijany w sztok, stał na szeroko rozstawionych nogach, kołysząc się na boki.

– Nasze lody najlepsze dla ochłody! – krzyknął po niemiecku. – Moi drodzy! Krajanie! Handluję waszymi lodami!

– Przepędź go – powiedział stanowczo Gruber. – Nie możemy zwracać na siebie uwagi.

– Odejdź! – warknął sierżant.

– Co wy?! – Grubas zachwiał się. – Mam sklep na rogu Krowiej i Chmielnej! Od lat sprzedaję wasze lody!

– Wypij nasze zdrowie i Bóg z tobą! – Freitag zamknął okno. – Co za typ. Że też ludzie w ogóle kupują u niego te lody. Mordę ma taką, że nic tylko w nią walnąć.

– Nie zwracajcie na niego uwagi – mruknął niechętnie Gruber.

Grubas jeszcze przez chwilę krzyczał coś w ich stronę, po czym zrezygnowany poczłapał wolno przed siebie. Rzędy samochodów ożyły nagle. Gruber zmienił pas ruchu i zerknął w lusterko. Dwie pozostałe ciężarówki powtórzyły jego manewr. Przejechali wolno pod kamiennym sklepieniem Bramy Kijowskiej i chwilę później zmierzali już w stronę Samonosi – przemysłowej dzielnicy Wilna.

* * *

Major Gruber zatrzymał żubra przed bramą wileńskiego oddziału wytwórni lodów. Opuścił szybę i spojrzał niecierpliwie na pustą budkę straży przemysłowej. Odczekał chwilę, po czym nacisnął klakson.

– Śpią do cholery? – mruknął ze złością.

Pracownik wytwórni, ubrany w tradycyjny biały uniform, zjawił się po minucie. Zerknął na ciężarówki i podszedł do szoferki pierwszej z nich.

– Spóźniliście się – stwierdził oskarżycielsko.

– Były korki, święto – odparł po polsku Gruber.

– Ja tam nie wiem, ale kierownik zmiany bardzo się pieklił. Dawajcie papiery.

Przejrzał szybko dokumenty przewozowe i uruchomił mechanizm otwierający bramę.

– Druga rampa! – krzyknął.

Podjechali do magazynu oznaczonego dużym „A" i zatrzymali się obok rampy, przy której kręciło się kilku ludzi. Gruber i Freitag wyskoczyli z szoferki.

– Gdzie kierownik? – Major zaczepił jednego z magazynierów.

– Już idzie. – Zapytany wskazał na niskiego, ubranego w niebieski kombinezon człowieka, który wyszedł właśnie z biurowca.

– Wygląda na służbistę – zauważył cicho Freitag.

– Spokojnie, damy sobie z nim radę. – Gruber uciszył go skinieniem ręki.

– Konwój z Ełku? – Kierownik zmierzył ich nieprzychylnym spojrzeniem. – Spóźniliście się ponad godzinę...

– Przepraszamy, naprawdę. Niech postara się pan nas zrozumieć. – Gruber odezwał się szybko w gwarze wileńskiej. Tej samej, którą posługiwał się kierownik. – Nie nasza wina, że w śródmieściu korki. Wieziemy ten cholerny mieszalnik do Diabelcewa. – Wskazał na żubra oznaczonego jedynką. – Jak nie dojedziemy tam jutro na wieczór, dostaniemy po premii.

– Trudno – kierownik wzruszył ramionami. – Znacie przepisy. Po północy nie przyjmujemy i nie wydajemy przesyłek.

Major pokiwał głową i westchnął ciężko.

– W Diabelcewie od wczoraj stoi produkcja. Jeśli nie dowieziemy tego mieszalnika, będzie awantura na całego. Szefostwo będzie pewnie chciało wiedzieć kto zawinił. – Major wyjął z kieszeni plik formularzy. – Mam nadzieję, że podpisze nam pan dokument odmowy wyładunku? Nie chcemy, żeby wszystko było na nas.

Kierownik chrząknął niepewnie.

– Nie było żadnej informacji o tym mieszalniku – powiedział zmieszany.

– Awaria miała miejsce wczoraj nad ranem – odezwał się Freitag. – Poza tym jest dopiero kwadrans po północy. To chyba jeszcze nic strasznego.

Kierownik pokręcił głową i westchnął ciężko.

– Zrobię dla was wyjątek, ale żebyście nie puścili pary z ust. Wpiszę czas rozładunku na jedenastą trzydzieści. Jesteście zadowoleni?

– Równy z pana chłop! – Freitag uśmiechnął się szeroko.

– No, no. Tylko bez takich. – Kierownik pogroził im palcem. – Swoją drogą, dziwię się wam, że chcecie jechać po nocy. Nie lepiej zatrzymać się u nas?

– Wie pan jak to jest – powiedział znacząco Gruber. – Lepiej być bliżej celu, niż dalej.

– Kierowcy! – prychnął kierownik. – Wszyscyście tacy sami. Zaraz was wyładują. – Obrócił się na pięcie i zniknął w magazynie.

– Jakoś poszło – mruknął cicho Gruber.

– Zawołam chłopaków. – Sierżant zbiegł po schodach. – Podjeżdżajcie! – Skinął na Ditricha i Zygfryda. – Ale migiem!

Komandosi uruchomili silniki ciężarówek. Wyjechali na środek palcu i łokieć po łokciu, podjechali do rampy. Czekał już na nich magazynier z wózkiem widłowym.

– Co tu mamy? – Zerknął na list przewozowy. – Części zamienne i opakowania. Bierzecie zaś koncentraty. No to do roboty.

Skończyli jakieś dwadzieścia minut później. Na platformach dwóch żubrów spoczął ładunek przeznaczony dla Diabelcewa. Ditrich i Zygfryd sprawdzili zamknięcia i zajęli miejsca w szoferkach.

Major zapalił papierosa i spojrzał na zegarek.

– Za kwadrans pierwsza. Jak wszystko pójdzie dobrze, staniemy w Kijowie na ósmą.

– Raczej na dziesiątą – odezwał się Gruby. – Te graty wyciągają ledwie stówę...

– Przestańcie ględzić. – Gruber ruszył w stronę bramy. – Lepiej się prześpijcie. Za kilka godzin zmienicie Ditricha i Zygfryda.

– Co racja, to racja. – Freitag usadowił się wygodniej na siedzeniu, oparł głowę na ramieniu Grubego i zamknął oczy.

Po chwili wnętrze szoferki wypełniło miarowe chrapanie komandosów.

Rozdział 12

Suceava. Stolica Rumunii
5 maja 1957 roku

Koszary 19. Dywizji Strzelców Lwowskich, położone w zakolu rzeki, pogrążały się z wolna w nocnej ciszy. Na dziedziniec wjeżdżały ostatnie już patrole z rejonu Vatra Donrei i rzeki Mures. O godzinie dwudziestej drugiej zamknięto główną bramę, lecz obsada stacji przeładunkowej pozostała na stanowiskach, bowiem około północy nadjechać miał konwój z częściami zamiennymi. Żołnierze, pełniący służbę na wieżach, znudzonym wzrokiem obserwowali wyładunek dwóch czołgów dostarczonych z Chisinau[34]. Od kilku dni trwały przyjęcia rekrutów, więc podoficerowie mieli pełne ręce roboty i nie w głowie było im sprawdzanie posterunków. Jeszcze przez kilka kolejnych dni panować miał błogi spokój.

[34] Kiszyniów

Żołnierze dziewiętnastej lwowskiej cenili sobie bardzo takie chwile, w których życie w koszarach ulegało chwilowemu rozprężeniu.

Na północnej wieży panowała cisza. Dwaj szeregowcy siedzieli rozparci na ławie obok wielkiego reflektora umieszczonego na kamiennym postumencie. Opuszczony ku dołowi i okryty plandeką był właściwie zabytkiem z zeszłego wieku, służącym do porozumiewania się z sąsiednimi posterunkami. Wraz z pojawieniem się radia, nikt już nie korzystał z sygnałów świetlnych, ale pozostawiono stare wyposażenie na wszelki wypadek, jako zastępczy system łączności. Dowódca wieży, kapral Pawło Hawryluk, stał oparty o balustradę i spoglądał tęsknym wzrokiem na drugą stronę rzeki, skąd dochodziły przytłumione odgłosy muzyki.

– Szlag by trafił tę przeklętą służbę – rzucił w stronę podwładnych. – Jakbym wiedział, że w mieście będzie zabawa, za nic nie dałbym się wrobić w to przeklęte nocne stróżowanie. Siedzi tutaj człowiek, nie wiadomo po co i pilnuje Bóg wie czego.

– Może zagramy w karty? – zaproponował Antek Ziółko.

– Karty? – W głosie Hawryluka zabrzmiała niechęć. – Znowu was ogram, a wy nie macie czym płacić.

– Jak to nie – zaperzył się drugi wartownik, Janek Wysocki. – Mam odłożone siedem butelek Bardawki[35].

---

[35] rodzaj lokalnego miodu.

Kapral spojrzał na niego z zainteresowaniem.

– Gdzie masz towar? Na kwaterach czy tutaj?

– Mam na kwaterze, ale mogę skoczyć, jak kapral pozwoli.

– Pewnie, że pozwolę, co mam nie pozwolić. – Kapral ożywił się wyraźnie. – Siedem butelek to już coś.

– Kapral myśli je wygrać?

– O co ci chodzi?

– A co na zastaw?

Hawryluk zmarszczył brwi i chciał już odpowiedzieć ostro, ale pohamował się i skinął głową.

– Mam trochę ropy i papierosy.

– A konkretnie, ile? – dociekał Antek.

– Coś taki ciekawy? I tak przegracie, to po co wam wiedzieć.

– Skąd pan wie, kapralu? – nie ustępował żołnierz. – My w ciemno do gry nie siądziemy.

– Żadnej gry tutaj nie będzie! – Od strony wejścia rozległ się donośny i nieprzyjemny głos. – Gracie na warcie! Powinno się wam za to łby poukręcać! – Na schodach wiodących na wieżę pojawił się sierżant Kaczor. Spojrzał na kaprala, a potem na wartowników. Ruchem głowy wskazał schody.

– Wartownicy na obchód. Trochę ruchu wam nie zaszkodzi.

Żołnierze podjęli ustawione pod murem karabiny i w milczeniu ruszyli w stronę schodów.

– Kombinatorzy – mruknął Hawryluk z pogardliwym pobłażaniem i z powrotem rozsiadł się na ławie.

Sierżant opuścił drewnianą klapę.

– Jesteś skończonym durniem. Wdajesz się w konszachty z gówniarzami, którzy mogą donieść na ciebie przy pierwszej lepszej okazji – powiedział z wyrzutem.

– Gadanie. Sami handlują Bardawką i papierosami, więc po co mieliby mnie wrabiać. – Hawryluk wzruszył ramionami.

– Nie znasz życia, mój drogi. Wydaje ci się, że jesteś dobrze kryty, a potem będziesz tłumaczyć się przed komendantem. Służę już piętnaście lat i niejedno widziałem. Ludzie to świnie, nie wolno im ufać.

– Więc ty też jesteś podejrzany – roześmiał się kapral.

– A ty głupi. My prowadzimy poważne interesy, a nie jakieś gówniane machlojki. – Sierżant spoglądał na Hawryluka z niesmakiem.

– Jak zwykle przesadzasz. Chciałem ograć ich na kilka butelek i to wszystko. Poza tym mam na nich haka i oni dobrze o tym wiedzą. Jak zaczną fikać, szybko ich usadzę.

– Pamiętaj, że konkurencja jest ostra i jak się poczujesz zbyt pewnie, możesz zostać niemile zaskoczony.

Brwi kaprala uniosły się lekko, nadając jego twarzy wyraz nieprzyjemnego zdziwienia.

– Tych smarkaczy nazywasz ostrą konkurencją?! Kontaktów w mieście nie zdobywa się ot tak. Zgoda, niektórzy młodzi próbują się zaprzyjaźnić z Albańczykami, ale ci ignorują ich całkowicie.

– Do czasu, mój drogi, do czasu. Po ostatniej wpadce nieźle się wściekli i ledwie im wytłumaczyłem, że ciężarówkę zatrzymano przez przypadek.

– A jesteś pewien, że to był przypadek? Transport przejęli ludzie z wywiadu. Z wywiadu, nie z policji. Jakoś dotąd nie mieszali się do naszych spraw, więc dlaczego tym razem? – Zniknęła gdzieś dotychczasowa nonszalancja, ta sprawa najwyraźniej niepokoiła Hawryluka dużo bardziej, niż ewentualne zagrożenie ze strony własnych podwładnych.

– To ludzie Alby wystawili transport. Nie widzę innego wytłumaczenia. Alba nie może nam wybaczyć, że bierzemy towar od Alego. Na pewno tak było – ostatnie słowa sierżant powiedział już bardziej do siebie, niż do towarzysza.

– To bierzmy towar od jednego i drugiego.

– Nie wiem, czy to dobry pomysł. Wiesz, jacy są Albańczycy. Honor rodowy i reszta tych bzdur. Jak dowiedzą się, że nie jesteśmy lojalni, będziemy mieli poważne kłopoty. Alba ma dobry towar, to prawda, ale jest niesystematyczny. Nie rozumie, że dostawy muszą być na czas, bo inaczej stracimy odbiorców. Przez ostatnią wpadkę Lwów już się na nas wypiął, a ludzie z Krakowa mocno kręcili nosami i musiałem się nieźle napocić, żeby wszystko załagodzić. Alba odpada. Musimy trzymać z Alim.

– To może spotkamy się z nim i powiemy o wszystkim. Niech się dogada z Albą, a jak się nie dogada, to niech zrobi z nim porządek.

– Wiesz, co się stanie, jak wybuchnie wojna między klanami? Będą się mordować tak długo, aż się wytłuką do nogi. Przez ten czas towar będzie przychodził albo nieregularnie, albo wcale. – Sierżant westchnął ciężko. – Jeszcze rok i mógłbym rzucić armię, wyjechać z tego zapowietrzonego miejsca i robić prawdziwe interesy w Rzeczypospolitej. – Znów westchnął.

– Tak czy siak, trzeba pogadać z Alim. Za trzy dni wyjeżdżamy na ćwiczenia w Karpaty, a stamtąd nic nie załatwimy – przypomniał mu Hawryluk.

– Łatwo powiedzieć, gorzej wykonać. – Tamten jedynie pokręcił głową. – Nie mam się jak wyrwać. Dzisiaj jest już za późno, a jutro są znowu przyjęcia rekrutów.

– To może ja pójdę? – zaproponował Pawło. – Ci dwaj wrócą za jakąś godzinę, zdążę obrócić.

– A jak będzie inspekcja? Będziesz miał kłopoty – w głosie sierżanta słychać było wahanie.

– Oficerowie są na przyjęciu w pałacu, a ten stary pijak Zieliński leży pewnie u siebie zalany w sztok. – Hawryluk machnął lekceważąco ręką.

– Niech będzie, ale jakby co, nie będę cię krył – zastrzegł się jego towarzysz, po czym spojrzał na zegarek. – Zbliża się północ, czas na mnie.

W tej chwili od strony wejścia na wieżę rozległo się delikatne szuranie.

– Już wrócili?! Młodzi są coraz bardziej bezczelni! Dawniej przegoniłbym gówniarzy po placu i od razu zrozumieliby, co to jest prawdziwa służba. – Sierżant podszedł do klapy i podniósł ją ze złością. – Skończyliście obchód? Coś mi się wydaje, że trwał trochę za krótko. Na dwóch postaciach, stojących wciąż poza kręgiem światła rzucanym przez zawieszoną u sufitu lampę, gryząca ironia słów sierżanta nie zrobiła widać najmniejszego wrażenia. Żadna z nich nawet nie drgnęła. – Co tak stoicie, wchodźcie na górę, czekam na raport – zirytował się sierżant. Pochylił się nieco do przodu i zmrużył oczy. Nagle złość i sarkazm w jego głosie zastąpiło najszczersze zdumienie.

– Coście za jedni? Zaraz, kim wy...

Z dołu dobiegł stłumiony odgłos wystrzału. Sierżant urwał w pół słowa i wyprostował się gwałtownie. Niezgrabnym gestem uniósł dłoń ku piersi, ale zanim palce sięgnęły rozlewającej się gwałtownie plamy, kolana ugięły się pod nim i osunął się na kamienną posadzkę. Kapral spoglądał na niego szeroko otwartymi oczyma. Kiedy zrozumiał, co się stało, sięgnął po stojący obok karabin, lecz nie zdążył. Zwalił się z ławy, spazmatycznie łapiąc powietrze. Na pobladłych nagle ustach czerwieniły się bąbelki krwi. Dwóch zamaskowanych ludzi obrzuciło wzrokiem platformę. Wyższy przyjrzał się martwemu sierżantowi i podszedł do konającego kaprala. Wycelował starannie i pociągnął za spust. Rozległo się ciche „puff". Jego towarzysz podszedł do brzegu platformy i błysnął krótko latarką w stronę warsztatów. Po chwili otrzymał z dołu odpowiedź.

* * *

Dwóch szeregowych kontynuowało swój obchód wzdłuż muru, kierując się w stronę magazynów amunicji. Minęła właśnie północ. Żołnierze szli w milczeniu, wolnym krokiem, raz po raz rozglądając się na boki – bardziej z przyzwyczajenia niż poczucia obowiązku.

– Masz papierosy? – spytał Antek.

– Mam tytoń. Dawno nie byłem w mieście, i zostało mi tylko to świństwo. – Janek wyciągnął z kieszeni blaszane pudełko.

– Skręć mi. Jakoś nie mogę nigdy dobrze ubić. Wysypuje mi się, albo przepalam bibułkę.

– Bo to trzeba umieć. – Starszy z żołnierzy odmierzył garść tytoniu i sprawnie uformował dwa papierosy.

– Dzięki. – Młodszy skwapliwe sięgnął po skręta. – Idziemy dalej czy zawracamy? Nie chce mi się łazić po placu. Najchętniej bym się przespał – stwierdził, spoglądając z niechęcią w stronę magazynów.

– Czy ja wiem? – Jego towarzysz wzruszył tylko ramionami. – Lepiej zróbmy całe okrążenie. Znasz przecież tego pieprzonego Kaczora. Gotów jest pójść za nami, a potem poda nas do raportu. Z czystej złośliwości.

– Niechby tylko spróbował. Nie jesteśmy już Junakami. Jak coś będzie do mnie miał, to powiem, co wiem o jego machlojkach.

Janek rozejrzał się niespokojnie na boki, po czym spojrzał na młodszego kolegę.

– Na jakim świecie ty żyjesz? – parsknął ze złością. – Jak wyskoczysz z czymś takim, to będziesz skończony! Kaczora przeniosą do jakiejś zacisznej bazy, a jego koledzy zrobią z ciebie pasztet. Nie wiesz, że ten bydlak ma jakieś powiązania z Albańczykami?! Słyszałem jak kiedyś rozmawiał z naszym kapralem o transporcie, który ma przejechać przez granicę.

– Cały ten garnizon to jedno wielkie szambo – odpowiedział pouczony chłopak, ni to zdziwiony ni to zirytowany. – Wszyscy patrzą tylko, jak zarobić. Słyszałeś, że podobno niektórzy oficerowie przemycają uciekinierów? Mają swoich ludzi na posterunkach i dobrze żyją z Turkami. Nocami do granicy podjeżdżają ciężarówki, a rano są już w Suczawie.

– Wiesz co, ty za dużo mówisz – uciął jego kompan. – Suczawa to wymarzone miejsce, żeby nieźle zarobić i nie chcę, żeby przez ciebie przenieśli nas gdzieś pod granicę brandenburską.

– Mnie też o tych drani nie chodzi, ale wkurza mnie, że trzeba opłacać się Kaczorowi...

– Posłuchaj mnie uważnie. – Janek był już wyraźnie zniecierpliwiony. – Takie są reguły gry i nie próbuj ich zmieniać. Pół roku starałem się, żeby nas wpuścili na bazar. Możemy handlować tytoniem i Bardawką. Innym się to nawet po roku nie udaje. Zysk jest tak duży, że możemy spokojnie płacić Kaczorowi i tym z konwojów. Jak za rok skończymy służbę, wrócimy tutaj jako cywile i wtedy rozkręcimy handel na wielką skalę. Kupimy koncesję na tytoń i będziemy wysyłać własne transporty. Przestań więc zachowywać się jak cymbał. Chodźmy lepiej obejrzeć magazyny. – Zmienił nagle temat. – Im szybciej zrobimy obchód, tym szybciej wrócimy na wieżę. Mam ochotę ograć Hawryluka. Wiem już, co robi, że ciągle wygrywa.

– Po co mamy tam leźć? Stąd widać, że wszystko jest w porządku. – Jego kompan wzruszył ramionami.

– Rzucimy tylko okiem na wewnętrzny dziedziniec i wracamy.

– Pomyślałby kto, że jesteś taki obowiązkowy...

– Przestań narzekać. Zajmie nam to najwyżej kilka minut.

Chwilę później dotarli na miejsce. Wewnętrzny dziedziniec zabudowany z trzech stron magazynami, pogrążony był w mroku.

– Co jest? – Antek zatrzymał się nagle. – Wysiadło oświetlenie?

Przez chwilę obaj stali zaskoczeni.

– Chodźmy stąd. – W głosie młodszego chłopaka zadrgały nutki niepewności. – Mam takie jakieś dziwne przeczucie... – Nie dokończył, bowiem od strony niewidocznych drzwi jednego z magazynów rozległo się delikatne szuranie, jakby ktoś ciągnął coś po betonie. Zgrzytnęła zasuwa bramy.

– Co tam się dzieje? – Szeregowiec uniósł karabin.

– Pewnie szykują się do przyjęcia konwoju. Miał przyjechać około północy. A ty co się tak trzęsiesz? Boisz się ciemności? – zakpił starszy z żołnierzy.

– A ty, czemu mówisz cicho?

– To przez ciebie. Udziela mi się twój nastrój.

– Co teraz? Podnosimy alarm, czy...

– Jak zawiadomimy dowództwo i potem okaże się, że to wartownicy, do końca służby będziemy pośmiewiskiem całego garnizonu. Najpierw trzeba sprawdzić, kto tam jest.

– Może to jednak jacyś bandyci. – Antek rozejrzał się nerwowo. – Nie mam zamiaru się narażać. Jakby co, najpierw strzelamy, a potem patrzymy do kogo.

– Wiesz co? – Janek pokręcił głową z dezaprobatą. – Nie powinni brać cię do wojska, jesteś za nerwowy. Usłyszał w odpowiedzi ciche prychnięcie.

– Myślisz, że ktoś się mnie pytał o zgodę?

Z przygotowanymi do strzału karabinami ostrożnie ruszyli, kierując się w stronę bramy głównego magazynu. Po chwili ich oczy przyzwyczaiły się do ciemności. Antek zatrzymał się nagle, a idący za nim towarzysz niemalże wpadł mu na plecy.

– Tam – powiedział szeptem. – Na prawo od bramy ktoś stoi.

– Rzeczywiście. To chyba jednak nie są wartownicy. – Starszy chłopak przełknął nerwowo ślinę.

– Raczej nie. – Antek odbezpieczył broń i wrzasnął ile sił w płucach. – Ręce do góry! Pod ścianę!

* * *

Trzech ludzi, ubranych w czarne stroje, z ociąganiem podeszło do ściany. Wolno unieśli ręce.

Żołnierz zrobił kilka ostrożnych kroków i obejrzał się na starszego kolegę.

– Ubezpieczaj mnie, nie wiadomo, ilu ich jest.

Antek przesunął się w stronę drzwi. Starając się nie spuszczać wzroku z zatrzymanych, odchylił nieco głowę i zajrzał do wnętrza hali. W tej samej chwili lewe skrzydło bramy drgnęło lekko. Chłopak zdążył wykonać pół obrotu, kiedy krótki błysk rozjaśnił ciemności. Szeregowiec zachwiał się i opadł na kolana.

Janek kątem oka dostrzegł przesuwające się skrzydło bramy. Zareagował błyskawicznie. Podniósł karabin i, nie celując, pociągnął na spust. Rozległ się suchy trzask iglicy. Niewypał. Próbował raz jeszcze przeładować broń, lecz nagle poczuł ostry, przeszywający ból. Ostatnią rzeczą, jaką zobaczył, była długa rękojeść noża tkwiącego w jego własnej piersi. Z magazynu wyszedł ubrany na czarno mężczyzna, popatrzył na leżących na ziemi wartowników i gestem dłoni przywołał jednego ze swoich ludzi. Kiedy ten zbliżył się, uderzył go mocno w twarz.

– Wiesz za co? – spytał.

– Tak jest! Dałem się zaskoczyć.

– Przenieście ich pod ścianę i wymieńcie nieśmiertelniki.

– Tak jest!

Jeden z napastników podniósł karabiny wartowników i wrzucił je do magazynu. Drugi wyjął z kieszeni dwie niewielkie blaszki, zawieszone na łańcuszku. Pochylił się nad ciałem Janka, odpiął mundur i jednym szarpnięciem zerwał nieśmiertelnik z wybitym godłem Rzeczypospolitej, numerem identyfikacyjnym i symbolem jednostki. Podniósł głowę zabitego i zawiesił na jego szyi nieco większą blaszkę w kształcie koła. Kiedy podszedł do Antka, pochylił się nad nim i zamarł na moment.

– Ten jeszcze żyje – zameldował. – Mam go tak zostawić?

– Był dobrym żołnierzem. Nie zasłużył na śmierć w męczarniach. Załatw to szybko. – Mężczyzna spojrzał na zegarek i uśmiechnął się z zadowoleniem.

– Wszystkie ładunki na miejscu?

– Tak jest. Zapalniki nastawiliśmy na pierwszą.

– Wynosimy się stąd.

* * *

– Zatem, raz jeszcze, chciałbym wznieść toast za zdrowie i pomyślność naszego drogiego przyjaciela, generała Bogdana Koniecpolskiego. Niech żyje! Niech żyje! Niech żyje! – Burmistrz Suceavy Hektor Bobescu uniósł puchar Bardawki i ukłonił się barczystemu mężczyźnie w galowym mundurze. Generał Koniecpolski odwzajemnił ukłon i, śmiejąc się, powiedział głośno:

– Chciałbym serdecznie podziękować, za to wspaniałe przyjęcie, które swoim przepychem przyćmiewa wszystko, co do tej pory widziałem. Wasza gościnność jest niezrównana!

– Wiwat! Niech żyje! – rozległy się okrzyki.

Koniecpolski odczekał aż gwar ucichnie, i odezwał się, tym razem bardzo poważnym tonem:

– Z tego miejsca chciałbym również wyrazić podziw dla całego narodu rumuńskiego, ciężko doświadczonego przez los, lecz nie tracącego wiary, że chwila, gdy nad Bukaresztem załopocze sztandar świętego Stefana jest już bliska. Razem z wami spoglądam tęsknie na południe, na zniewoloną Transylwanię, na Złote Miasta Karpackie, gdzie panuje złowrogi półksiężyc. Wiara, która wypełnia wasze serca, nie może zgasnąć, bowiem przyjdzie czas wolności i po wiekach odzyskacie wszystko, co zostało wam zabrane!

Wnętrze wielkiej sali balowej wypełniły grzmiące brawa. Setki gości podniosły się ze swoich miejsc i zaczęły skandować: „Niech żyje!", „Niech żyje!", „Wiwat Rzeczpospolita!". Generał ruszył w głąb sali, ściskając dłonie gości. Na przyjęciu, wydanym z okazji pięćdziesiątych urodzin dowódcy rumuńskiego kontyngentu, zebrała się cała elita rumuńskiej stolicy, korpus dyplomatyczny zaprzyjaźnionych państw, generalicja Armii Karpackiej, a gościem honorowym był Podkanclerzy Aleksander Majorescu. Położony bezpośrednio nad rzeką pałac księcia Mazziniego tego dnia stał się najważniejszym miejscem w całym kraju. Generał Koniecpolski, otoczony przez oficerów, dotarł do przeszklonych drzwi, wychodzących na taras, gdzie oczekiwał go Podkanclerzy.

– Jestem zaszczycony pańską obecnością. – Generał podał rękę Majorescu.

– Dla mnie to nie mniejszy zaszczyt, drogi generale. Moja obecność jest wyrazem najgłębszego szacunku, jakim darzymy pana i pański naród, który już od wielu lat wspiera nas w naszej walce o wolność. – Majorescu skinął na stojących obok dwóch służących.

– Oto drobny podarek ode mnie i całego rządu rumuńskiego. – Podkanclerzy odebrał blaszane pudełko i wręczył je generałowi.

– To tytoń z okolic Kiszyniowa. Mieszanka o niezwykłym aromacie, specjalnie skomponowana dla pana. Kazałem wypytać dokładnie o pański gust i mam nadzieję, że będzie pan zadowolony.

Generał Koniecpolski spojrzał pożądliwie na pudełko i otworzył je szybko. Nabrał w palce odrobinę tytoniu i powąchał z lubością.

– Cudowny! Doprawdy cudowny! Wasz tytoń jest najlepszy na świecie! Mam nadzieję, że poznam skład? – spytał z niepokojem prawdziwego konesera.

– Oczywiście. Dla pana zostanie zrobiony wyjątek. – Podkanclerzy uśmiechnął się wyrozumiale, zadowolony zarazem, iż prezent został przyjęty z radością większą, niż się tego spodziewał.

– Proponuję, abyśmy wyszli na taras. Chciałbym wypróbować tę wspaniałość. Tutaj na sali jest zbyt dużo innych zapachów, bym mógł bez przeszkód rozkoszować się aromatem tego wspaniałego podarunku. – Koniecpolski zręcznie obrócił własną niecierpliwość w komplement.

– Oficjalna część uroczystości została zakończona, myślę więc, że pańscy goście nie będą nam mieli za złe, jeżeli oddalimy się na chwilę.

Podkanclerzy ujął Koniecpolskiego pod ramię i obaj ruszyli w stronę przeszklonych drzwi. Na tarasie panował przyjemny chłód, przynoszący wytchnienie po skwarze dnia. Tego roku całą Europę nawiedziły upały, w Rumunii temperatury sięgały dwustu stopni. Generał podszedł do marmurowej balustrady, nabił fajkę tytoniem i wypuszczając kłęby dymu, spoglądał na leżące u stóp pałacu miasto.

– Piękna jest ta wasza Suczawa. To najpiękniejsze miasto na całym południu.

– Ma pan rację. Byłem w wielu miejscach w Europie i Azji, ale Suczawa ma rzeczywiście niepowtarzalny klimat. Urodziłem się tam. – Podkanclerzy wskazał na okolice cerkwi Cyryla. – Cała dzielnica przez większość roku tonie w zieleni, a zimą przypomina obrazy Wadilecziego. Zupełnie jak na jego płótnach, stare domy zdają się być pogrążone we śnie, dopiero z wiosną powracają do życia. Mój ojciec zawsze powtarzał, że Suczawa jest inna o każdej porze roku. Latem rozbuchana i tętniąca, jesienią pogodna i uśmiechnięta, a w zimie ospała i leniwa. Widzi pan bulwary nad rzeką? Tam upływało moje dzieciństwo. Chodziliśmy tam na spacery całą rodziną. Ojciec kupował dla mnie i dla siostry wielkie porcje lodów, a matka beształa go, twierdząc, że pochorujemy się od nich. – Majorescu uśmiechnął się do swoich wspomnień.

– Słyszałem, że pański ojciec był oficerem Armii Karpackiej. – Generał spojrzał na Podkanclerzego.

– To prawda. Zaczął służbę jako szeregowy i przez piętnaście lat doszedł do stopnia kapitana.

Potem, któregoś dnia, wyruszył z patrolem w góry. Jego oddział natknął się na grupę żołnierzy tureckich, którzy przekradli się na drugą stronę granicy. Doszło do strzelaniny i mój ojciec został ciężko ranny. Już nigdy nie wrócił do zdrowia. Poświęcił się polityce. Został posłem i chyba nieźle przysłużył się naszej sprawie. – Na chwilę twarz Rumuna rozjaśnił wyraz dumy, ale zaraz w jego oczach pojawił się cień głębokiej powagi. – W tym mieście jest wielu ludzi, którzy ucierpieli od Turków.

– To kolejna rzecz, która nas łączy. Sześciu członków mojego rodu oddało życie we wszystkich wojnach, jakie z nimi stoczyliśmy. – Generał, zasępiony, spoglądał w płynącą u stóp pałacu rzekę.

– Coś pana niepokoi, generale? – Podkanclerzy przyglądał się uważnie swojemu rozmówcy.

– Czy coś mnie niepokoi? Owszem. – Tamten twierdząco skinął głową. – Zostałem zaproszony na jutrzejszy obiad do Kanclerza Bolitaniego. Będziemy omawiać ostatnie wydarzenia, które miały miejsce na polach naftowych pod Ploeszti.

– Wiadomo już coś więcej na ten temat? – spytał ostrożnie Majorescu. – Nasze służby dwoją się i troją, żeby poznać więcej szczegółów, ale wszystko wskazuje na to, że Turcy byli szybsi.

– To, niestety, prawda. Nasi ludzie dotarli na miejsce po kilku godzinach, ale cały teren otoczony był już przez armię turecką. Dowiedzieliśmy się tylko tyle, że zniszczenia są bardzo poważne. Spłonęło osiem szybów, zginęło kilkuset robotników, w większości niewolników, a wznowienie produkcji nie nastąpi szybciej niż za rok. – Na twarzy generała pojawił się grymas złości. – Wszystko wskazuje na to, że ten pożar nie był dziełem przypadku.

– Macie jakieś podejrzenia, co do osoby sprawcy? – Temat był dość drażliwy, jednak rumuński dostojnik postanowił zaryzykować. W końcu, rozmowy na przyjęciu urodzinowym w żadnym razie nie można było uznać za oficjalną.

– Jest jeszcze za wcześnie, by o tym mówić. – Jubilat wypuścił kolejny kłąb aromatycznego dymu, lecz na jego twarzy nie malowała się już dotychczasowa przyjemność. Zmarszczył brwi. – Wie pan doskonale, jak wielu wrogów ma Rzeczpospolita. Skłócenie nas z Turcją niejeden z nich uznałby za rzecz bardzo pożądaną.

Podkanclerzy pokiwał głową.

– Drogi generale... – odezwał się po chwili. – Jestem człowiekiem, który lubi mówić otwarcie. Domyśla się pan pewnie, o co chcę zapytać?

– Ja również cenię szczerość. – Koniecpolski oparł się o balustradę i spoglądał na rzekę – Nie jest tajemnicą, że głównymi podejrzanymi są Strzelcy Karpaccy. Sam pan rozumie dlaczego.

– Rozumiem, że w pierwszym odruchu służby specjalne Rzeczypospolitej zwróciły się w stronę zwolenników księcia Cuzy, lecz pragnę pana zapewnić, że nie ma on z tym nic wspólnego – uniósł się Majorescu. – Książę jest moim przyjacielem i, mimo że znany jest ze swoich radykalnych poglądów, nigdy, powtarzam, nigdy nie poważyłby się na tak desperacki krok.

– Proszę się nie denerwować. – Koniecpolski podniósł ręce w uspokajającym geście. – Nie powiedziałem przecież, że zamierzamy oskarżyć księcia o podpalenie pól naftowych. Zgodzi się pan jednak ze mną, że wśród jego zwolenników wielu jest takich, którzy otwarcie głoszą, iż jedynym sposobem na wyzwolenie waszych ziem jest wojna z Turcją. Wie pan, że są wśród nich bardzo wpływowi ludzie, którzy bez chwili wytchnienia pracują nad wciągnięciem Rzeczypospolitej w wojnę na południu.

– Sam pan powiedział, że przyczyn, dla których dokonano zamachu, może być znacznie więcej. – Oskarżenie skierowane pod adresem księcia najwyraźniej wytrąciło z równowagi jego przyjaciela. – Nie tylko nam zależy na rozbiciu Turcji.

– Uważam, że dyskusja na ten temat do niczego nie prowadzi. – Koniecpolski zauważył wzburzenie swojego rozmówcy. – Sprawa jest zbyt skomplikowana i drażliwa, by pozwalać sobie na dywagacje zanim nie poznamy wyników śledztwa.

Rozmowa urwała się na chwilę.

– Jest jeszcze jedna rzecz, o którą chciałem pana zapytać – odezwał się wreszcie Majorescu. – Nasz rząd żywi pewne obawy co do skutków tego niefortunnego wypadku. Pojawiają się głosy, że w Rzeczypospolitej uaktywnili się przeciwnicy obecności waszych wojsk na rumuńskiej ziemi...

– To są bzdury! – Koniecpolski poczerwieniał. – Proszę nie dawać im wiary! Rzeczpospolita zawsze wypełnia swoje sojusznicze zobowiązania. Cokolwiek się wydarzy, nie zostawimy was samych. Ludzie, którzy uważają, że wycofanie naszych wojsk przyczyni się do rozwiązania problemów południa, są w błędzie. To właśnie militarna obecność Rzeczypospolitej gwarantuje utrzymanie pokoju.

– Jesteśmy tego samego zdania, generale – odpowiedział z wyczuwalną ulgą Majorescu. – Pacyfistyczne nastroje w Rzeczypospolitej mogą być jednak przyczyną...

Nie dokończył zdania, bowiem od strony koszar 19. Dywizji Lwowskiej dobiegł najpierw pojedynczy wybuch, a potem seria potężnych eksplozji.

Obaj dostojnicy rzucili się do wschodniego krańca tarasu, skąd widok był najlepszy. Otoczony wysokim murem kompleks budynków tonął w morzu ognia. W miejscu magazynów amunicji i warsztatów szalały płomienie, podsycane co chwila nowymi eksplozjami. Dwie narożne wieże zapadły się całkowicie.

– Palą się kwatery żołnierzy! Tam jest kilka tysięcy moich ludzi! – krzyczał z rozpaczą Koniecpolski.

Drzwi prowadzące na taras otworzyły się gwałtownie i kilkunastu oficerów stanęło obok generała. Już wiedzieli. Każdy z nich próbował coś powiedzieć, przekrzykując przy tym pozostałych.

– Spokój! – huknął generał, kładąc kres tym wysiłkom. – Niech natychmiast podstawią samochód!

Taras szybko wypełniał się gośćmi. Wszyscy z przerażeniem spoglądali na płonące koszary. Po atmosferze przyjęcia nie został nawet najmniejszy ślad. Na wszystkich twarzach malowało się niezrozumienie i strach.

– Turcy w mieście! – krzyknęła histerycznie księżna Balasti.

Na tarasie zakotłowało się nagle. Wszyscy w panice rzucili się do wyjścia, tratując się przy tym, depcząc nawzajem i klnąc...

– Panie generale, co się dzieje?! Czy to atak?! – Majorescu też był przerażony.

– Nie wiem, proszę mnie przepuścić! – Koniecpolski bez pardonu zaczął torować sobie drogę łokciami. Przeszklone drzwi pękły pod naporem tłumu. Po chwili na tarasie pozostał już tylko Podkanclerzy. Burmistrz Bobescu ostrożnie przelazł nad resztkami wytłuczonych drzwi.

– Mój Boże! Wszystko się pali! Panie Podkanclerzy, czy pan coś z tego rozumie?!

– Niech pan nie krzyczy – uciszył go Majoresku, jego ton też był daleki od spokojnego. – Niech pan natychmiast zacznie organizować pomoc. Straż ogniowa, miejsca w szpitalach...

– Ale...

– Proszę się tym zająć! To w tej chwili najważniejsze! Ja muszę spotkać się natychmiast z Kanclerzem!

Nie czekając na reakcję burmistrza, Podkanclerzy ruszył w stronę wyjścia.

* * *

Samochód generała Koniecpolskiego zatrzymał się z piskiem opon przed główną bramą koszar. Wielkie przesuwane wrota leżały na drodze, odrzucone siłą wybuchu na kilkanaście łokci. Fragmenty wież strażniczych utworzyły rumowiska, z których biły w niebo płomienie. Mur okalający koszary od strony rzeki, choć poważnie uszkodzony, ocalał.

– Ruszaj na dziedziniec! – krzyknął generał w stronę kierowcy.

– Spalimy się!

– Bez dyskusji! Jedź prosto pod budynek komendantury!

Kierowca wrzucił bieg i ruszył ostro w głąb koszar. Przejechał po lewym skrzydle bramy i wpadł na dziedziniec. Setki żołnierzy krążyło pomiędzy płonącymi ciężarówkami ustawionymi w dwa szeregi wzdłuż drogi prowadzącej do budynku komendantury. Kilka jednostek rumuńskiej straży ogniowej zdążyło już przybyć na miejsce, lecz źle rozstawione, nie dawały rady płomieniom. Kierowca, trzymając cały czas rękę na klaksonie, zwolnił nieco, aby uniknąć potrącenia któregoś z żołnierzy.

– Niech to szlag! Nikt nad tym nie panuje! Biegają z miejsca na miejsce! – Generał spoglądał z rozpaczą na płonące rumowisko, które jeszcze kilka godzin temu było składem amunicji.

– Panie generale! Niech pan spojrzy na koszary! – Kierowca wskazał na trzypiętrowy budynek, gdzie kwaterował siódmy pułk strzelców z Przemyśla. Dach budynku zapadł się całkowicie, a przez okna strzelały płomienie.

– Zatrzymaj samochód! Dotrę szybciej na piechotę! – Koniecpolski otworzył gwałtownie drzwi i ruszył biegiem w stronę, niezbyt już odległego, budynku komendantury. Kiedy dotarł do drzwi, zastał tam kilku oficerów kłócących się głośno.

– Co tu się dzieje? Dlaczego nie organizujecie pomocy?! – krzyknął Koniecpolski.

– Czekaliśmy na ciebie – odparł zmieszany szef zaopatrzenia.

– Natychmiast na górę! Za pięć minut chcę mieć wszystkich w sali odpraw! – Nie czekając na innych, generał wbiegł na schody i wkroczył do obszernego pomieszczenia, którego okna wychodziły na dziedziniec. Po chwili sala zaczęła zapełniać się oficerami, w większości ubranymi w mundury galowe. Koniecpolski zrzucił ze stołu stosy map i zwrócił się w stronę swojego zastępcy, pułkownika Bardacha.

– Dawaj plany garnizonu. Musimy wymyślić szybko, jak opanować ten bałagan.

Bardach rozwinął sporych rozmiarów arkusz papieru i rozłożył go na stole.

– Czy ktoś już wie, co się właściwie stało? – Koniecpolski spojrzał na otaczających go oficerów.

Do stołu podszedł major Zieliński. Mundur miał pomięty, oczy przekrwione, roztaczał dokoła odór alkoholu. Major, próbując utrzymać równowagę, pochylił się nad stołem.

– Znowu piłeś? – W głosie generała słychać było ledwie skrywaną wściekłość.

– Piłem, ale rozeznaję się w sytuacji – odpowiedział niepewnie Zieliński.

– Mów – uciął krótko generał.

– Z tego, co udało się już ustalić, doszło do wybuchu w składach amunicji. Według opinii strażaków, gaszenie pożaru potrwa przynajmniej kilka godzin i to przy założeniu, że Rumuni rzucą do akcji wszystkie jednostki z całej Suczawy. Poprosiłem ich, żeby wezwali na pomoc straż ze wszystkich okolicznych miast. Będą tutaj za jakąś godzinę. – Pułkownik przesunął ręką po północnej części garnizonu. – Siła wybuchu była tak wielka, że zmiotła warsztaty i dotarła do bramy głównej, z której, niestety, nic nie pozostało. Na nasze nieszczęście, jakiś płonący fragment konstrukcji magazynów upadł na bazę paliw. Doszło do kolejnego pożaru, który okazał się jeszcze gorszy niż eksplozja amunicji. Płomienie w ciągu kilku minut dotarły do koszar siódmego pułku.

– Czy żołnierze zdążyli się ewakuować? – spytał niecierpliwie generał.

– No cóż... – Zieliński zawahał się na chwilę.

– Mów jak jest, bez ozdóbek – Koniecpolski spojrzał na niego groźnie.

– Większość zdążyła uciec, ale wschodnie skrzydło budynku zostało odcięte – major opuścił głowę.

– Ilu żołnierzy było w tym skrzydle?

– Trudno powiedzieć – odparł Zieliński. – Większość ludzi miała przepustki i w momencie katastrofy byli w mieście...

– Ilu zostało?

– Około trzystu, trzystu pięćdziesięciu. Nie możemy tego ustalić. Podobnie jak w składach amunicji, temperatura jest zbyt wysoka, aby ktokolwiek mógł zbliżyć się do budynku. – Po tych słowach na sali zapadła cisza.

Generał podniósł się ciężko znad stołu i spojrzał na makabryczny widok za oknem. Stał przez chwilę nieruchomo, po czym odwrócił się w stronę oficerów i powiedział szybko:

– Kaczkowski, Brazauskas i Walentynowicz. Pokierujecie akcją ratunkową. Zróbcie wszystko, żeby wyciągnąć tych ludzi. Pułkownik Kalinicz zajmie się współpracą ze strażą ogniową.

Wymienieni oficerowie szybko opuścili salę. Generał podszedł do wiszącej na ścianie wielkiej mapy Rumunii i spojrzał na nią uważnie. Wodził długo wzrokiem wzdłuż południowej granicy.

– Musimy podnieść stopień gotowości naszych wojsk o dwa poziomy – powiedział zdecydowanie.

– Aż o dwa? – pułkownik Michniewski, dowódca drugiego pułku, spojrzał zaskoczony na dowódcę.

Koniecpolski potwierdził skinieniem głowy.

– Pułki piąty i szósty jutro rano wyruszą w rejon Gałacza. Posterunki górskie mają być wzmocnione według założeń planu kryzysowego. Twój pułk razem z oddziałami armii rumuńskiej utworzy pierścień ochronny wokół miasta.

– Jak sądzisz, tak między nami... – spytał niepewnie pułkownik. – To był wypadek, czy mamy do czynienia z sabotażem?

Koniecpolski westchnął ciężko.

– Jeżeli to nie był wypadek, Rzeczpospolita będzie musiała zareagować. Wiesz, co to oznacza.

Rozdział 13

Rzeczpospolita. Pogranicze województw poleskiego i kijowskiego
6 maja 1957 roku

Freitag! Pobudka! – Major Gruber trącił śpiącego sierżanta.

– Gdzie jesteśmy? – Freitag ziewał szeroko i przecierał zaspane oczy.

– Przejechaliśmy już Polesie. Za chwilę będziemy na Ukrainie – odparł major.

– Która godzina? – mruknął niewyraźnie Gruby.

– Dochodzi siódma.

Freitag masował zdrętwiały kark.

– Spaliśmy prawie sześć godzin?

– Do kibla bym poszedł – jęknął Gruby.

– Zaraz zrobimy przerwę. – Major zwolnił nieco i zmienił pas.

Po prawej stronie pokazały się pierwsze zabudowania położonego nad Prypecią Czernobyla. Ciężarówki wjechały na stację benzynową, należącą do poznańskiego konsorcjum „Ropa i Gaz". Major zatrzymał żubra pod dystrybutorem. Trzech pracowników stacji czekało już na klientów.

– Do pełna? – spytał jeden z nich.

– Do pełna – potwierdził Gruber, wysiadając. Od strony drugiego żubra nadchodził Ditrich, ziewając przy tym tak szeroko, że aż mu łzy stanęły w oczach.

– Niezły czas – powiedział, spoglądając na zegarek. – W sześć godzin pokonaliśmy pięćset staj. Do Kijowa już chyba niedaleko.

– Godzina jazdy. – Gruber też był zadowolony. – Zatankujemy i zjemy. Odstawcie graty, ja zapłacę.

Trzy żubry wjechały na pobliski parking. Stało tam kilka hotów – potężnych ciężarówek, nazywanych „pociągami autostrad", należących do BMF – słynnej monachijskiej firmy, zajmującej się od niemal stu pięćdziesięciu lat produkcją mebli. Komandosi, ustawiwszy swoje samochody na wprost okien baru, zaczęli studiować wywieszoną w gablocie kartę dań.

– Strasznie się tu drożą – mruknął Ditrich. – Za jajecznicę biorą moresa? U nas zjadłbym za to całe śniadanie.

– Co chcesz? – Freitag wzruszył ramionami. – Czernobyl to już prawie przedmieście Kijowa.

– Za to ropa tania – odezwał się Gruby. – Sześćdziesiąt groszy za garniec[36], to prawie darmo.

---

[36] 2,4 litra

– Chodźmy. Głodny jestem jak cholera. – Sierżant ruszył w stronę drzwi.

Weszli do baru, którego wystrój, utrzymany w firmowej niebiesko-żółtej tonacji, nie różnił się od setek innych należących do konsorcjum „Ropa i Gaz".

Powitawszy siedzących w barze gości krótkim „guten tag", komandosi zasiedli za stołem. Gruby i Freitag zapalili papierosy, przeglądając wyłożone gazety.

– Jutro gra Dniepr z Wisłą. – Gruby jak zawsze zaczął od rubryki sportowej. – Krakowiaki nie mają z Dnieprem żadnych szans. Pamiętacie, jak w zeszłym roku dostali baty? Ten ich Jastrzębski, to przereklamowany zawodnik. Gówno umie, a robią z niego gwiazdę.

– Gadanie – obruszył się Freitag, który był równie gorliwym kibicem, tak się tylko złożyło, że kibicował zazwyczaj innym drużynom niż Gruby. – W zeszłym roku przegrali, ale dwa lata temu pokonali Wacława. Według mnie, muszą popracować nad atakiem. Wtedy pokażą, na co ich stać.

– Nasz Knecht gra za dwa dni we Lwowie – wtrącił się Ditrich. – Myślę, że mają sporą szansę dołożyć lwowiakom.

– Głupi jesteś. – Sierżant machnął lekceważąco ręką. – To już nie ta sama drużyna co kiedyś. Pięć lat temu grali jeszcze na poziomie, teraz grają, jakby piłkę pierwszy raz na oczy widzieli.

W tej chwili nadszedł major Gruber, kładąc kres nabierającej rumieńców sprzeczce.

– Zamówiliście już coś? – zainteresował się, nieświadomy, że rozmowa jego podwładnych bynajmniej nie dotyczyła śniadania.

– Obsługa dopiero idzie. – Freitag wskazał na grubą Murzynkę, która podchodziła właśnie do ich stolika.

– Czym mogę służyć chłopcy? – spytała poufale. – Macie pewnie ochotę na dobre śniadanko? Polecamy jajecznicę na boczku, do tego solidną porcję szarlotki i oczywiście kawę. Mamy najlepszą kawę w całej okolicy.

Freitag spojrzał na resztę komandosów.

– Może być. – Pokiwał głową. – Daj też, kochana, mleko i cukier do tej kawy.

– Zaraz wszystko dostaniecie. – Kelnerka zapisała zamówienie. – Macie kartę stałego klienta?

– Nie jeździmy często tą trasą. Ale chyba zaczniemy. – Freitag puścił do kelnerki oko.

Murzynka odpowiedziała mu szerokim uśmiechem, poprawiła firmową kamizelkę i ruszyła do kuchni.

– Podobają się panu takie grube? – zdziwił się Ditrich, nie kryjąc niesmaku.

– Nie znasz się. – Sierżant wzruszył ramionami. – Im grubsza, tym lepsza. Takie właśnie lubię.

– No cóż – podsumował powściągliwie Gruber. – O gustach się nie rozmawia.

Pięć minut później na stole pojawił się dymiący dzban kawy i jajecznica.

– Życzę smacznego. – Kelnerka wymieniła popielniczki. – Jedziecie do Kijowa? – spytała.

– Dalej, kochana, znacznie dalej – odparł Freitag. – Jedziemy na południe.

– Pod Kaniowem, na obwodnicy, był jakiś wypadek. Zderzyły się chyba dwie ciężarówki. Podobno autostrada zablokowana. W radiu mówili, że cały ruch puszczają na Czerkasy.

– Niech to szlag! – Sierżant niemal zachłysnął się kawą. – Stracimy kilka godzin.

– Może polecimy na Białą Cerkiew? – zaproponował Gruby.

– Co za różnica – burknął Zygfryd z kwaśną miną. – Na jedno wychodzi.

– Nim dojedziecie do Kaniowa, zdążą pewnie wszystko uprzątnąć – pocieszyła ich kelnerka.

– Zrób, kochana, trochę głośniej. – Freitag wskazał na radio. – Posłuchamy, co się dzieje.

– Dla ciebie wszystko. – Murzynka obdarzyła sierżanta promiennym uśmiechem.

– Co za tyłek – westchnął z zachwytem Freitag.

Komandosi parsknęli śmiechem.

– Cicho! – zgromił ich Gruber. – Posłuchajcie!

„Wczoraj, kwadrans przed północą, w koszarach 19. Dywizji Lwowskiej, z nieznanych jeszcze przyczyn, doszło do potężnej eksplozji, w wyniku której zniszczeniu uległa znaczna część koszar. Jak donoszą nasi korespondenci, pożar ogarnął magazyny i kwatery żołnierzy siódmego pułku Strzelców Przemyskich. W obecnej chwili trudno ocenić, jak wielkie ofiary pociągnęła za sobą eksplozja. Napływające ciągle informacje wskazują jednak, że jest to największa...”.

– Mój Boże! – Kelnerka złapała się za głowę. – To na pewno Turcy zrobili!

Komandosi przysłuchiwali się płynącym z głośnika słowom, pijąc w milczeniu kawę.

– Ditrich, zapłać i jedziemy dalej. – Major skinął na komandosa, odstawiając filiżankę. – O szóstej powinniśmy być już na miejscu. Dwójkę prowadzi Gruby, trójkę Freitag.

– Nie jest pan zmęczony? – spytał sierżant. – Jedzie pan bez przerwy już dziesięć godzin.

– Nie martw się o mnie. – Gruber podniósł się z krzesła i rozprostował plecy. – Kilka godzin jeszcze wytrzymam.

* * *

Konwój „Eisfabrik in Lyck” sunął środkowym pasem autostrady B-4 biegnącej nad brzegiem Dniepru. Dochodziła godzina dziesiąta, gdy na horyzoncie pojawiły się kopuły cerkwi Perejasławia – miasta słynnego z zawartej w nim Ugody Wieczystej[37], która przez wielu uznawana była za jedną z najważniejszych w historii Rzeczypospolitej. Major Gruber

---

[37] Ugoda Wieczysta zawarta została 14 września 1649, po zdobyciu przez wojska kozacko-tatarskie Zbaraża i rozbiciu wojsk Rzeczypospolitej w bitwie pod Zamościem. W myśl postanowień Ugody Wieczystej starszyzna kozacka otrzymała przywileje szlacheckie, jej reprezentanci uzyskali prawo do zasiadania w Sejmie, a biskupi prawosławni w Senacie. Ugoda Wieczysta przekształcała Rzeczpospolitą w związek trzech prowincji – Korony, Litwy i Ukrainy.

zmienił bieg i zjechał na prawy pas. Pozostałe dwa żubry powtórzyły manewr. Wielka tablica, umieszczona nad wiaduktem, informowała, że za dwa staje dojadą do wjazdu na autostradę C-2. Gruber przyhamował nieco, by przepuść dwa wielkie hoty należące do „GYŐR" - węgierskiej firmy, produkującej maszyny rolnicze. Madziarzy podziękowali uprzejmemu kierowcy basowym dudnieniem potężnych klaksonów. Gruber, zgodnie z przyjętym zwyczajem, odpowiedział tym samym. Kilka minut później konwój znalazł się na autostradzie C-2 wiodącej z Megapolis na Węgry i dalej na zachód, do Pragi.

Krajobraz po obu stronach drogi zmieniał się. Podmiejskie osiedla Perejasławia zostały w tyle, ustępując miejsca rozrzuconym wśród pól chutorom. Widok okazałych domostw, z których wiele pamiętało jeszcze czasy Wielkiego Buntu Ukraińskiego[38], świadczył, że konwój dotarł już do Pszenicznego Kraju. Ową olbrzymią krainę, położoną w województwach kijowskim, czerkaskim i zaporoskim, zamieszkiwało pięćdziesiąt milionów ludzi, co

---

[38] Największe w dziejach Rzeczypospolitej powstanie chłopskie. Wybuchło 12 lipca 1659 roku w powiecie czehryńskim i w początkowym okresie skierowane było przeciwko tamtejszej szlachcie kozackiej. Po kilku miesiącach bunt objął całą Ukrainę i południową Koronę. 17 stycznia 1660 roku doszło do bitwy pod Cudnowem, w której armia Rzeczypospolitej i pospolite ruszenie poniosły całkowitą klęskę. Zawarta 7 marca 1660 roku Ugoda Cudnowska zniosła ostatecznie pańszczyznę i wprowadzała powszechny system czynszowy.

stanowiło niemal czwartą część całej ludności Rzeczypospolitej.

Jeszcze kilkadziesiąt lat temu Pszeniczny Kraj był, po Polesiu, najsłabiej rozwiniętą częścią Rzeczypospolitej, lecz wraz z początkiem ery przemysłu i tu zaczęły się szybkie zmiany. W miarę jak przybywało ludności w miastach ukraińskich, Pszeniczny Kraj zaczął tracić swój rolniczy charakter, zamieniając się stopniowo w obszar przemysłowo-rolniczy.

W sąsiedztwie pól zaczęły pojawiać się niewielkie przetwórnie, z których wiele dało początek znanym w całej Europie „fabrykom żywności". To właśnie z Pszenicznego Kraju wywodziły się największe ukraińskie konsorcja takie jak „Marwoj", czy „Sowa" zaopatrujące ponad pół Europy.

Major Gruber, paląc papierosa, spoglądał z uwagą na jadącego przed nim hota. Kierowca potężnej ciężarówki wykonywał podejrzane manewry, starając się najpewniej wyprzedzić jadący przed nim samochód, lecz ruch na Dwójce był zbyt wielki. Długie rzędy samochodów sunęły w ślimaczym tempie, przystając, ilekroć gdzieś z przodu utworzył się zator. Dwójka, jedna z najstarszych autostrad, wybudowana jeszcze w latach dwudziestych, w żaden sposób nie mogła sprostać rosnącemu z roku na rok ruchowi. Przeciążona do granic możliwości, stała się przekleństwem kierowców, którzy często rezygnowali z najkrótszej drogi do Megapolis, wybierając autostradę C-3 lub C-4.

Gruber trącił w ramię śpiącego Zygfryda.

– Co jest? – Komandos ocknął się.

– Pokaż mapę.

– Coś nie tak?

– Wszystko w porządku. Chcę tylko coś sprawdzić – uspokoił go major.

Komandos rozłożył na kolanach mapę województwa kijowskiego.

– Co mam sprawdzać?

– Musimy zjechać z autostrady. Poszukaj jakiejś drogi, która łączy się z Czwórką.

– Przez Czerkasy? Stracimy dużo czasu...

– Tutaj stracimy go znacznie więcej. Przeklęte korki! – Gruber wcisnął pedał hamulca. Ruch na autostradzie zamarł ponownie.

Zygfryd pochylił się nad mapą.

– Zaraz będzie zjazd na Zołotoszczę. Właściwie to już powinien być. – Komandos przechylił się nad śpiącym Ditrichem, otworzył okno i wyjrzał. – I jest, jakieś sto łokci dalej!

Gruber zjechał na pobocze i zatrzymał się na skraju drogi powiatowej.

– Zmień mnie. – Skinął na Zygfryda, wysiadając.

– Stało się co? Dlaczego stanęliśmy? – Sierżant wychylił się z szoferki i z niepokojem obserwował majora.

– Wszystko w porządku – powtórzył Gruber. – Pojedziemy przez Czerkasy.

* * *

Zbliżała się godzina ósma wieczorem. Trzy żubry wjechały wolno na plac postojowy, mieszczący się tuż obok stacji benzynowej czeskiego konsorcjum „Tachov". Wokół, jak okiem sięgnąć, jaśniały światła Meißenberga – wysuniętego najdalej na zachód, jednego z wielu miast, wchodzących w skład liczącej osiemnaście milionów mieszkańców aglomeracji Megapolis. Komandosi otoczyli Grubera, który z papierosem w ustach wpatrywał się w widoczne na horyzoncie wieżowce Alei Wisielców.

– Kto ma ochotę na kawę? – zapytał Gruby, ziewając przeciągle.

– Przynieś dla wszystkich – powiedział Gruber. – Dla mnie z podwójnym cukrem i mlekiem.

– Dla mnie to samo – dołączył się Zygfryd. – Kup też coś do żarcia. Najlepiej jakieś ciastka. Wiesz jakie. Te z kremem i dziurką w środku.

– Przynieś cały tuzin – zarządził major. – Nie będziemy zatrzymywać się już na kolację.

– Daleko jeszcze do Diabelcewa? – Zygfryd przeciągnął się, stękając przy tym boleśnie.

– Jakieś trzydzieści staj, może trochę więcej. – Sierżant wskazał na południe. – Myślę, że powinniśmy jechać przez Moravkę, to najkrótsza droga.

– Nie wiem czy to najlepszy pomysł – powątpiewał Ditrich. – Jak utkniemy gdzieś w centrum, to nie wyjedziemy stamtąd do północy.

– Co ty pieprzysz?! – Skrzywił się Freitag. – Chcesz jechać okrężną trasą? To bez sensu. Jak wjedziemy w ten przeklęty labirynt Lipowca, to dwa dni nam zejdą, nim stamtąd wyjedziemy. Byłem tam kilka lat temu i możecie mi wierzyć, że lepiej postać w korkach niż jechać tamtędy.

– Freitag ma rację – przerwał spór Gruber. – Nie będziemy tłuc się po nocy w nieznanym terenie. Pojedziemy Aleją Tatarską. O tej porze nie powinno być już korków.

Chwilę później nadszedł Gruby.

– Bierzcie kubki! Szybko! Gorące jak cholera!

Zjedli w milczeniu. Bliskość celu podróży nie zachęcała do długich postojów. Żubry, jeden po drugim, zjechały z placu i zatrzymały się przed wjazdem na Aleję Jana z Teplic, a kiedy zabłysło niebieskie światło, ruszyły w stronę Starego Megapolis, mijając położone po obu stronach Alei posiadłości.

Było na co popatrzeć. Domy, co jeden to okazalszy, tonęły w zieleni przepysznych ogrodów, sprawiając prawdziwie bajkowe wrażenie. Nic dziwnego, Meißenberg był przecież oazą bogaczy, głównie „dzięki" astronomicznym cenom gruntu.

Nie każda jednak z części tego największego zespołu miejskiego Europy była równie piękna. Kiedy tylko konwój wjechał do Starego Megapolis, feeryczne rezydencje ustąpiły kopalnianym szybom i kominom fabrycznym. A jednak tu właśnie aglomeracja wzięła swój początek i tu też narodził się wciąż żywy mit „złotego miasta", w którym i największy biedak może dzięki pracy i odrobinie sprytu stać się milionerem. Tych, którzy wierzyli, że taki los stanie się i ich udziałem, przybywało tu nieustannie od 1865 roku, kiedy to uruchomiono pierwszą kopalnię. Wokół kopalń powstawały kolejne osiedla robotników i, w ciągu niespełna dwudziestu lat, liczba mieszkańców wschodnich powiatów województwa zaporoskiego przekroczyła dwa miliony. Wciąż też przybywali następni, licząc niezmiennie na łut szczęścia, poprawę losu, a może nawet niezmierzone bogactwa. Jak to zwykle bywa, los okazywał się łaskawy dla bardzo nielicznych, pozostałym oferując jedynie bardziej niż skromne warunki, pracę ponad siły, za to rozczarowania pod dostatkiem.

W połowie lat dwudziestych Stare Megapolis, zamieszkane w większości przez robotników rejestrowych, stało się widownią krwawych walk, prowadzonych w imię równości społecznej. 17 maja 1921 roku w kilku fabrykach, należących do wszechpotężnego Konsorcjum Kijowskiego, ogłoszono pierwszy w historii strajk powszechny, który ogarnął szybko całą aglomerację, a potem Litwę i Koronę. Miesiąc później, 26 czerwca, w Starym Megapolis zamieszki przekształciły się w regularną bitwę, w której śmierć poniosło dwa tysiące ludzi. Dopiero po tej tragedii przerażona szlachta pojęła wreszcie, że robotników lekceważyć nie wolno. Wprowadzono ośmiogodzinny dzień pracy i zniesiono zakaz zrzeszania się. 18 września 1922 roku Sejm zniósł, obowiązującą od czasów Wielkiego Buntu Ukraińskiego, zasadę Progu Wyborczego[39]. Wybory do Sejmu w pamiętnym

[39] Próg Wyborczy ustanowiony został w 1670 roku przez Sejm, w obradach którego po raz pierwszy pełny udział brali przedstawiciele stanu mieszczańskiego i chłopskiego. Próg Wyborczy określał wysokość majątku, który umożliwiał uczestnictwo w sejmikach.

1923 roku okazały się przełomowe. Laboryści, niewielkie stronnictwo skupiające robotników rejestrowych, będące przy tym stroną wszelkich układów, wprowadzili do Sejmu stu ośmiu posłów, stając się trzecią siłą polityczną Rzeczypospolitej.

* * *

Konwój zjechał z autostrady, wiodącej na wschód w stronę granicy rosyjskiej, przejechał rozpięty nad rzeką Bystra kamienny most i wjechał w Aleję Tatarską, biegnącą przez Wielką Moravkę. W oddali pojawiły się pierwsze wieżowce strefy metropolitalnej. Większość z nich skupiona była na Małej Moravce, niewielkim obszarze wciśniętym pomiędzy Wielką Moravkę a Stary Jar – wysunięte najdalej na wschód miasto aglomeracji Megapolis. Granicę pomiędzy Małą Moravką a Starym Jarem wyznaczała Aleja Wisielców, której nazwa upamiętniała haniebny mord, dokonany przez armię Rzeczypospolitej na żołnierzach Ligi Kilyos[40]. W miejscu, gdzie niemal

[40] 24 maja 1667, sprowokowana tatarskim najazdem, szlachta kozacka uderzyła na, leżący w granicach Turcji, Perekop, który przyłączony został do Rzeczypospolitej. W obawie przed dalszą ekspansją północnego sąsiada, Turcja zaproponowała Rosji przymierze obronne, które zawarte zostało w tureckim mieście Kilyos. Dało to początek Wojnie Wschodniej, która z przerwami trwała pięć lat. Jej ostatnim akordem była bitwa pod Rostowem, w wyniku której połączone armie Rosji i Turcji zostały doszczętnie rozbite. Łupem Rzeczypospolitej padł Krym, oraz rozległe obszary, położone pomiędzy Dnieprem a Donem.

trzysta lat temu powieszono osiem tysięcy jeńców rosyjskich i tureckich, mieściły się teraz siedziby największych konsorcjów europejskich. Tutaj właśnie, u zbiegu Alei Wisielców z Baranim Targiem, wznosił się najwyższy budynek Europy – Błękitny Wieżowiec, należący do Konsorcjum Kijowskiego.

Minęła godzina dziewiąta wieczorem, gdy konwój dotarł do końca Alei Tatarskiej. Prowadzący konwój żubrów minął wjazd na autostradę D-6 i wjechał do tunelu, biegnącego pod autostradą, za którym znajdował się cel ich podróży.

* * *

Diabelcewo było domem dla blisko ośmiu milionów biedoty, głównie emigrantów z Turcji i Rosji, a także dowodem na istnienie zorganizowanego przemytu ludzi. Jednym z niewielu dowodów, za to zdecydowanie największym. Wbrew ustawie o zakazie swobodnego osiedlania się na terenach Rzeczypospolitej, wbrew zwiększonej kontroli na granicach, nawet mimo blokady carskiej floty patrolującej Morze Azowskie, przez które z pobliskiego Rostowa nad Donem wypływał strumień rosyjskich chłopów pańszczyźnianych i poddanych Sułtana, mieszkańców Diabelcewa przybywało z każdym rokiem. W samym tylko 1945 roku, gdy wskutek zakrojonej na wielką skalę akcji policji, wydalono z Megapolis sześćdziesiąt tysięcy nielegalnych imigrantów, na ich miejsce przybyło niemal sto osiemdziesiąt tysięcy nowych. To była plaga, której nie dało się zwalczyć.

Ditrich, trzymając na kolanach mapę, spoglądał co chwila przez okno.

– Następna ulica w lewo i będziemy na miejscu.

– Co za chlew – mruknął niechętnie Zygfryd, przyglądając się muzułmańskiej części Diabelcewa. – Oddamy raczej Rzeplitom przysługę, likwidując to śmietnisko. Kto wymyślił tak paskudną lokalizację?

– W tym przypadku lokalizacja nie ma żadnego znaczenia – powiedział Gruber.

– Dlaczego więc umieścili nas tutaj?

– To pewnie przez oszczędności. – Ditrich wykrzywił się złośliwie. – Działka w Lipowcu kosztuje ze trzy razy więcej. Nasz drogi sponsor poskąpił grosza...

– Zamknij się, Ditrich – uciszył go Gruber ostro. – Takie komentarze są nie na miejscu.

– Dużo tu policji. – Zygfryd ruchem głowy wskazał na radiowóz, który zatrzymał się przed grupką nastoletnich Turków. – Mogą się zainteresować, czego tutaj szukamy.

– Bez nerwów. – Ditrich mimowolnie zerknął na majora, ale ten tym razem nie zamierzał wtrącać się do rozmowy podwładnych. – Im nie w głowie sprawdzanie każdej napotkanej ciężarówki. Mają tu dość roboty.

Policjanci wyskoczyli z samochodu i natychmiast ustawili Turków pod ścianą. Metodycznie zaczęli przeszukiwać jednego po drugim. Na mijające ich wolno ciężarówki nie zwrócili najmniejszej uwagi.

Po kilku minutach dotarli do Wschodniego Młyńca, będącego w lepszych czasach dzielnicą zamieszkiwaną przez dolną wartę szlachty bezherbowej, która jednak wraz z napływem imigrantów opuszczała podupadającą okolicę, przenosząc się na Moravkę lub do sąsiedniego Lipowca.

– Numer ósmy. – Ditrich wskazał na zespół budynków otoczonych ceglanym murem. – Jesteśmy na miejscu.

Gruber zatrzymał samochód przed bramą, wyskoczył na chodnik i omiótł uważnym spojrzeniem okolicę. Odcinek drogi do odległego o kilkaset łokci skrzyżowania był pusty. Za skrzyżowaniem, w pobliżu wielkiego halowca sieci „Sowa", widać było kolejną gromadę młodych Turków. Stali przy kilku kobuzach i słuchali głośnej muzyki, dochodzącej z głośników umieszczonych na dachach samochodów.

– Ditrich i Gruby, sprawdźcie, co jest za rogiem, Freitag rozejrzyj się po okolicy.

Major podszedł do bramy, zdobnej w pordzewiały szyld „Aleksy Wasiliuk – wytwórnia mydła". Gruber sięgnął po klucze. Nie spiesząc się, przeszedł wolnym krokiem przez pogrążony w mroku dziedziniec i stanął przed głównym wejściem. Klucz zazgrzytał niemile w od dawna nie używanym zamku. Major otworzył drzwi i włączył światło. Hala była pusta. W tej samej chwili dołączył do niego Freitag.

– Jak wygląda sytuacja? – Gruber spojrzał na sierżanta wyczekująco.

– Wszystko w porządku. – Komandos rozejrzał się z ciekawością. – Dobrze wybrali miejsce.

– Wprowadźcie ciężarówki.

Chwilę później pierwszy żubr, prowadzony przez Ditricha, wjechał wolno do ogromnego pomieszczenia. Freitag i Zygfryd ustawili ciężarówki po bokach.

– Jak wygląda reszta tego chlewu? – Ditrich rozejrzał się krytycznie po hali. – Gdzie mamy się ulokować?

– Najpierw trzeba sprawdzić ładunek. A potem zajmiemy się resztą.

Gruber otworzył drzwi środkowego żubra, wskoczył na platformę i podniósł z podłogi metalowy łom. Podważył wieko skrzyni i skinął na komandosów.

Oznaczona symbolem P-41 bomba spoczywała na metalowym stelażu.

– Wszystko gra. – Ditrich przesunął ręką po duralowym poszyciu. – Nasza ślicznotka dotarła w stanie nienaruszonym na miejsca przeznaczenia.

– Zostawcie wieko otwarte – zakomenderował Gruber. – Sprawdzę jeszcze zapalniki.

– Możemy rozejrzeć się po naszej nowej kwaterze? – spytał sierżant.

– Zygfryd i Gruby, poszukajcie jakiegoś miejsca do spania, Freitag i Ditrich rozpakujcie manatki. Warty pełnić będziemy według ustaleń. Na razie to wszystko. Bierzcie się do roboty.

Rozdział 14

Zakon Krzyżacki. Wieś Großköllnbach
7 maja 1957 roku

Zbliżała się druga w nocy. Dozorca Konrad Reiner, wątły, pokaszlujący sześćdziesięciolatek, omiótł uważnym spojrzeniem jasno oświetlony plac postojowy przed niewielką kaufhalą wielkopolskiej sieci „Piotr i Paweł". Podniósł zgniecioną puszkę po napoju i wrzucił ją do kosza. Przesunął długi rząd wózków i przyjrzał się uważnie wystawionym przed wjazdem na plac dwóm wykonanym z plastiku figurom. Piotr, uśmiechnięty wąsaty grubas, trzymał w wyciągniętych dłoniach kosz pełen warzyw, Paweł, wierna kopia Piotra, przepasany fartuchem, zapraszającym gestem wskazywał na wejście. Obu zaś pokrywał kurz i błoto z pobliskiej drogi.

– Będzie rano awantura. – Reiner poczuł, jak wzbiera w nim złość.

Właściciel kaufhali, pan Aleksander Hocke, wściekał się na wszystkich, ilekroć któryś z pracowników nie dopełniał swoich obowiązków. Wprawdzie odpowiedzialnym za utrzymanie porządku był Kleiber, ale młody dureń, spokrewniony z rodziną właściciela, całą robotę zwalał na stare barki Reinera. Dozorca westchnął ciężko. Potem wzdychał jeszcze wielokrotnie, spłukując strumieniem wody, a następnie polerując obu tłuściochów.

– Będzie chyba dobrze. – Otarł spocone czoło, i krytycznym spojrzeniem spod zmrużonych powiek, ocenił swoją robotę. – Lśnią aż miło – mruknął zadowolony.

Schował wąż i wrócił na plac. Odetchnął świeżym, rześkim powietrzem. Lubił takie noce jak dzisiejsza. Spokojne i ciche. Zapalił papierosa i, leniwie puszczając kółka z dymu, zerknął na zabudowania po drugiej stronie drogi. Od strony gospodarstwa kowala Dymitra Winke rozległo się natarczywe szczekanie psa. Reiner poczuł na plecach nieprzyjemny dreszcz. Znał tę bestię. Był to olbrzymi, wredny owczarek, którego Dymitr spuszczał na noc z łańcucha. Kilka miesięcy temu, wracając z ryb, Reiner natknął się na bydlaka. Miał wiele szczęścia, że skończyło się na podartych spodniach.

– Żebyś zdechł – mruknął mściwie.

Zawahał się przez chwilę, jednak ciekawość zwyciężyła. Wyszedł na drogę. W oknach domu Winkego zapaliło się światło. Ktoś krzyknął. Szczekanie umilkło jak ucięte nożem, rozległ się brzęk tłuczonego szkła. Światło zgasło.

– Co tam się dzieje? – Reiner spoglądał niepewnie w stronę zagrody.

Zaniepokojony, wycofał się szybko. Minął kaufhalę i, spoglądając co chwila za siebie, ruszył w stronę tylnego wejścia.

– Stać! – krótki, zdecydowany okrzyk omal nie przyprawił go o zawał serca.

Z mroku wyłonił się człowiek z karabinem w dłoni. Kilkudniowy zarost i poszarpane ubranie bynajmniej nie budziły zaufania.

– Jesteś dozorcą? – spytał po niemiecku.

– Jestem dozorcą, proszę pana – wyszeptał struchlały Reiner.

– Czy jest tu ktoś prócz ciebie? – Nieznajomy przyglądał się staruszkowi z uwagą.

Tamten tylko przecząco pokręcił głową.

– Idź przodem. – Usłyszał.

Reiner, spoglądając niespokojnie na karabin, skierował się na zaplecze. Gdy dotarł na miejsce, zrozumiał szybko, jak wielkiego miał dziś pecha. Dojrzał kilkudziesięciu zbrojnych, tłoczących się na niewielkim placu. Wszyscy zarośnięci i brudni, byli najpewniej niedobitkami, zlikwidowanego kilka dni temu, słynnego Legionu Pruskiego. Choć posterunkowy twierdził, że wszystkich pojmano, we wsi mówiono, że część uciekła jednak z okrążenia. Nie dawał wiary tym opowieściom, aż do obecnej chwili. Zbyt przerażony, by protestować, otworzył posłusznie drzwi magazynu. Zerknął jeszcze w stronę wsi, lecz zaraz porzucił wszelką nadzieję. Posterunek Gemeindepolizei[41] był zbyt daleko. Poza tym cóż mogłoby zrobić dwóch policjantów wobec kilkudziesięciu pruskich legionistów. Ledwie przekręcił klucz, jeden z nich natychmiast wepchnął go do środka.

– Siadaj tutaj! – Wskazał na pustą beczkę po śledziach. – Rusz się, a odstrzelę ci łeb!

Reiner, dygocząc z przerażenia, zrobił co mu kazano.

– Zdrowaś Mario, łaskiś pełna – zaczął szeptać słowa modlitwy.

Tymczasem, na zapleczu kaufhali, trzydziestu Bojów słuchało w milczeniu stojącego przed drzwiami Walochy.

– Powtarzam raz jeszcze. Każdy bierze tylko najpotrzebniejsze rzeczy. Konserwy, chleb i papierosy. Jeśli zobaczę u którego wódkę, osobiście przypilnuję, żeby trafił pod sąd rodowy. Czy to jasne?

– Jasne – odpowiedzieli zgodnym pomrukiem Bojowie.

– Zachowujcie się, jakbyście byli na zakupach. Żadnych ekscesów. Pamiętajcie, że za wszystko płacimy. Nie możemy dać Krzyżakom powodów do...

– Powinniśmy spalić tę budę! – przerwał mu Morgajła zimno. – Po co mamy się z nimi cackać? Chcesz, żebyśmy jeszcze im płacili? Za co? To oni wypowiedzieli nam wojnę!

– Morgajła ma rację. – Kostas wystąpił przed szereg. – Sam mówiłeś, że musimy pomścić...

---

[41] *niem.* policja gminna

– Przyszliśmy tu, ponieważ musimy coś jeść. Nie jesteśmy bandytami, chyba że chcecie udowodnić Krzyżakom, że mieli rację. Rabunek bardzo ich ucieszy i dostarczy argumentów – powiedział surowo Walocha, ucinając wszelkie dyskusje. – Uzupełniamy zapasy i wracamy do lasu.

Powiódł wzrokiem po szeregu Bojów, po czym spojrzał na Waltora.

– Wystawiłeś posterunki?

– Dziesięciu ludzi zabezpiecza teren, czterech pilnuje rodziny z tego domu pod lasem. – Dowódca kompanii Jastrzębi spojrzał na jednego ze swoich ludzi. – Co z twoją ręką? Ten zawszony kundel był chyba wściekły.

– Nic mi nie jest – mruknął niechętnie tamten. – Rozdarł mi tylko koszulę.

– Zróbmy, co mamy zrobić i wynośmy się stąd. – Walocha spojrzał w niebo. – Świt za dwie godziny. Nie mamy zbyt wiele czasu.

Trzydziestu Prusów przeszło przez magazyn, by na widok jedzenia, którego nie widzieli od niemal trzech dni, rzucić się z radosnymi okrzykami między półki. Mateusz, otoczony przez resztę swoich kompanów, zatrzymał się przy regałach z konserwami.

– Na miłość boską, co on robi?! – Sołtys wskazał na Ottona, który porwał opakowanie pierników toruńskich i wpychał je do ust z nieopisaną żarłocznością.

– Odpieprz się – wybełkotał z trudem, usłyszawszy uwagę towarzysza. – Jestem cholernie głodny!

– To nie powód, żeby tak się zachowywać – powiedział chłodno Mateusz.

Otto przełknął ostatni kawałek piernika i spojrzał na niego spode łba. Bez słowa przeszedł kilka kroków i wyciągnął ze skrzynki butelkę piwa. Podważył kapsel i pociągnął solidny łyk.

– Walocha mówił... – zaczął Kuna.

– Mam w dupie, co mówi Walocha! – wypalił Otto. – Mam w dupie tę ich pieprzoną wojnę!

– Więc jednak nie zaniemówiłeś na zawsze – zakpił Mateusz.

– Nie mów do mnie, jak ja nie mówię do ciebie! – prychnął Otto. – Nie gadam z tobą! Rozumiesz?! To ty wpędziłeś nas w to gówno! Mogliśmy być w Rzeczypospolitej, a gdzie jesteśmy?! Ścigają nas jak zaszczute zwierzęta!

– Uspokój się. – Dymitr zerknął na kilku Prusów, którzy spoglądali z ciekawością w ich stronę.

– Mam to gdzieś. – Otto duszkiem dopił piwo i sięgnął po kolejną butelkę. – Mam ochotę upić się i zrobię to.

– Oczywiście, nie krępuj się. – Mateusz skinął głową. – Musisz jednak wiedzieć, że czeka nas długi marsz. Jak się uchlejesz, nikt nie będzie cię niósł.

– Niech to szlag! – Otto odstawił piwo ze złością. – Miałem już odłożone piętnaście tysięcy! Jeszcze pięć, i mógłbym starać się o obywatelstwo! A tak? Zastrzelą mnie pewnie te krzyżackie patałachy!

– Nie przesadzaj – powiedział Dymitr. – Może jakoś z tego wyjdziemy.

– Wam łatwo mówić! Żaden z was nie ma rodziny! Kto na was czeka?! Nikt!

– Chodźmy. – Mateusz skinął na kompanów. – Niech nasz drogi Otto popłacze sobie w samotności.

Przemytnicy ruszyli wzdłuż regałów. Sołtys otworzył sakwę i włożył do niej kilkanaście konserw. Dymitr spakował chleb. Kuna podszedł do stoiska mięsnego.

– O czymś takim marzyłem od kilku dni. – Powąchał z lubością pęto kiełbasy.

– Zjedz to tutaj, ale nie bierz ze sobą – pouczył go Sołtys. – W taki upał wszystko psuje się bardzo szybko.

Kuna mruknął coś cicho i wpakował do sakwy dwa pęta kiełbasy. Pięć minut później przemytnicy znaleźli się z powrotem w magazynie. Prusowie, jeden po drugim, opuszczali kaufhalę. Dowódca Legionu rozmawiał z dozorcą.

– Masz tutaj pięćset marek. – Wyciągnął z kieszeni zwitek pomiętych banknotów. – Kwota ta przekracza znacznie wartość towarów, które zabraliśmy. Mam nadzieję, że gdy pojawi się policja, opowiesz im co dokładnie się tu wydarzyło?

– Oczywiście – przytaknął gorliwie Reiner. – Powiem dokładnie jak było.

– Doskonale. Teraz jednak musimy cię związać. Za pięć godzin zostaniesz uwolniony. Do tego czasu będziesz siedział grzecznie w magazynie. Czy to jasne?

– Tak, oczywiście. – Stary nie krył ulgi.

Walocha skinął na oczekujących Bojów.

– Zwiążcie go i zakneblujcie, ale tak, żeby nie wyzionął ducha. Wychodzimy. Pośpieszcie się. – Pełnym zniecierpliwienia gestem ponaglił Kostasa i Ottona, którzy jako ostatni opuścili salę. – I tak byliśmy tutaj zbyt długo.

Na zewnątrz czekali Bojowie, siedząc na pustych skrzynkach po piwie, przełykali w pośpiechu ostatnie kęsy.

– Wszyscy są? – Walocha spojrzał na Waltora.

– Morgajła gdzieś się zapodział – odparł dowódca kompanii Jastrzębi.

– Gdzie dowódca zwiadowców? Widział go kto? – Walocha podniósł głos.

– Siedzi w kiblu.

– Nasz drogi towarzysz niedoli korzysta z okazji, by załatwić potrzebę w kulturalnych warunkach. – Mateusz nie przepuścił okazji do złośliwej uwagi pod adresem Prusa.

W tej samej chwili skrzypnęły drzwi magazynu. Morgajła oparł karabin o ścianę, wyciągnął z kieszeni zabrane dozorcy klucze i zamknął drzwi na dolny i górny zamek. Wziął szeroki zamach i wyrzucił klucze w krzaki.

– Zabrałeś z sobą papier toaletowy? – spytał kąśliwie przemytnik.

Walocha zarzucił karabin na ramię.

– Ruszamy!

Obciążeni zdobyczą Prusowie ruszyli w kierunku jeziora. Światło latarń na zapleczu kaufhali zostało w tyle, kiedy weszli na wąską ścieżkę, która przez zagajnik prowadziła do przystani. Minęli szpetne domki letniskowe, aż dotarli na brzeg. Łodzie, zacumowane burta w burtę przy jasno oświetlonym pomoście, kołysały się miarowo poruszane łagodną falą.

– Przyśpieszyć kroku! – zakomenderował Walocha.

W oddali zamajaczył już kontur lasu. Po kilku minutach wytężonego marszu przekroczyli linię drzew.

* * *

Dochodziła piąta rano. Powietrze w starym świerkowym lesie przesycone wonią igliwia i żywicy, teraz rozbrzmiewało świergotem ptaków. A jednak nikt jakoś nie zachwycał się otoczeniem. Prusowie, otoczeni przez roje komarów, w ponurym milczeniu przedzierali się przez zwarty gąszcz jeżyn. Wreszcie dotarli do podnóża łagodnego wzniesienia, którego szczyt porastały wiekowe świerki.

– Nie mogę, naprawdę już nie mogę! Dłużej nie wytrzymam! Zatrzymajmy się choć na chwilę! – Otto, mokry od potu, wbijał w plecy Walochy spojrzenie pełne nienawiści. – Idziemy bez chwili przerwy ponad trzy godziny! On chce, żebyśmy wszyscy popadali?!

– Brakuje ci kondycji, grubasie – zakpił Sołtys. – Jakbyś tyle nie żarł, szybciej przebierałbyś nogami.

– Spójrz lepiej na siebie – odciął się Otto. – Sam wyglądasz jak spocona mysz.

– Ja tam mogę iść choćby jeszcze dwa dni – odezwał się Kuna. – Mnie tam chodzenie nie przeszkadza. Świeże powietrze, las...

– Ty, Kuna, lepiej nie zaczynaj. – Otto podniósł ostrzegawczo dłoń. – W lesie się urodziłeś, to i podoba ci się tutaj. Ja jestem z miasta i nie dla mnie takie atrakcje.

– Walocha, zróbmy krótką przerwę. – Po twarzy Kostasa płynęły strumyki potu, czerwony z wysiłku, pokryty bąblami komarzych ukąszeń, wyglądał jak obraz nędzy i rozpaczy.

Dowódca Legionu, głuchy na wszystkie dotychczasowe prośby i narzekania, zmiękł nieco na ten widok.

– Niech będzie. – Spojrzał na zegarek. – Pół godziny, nie dłużej.

Prusowie zalegli pod krzakami jeżyn. Przejścia ostatnich dni zamieniły butnych, pewnych siebie Bojów w gromadę posępnych uciekinierów, nasłuchujących z niepokojem każdego podejrzanego odgłosu. Wymykali się co prawda pogoni, lecz każdy kolejny dzień mógł zmienić radykalnie ten stan rzeczy. Pragnienie zemsty ustąpiło chęci ocalenia własnej skóry. Coraz częściej niechętne spojrzenia kierowały się ku dowódcy, który nie miał widać żadnego pomysłu na wyciągnięcie ich z opresji.

Walocha, zachowując pozorny spokój, podszedł do Waltora.

– Ruszaj tyłek. Musimy się naradzić. Gdzie Morgajła?

– Poszedł w krzaki. – Waltor ruchem głowy wskazał pobliskie zarośla. – Podobno nabawił się sraczki... Ciekawość od czego...

Dowódca Legionu wzruszył ramionami, przeszedł kilka kroków i zatrzymał się przed leżącymi pod drzewem Mateuszem i Dymitrem.

– Chodźcie ze mną.

Wstali bez zbędnych pytań. Poprowadził ich na szczyt wzniesienia. Na szczycie pagórka las kończył się jak ucięty nożem. Wschodni stok porastał sosnowy młodnik szeroki na pół staja. Dołem biegła asfaltowa droga.

– Trzeba postanowić, co robimy dalej. – Walocha rozłożył na trawie mapę wschodnich powiatów Zakonu Krzyżackiego. – Jesteśmy tutaj. – Wskazał na północno-zachodni kraniec Bischofsurwald. – Droga, którą widzicie, prowadzi ze Szczytna do Mrągowa.

– Przemierzyliśmy całą puszczę – stwierdził ponuro Dymitr.

– Właśnie. – Legionista pokiwał głową. – To jest największy problem. Pokonaliśmy prawie osiemdziesiąt staj i nigdzie nie doszliśmy, ciągle jesteśmy w punkcie wyjścia. Macie jakieś propozycje?

– Jest pewna możliwość. – Mateusz zerknął na Prusów.

– Mów – rzucił krótko Walocha.

– Nie wiem, czy to dobry pomysł...

– W naszej sytuacji należy rozważyć każdą możliwość – zniecierpliwił się Waltor. – Mów, coś wymyślił.

– Jesteśmy w tej chwili jakieś dwadzieścia staj od Mrągowa. Moglibyśmy przeczekać tu do zmroku i w ciągu nocy dotrzeć do miasta...

– Chcesz iść do Mrągowa? – Waltor zaczynał żałować, że przed chwilą jeszcze gotów był uwierzyć, że ten przemytnik wyciągnie ich jakoś z kabały. – Po jaką cholerę?!

– Delegatura. – Dymitr natychmiast pojął, o co chodzi Mateuszowi. – W Mrągowie jest Delegatura.

Prusowie spojrzeli na siebie zaskoczeni.

– Myślicie, żeby... – Walocha wykonał nieokreślony ruch ręką.

– Poprosimy o azyl – dopowiedział Dymitr.

– Azyl? – Prus zawahał się. – Słyszeliście kiedyś o czymś takim?

– Delegatura położona jest niedaleko rynku – rozpoczął wyjaśnienia Mateusz. – To niezbyt korzystna okoliczność, lecz z drugiej strony noc jest naszym sprzymierzeńcem. Teren każdej delegatury jest integralną częścią Rzeczypospolitej. Krzyżacy nie ośmielą się tam wtargnąć...

– Jesteś pewien, że to się uda? – Spojrzenie Dowódcy Legionu rozjaśniła nadzieja.

– Niestety, nie – przyznał niechętnie Mateusz. – To tylko możliwość. Szansa. Ale kto wie, czy nie jedyna, jaką mamy.

– Za duże ryzyko – sprzeciwił się Waltor. – Co będzie, jeśli inspektorzy nie zechcą nas przyjąć?

– To prawda – zgodził się drugi z Prusów, znów patrzył na towarzyszy z rezygnacją. – Lepiej nie wchodzić diabłu na widły.

Na chwilę zapadło milczenie.

– A może by tak... – zaczął Dymitr z namysłem. – Może by tak raz jeszcze spróbować przejść przez granicę...

– Toś wymyślił! – prychnął Waltor. – Zapominałeś, że Krzyżacy pilnują jej jak oka w głowie? Próbowaliśmy już dwa razy. Ostatnim razem mało nas nie namacali.

– Być może próbowaliśmy w złym miejscu i czasie – odpowiedział spokojne przemytnik. – Według mnie, powinniśmy pomaszerować tutaj. – Wskazał na lasy położone na zachód od Ortelsburga. – Krzyżacy zamknęli nam drogę odwrotu na południe. To, że całe swoje siły skupili na ochronie granicy, daje nam pewną szansę...

– Jaką szansę? Upał chyba ci zaszkodził! – podsumował ze złością Walocha. – Jeśli wyjdziemy z puszczy, odkryją nas bardzo szybko.

– A tu niby nie? Nie łudź się lepiej! – Upór Prusów zirytował przemytnika. – Ostrożność, ostrożnością, ale bez przesady. Nawet i tutaj nadmiar może okazać się szkodliwy. Trzy godziny temu zdradziliśmy naszą obecność. Za kilka kolejnych godzin te psy zaczną poszukiwania – przypomniał im.

– Nie wiedzą przecież, w którą stronę poszliśmy. – Waltor bronił swojego przekonania o bezpieczeństwie zielonej gęstwiny. – Nie są w stanie przeszukać tak wielkiego obszaru. Przeczekamy najgorsze. Minie jeszcze kilka dni i...

– I co? – Mateusz spojrzał na Prusa z nietajoną drwiną. – Gdy byliśmy na zakupach, przejrzałem gazety. Pełno w nich relacji o dzielnych żołnierzach Zakonu, którzy rozbili pruskie bandy. Rozumiesz, co to znaczy? Krzyżacy uderzyli jednocześnie na wszystkie największe klany. Jesteście rozbici, całkowicie rozbici, a pomoc z Rzeczypospolitej prędko nie nadejdzie.

– Jeśli w ogóle nadejdzie – wtrącił Dymitr. – Krzyżacy przygotowali wszystko bardzo dokładnie. Widziałeś zdjęcia z Kiejsztan? Olbrzymią górę uzbrojenia zebraną na placu? Który sąd uzna, że jesteście dobrymi obywatelami Zakonu?

– Rzeplici mają rację – odezwał się wreszcie Walocha. – Puszcza daje złudne poczucie bezpieczeństwa. Nie znam dobrze tych terenów. – Pochylił się nad mapą, tym samym kończąc dalsze rozważania nad słusznością pomysłu. – Trudno przewidzieć, co nas tam spotka...

– To jest najtrudniejszy odcinek. – Dymitr wskazał na drogę Ortelsburg – Wielbark. – Mało lasów, dużo wiosek. No i granica niedaleko.

– Osiemdziesiąt staj przez nieznaną okolicę. – Waltor pokręcił głową. – Zajmie nam to z tydzień.

– Lepsze to, niż siedzenie tutaj – odparował Mateusz, przekonanie o absolutnej niezaradności Prusów zdawało mu się z dnia na dzień bardziej słuszne.

– Krzyżacy rzeczywiście nie mogą obstawić całej południowej granicy – myślał na głos Walocha. – Istnieje więc szansa, że przemkniemy na drugą stronę. Zastanawiam się jednak...

– Poczekaj – Dymitr uniósł ostrzegawczo dłoń.

– Co jest? – Prus rozejrzał się niespokojnie.

– Tam! – przemytnik wpatrywał się w bezchmurne niebo. – Śmigłowce!

Przesuwające się wolno, odległe jeszcze maszyny nadlatywały z północy. Dwie z nich skierowały się na wschód, ostatni obrał kurs na południe.

– Wynosimy się stąd! – Walocha chwycił mapę i zbiegł ze szczytu wzniesienia.

Zatrzymali się zadyszani pośród krzaków jeżyn. Basowe dudnienie silników cichło z wolna na zachodzie. Chwilowo byli bezpieczni. Tylko chwilowo.

– Coś tu nie gra. – Mateusz odruchowo sięgnął w kierunku kieszeni w poszukiwaniu papierosa. Jak zawsze, kiedy się denerwował. – Dlaczego pojawili się tak wcześnie?

– Dochodzi szósta. Przylecieli trzy godziny wcześniej niż zakładaliśmy. – Waltor złapał go za ramię. – Nie pal.

– Nie pal, nie pal! Teraz się martwisz?! Trzeba było martwić się wcześniej! Mówiłem, że ten wypad do wioski wyjdzie nam bokiem. Ktoś nas pewnie zauważył i powiadomił policję – wściekał się przemytnik.

– Może to wieśniacy z tego domu pod lasem? – podsunął Dymitr, wycierając spocone dłonie o poły kurtki.

– Bzdura! – zaoponował Waltor. – To byli starsi ludzie! Moi chłopcy wykonali swoją robotę aż za dobrze. Związali ich, zakneblowali, a piwnicę zamknęli na cztery spusty. Jak, według ciebie, mieli się stamtąd wydostać!

– Może to ten stróż... – tym razem samemu Dymitrowi pomysł wydał się mało prawdopodobny.

– Oszalałeś? – Waltor nawet nie usłyszał wątpliwości w głosie przemytnika. – Myślisz, że taki dziad byłby w stanie wyzwolić się sam z więzów?! Co to wieś cyrkowych magików była, czy jak?!

– Chyba że ktoś mu pomógł – powiedział dziwnym głosem Walocha.

– Kto wyszedł ostatni z kaufhali?

– Nie pamiętam... nie wiem – Waltor wzruszył ramionami.

Ale dowódca Legionu wiedział.

– Jak mogłem być tak ślepy! – wyszarpnął z kabury pistolet.

* * *

Antas Morgajła, wychyliwszy głowę zza drzewa, obrzucił szybkim spojrzeniem obozowisko. Jego wzrok podążył ku Kostasowi. Młodzieniec, otoczony przez kilku Bojów, opowiadał o czymś z zapałem, żywo przy tym gestykulując. Dowódca zwiadowców sięgnął po pistolet, odbezpieczył go, podniósł, lecz zaraz opuścił.

– Niech to szlag! – wydusił z wściekłością.

Otoczony przez Prusów, Kostas nie był łatwym celem. Morgajła wiedział, że jeśli nie trafi za pierwszym razem, drugiej szansy mieć już nie będzie. Podjął nagle decyzję. Da swoim ostatnią szansę i zakończy misję. Zrobił już dość. Sytuacja stawała się zbyt niebezpieczna. Schował pistolet i na wpół pochylony ruszył ostrożnie w stronę pobliskiej drogi. Chwilę później rozejrzał się raz jeszcze. Ostrożności nigdy za wiele, pomyślał. Ale nie dostrzegł nic podejrzanego. Położył pistolet na pniu zwalonego drzewa, zsunął z ramienia płócienny worek i wyjął z niego owinięty w szary papier przedmiot. Rakietnica sygnalizacyjna. Zabrał ją z Kiejsztan i przechowywał, czekając na stosowny moment. Właśnie nadszedł. Słyszał już odległy warkot silników. Odetchnął z ulgą. Dozorca spisał się na medal. Powietrzni zwiadowcy wypatrywali pewnie umówionego sygnału... Sprawdził rakietnicę. Wszystko było w najlepszym porządku. Przełknął z trudem ślinę. Skierował lufę ku prześwitującemu pomiędzy listowiem skrawkowi nieba. Miał już nacisnąć spust, gdy gdzieś z tyłu rozległ się szelest liści. Obrócił się gwałtownie.

– Walocha...

* * *

– Zdążyłem w ostatniej chwili. – Walocha spoglądał ponuro na znieruchomiałe ciało. – Gdybym spóźnił się choć o sekundę...

– Był krzyżackim agentem! – Waltor wpatrywał się z nienawiścią w szkliste oczy zabitego. – Pierdolonym krzyżackim agentem!

– Mieszkał z nami od sześciu lat. Od sześciu długich lat. – Drugi Prus pokręcił z niedowierzaniem głową.

– Nieprawdopodobne. Szefem waszego wywiadu był krzyżacki agent. Nie zauważyliście niczego podejrzanego? – Dymitr spoglądał to na Prusów to na martwego Morgajłę z jednakowo zdumionym wyrazem twarzy. – Skoro szpiegował tak długo, musiał pozostawić przecież jakiś ślad.

– Nie był chyba szpiegiem w pełnym tego słowa znaczeniu. – W przeciwieństwie do ciskającego przekleństwa Waltora, dowódca Legionu nie był zły, raczej przygnębiony. W jego łagodnym głosie słychać było nikłą nutę smutku. – Był raczej inwestycją swoich mocodawców. Taką na lepsze czasy... Widocznie nadeszły.

– Teraz rozumiem, dlaczego tak łatwo nas zaskoczyli – podsumował Mateusz, daleko było mu do spokoju Walochy. – Ta świnia wszystko zorganizowała.

– Byliśmy marionetkami, zwykłymi pieprzonymi marionetkami! – Waltor złapał się za głowę.

– Dość gadania – uciął krótko Walocha. – Musiał przekazać wiadomość, że poszliśmy na wschód. Jeśli się nie pośpieszymy, zdążą przygotować obławę.

Od strony obozowiska nadszedł Kostas w towarzystwie kilku Bojów. Zaniepokojony wybrał się na poszukiwania Walochy i reszty, a odgłos wystrzału podpowiedział mu, gdzie ich znaleźć.

– Na miłość boską! – Chłopak dojrzał trupa. – Co tu się stało?!

– Zabierz go. – Walocha spojrzał na Waltora.

– Ale...

– Idź z Waltorem. – Walocha nie pozwolił na żadne protesty. – Dowiesz się wszystkiego we właściwym czasie. Wy też się stąd zabierajcie – rzucił w stronę Bojów. – Idziemy na zachód. Waltor, poprowadzisz.

– Co zamierzasz im powiedzieć? – spytał Mateusz, gdy zostali sami.

– Morgajła zdradził dla pieniędzy. – Dowódca Legionu spojrzał na przemytników beznamiętnie. – To im właśnie powiemy.

– Tak będzie rzeczywiście lepiej.

– Co z nim? – Dymitr ruchem głowy wskazał zwłoki.

– Znajdą go. – Walocha pochylił się nad Morgajłą i zamknął jego oczy. – Znajdą go i wyprawią uroczysty pogrzeb. Co by nie mówić, zasłużył sobie na to. To był dobry żołnierz.

Rozdział 15

Lwów – siedziba Wydziału Drugiego
8 maja 1957 roku

Bardzo mi przykro, panie pułkowniku. – Sekretarka szefa Wydziału Drugiego spojrzała na Bogumiła Stuka ze współczuciem. – Generał dzwonił kwadrans temu. Zatrzymały go ważne sprawy. Najprawdopodobniej nie pojawi się dziś we Lwowie.

– Byłem przecież umówiony. – Szef delegatury mazowieckiej z trudem hamował złość. – Przyleciałem tutaj specjalnie, żeby z nim się spotkać.

– Bardzo mi przykro. – Dziewczyna bezradnie rozłożyła ręce. – Generał prosił, by wszystkie informacje przekazał pan generałowi Pawliczusowi.

– Gdzie go znajdę? – spytał chłodno Stuk.

– Sam pan widzi, co się u nas dzieje. – Pokiwała smutno głową. Ten gest również był wyrazem bezradności, nawet bardziej niż poprzedni. – Od tej strasznej tragedii w Suczawie wszystko stanęło na głowie.

– Radzi mi więc pani sprawdzać pokój po pokoju – powiedział z przekąsem pułkownik. – Myślę, że zajmie mi to co najmniej tydzień.

– Niech zajrzy pan do szóstki – poradziła speszona tym sarkazmem sekretarka. – Jeśli tam go nie będzie, to naprawdę nie wiem.

Stuk bez słowa opuścił gabinet. Rozejrzał się po korytarzu. – Istny dom wariatów! – stwierdził ze złością, spoglądając na kilku pracowników Wydziału Drugiego, którzy z plikami dokumentów w dłoniach, zbiegali po schodach prowadzących na parter, dyskutując o czymś zawzięcie. Ruszył za nimi, przyglądając się mijanym oficerom.

– Bogumił! – Zza pleców dobiegł go radosny okrzyk.

Obrócił się i natychmiast uśmiechnął szeroko.

– Kogo jak kogo, ale ciebie nie spodziewałem się tutaj spotkać – powiedział do Fajziego Achtapowicza, szefa sekcji specjalnej „Stambuł". – Co tu robisz? Nie powinieneś być teraz u siebie?

– Daj spokój. – Tatar tylko machnął ręką. – Wpadłem do Lwowa na chwilę, za godzinę lecę z powrotem do Suczawy. A ty? Co ciebie sprowadza do centrali?

– Umówiłem się ze starym na dziesiątą. – Stuk od razu przestał się uśmiechać. – Drań wystawił mnie do wiatru. Nie wiesz, gdzie on jest?

– U mnie mój drogi. – Achtapowicz westchnął ciężko. – Od tygodnia krąży pomiędzy Rumunią a Lwowem. Obawiam się, że będziesz musiał uzbroić się w cierpliwość. Teraz nie ma czasu dla nikogo.

– Na południu jest aż tak źle?

Tatar rozejrzał się po korytarzu.

– Lepiej nie pytaj – odpowiedział, ściszając głos. – Turcy postawili armię w stan gotowości i wołają na pomoc cały muzułmański świat. Wiemy o sześciu poselstwach, które z polecenia Sułtana szukają sojuszników. Wiele wskazuje na to, że ich znajdą. Rozumiesz, co to znaczy?

– To niby Turcy dokonali zamachu? – Brwi pułkownika powędrowały w górę. – Musieliby być niespełna rozumu, żeby wszczynać wojnę z Rzeczpospolitą.

Achtapowicz spojrzał na przyjaciela z namysłem.

– Powiem ci, co znaleźliśmy w ruinach koszar – zaczął poważnie i wciąż bardzo cicho. – Dwa tureckie nieśmiertelniki. Żeby było ciekawiej, takie noszą żołnierze ich służb specjalnych.

– Że co?! – wyrwało się Stukowi. – Przecież to szyta grubymi nićmi prowokacja!

– Pomyśl, co się stanie, gdy ta wiadomość trafi do gazet. Ludzie nie będą pytali, kto za tym stoi. Zażądają odwetu.

– Chcesz powiedzieć, że taka informacja trafi do mediów?! To niedorzeczność! Te nieśmiertelniki, to dowód, że ktoś próbuje wciągnąć nas w wojnę.

– Zgoda, jednak z drugiej strony, pola naftowe leżące o dziewięćdziesiąt staj od naszej granicy, to bardzo łakomy kąsek. Wystarczy rozbić słabą armię turecką i... – Tatar zawiesił znacząco głos.

– Sugerujesz...

– Nic nie sugeruję. – Szef sekcji „Stambuł" położył palec na ustach. – Lepiej nie rozmawiać o tych sprawach. Wiesz, o czym mówię?

– Wiem – syknął niechętnie Stuk. – Pieniądz rządzi światem.

– Nic na to nie poradzimy, mój drogi. – Achtapowicz spojrzał na zegarek. – Czas na mnie.

– Nie widziałeś gdzieś tego durnia Pawliczusa? – Stuk zerknął w stronę holu. – Muszę się z nim widzieć.

– Pawliczusa? – Achtapowicz spojrzał na Stuka współczująco. – Szukaj go w szóstce. Powinien tam być.

– Bóg z tobą, przyjacielu.

– Niech cię Allach ma w opiece. – Achtapowicz uścisnął dłoń przyjaciela i ruszył do wyjścia.

Stuk przeszedł hol i zerknął niezdecydowany w stronę windy.

– Trochę ruchu nie zaszkodzi – mruknął do siebie.

Gdy dotarł na ósme piętro, na jego czole pojawiły się krople potu. Przetarł je chusteczką i podszedł do drzwi oznaczonych numerem sześć. W olbrzymiej sali, zajmującej niemal całe piętro, panował trudny do zniesienia hałas. Setki pracowników Wydziału Szyfrów ślęczało nad napływającymi ze wszystkich delegatur meldunkami. Stukot maszyn do pisania mieszał się z cichym popiskiwaniem maszyn deszyfrujących, dzwoniły telefony, pomiędzy stołami oddzielonymi od siebie drewnianymi przepierzeniami krążyli oficerowie, którzy wkładali gotowe meldunki do szarych kopert oznaczonych nadrukiem „ściśle tajne". Bogumił Stuk podszedł do stanowiska kontroli przepustek i podał młodemu porucznikowi swoją legitymację.

– Szukam generała Pawliczusa. Czy zastałem go tutaj?

– Tak jest, panie pułkowniku. – Porucznik oddał legitymację. – Życzy pan sobie się z nim widzieć?

– Poproś go – powiedział Stuk.

Porucznik ruchem ręki przywołał któregoś z oficerów i szepnął mu coś do ucha. Ten skinął głową i ruszył w stronę drzwi, za którymi mieścił się Dział Analiz. Minęło dziesięć minut. Bogumił Stuk przełożył teczkę z ręki do ręki.

– Przeklęty imbecyl – sapnął ze złością.

Rozglądał się na boki w poszukiwaniu krzesła, gdy dojrzał nadchodzącego generała. Zrezygnował z siadania i zmierzył zastępcę Sapiehy nieprzychylnym spojrzeniem. Nie znosił go serdecznie i uważał za bufona, który na każdym kroku podkreślał swoje pochodzenie. Mówiono, że do jego spokrewnionej z Radziwiłłami rodziny należało pół powiatu marianpolskiego.

– Pułkownik Stuk we własnej osobie. – Witold Pawliczus, z jak zawsze pełnym znudzenia wyrazem twarzy, skłonił się sztywno, nie podając pułkownikowi ręki. – Cóż pana do nas sprowadza? O ile zostałem dobrze poinformowany, ze względu na ostatnie wydarzenia, spotkanie sprawozdawcze zostało odwołane. Obowiązująca droga kontaktu...

– Przyjechałem do pańskiego szefa – przerwał mu Stuk. – Nie zastałem go, więc zmuszony jestem odbyć rozmowę z panem, panie generale.

– Obowiązują nas pewne zasady. – Pawliczus zmierzył gościa chłodnym spojrzeniem. – Doprawdy nie rozumiem, dlaczego niektórzy szefowie delegatur uważają, że należą im się szczególne względy...

– O ile się nie mylę, a raczej nie, to generał Sapieha wydał panu rozkaz osobistego przyjęcia mojego raportu. – Stuk spojrzał na generała kpiąco.

Pawliczus zacisnął usta i rozejrzał się ostrożnie na boki. Coraz więcej ludzi przysłuchiwało się rozmowie.

– Proszę za mną – powiedział szybko. – Porozmawiamy w bardziej stosownym miejscu.

Obrócił się na pięcie i ruszył w stronę Działu Analiz. Otworzył drzwi i z kamienną miną przepuścił Stuka. Pułkownik rozejrzał się po obszernym wnętrzu, które przypominało długi korytarz. W przeszklonych pokojach rozmieszczonych po obu stronach pomieszczenia dziesiątki specjalistów przeglądało otrzymane meldunki. Panowała tu dziwna, nienaturalna cisza.

– Tędy proszę. – Pawliczus wskazał na drzwi jednego z pomieszczeń.

Stuk zajął miejsce za stołem i bez słowa wyjął z teczki gruby plik dokumentów.

– Przeproszę pana na chwilę, pułkowniku. – Pawliczus zatrzymał się w drzwiach, przywołany przez któregoś z pracowników.

– Niech ci będzie, dupku – mruknął Stuk pod nosem. – Zagram po twojemu.

Chwilę później generał wrócił do pokoju.

– Słucham zatem, cóż tak ważnego ma mi pan do przekazania? – zapytał impertynencko.

– Rozumiem, że jest pan zorientowany w sytuacji na północy?

– To należy do moich obowiązków.

– Przejdę w takim razie od razu do rzeczy. – Stuk położył przed Pawliczusem niewielkie zdjęcie. – Człowiek, którego pan widzi, to Franc Minimus, komtur malborski. Funkcję tę pełni od 1952 roku, przedtem dwukrotnie był posłem. Szlachcic bezherbowy, w naszych kartotekach figuruje jako zwolennik ścisłej współpracy protektoratu z Rzecząpospolitą. Zniknął cztery dni temu. Podejrzewamy, że został uprowadzony.

– Uprowadzony? – Pawliczus spojrzał na Stuka z niedowierzaniem. – Chce pan powiedzieć, że ktoś porwał komtura? Kto mógł to zrobić?

– To jest właśnie najciekawszy element całej układanki. – Stuk uśmiechnął się lekko. – Zniknął trzeciego maja, na dzień przed głosowaniem ważnych ustaw dotyczących nowych taryf celnych. Obrady sejmu zostały zawieszone, rozpoczęto poszukiwania. Rozeszła się pogłoska, że Franc Minimus został porwany lub zabity przez służby specjalne którejś z komturii. Teoretycznie ma to sens, bywało już nieraz, że dla przyciągnięcia inwestorów z Rzeczypospolitej, władze poszczególnych komturii dopuszczały się różnych nadużyć, często mocno sprzecznych z prawem. Wiemy, że ustawy, które miały być głosowane w Malborku, uczyniłyby z tego miasta niezwykle atrakcyjne miejsce dla lokowania kapitału. Jest jednak coś, co nie pozwala nam przyjąć tej wersji wydarzeń.

– Cóż to takiego?

– Proszę spojrzeć na to. – Pułkownik podał Pawliczusowi dokument oznaczony nadrukiem „ściśle tajne".

Pawliczus przebiegł wzrokiem tekst.

– Czy to pewna wiadomość? – spytał zaskoczony.

– Ten szyfrogram przejęliśmy dwa dni temu, zaraz po ataku na Kiejsztany. To niemal kompletny plan likwidacji wszystkich pruskich klanów.

Generał raz jeszcze przejrzał dokument, po czym zerknął na pułkownika z namysłem.

– Czy nie dziwi pana, że ten plan wpadł w nasze ręce? – Tym razem na jego twarzy pojawił się ledwie dostrzegalny uśmiech. – Krzyżacy chcą pewnie... – zamilkł nagle.

– Wprowadzić nas w błąd – dokończył za niego Stuk. – Jesteśmy pewni, że ci dranie dopilnowali, byśmy otrzymali tę wiadomość.

– Przecież to bez sensu! – Pawliczus podniósł głos, próbując pokryć tym zmieszanie.

– Pod warunkiem, że przeciek nie był zamierzony. Jeśli był... no cóż, mamy do czynienia z czymś bardzo dziwnym. Czy zgodzi się pan ze mną, generale?

– Proszę mówić dalej. – Pawliczus zrozumiał nagle, że to nie on kontroluje rozmowę.

– Jeszcze tydzień temu byliśmy pewni, że mamy do czynienia z dobrze zaplanowaną akcją, której celem jest rozbicie pruskich klanów. Jednak ostanie wydarzenia wskazują coraz wyraźniej, że to tylko zasłona dymna, za którą kryje się coś znacznie większego. Naszym zdaniem komtur malborski naraził się w jakiś sposób tym oto ludziom.

Szef mazowieckiej delegatury sięgnął po kolejne zdjęcia, układając je niczym gracz karty.

– Wielki Mistrz, komtur olsztyński, komtur elbląski i jeszcze kilku innych. Przyglądaliśmy się im od dłuższego czasu. Ci ludzie stanowią grupę, która jest najpewniej mózgiem jakiejś dziwnej, bardzo podejrzanej operacji. Odkryliśmy to, niestety, dopiero kilka dni temu, gdy jeden z naszych samolotów wykonał zdjęcia nad archipelagiem Wysp Alandzkich. – Na stole pojawiła się kolejna fotografia.

Przedstawiała jedną z sześciu tysięcy wysp położonych pomiędzy Finlandią a Szwecją.

– Co to jest? – Pawliczus postukał placem w widoczną pośrodku niewielkiej wysepki metalową strukturę.

– Tego, niestety, nie wiemy – przyznał niechętnie Stuk. – Moi ludzie próbują ustalić przeznaczenie tej dziwnej konstrukcji, lecz jak do tej pory bezskutecznie. Podejrzaną sprawą jest jeszcze i to, że wokół wysepki Krzyżacy zgromadzili niemal całą swoją flotę wojenną. Trzy dni temu, około godziny piątej nad ranem, doszło do wymiany ognia pomiędzy fińskim kutrem torpedowym, a krzyżackim niszczycielem. Kuter został poważnie uszkodzony. Finowie złożyli oficjalny protest, lecz jak do tej pory nie doczekali się żadnych wyjaśnień ze strony Krzyżaków. Przedwczoraj „Königsberg” i „Urlyk von Jungingen”, dwa największe okręty zakonne, wróciły do portu. Wróciły, by eskortować ten oto statek. – Stuk położył przed generałem ostatnie zdjęcie, przedstawiające niewielki barkowiec. – Konwój dotarł na miejsce wczoraj nad ranem. Nie wiemy, niestety, co przewoziła ta łajba, lecz eskorta dwóch krążowników...

– Pułkowniku – przerwał niecierpliwie Pawliczus. – Nie lubię zabawy w zgadywanki. Proszę powiedzieć jasno, do czego pan zmierza.

Szef mazowieckiej delegatury zawahał się.

– Wszystko to, o czym do tej pory powiedziałem, wskazuje jednoznacznie, że w protektoracie dojdzie do buntu – powiedział jednym tchem. – Czytał pan zapewne raport o zwiększeniu zapasów ropy...

– Bunt? – Pawliczus zignorował wzmiankę o ropie. – Jak to miałoby wyglądać? Ich armia liczy trzydzieści tysięcy żołnierzy. Sądzi pan, że kilkanaście regimentów jest w stanie zatrzymać Drugą Litewską i dywizje pomorskie? To czysty absurd.

– I to jest właśnie najbardziej niepokojące – powiedział nerwowo Stuk. – Cały czas nie mogę pozbyć się wrażenia, że przeoczyliśmy coś niezwykle ważnego. Być może ma to jakiś związek z tą niewielką wysepką? – Pułkownik spojrzał w zamyśleniu na zdjęcie, po czym podniósł wzrok na generała. – Myślę, że powinniśmy zbombardować to miejsce.

– Pan chyba oszalał! – krzyknął Pawliczus. – Chce pan dokonać ataku bombowego? Czy zdaje pan sobie sprawę z konsekwencji?

– Jeśli niewielkie państwo decyduje się na otwarty konflikt z Rzecząpospolitą, musi mieć naprawdę mocne argumenty – odparł twardo Stuk. – Zaś co do konsekwencji, zdaję sobie z nich sprawę, lecz bezpieczeństwo Rzeczypospolitej wymaga...

Generał podniósł się gwałtownie z krzesła.

– Dla pańskiego dobra pułkowniku, zapomnę o pana sugestii – powiedział oschle.

– Zdaje pan sobie chyba sprawę, że nie mamy zbyt wiele czasu? – spytał tym samym tonem Stuk.

– Pański raport poddany zostanie weryfikacji. Jeśli analiza wykaże istnienie problemu, podejmiemy stosowne kroki. Tymczasem proszę czekać na wyniki. – Pawliczus spojrzał znacząco na zegarek.

Szef delegatury mazowieckiej z ponurą miną wyszedł na korytarz.

– Przeklęci durnie! – mruknął ze złością. – Przeklęci durnie!

Rozdział 16

Morze Bałtyckie
8 maja 1957 roku

Sensburg”, szybki kuter torpedowy, mknął w stronę widocznej na horyzoncie niewielkiej wysepki Keule[42] – jednej z sześciu i pół tysiąca wysp Alandinseln[43]. Wiał silny, porywisty wiatr. Nadciągające ze wschodu, ciężkie, deszczowe chmury zapowiadały zmianę pogody. W odległości mili morskiej od wysepki majaczyły sylwetki dwóch krążowników – „Urlyka von Jungingena” i „Königsberga” – największych jednostek Ostseeflote[44]. Silnik „Sensburga” zadudnił basowo. Kuter zaczął redukować prędkość. Jednostka podeszła powoli od krótkiego, kamiennego molo.

---

[42] *niem.* Maczuga
[43] *niem.* Wyspy Alandzkie
[44] Flota Zakonu Krzyżackiego

Rzucono cumy. Trzech ludzi ubranych w sztormiaki przeszło pośpiesznie po chybocącym się trapie.

– To jest to miejsce? – Wilhelm Tellow zsunął z głowy kaptur i rozejrzał się po wysepce. – Toż to kawałek skały wystający z wody!

– A ty jak zawsze narzekasz tylko. Dla naszych celów nadaje się znakomicie – powiedział Anton Nowotny.

Dostojnicy zakonni ruszyli w stronę niewielkiego parterowego baraku – jedynego budynku na liczącej trzysta łokci długości wysepce.

Po prawej stronie ukazały się resztki starych bunkrów, pochodzących z czasów Wojny Północnej[45]. Keule, położona 15 mil od brzegów Szwecji, była jedną z dwustu niezamieszkanych wysepek, jakie pozostały Zakonowi po zakończeniu krwawych walk toczących się na północnym Bałtyku.

Pośrodku wysepki, w jej najszerszej części, trwała wytężona praca przy montażu wysokiej na piętnaście łokci, metalowej konstrukcji. Kilkunastu żołnierzy wojsk inżynieryjnych zakładało u podstawy wieży silnik windy. Na widok nadchodzących ruch przy konstrukcji zamarł. Dowódca komturialnych nadzorujących prace stanął na baczność i zameldował służbiście:

– Zgłaszam grupę specjalną...

---

[45] Wojna Północna – toczyła się w latach 1923-1924. W jej wyniku Zakon Krzyżacki utracił na rzecz Szwecji wschodnią Gotlandię, Finlandia zaś stała się posiadaczem wszystkich niemal wysp archipelagu alandzkiego.

Nowotny powstrzymał go niedbałym ruchem ręki.

– Proszę powiedzieć, kapitanie, ile czasu zajmie wam dokończenie montażu?

– Wieża jest już gotowa. Pozostało zamocowanie platformy windy i ułożenie szyn, po których przetransportujemy ładunek. Jeśli pogoda utrzyma się jeszcze kilka godzin, będziemy gotowi na jutro rano – odpowiedział tamten.

– Czy sztorm nie zagrozi konstrukcji? – Tellow, jak zawsze pełen niepokoju, wysuwał zastrzeżenia. – Ta wysepka nie wzbudza zaufania...

– Przeżyliśmy tutaj już kilka sztormów. – Kapitan wyszczerzył zęby w uśmiechu. – Wbrew pozorom ta kupa kamieni, to solidny kawałek skały.

– Dziękujemy, kapitanie. – Von Osten odprawił żołnierza. – Proszę wracać do pracy.

– Nieźle to wygląda. – Libel przyglądał się konstrukcji z zadowoleniem. – Rozumiem, że ładunek zostanie umieszczony na szczycie wieży?

– Dokładnie tak. – Nowotny skinął głową.

– Czemu to ma służyć? – spytał Libel.

– Nie mam pojęcia i nic mnie to nie obchodzi. – Von Osten zmarszczył brwi w ponurym grymasie. – Najważniejsze, że cały świat dowie się, jak potężną broń posiadamy.

– Do zamieszkanych wybrzeży jest stąd zaledwie kilkanaście mil. – Tellow spojrzał na wschód, w stronę fińskiego brzegu. – Gdy przeprowadzaliśmy próbę na Syberii, chmura promieniotwórcza rozciągała się na około siedemdziesiąt staj od punktu zero. Ten ładunek ma dwukrotnie większą moc. Cała okolica nie będzie nadawać się do zamieszkania przez kilkadziesiąt lat...

– Finowie i Szwedzi zasłużyli na karę. – Głos szefa służb komturialnych był równie posępny jak jego mina. – To będzie nasza zemsta za 1924 rok.

– Cała północ stanie przeciwko nam. – Tellow był mocno zaniepokojony. – Myślę, że lista naszych wrogów jest już wystarczająco długa i nie powinniśmy jej powiększać.

– Mój ojciec walczył w Karelii – syknął von Osten przez zaciśnięte zęby. – Ci pieprzeni Finowie uczynili go kaleką. Rozumiesz, o czym mówię?

Tellow wzruszył ramionami, już dawno doszedł do wniosku, że w pewnych kwestiach z Wiktorem lepiej nie dyskutować. Teraz też zrezygnował i, obróciwszy się, spojrzał na niewielką, pilnowaną przez sześciu komturialnych drewnianą szopę.

– Tam jest ładunek? – spytał.

– Nasza nowa broń gotowa jest do użycia – powiedział uroczystym tonem Nowotny.

Podeszli do szopy. Jeden z komturialnych otworzył drzwi. Na platformie drezyny kolejowej spoczywała trzyłokciowa skrzynia. Krótki odcinek torów kończył się tuż przy drzwiach.

– Rzeczywiście, wszystko gotowe – odezwał się Libel. – Możemy odpalać choćby jutro.

– Z tym nie będziemy się śpieszyć. – Ostrożność Tellowa brała się poniekąd stąd, że jako jedyny na własne oczy miał okazję się przekonać, czym tak naprawdę dysponują. Potęga nowej broni przepełniała go trwożnym szacunkiem. – Właściwy czas jeszcze nie nadszedł.

– Nadejdzie niebawem. – Von Osten nie podzielał tych obaw. Poniekąd z założenia. – Jeszcze kilka dni, i świat dowie się o naszej wielkiej tajemnicy.

– Jak na razie, wszystko idzie zgodnie z planem. – Nowotny zatarł ręce. – Czytaliście wczorajsze gazety? Rzeczpospolita przerzuca w pośpiechu wojska do Rumunii. W Turcji ogłoszono mobilizację. Twoi ludzie, Wiktorze, spisali się naprawdę znakomicie.

– To było łatwe. – Szef służb komturialnych zbył pochwałę machnięciem ręki. – Teraz czeka nas znacznie trudniejsze zadanie. Ostatni etap naszego planu wchodzi właśnie w decydującą fazę. Jeśli wszystko pójdzie jak należy, za dwa, trzy dni w Afryce rozpęta się prawdziwe piekło.

– To bardzo ryzykowny plan – mruknął Tellow półgłosem.

– Wysłałem tam najlepszych ludzi. – Szef służb komturialnych obrzucił go wrogim spojrzeniem. – Wiedzą, że nie mogą zawieść.

– Najbardziej martwi mnie... – Libel przerwał w pół zdania, bowiem od strony morza dobiegł ogłuszający dźwięk syreny okrętowej.

– Co to jest? – spytał z niepokojem Tellow.

Wiktor von Osten spojrzał na zegarek i uśmiechnął się od niechcenia.

– Nic takiego. Rzeplici latają punktualnie.

– O czym mówisz?

– Zobaczcie sami. – Von Osten zapraszającym gestem otworzył drzwi.

Krzyżacy opuścili szopę. Kilkunastu komturialnych w pośpiechu odrzucało maskowanie trzech armat przeciwlotniczych umieszczonych w północnej części wysepki. Syrena okrętowa odezwała się ponownie. „Urlyk von Jungingen" i „Königsberg" przesuwały się w stronę brzegu.

– Spójrzcie tam. – Von Osten wskazał na niebo.

– Nic nie widać. – Libel osłonił dłonią oczy.

– Zaraz się pojawi – uspokoił go szef komturialnych.

Zza chmur dobiegał narastający warkot silników lotniczych.

– Zwiadowca? – spytał Libel. – Często odwiedzają ten rejon?

– Od kilku dni przylatują regularnie. – Von Osten uśmiechnął się złośliwie. – Ciekawi ich, co tutaj robimy.

– Już jest. – Nowotny zmarszczył brwi na widok bombowca „Sum", wyłaniającego się zza chmur. Dwusilnikowy samolot przeleciał nad wysepką z minimalną prędkością. Lufy armat śledziły jego lot.

– Siódmy pułk bombowy z Tallina! – Słowa von Ostena utonęły w ogłuszającym dudnieniu silników „Suma".

– To jest po prostu bezczelność! – Tellow zakrył uszy rękoma. – Naruszył naszą przestrzeń powietrzną!

Krzyżacy z pochmurnymi minami obserwowali oddalający się samolot.

– Dranie! – warknął Libel. – Rządzą się jak u siebie!

– Za kilka dni to wszystko się zmieni. – Nowotny z uwagi na obecność żołnierzy powstrzymał się przed wygrażaniem pięścią w kierunku bombowca. Uznał to za dość niepoważne, a jednak w ten sposób choć częściowo dałby upust przepełniającej go złości. I nienawiści. – Mam nadzieję, że kiedy odpalimy ładunek, któryś z tych śmierdzieli będzie w pobliżu.

– Zdążyli już pewnie zrobić masę zdjęć – zmartwił się Tellow.

– To nie ma żadnego znaczenia. – Tym razem jego biadolenie nie rozłościło von Ostena. Szef służb komturialnych uśmiechnął się z pogardliwą wyższością. – Ci idioci nie mają pojęcia, co tu się dzieje.

– Wracajmy na kuter. – Pogoda się psuje, a przed nami kawał drogi. O piątej musimy być w Hemse[46].

– Święte słowa – powiedział Libel. – Dość mam już tych morskich atrakcji. Wracajmy do domu.

[46] stolica krzyżackiej części Gotlandii

Rozdział 17

Północno-zachodnia Afryka. Województwo nowokrakowskie. Nowe Jasło
9 maja 1957 roku

W rzymskokatolickim kościele parafialnym, pod wezwaniem Świętego Wojciecha, mieszczącym się w najstarszej części miasta, jak w każdy niedzielny poranek panował spory tłok. Dwa rzędy ławek wypełniali okoliczni mieszkańcy, w większości chłopi oraz urzędnicy starostwa powiatowego, położonego kilka ulic dalej. Otwarte na oścież okna niewiele zmieniały w kwestii atmosfery wewnątrz, ale za to pozwalały zobaczyć pustynię, zamkniętą od wschodu wzgórzami, przez mieszkańców nazywanymi Małymi Tatrami.

Wyposażenie kościoła było nadzwyczaj skromne. Pośrodku świątyni na podwyższeniu wznosił się prosty ołtarz, obok niego umieszczono schody prowadzące na ambonę, pod którą z niewielkiej wnęki wykutej w ścianie na wiernych spoglądała Pani

Jasnogórska. Kopia świętego obrazu przekazana w darze przez zakonników z odległej Rzeczpospolitej była dumą proboszcza Zięby, który już osiem lat temu, od czasu kiedy objął parafię, zapowiedział, że nie spocznie, póki kopia słynnego obrazu nie trafi do jego kościoła. I rzeczywiście, nie minął rok, a obraz zajął przeznaczoną mu wnękę.

Msza miała się ku końcowi. Proboszcz Jan Zięba, potężny Murzyn o surowym spojrzeniu, uniósł ręce i odezwał się głośno:

– Ofiara spełniona, Bogu niech będą dzięki.

– Bogu niech będą dzięki – powtórzyli wierni i jak zawsze zamarli w oczekiwaniu, bo proboszcz, pomodliwszy się krótko przed ołtarzem, ruszył w stronę ambony.

Wąskie schody zajęczały głucho, uginając się pod ciężarem kapłana. Siedzący w pierwszym rzędzie czterej synowie Stasiuka, szewca z pobliskiej oazy, zaczęli szeptać między sobą, obstawiając, czy tym razem ambona się zawali, czy też przyjdzie im czekać do kolejnej niedzieli. Proboszcz bezpiecznie pokonał schody, oparł ręce na balustradzie i spojrzał groźnie w stronę młodzieńców.

– Stasiuki, jak jednego z drugim chwycę, jak w łepetynę strzelę, to wam zaraz ochota na żarty przejdzie!

Chłopcy uspokoili się zaraz, ale nadal zerkali w stronę ambony, śledząc każde ugięcie podłogi.

– Moi drodzy, dzisiaj mamy pierwszą niedzielę maja, więc jak zawsze powiem o najważniejszych sprawach naszej parafii.

Zięba otworzył leżącą przed nim księgę parafialną i, marszcząc brwi, począł czytać:

– Na drugą niedzielę czerwca rodzina Konopackich z osady Al-Dżafer zaprasza rodzinę i wszystkich krewnych na chrzciny swojej córki, która przyszła na świat miesiąc temu. Chrzciny odbędą się w naszym kościele, a uroczystość w karczmie „U Janika". Powiedz wszystkim, Władziu, jak dacie na imię waszemu dziecku? – Proboszcz spojrzał na siedzącego w drugiej ławce człowieka.

– Anna, proszę księdza. To po mojej teściowej, która zmarła w zeszłym roku – odpowiedział.

– To bardzo ładnie z twojej strony. Imię też ładne, ale mówię ci od razu, że wieczorem niespodziewanie odwiedzę was sprawdzić, czy nie pijecie za dużo. I żeby mi kłótni z Arabami nie było. Pilnuj młodych, żeby nie szukali zaczepki. Bić się możecie, dopiero jak oni zaczną, a i tak uważajcie, by którego za bardzo nie uszkodzić.

– Nie zaczniemy wcześniej aż oni nie zaczną – powtórzył potulnie parafianin. – Drzwi zamkniemy, a uroczystość będzie na wewnętrznym dziedzińcu.

– I słusznie. Prawdziwy chrześcijanin nigdy nie szuka zwady i zawsze godnie się zachowuje. – Proboszcz przesunął palcem po karcie i odczytał kolejny zapis.

– Również w drugą niedzielę czerwca odbędzie się ślub córki Adama Myszy, Barbary, z kawalerem nowokrakowskiej parafii pod wezwaniem Świętego Izydora. Sprawdziłem rzecz dokładnie i zaświadczam, że kawaler pochodzi z dobrej rodziny, zasłużonej dla Rzeczypospolitej. – Na te słowa stary Mysza, jeden z najbogatszych kupców w mieście, wstał, ukłonił się dostojnie zgromadzonym. Na tłustym obliczu malowała się niekłamana duma.

– Dziękuję księdzu proboszczowi, za tak piękną zapowiedź. Chcę zaprosić serdecznie wszystkich naszych parafian na ślub, a potem na wesele u Mykoły. – Po kościele rozszedł się pomruk zadowolenia. Mysza raz jeszcze złożył ukłon i już miał zamiar usiąść, kiedy z ambony rozległo się groźne chrząknięcie proboszcza.

– Adamie, coś mi obiecałeś.

Mysza poruszył się niespokojnie, spojrzał niepewnie na żonę i, krzywiąc się niemiłosiernie, powiedział:

– Zapraszam też Wasilczuka, z żoną i synami.

Siedzący również w pierwszym rzędzie, ale po przeciwnej stronie Dymitr Wasilczuk, kupiec i właściciel sporego stada wielbłądów, wzruszył ramionami i odwrócił głowę.

– Przyjdziesz, Wasilczuk? – Ksiądz nie pytał, a raczej domagał się potwierdzenia.

– Niech najpierw odszczeka, że sprzedaję nieświeże daktyle!

– A co świeże one? Handlujesz z tymi mauretańskimi oszustami, co sprzedają najgorsze gatunki! – zaperzył się Mysza.

– Ty głupku pustynny! Raz czy dwa od nich kupiłem i to wszystko! A ty niby lepszy? Wszyscy wiedzą, co powiedział komendant naszego garnizonu! Sprzedałeś mu osiem wielbłądów, z czego jeden zdechł po dwóch dniach, a trzy następne po tygodniu!

– Wielbłądy były zdrowe! To wina zarazy!

– Ciekawe, że u innych zarazy nie było, a u ciebie była. Bardzo ciekawe. Albo może nieprawda, że...

– Wasilczuk, zastanów się zanim powiesz coś, za co zadam ci taką pokutę, że przez trzy dni będziesz na pustyni siedział! – huknął kapłan z góry. – Odkąd jestem na probostwie, ciągle się kłócicie! Ale ja was jeszcze pogodzę. Przyjdziecie do mnie jutro z rana, usiądziemy sobie, miodu się napijemy i porozmawiamy na tematy handlowe. U mnie w parafii kłótni nie będzie! – Dla dodania mocy swoim słowom proboszcz zamknął księgę z głośnym trzaskiem. Zaraz jednak nieco skonfundowany podrapał się po głowie. – O czymś jeszcze miałem powiedzieć, ale zapomniałem. Kto miał sprawy do omówienia?

Z ostatniego rzędu podniósł się niski, ubrany skromnie starszy mężczyzna i, spoglądając lękliwie na boki, odezwał się cicho:

– Ja, proszę księdza, miałem sprawę. Chodzi o mój warsztat...

– Ach tak, już wiem. Słuchajcie ludzie, wiecie pewnie, że rodzina Koatay z Nowego Szegedu straciła w pożarze cały dobytek. Musimy im pomóc. Przeznaczam dla nich miesięczną tacę, ale to nie wystarczy. Kto jeszcze pomoże? – proboszcz potoczył wzrokiem po kościele.

Ze swojego miejsca podniósł się naczelnik poczty.

– Madziarzy mogą mieszkać u nas, na poczcie, tak długo, jak będzie trzeba. Stary Klimczuk za dwa miesiące odchodzi, więc na jego miejsce weźmiemy jednego z synów Koataya.

– Bardzo dobrze! Na was zawsze można polegać. – Zadowolony kapłan pochwalił naczelnika.

– Starostwo wystara się o pożyczkę na małym procencie. – Gruby urzędnik obejrzał się do tyłu. – Przyjdź jutro z rana. Napiszemy podanie do urzędu wojewódzkiego, a ja już się postaram, żeby dali ci ten kredyt.

– I tak właśnie powinna wyglądać pomoc bliźniemu. – Na twarzy proboszcza pojawił się wyraz błogości. – Gdyby każdy chrześcijanin postępował według boskich przykazań, świat byłby o wiele lepszy. Droga panno Heleno, niech pani opowie jeszcze o zakończeniu roku szkolnego. – Proboszcz skinął na trochę już zniecierpliwioną, młodą kobietę o włosach upiętych w kok, w okularach zsuniętych na koniec nosa. Panna Helena podniosła się ze swojego miejsca, odchrząknęła dystyngowanie i, otworzywszy sporych rozmiarów kajet, spojrzała w niego z namaszczeniem.

– Za trzy dni, 12 maja, nastąpi uroczyste zakończenie roku szkolnego. Jak wiecie, zawsze po uroczystości zabieramy dzieci na doroczną wycieczkę, której celem, podobnie jak w latach poprzednich, będzie Nowy Kraków. Korzystnym będzie zapewnienie dzieciom odrobiny rozrywki, po całorocznej wytężonej pracy. Trochę zabawy. Dla odmiany.

Oczy wszystkich zwróciły się na szlachciankę. Odkąd objęła funkcję dyrektora największej w mieście szkoły elementarnej, nie zdarzyło się jeszcze, żeby doroczne wycieczki wykraczały poza zwiedzanie muzeów i historyczne pogadanki. Panna Helena Kowalska, pochodząca z zacnego rodu szlacheckiego, uważała, że wycieczka wycieczką, ale cele edukacyjne przede wszystkim. Nauczycielka zauważyła zdziwione spojrzenia i uśmiechnęła się lekko.

– Odwiedzimy wesołe miasteczko i, jeśli dopisze pogoda, przepłyniemy się statkiem wycieczkowym do Freiburga. – Siedzące obok swoich rodziców dzieci zapiszczały radośnie.

– Uprzedzę od razu pytania dotyczące kosztów tych atrakcji. – Nauczycielka zgromiła wzrokiem swoich wychowanków. – Rodzice dopłacą zaledwie po dziesięć moresów od jednego dziecka. Resztę wydatków zobowiązał się pokryć nasz nowy komendant garnizonu, major Fiodor Stopkiewicz. – Panna Helena spojrzała czule w stronę siedzącego dwie ławki dalej majora.

Przez kościół przetoczył się szmer aprobaty. Ludzie zerkali na nauczycielkę i majora, uśmiechając się dyskretnie. Proboszcz pokiwał głową i sapnął z zadowoleniem. Już od kilku miesięcy donoszono mu, że ta dwójka ma się ku sobie. Co, wyjątkowo wręcz, cieszyło kapłana, który za swoje drugie powołanie uznawał kojarzenie par. I miał w tej dziedzinie spore osiągnięcia. Do tradycji należało już, że ojciec panny na wydaniu odwiedzał go i prosił o wyszukanie odpowiedniego kandydata. Sława proboszcza jako doskonałego swata obiegła całą okolicę, a i z roku na rok stawała się większa. Każde kojarzone przez niego małżeństwo było bardzo udane.

Jednak przypadek panny Heleny spędzał sen z powiek księdza, bowiem mimo wysiłków, jakie podejmował, nie mógł znaleźć dla niej odpowiedniego kandydata. Pierwszym problemem był fakt, że w tak małym mieście, jakim było Nowe Jasło, mieszkała zaledwie garść szlachty. Panna Kowalska pochodziła zaś z jednego z największych afrykańskich rodów, nie mogła więc, i chyba też nie chciała, wiązać się z kimś niższego stanu. W Afryce, mimo upływu czasu, nadal krzywym okiem patrzono na mezalianse. Na szczęście w zeszłym roku pojawił się major Stopkiewicz, szlachcic ukraiński, którego rodzina osiadła kilka lat temu w Nowym Krakowie. Po odejściu pułkownika Wąsa, objął dowództwo garnizonu w Nowym Jaśle i prawie natychmiast dał poznać się z jak najlepszej strony. Żołnierzy trzymał krótko, w garnizonie zaprowadził ład i porządek, a kiedy Berberowie podeszli w nocy pod miasto, odparł ich atak tak szybko i sprawnie, że było więcej niż pewne, iż prędko nie wrócą. Mieszkańcy miasta byli pewni, że, prędzej czy później, przyjdzie im się pożegnać z bohaterem, którego niewątpliwie przydzielą do sztabu w Nowym Krakowie w uznaniu jego zasług.

Major tymczasem wstał ze swojego miejsca, uśmiechnął się do panny Heleny i powiedział wesołym głosem:

– Poprosiłem znajomego, który ma kilka statków wycieczkowych, żeby oddał na kilka godzin jeden z nich do naszej dyspozycji. Dyrekcji wesołego miasteczka obiecałem, że złapiemy na pustyni dla ich ogrodu kilka jaszczurek, więc nie robili żadnych problemów.

Dzieci spoglądały roziskrzonym wzrokiem na majora, a kiedy wspomniał o jaszczurkach, Błażej, najmłodszy syn Stasiuka poderwał się z ławki i zamachał rękoma.

– Ja mogę złapać jaszczurki! My z braćmi już nieraz chodziliśmy na pustynię i wiemy, jak je złapać! – Teraz dopiero zorientował się, że za dużo powiedział. Usiadł szybko i opuścił głowę, czekając na reprymendę.

Proboszcz pokręcił głową i odezwał się surowo:

– Raz jeszcze powtarzam, że rodzice powinni pilnować swoje dzieci. Sami wiecie najlepiej, ile niebezpieczeństw czyha na pustyni.

– Te moje diabły wcale się nie chcą słuchać – poskarżył się stary Stasiuk bezradnie. – Ile razy już dostali w skórę i ciągle wymykają się z domu. W zeszłym roku zabrali dwa wielbłądy i pojechali na wschód, aż pod granicę. Wiele nie brakowało, a wpadliby na dzikich. – Spojrzał błagalnie na księdza, licząc, że tam, gdzie zawiódł ojcowski autorytet, podziała kapłański. Jednak odpowiedź na jego żale nieoczekiwanie przyszła od strony majora.

– Niech się pan nie martwi – uspokoił go żołnierz. – Widać, że chłopaki na kupców się nie nadają. Jak skończą osiemnaście lat, niech przyjdą do mnie. Jako Junacy będą mieli wiele okazji, aby wykazać się swoim męstwem.

– Ja, panie majorze, kończę osiemnaście lat za trzy miesiące! – wypalił Wojtek, najstarszy.

– Jak skończysz, to będziesz mógł się zaciągnąć – odparł major.

– Ja też chcę się zaciągnąć! – Błażej spojrzał na brata zazdrośnie. – Ojciec nie wie, ale myśmy się już bili z dzikimi. – Ledwie wypowiedział te słowa, dostał od brata solidną sójkę w bok. Tym razem jednak nie zamilkł. – A co, może ich nie pogoniliśmy? Uciekali, aż się za nimi kurzyło!

Proboszcz walnął pięścią w balustradę, aż zadrżała cała konstrukcja ambony.

– Widzę, że wam bardzo spieszno do wojaczki. Nie wiecie jeszcze, młodziki, co to naprawdę znaczy i lepiej, żebyście tego nie wiedzieli. Taka zabawa może skończyć się tym, że staniecie przed świętym Piotrem w kwiecie wieku. Tak to już chyba jest, że młodzi muszą na własnej skórze nauczyć się życia, bo co mówią im starsi, traktują jak bajki.

– Proboszcz ma rację – poparł księdza major. – Służba to nie zabawa. W ostatnim roku zginęło siedmiu moich żołnierzy.

– My się dzikich nie boimy. – Błażej wyprężył się dumnie.

Kapłan westchnął tylko, zaczynał rozumieć starego Stasiuka.

* * *

Jak zawsze po skończonej mszy, ksiądz stanął przy drzwiach i oczekiwał tam na wychodzących parafian. Żegnał się z każdym, zamieniając przy tym choć parę słów. Szczycił się tym, że zna każdą owieczkę w swoim stadku, nawet tę najmniej znaczną. Jako ostatni podeszli do niego major Stopkiewicz i panna Helena.

– A wy, moi drodzy, widzę już tak razem i do kościoła, i nie tylko... – Zięba szelmowsko zmrużył oko.

– Myśmy już właściwie o tym rozmawiali... – Stopkiewicz spojrzał na Helenę.

– Mówcie mi tu zaraz, kiedy ślub, a nie krążcie dokoła palmy. Jesteście dla siebie stworzeni, nie ma się nad czym zastanawiać, no, chyba że nad datą. Mam wolny termin na początku lipca... – Proboszcz wyczekująco przyglądał się młodym.

– Co ty na to Helenko? – zapytał dziwnie nieśmiało major.

– Toś ty taki bohater? Ludzie mówią o tobie, że nie ma drugiego odważniejszego od ciebie, a oświadczasz się jak ostatni cymbał – skarcił go ksiądz po ojcowsku. – No i co, Helenko, chcesz takiego bohatera za męża? – zwrócił się do nauczycielki.

Ta zapłoniona i zmieszana opuściła głowę i powiedziała cicho.

– Jeśli major mnie zechce...

Proboszcz uśmiechnął się ciepło, a potem połączył ręce Heleny i majora.

– Na razie tylko tak, a za dwa miesiące przed ołtarzem – powiedział cicho. Zamknąwszy drzwi świątyni, zerknął jeszcze zadowolony w stronę swoich parafian, którzy, korzystając z okazji, wymieniali się ploteczkami, ustalali swoje sprawy, czy też po prostu cieszyli się rozmową z jednym czy drugim znajomkiem. Jak wielka rodzina, proboszcz uśmiechnął się do siebie i ruszył w stronę plebanii.

Minął wysoki płot otaczający kościół i zwolnił, jak zawsze poddając się wrażeniu, że po drugiej stronie ulicy zaczyna się zupełnie inny, obcy świat. Wielki meczet proroka, zbudowany przed trzystu laty, swym ogromem przytłaczał otaczające go zabudowania. Przed nim zebrała się spora grupka Arabów. Na pierwszy rzut oka wyglądali na Berberów. Zachowywali się hałaśliwie i prowokująco. Kilku było nawet pijanych. Proboszcz poczuł się nieswojo. Znał dobrze koczowników i wiedział, że zawsze kiedy byli w grupie, należało się ich wystrzegać.

Przyspieszył kroku, starając się nie spoglądać na drugą stronę ulicy. Było jednak za późno. Jeden z Arabów dostrzegł kapłana i krzyknął coś do swoich kamratów. Ksiądz zrozumiał od razu, że nie zdąży dotrzeć do plebanii. Arabowie tymczasem utworzyli półkole, i, spoglądając ze złością na kapłana, poczęli miotać wyzwiska.

– Czego chcecie? Wracajcie na swoją stronę! – Proboszcz poczuł wzbierający gniew. – Zależy wam na awanturze?! – krzyknął po arabsku.

Nie spuszczając wzroku z napastników, zaczął cofać się w stronę kościoła. Liczył, że hałas zwróci uwagę jego parafian. Omiótł wzrokiem dzielącą go od ogrodzenia przestrzeń, kiedy nagle dostrzegł coś dziwnego na dachu meczetu. Widok ten był tak zaskakujący, że zapomniał o Arabach. Dostrzegł człowieka z wymierzonym w jego stronę karabinem. Podniósł rękę jakby chciał coś powiedzieć, ale w tej chwili rozległ się huk wystrzału. Proboszcz zachwiał się, postąpił krok do przodu, osunął się na ziemię i znieruchomiał na oczach zdumionych Berberów.

* * *

– No to jeszcze raz od początku. Nazywasz się Abdullah, to już ustaliliśmy. Teraz powiedz, skąd ty i twoi ludzie wzięliście się w naszym mieście. – Jakub Olszynka, komendant policji Nowego Jasła spoglądał z nienawiścią na skulonego ze strachu Araba. – Dobrze ci radzę, żebyś zaczął mówić, bo inaczej przestanę być taki miły – powiedział po arabsku.

– Ja, panie, nic nie wiem, my nie zabiliśmy księdza! – Abdullah opuścił głowę.

Komendant sapnął gniewnie i spojrzał na majora Stopkiewicza.

– Mówiłem ci, że ta świnia do niczego się nie przyzna. Z nim trzeba inaczej.

– Poczekaj chwilę. – Major zgasił niedopałek papierosa, przeszedł przed pokój i usiadł na krześle na wprost Araba.

– Posłuchaj mnie, Abdullah, czy jak ci tam, mam nadzieję, że rozumiesz po polsku?

Arab pokręcił głową.

– Tylko po arabsku? – Arab wzruszył ramionami. – To szkoda, bo mam ci coś ważnego do powiedzenia, a ja, niestety, nie mówię w twoim języku. Nie chciałbym, żebyś potem miał do mnie pretensje.

Arab poruszył się niespokojnie.

Major uśmiechnął się zimno.

– Jeśli myślisz, że będziemy cię torturować to się mylisz. Nasze prawo zabrania tortur.

Na twarzy więźnia pojawił się ledwo dostrzegalny cień ulgi.

– Ale zawsze możemy rozgłosić na mieście, że wszystko nam wyśpiewałeś i zamknąć cię w jednej celi z tymi z plemienia Atrus. O ile pamiętam, nie lubicie się za bardzo...

Abdullah drgnął jak ukłuty szpilką.

– Panie, nie rób tego! – krzyknął w czystej polszczyźnie.

– Więc jednak potrafisz mówić po polsku. – Major skrzywił się nieprzyjemnie. – Mów teraz wszystko po kolei. I nawet nie próbuj kręcić.

Arab przetarł ręką czoło i, spoglądając z rozpaczą na Stopkiewicza, powiedział:

– Dwa dni temu do naszej oazy przyjechał jakiś człowiek. Zaoferował pieniądze i wielbłądy. Był z nim jeszcze jeden, ale jakiś dziwny, chyba z Europy.

– Skąd wiesz, że z Europy?

– Był strasznie biały i pocił się bez przerwy. Rozmawiali ze sobą w jakimś dziwnym języku.

– Co to za język, mów zaraz! – Olszynka potrząsnął Abdullahem.

– Nie wiem, panie. – Tamten zasłonił rękoma głowę. – Wcale niepodobny do waszego!

– Co mieliście zrobić w zamian za te wielbłądy? – Stopkiewicz przyglądał się Arabowi badawczo.

– Kazał nam pojechać od Nowego Jasła, pójść pod meczet i obrzucać kamieniami kościół.

– Sądzisz, że uwierzę w twoje opowiastki?

– Tak było, panie! Kazali nam obrzucać kamieniami kościół i nic więcej. Po powrocie mieliśmy dostać jeszcze osiem wielbłądów.

– Osiem? – Olszynka spojrzał zdziwiony na majora. – Dlaczego więc strzelaliście do księdza?

– Panie! To nie my strzelaliśmy! Moi ludzie trochę popili i zamiast rzucać kamieniami postanowili zobaczyć, czy ksiądz nie trzyma czegoś ciekawego u siebie w domu. Ja nie wiem, kto strzelał! Przecież tylko ja miałem strzelbę, a nie strzelałem! Przysięgam na Allacha! – Przerażony Abdullah wodził wzrokiem za komendantem policji.

Ten zaś otworzył drzwi sali i zawołał stojącego na korytarzu policjanta.

– Zabierzcie to ścierwo. Do osobnej celi.

– I co myślisz? – Olszynka spojrzał na majora z zainteresowaniem.

– Sam nie wiem. Albo ten drab nie jest taki głupi, na jakiego wygląda i świetnie kłamie, w co nie wierzę, albo mam do czynienia z czymś, czego zupełnie nie rozumiem. Pierwsze, co mi przychodzi do głowy, to prowokacja tego bandyty Sulejmana.

– Moi ludzie sprawdzili strzelbę. To nie z niej strzelano – powiedział Olszynka. – Z tego co ustaliłem, banda, która zaatakowała Ziębę, to luźna kupa, jakich wiele krąży po pustyni. Trochę chrześcijan, trochę muzułmanów. Kradną i piją, piją i kradną, słowem, śmieci pustyni.

– Skoro mówił prawdę, to kim byli ludzie, którzy obiecali im pieniądze? – Major w zamyśleniu spoglądał w okno. – Komu zależało na zabiciu księdza?

– Nie mam pojęcia. To wszystko nie trzyma się kupy.

– Tak sądzisz? Ten ktoś wiedział, że mieszkańcy Nowego Jasła nie puszczą płazem zabójstwa proboszcza. Wyczuwam tutaj jakiś grubszy szwindel. Trzeba zabezpieczyć miasto. Ludzie już zbierają się po ulicach i szukają odwetu. Arabowie na razie nie wychodzą z domów, ale wystarczy, że któryś oberwie, a będziemy mieli tutaj piekło.

– Poślę moich ludzi pod meczet i każę otoczyć go kordonem. Jeśli zaczną się rozruchy, to tam właśnie. – Olszynka westchnął ciężko. – A jak z Ziębą? Wyjdzie z tego?

Major wzruszył ramionami.

– Nie pytaj mnie o takie rzeczy. Kiedy odwozili go do Nowego Krakowa, żył jeszcze. To silny człowiek, ale czy wystarczająco silny?

– Będę się zbierał. Mam takie przeczucie, że twoi ludzie mogą sobie nie poradzić z tłumem.

– Chcesz wyprowadzić wojsko? – zapytał zdziwiony policjant.

– Na razie tylko przygotuję ich do wymarszu, tak na wszelki wypadek.

– Sądzisz, że to będzie konieczne?

– Myślę, że już niedługo się dowiemy.

* * *

Była już noc i temperatura dochodząca za dnia do dwustu stopni, teraz spadła prawie do zera. Ciemne ulice Nowego Jasła opustoszały, bramy domostw zamknięto już dawno, a pojedynczy przechodnie przemykali pośpiesznie pustymi ulicami. W tym, wysuniętym najdalej na północ, mieście województwa nowokrakowskiego elektryfikacja nadal pozostawała głównie w sferze planów. Tylko przed komendą policji i koszarami ustawiono po kilka latarni, lecz nie były one w stanie rozproszyć ciemności nocy. Na trzech skrzyżowaniach, przecinających główną drogę, płonęły niewielkie ogniska. Przy każdym czuwało po pięciu policjantów.

Na placu przed meczetem stały dwa żubry z piątego pułku „Zaporoże". Dwunastu żołnierzy, dygocząc z zimna, spoglądało ze złością na fronton wielkiej budowli, której kontury rozmyła noc.

– Panie sierżancie, rozpalmy jakiś ogień, bo do rana zamienimy się w sople lodu. – Jeden z żołnierzy, pyzaty Murzyn nazywany przez wszystkich Żabą, spojrzał na dowódcę drużyny, sierżanta Leona Jaszcza.

– Co mi tutaj pieprzysz, wiesz przecież, że mamy rozkaz nie prowokować Arabów. Jak pojawi się jakiś oficer, to nam łby pourywa.

– W dupie mam brudasów i ich meczet. Mamy marznąć, bo te świnie nie pozwalają palić ognia na jakimś tam świętym placu? O, tu mam ich świętości. – Żaba splunął. – Mogą mnie cmoknąć, pieprzeni analfabeci.

– Żaba, ja cię ostrzegam, kiedyś doigrasz się i trafisz do karnej kompanii. Wiecie, co się dzisiaj działo w mieście. Jeszcze chwila, a nasi zaatakowaliby arabską część miasta. Koło kościoła doszło do bijatyki.

– Jakby oczyścić miasto, to nie byłoby problemu. Księdza zabili, bydlaki – odezwał się, stojący obok Żaby, kapral Woldemaras.

– Ksiądz jest ciężko ranny, a poza tym nie wiadomo, kto strzelał. Słyszałem rozmowę oficerów. Mówili, że ci, co ich złapano, nie strzelali.

– Panie sierżancie, sam pan chyba nie wierzy, w to co mówi. – Żaba wzruszył ramionami. – Kto mógł zrobić coś takiego jak nie Arabowie?

– My jesteśmy od wykonywania rozkazów, a nie od politykowania – powiedział surowo sierżant. – Mamy tu stać i pilnować, żeby któremuś z naszych nie przyszedł jakiś głupi pomysł do głowy.

– Kiedy zimno, panie sierżancie – poskarżył się któryś z żołnierzy.

– Dobra, wsiadamy do kabin po czterech, a dwa patrole będą krążyć po placu. Będziemy robić zmiany. Jesteście teraz zadowoleni?

Żołnierze pokiwali głowami.

– Dawaj karty, Śliwa. – Kapral Woldemaras wskoczył do szoferki i zatarł ręce z zadowoleniem. – Który chce przegrać do mnie parę moresów?

– Możemy zacząć od piątki, potem zobaczymy. Nie chcę za bardzo cię ograć, bo znowu będziesz płakać pod kołdrą. – Roześmiał się Żaba, udowadniając przy tym stosowność swojego przydomku.

– Ty, mądrala, zaraz zobaczymy, kto lepszy. Rozdawaj, młody. – Kapral szturchnął wątłego szeregowca.

– Z wozu! Oficerstwo jedzie! – Sierżant zajrzał do szoferki. – Pochować mi te karty!

Od strony koszar nadjechał łazik z wygaszonymi światłami i zatrzymał się tuż obok żubra. Młody oficer, porucznik, zgasił silnik i zeskoczył na plac.

– W porządku, to swój. – Sierżant machnął uspokajająco ręką.

– No i co, chłopaki, brudasy siedzą cicho? – Porucznik Woroszył podszedł do Żaby i odpalił papierosa. – Zimno dzisiaj, no nie?

– Zimno, panie poruczniku – potwierdził Żaba. – Pilnujemy tego pieprzonego meczetu, ale na razie cisza i spokój.

Woroszył spojrzał niechętnie na wielką budowlę i wzruszył ramionami.

– Mówiłem Stopkiewiczowi, żeby dał sobie spokój z tym całym nocnym czuwaniem, ale wiecie, jaki on jest. Nie i nie, no to teraz wy musicie tkwić tutaj jak, nie przymierzając, drzazga w dupie, a ja zamiast siedzieć w piwiarni, jeżdżę od punktu do punktu i patrzę, czy niby wszystko w porządku.

– Co z księdzem? – spytał szybko sierżant, któremu słowa porucznika wyraźnie nie przypadły do gustu.

– Ano, leży biedaczek. Lekarze twierdzą, że są szanse, aby przeżył, ale wiecie, jak to jest z lekarzami. Mydlą oczy i nic konkretnego nie chcą powiedzieć. – Porucznik spojrzał na zegarek. – Dopiero północ, ruszam dalej, bo jak się stoi, to rzeczywiście zimno. – Obrócił się na pięcie i ruszył w stronę samochodu.

Żołnierze spoglądali za nim przez chwilę, po czym skwapliwie wrócili do kabiny żubra.

– Nie powinien tak mówić o swoim dowódcy. – Sierżant pokręcił głową. – To naprawdę nie uchodzi – powiedział do dwóch szeregowców wyznaczonych do pierwszego patrolu.

– Wszyscy wiedzą, że ci dwaj nie lubią się specjalnie. – Jeden z chłopaków wzruszył ramionami.

– Takiś mądry? Ruszaj żywo na patrol. – Sierżant zmarszczył się groźnie. – Ta dzisiejsza młodzież – westchnął ciężko, spoglądając za oddalającymi się żołnierzami.

* * *

Szli wolno szerokim chodnikiem, otaczającym świątynię od południa i zachodu. Każdy krok niósł się echem, brzmiącym złowieszczo w zamkniętej przestrzeni, ograniczonej ścianą meczetu i wysokim murem starego, dawno opuszczonego domu. Żołnierze rozglądali się niepewnie na boki, próbując dostrzec coś w mroku.

– Idziemy dalej? – spytał nagle Janosz Smetona. Mimo że jego rodzina już od lat mieszkała w Nowym Jaśle, wciąż jeszcze mówił z czeskim akcentem.

– Po co? Przejście jest zamurowane, a poza tym i tak nic nie widać. – Andrzej Walkowski wzruszył ostentacyjnie ramionami i w tej samej chwili uświadomił sobie, że w otaczających ich ciemnościach, jego towarzysz i tak nie zauważy tego gestu.

– Może wrócimy przed meczet i tam poczekamy, aż minie nasza warta?

– O, co ja widzę, Smetona boi się ciemności! – Śmiech Andrzeja zabrzmiał niczym zgrzyt nie naoliwionych drzwi.

– Słyszałeś chyba o złych duchach, które mieszkają w podziemiach meczetów? Wychodzą podobno w nocy, są wysokie na dwa łokcie, ich ręce chude niczym u dziecka, zwisają bezwładnie do ziemi. Kiedy idą, ciągną je za sobą i głośno przy tym warczą. Nogi mają zakończone szponami, głowy małpie z odrażającymi pyskami, z których wystają długie kły. Siwe długie włosy opadają im na plecy. Podobno żywią się ludzką krwią, doskonale widzą w ciemnościach i atakują znienacka. Kiedy cię dopadną, będą piły twoją krew tak długo, aż staniesz się do nich podobny. Moja matka powiedziała mi, że to są martwi ludzie, źli ludzie, którzy nie mogą umrzeć i do końca świata będą mieszkać w podziemiach meczetów.

Walkowski, niepewny czy Smetona mówi serio, powiedział z wysiłkiem:

– Ja tam żadnych duchów się nie boję.

– Andrzej, ja nie żartuję. Stary Klimczuk opowiadał kiedyś, że jak był jeszcze młody, na starym szlaku, co wiedzie na północ, stała karczma Żyda Moryca. Pewnej nocy wracał ze stadem wielbłądów i już miał zatrzymać się w karczmie, kiedy zobaczył coś dziwnego. Okna karczmy były otwarte, a z wnętrza wydobywał się dziwny biały dym. Podszedł do okna, zajrzał do środka i wiesz, co zobaczył?

– No co? – spytał drżącym głosem Andrzej.

– Te stwory. Napadły na karczmę i zabiły wszystkich podróżnych. Piły ich krew i śmiały się rechotliwie. Klimczuk chciał uciec, ale nagle poczuł na sobie czyjś wzrok. Odwrócił się i zobaczył stwora. Stał na szeroko rozstawionych nogach, dyszał ciężko i patrzył na Klimczuka jak na coś do jedzenia.

– Jezus Maria! Ale Klimczuk żyje!

– Uratowała go Matka Boska. Pokazał stworowi krzyż i to go uratowało.

Walkowski sięgnął szybko pod bluzę munduru i odetchnął z ulgą.

– Mam krzyżyk. To chyba wystarczy?

– Powinno, ale nie wiadomo dokładnie, bo były podobno przypadki, że stwory atakowały święte miejsca. – W głosie Czecha zadrgała nuta paniki, jakby sam przeraził się własnej opowieści.

– Wystarczy już, wracamy. – Andrzej szarpnął kolegę za ramię.

Zrobili zaledwie kilka kroków, kiedy nagle usłyszeli dziwny chrobot, dochodzący z dachu meczetu. Zamarli z przerażenia.

– Słyszałeś? Co to może być? – Andrzej zdjął z ramienia karabin.

– Mówiłem ci, już nas poczuły. – Smetona wpatrywał się w ciemności szeroko otwartymi oczyma, teraz w jego głosie słychać było już tylko panikę.

– Ale one mieszkają przecież w podziemiach! – krzyknął obłędnie przerażony Andrzej.

– Czujesz? Co tak śmierdzi?!

– Ogień piekielny! – Smetona, nie czekając na towarzysza, rzucił się do ucieczki.

– Poczekaj na mnie! – Andrzej ruszył biegiem, oglądając się co chwila za siebie.

Nagle, przez niedomknięte okno poczęła sączyć się wąska stróżka dymu, a zaraz za nią kolejne przez wąskie piwniczne świetliki. Chwilę potem czarne kłęby spowiły dach.

* * *

– Druga moja i pięć moresów moje. – Żaba przełożył karty i spojrzał zadowolony na resztę graczy. – Tak trzeba grać, barany!

– Te, mądrala, nie bądź tak do przodu! Jeszcze jedno rozdanie! – Kapral Woldemaras rzucił następną monetę i, trzymając papierosa między zębami, przetasował karty. – Albo oszukujesz, albo masz szczęście.

– Tylko to drugie mój drogi, tylko to drugie.

– Rozdaję. – Kapral zajrzał przez ramię Żabie.

– Co podglądasz? – ten zasłonił karty.

– Ej, chłopaki, patrzcie no, co oni... – sierżant wskazał na plac, skąd nadbiegali dwaj szeregowcy z patrolu.

– Co się stało? Dlaczego już wróciliście? – Żaba wychylił się z okna szoferki. – Jeszcze nie czas na zmianę.

Nie doczekał się odpowiedzi. Zanim któryś z chłopaków zdołał złapać oddech i wykrztusić choć jedno słowo, uwagę Żaby przyciągnęło co innego.

– Leon, spójrz co tam się dzieje! – Trącił sierżanta w ramię. – Spójrzcie na dach!

– Jezus Maria! Co to jest?! – Woldemaras przeżegnał się.

Pojedyncze płomienie pojawiły się nagle w kilku miejscach, coraz szybciej rozpraszając ciemności. Kilka minut później w niebo wystrzelił słup ognia.

– Jasna cholera! Jak zajmą się szopy, to osiedle arabskie pójdzie z dymem! – Żaba wskazał na zachodnią cześć placu.

– Jedna już się pali!

– Trzeba rozwalić resztę, za chwilę będzie za późno! – krzyknął Woldemaras.

– Chcesz tam iść? Powodzenia! Albo się udusisz, albo spłoniesz żywcem! – Żaba popukał się wymownie w czoło.

– Ciekawe, czy brudasy zdążą uciec... – Młody żołnierz z tegorocznego poboru spojrzał ciekawie na niezbyt odległe osiedle.

– A ty co? Chcesz zaczekać i się przekonać?! – krzyknął sierżant – Trzeba zacząć gasić ten cholerny meczet.

– W całym mieście nie ma tyle wody, żeby ugasić taki pożar. – Żaba wzruszył ramionami. – Nigdy nie gasimy ognia, nie ma czym.

Tymczasem od strony osiedla i z głębi miasta nadciągało coraz więcej ludzi. Przystawali na skraju placu i przerażeni patrzyli na szalejące płomienie. Coraz więcej spojrzeń kierowało się w stronę żołnierzy. Nie było w nich odrobiny sympatii.

– Podpalacze! – Okrzyk starego Araba podziałał jak uderzenie bicza. Kilkunastu Arabów, trzymając w dłoniach kije, zaczęło otaczać żubry półkolem.

– O co im chodzi? – Woldemaras zdjął z ramienia karabin i skierował go w stronę tłumu.

– Do wozów! – rzucił krótko sierżant.

– Oni sądzą, że to my podpaliliśmy meczet!

– Przecież to nieprawda! – zaprotestował gwałtownie któryś z młodych.

– Chcesz z nimi o tym porozmawiać? – Sierżant skrzywił się sarkastycznie. – Odgłos uruchamianych silników zginął w jazgocie arabskich kobiet. Ciężarówki, roztrącając tłum, wjechały na drogę. Pożegnał je grad kamieni.

* * *

– Fatalnie to wygląda. – Major Stopkiewicz spoglądał na zgliszcza meczetu.

– Fatalnie, to mało powiedziane. Moi ludzie donieśli, że koło browaru już wybuchła bijatyka – powiedział Olszynka. – Zaczęło się w nocy, a nad ranem było już po wszystkim. Arabowie obrzucali kamieniami kilka domów i podpalili magazyny.

– Co na to arabska rada kupiecka?

– Na razie siedzą cicho, ale nie ma co na nich liczyć. Ta historia z meczetem, to nie byle co. Boją się, że jeśli będą powstrzymywać swoich ziomków, to sami oberwą. – Komendant policji odsunął się nieco, żeby przepuścić sanitarkę, próbującą ominąć wypalony wrak samochodu.

Zbliżała się godzina dziesiąta. Przed ruinami meczetu zebrał się pokaźny tłum Arabów. Tworzył żywy mur, oddzielający święty plac od drogi, na której rozstawione co kilkanaście łokci stały wojskowe żubry garnizonu nowojasielskiego. Batalion żołnierzy w sile pięciuset ludzi otoczył meczet i oczekiwał na rozkazy.

Godzinę temu doszło do pierwszego starcia pomiędzy Arabami a oddziałami armii Rzeczypospolitej. W okolicy komendy policji grupa arabskich wyrostków obrzuciła samochód pancerny butelkami z benzyną. Załoga zdążyła na szczęście opuścić płonącą maszynę. Dla arabskich chłopców los nie był już tak łaskawy, dwóch zostało rannych, gdy żołnierze odpowiedzieli ogniem.

– Wiesz już coś na temat tego pożaru? – spytał Olszynka.

– Skąd mam wiedzieć? Widzisz przecież, że nie pozwalają nam podejść bliżej – burknął Stopkiewicz, przy najgorszych założeniach nie spodziewał takiego biegu wypadków.

– Rozmawiałeś przecież ze swoimi ludźmi, musieli coś widzieć. Chyba nie podejrzewasz, że to oni...

– Daj spokój, niczego się od nich nie sposób dowiedzieć. – Zirytowany major machnął ręką. – Ci gówniarze z patrolu twierdzą, że to arabskie demony podpaliły meczet. Podobno słyszeli hałasy na dachu i czuli ogień piekielny. Przeklęte zabobony. Nie mogę pojąć, jak w dwudziestym wieku można wierzyć w coś takiego...

Olszynka obrzucił majora spojrzeniem.

– Nie mów tak, jesteś tutaj jeszcze bardzo krótko i nie wiesz, że Arabowie parają się czarną magią.

– Czarną magią? – powtórzył zdumiony major. – Jeszcze mi powiedz, że wierzysz w te demony, co podpaliły meczet? – spytał kwaśno. Sam już nie wiedział, czy gadanie Olszynki bardziej go złości czy szokuje.

– Pamiętaj, że dla nich to my jesteśmy podpalaczami – przypomniał mu policjant z niewzruszonym spokojem. – Jakoś wszystko tak się ułożyło, że jesteśmy jedynymi podejrzanymi. Na placu, oprócz naszych żołnierzy, nie było nikogo, więc nie dziw się, że chcą nas pozabijać. Jeżeli natomiast działały tu siły nieczyste...

– Chcesz im powiedzieć, że duchy spowodowały pożar? – zrozumiał nagle major.

– W tym mieście zdarzyła się niejedna dziwna rzecz. Prędzej uwierzą w coś takiego, niż tłumaczenie, że nie mamy z tym nic wspólnego. – Olszynka przerwał, bowiem od strony meczetu nadbiegło kilku ludzi, pokrzykując coś głośno.

– Coś znaleźli w ruinach. – Domyślił się natychmiast.

Arabowie zaczęli krzyczeć niezrozumiale, wymachując przy tym rękoma. Jeden z nich, wysoki potężny drab, wyrwał znalezisko z rąk jakiegoś staruszka i wybiegł na drogę. Wziął potężny zamach i cisnął czarny przedmiot wprost pod nogi żołnierzy.

– Pokaż mi to! – Major podszedł szybko do szeregowca, który schylił się, by podnieść ową rzecz. Jeden rzut oka wystarczył, aby zrozumiał wszystko. To była osmalona w ogniu rękojeść rakietnicy, jakich używano w armii Rzeczypospolitej.

– Cholera jasna! – Major wycofał się szybko w stronę samochodów.

– Popatrz, co znaleźli – pokazał rakietnicę Olszynce.

– Demony zrobiły nam psikusa...

Po drugiej stronie ulicy tłum gęstniał. Wieść o znalezisku obiegła plac lotem błyskawicy i dotarła do miasta. Dziesiątki ludzi nadciągały w stronę meczetu. Żołnierze poczęli spoglądać z niepokojem na siebie, a potem na oficerów. Żaden Arab nie przekroczył jeszcze drogi, ale wielu trzymało ręce ukryte pod długimi, sięgającymi ziemi tunikami. Dla wszystkich było oczywiste, że ich dłonie dotykają ukrytej broni.

– Co robimy? – spytał zdenerwowany komendant.

– Wycofujemy się na naszą stronę – zadecydował major. – Jeden batalion nie zatrzyma takiej masy. Trzeba zabezpieczyć ważniejsze budynki.

– Moi ludzie postawią zapory na skrzyżowaniach. – Olszynka przetarł ręką spocone czoło.

– Sądzisz, że zaatakują? – spytał Stopkiewicz wiedziony jakąś bezsensowną i zupełnie irracjonalną nadzieją.

– Jeszcze ich nie znasz. Są wkurzeni, nieźle wkurzeni.

Rozdział 18

Granica Kalifatu Mauretańskiego i województwa nowokrakowskiego
10 maja † 1957 roku

Świt przyszedł nagle. W dwóch narożnych wieżach zgaszono ogniska, a na dziedzińcu pojawili się pierwsi żołnierze. Poczęli jak co dzień rozkładać wielbłądzie derki, szykując się do porannej modlitwy. Kilka minut później cały pluton forteczny czekał na pojawienie się słońca. Kiedy pierwsze promienie dotknęły wschodniej wieży, padli na kolana. Pięćdziesięciu Tatarów składało hołd Panu Świata – Allachowi. Monotonne zawodzenie niosło się echem po dziedzińcu. Dowódca fortu, sierżant Dżalil podniósł się ze swojej derki i spojrzał w niebo.

– Mam przeczucie, że dzisiaj może być nawet dwieście trzydzieści stopni – powiedział do stojących obok żołnierzy. – Trzeba sprawdzić zbiorniki z paliwem i cysternę z wodą. Zajmij się tym, Dżilit. – Skinął na stojącego nieopodal kaprala.

– Tak jest! – kapral strzelił obcasami i, zabierając kilku żołnierzy, ruszył do północnego narożnika fortu, gdzie pod zadaszeniem, wykonanym z blachy, stały dwie wielkie beczki, otoczone wałem z ziemi i głazów. Sierżant spoglądał za nim jeszcze przez chwilę, po czym ruszył wzdłuż muru, w stronę, ustawionych jeden przy drugim, trzech starych czołgów typu „Łoś". Ze środka pierwszej maszyny wydobywał się chrobot, przerywany raz po raz soczystymi przekleństwami. Sierżant zastukał w uniesioną pokrywę.

– Tarik, wyjdź no na chwilę!

Z wnętrza czołgu wynurzyła się najpierw czarna od smarów ręka, a po niej głowa żołnierza.

– Niech szlag trafi te stare graty! – Kapral wyskoczył na zewnątrz, wytarł palce o brzeg szmaty, zatkniętej za pasek spodni i wyciągnął z kieszeni pomiętą paczkę papierosów. – Chcesz pewnie wiedzieć, co z tą cholerną armatą? Od razu powiem ci, żeby nie robić sobie wielkich nadziei.

– Mówisz poważnie? – zmartwił się wyraźnie Dżalil. – Miałem nadzieję, że jeszcze coś z niego będzie. – Poklepał pancerz czołgu.

– To stare rupiecie, a ich naprawianie to niekończąca się udręka. Jedną rzecz naprawisz, a już druga nadaje się do remontu.

– I nic się nie da zrobić?

Kapral podrapał się po głowie.

– Tego nie powiedziałem. Wymontuję uszkodzone elementy i pójdę do warsztatu. Może dzisiaj jest dobry dzień na cud.

– Postaraj się, do cholery. Wiesz przecież, że czekanie na części, to trochę jak czekanie na deszcz. Nigdy nie wiadomo, kiedy się pojawią.

– Wiesz co, nie obraź się, ale jesteś zbyt miękki. Zamiast chwycić za dupę tych baranów z Nowego Krakowa, ciągle dajesz się im zbywać. Trzy miesiące temu obiecali nam dwie nowe pancerki i kilka żubrów. I co z tego dostaliśmy? Gówno. Im się wydaje, że te graty, to wielka siła bojowa!

– Robię przecież co mogę! – Sierżant wzruszył ramionami. – Jak sami nie mają, to skąd mają brać.

– Gadanie! – Kapral przydeptał niedopałek i zanurkował pod pancerzem. – Chwyć ich za dupę! – krzyknął jeszcze.

Dżalil uśmiechnął się i ruszył w stronę głównego budynku fortu, po przeciwnej stronie dziedzińca. Większość żołnierzy pracowała przy południowej wieży, która kilka miesięcy temu, podczas burzy piaskowej, uległa poważnym uszkodzeniom. Wiatr zerwał dach i obalił spory fragment muru. Naprawa posuwała się w ślimaczym tempie, głównie z uwagi na brak materiałów. Dostawy docierały tu zaledwie raz w tygodniu. Garnizon nowojasielski posiadał zbyt małą liczbę ciężarówek, aby odpowiednio rozwiązać kwestię zaopatrzenia dwunastu granicznych fortów. Tatarzy musieli radzić sobie sami. Sierżant wspiął się po prowizorycznej drabinie, minął kadź, w której mieszano beton i podszedł do uszkodzonego muru. Po drugiej stronie, na pustyni, żołnierze układali z kamieni szańczyk, zabezpieczający fort od południa. Był już prawie ukończony, brakowało jeszcze łokcia, aby wyrównać jego poziom z poziomem muru. Właśnie nadjechał mocno zdezelowany żubr, z którego wyładowywano nową partię kamieni zebranych na pustyni.

– Jak wam idzie? – krzyknął Dżalil do pracujących żołnierzy.

– Idzie dobrze, tylko cholernie gorąco, panie! – odpowiedział młody szeregowiec, który młotkiem obstukiwał kamienie i wpasowywał je w szańczyk. – Jeszcze ze dwa transporty i będziemy mieli nowy mur, i to znacznie lepszy od starego. Żadna burza go nie ruszy.

– A co z wieżą?

– Tu jest gorzej. Cement się kończy.

Dżalil spojrzał strapiony na wieżę, której szczyt otoczony rusztowaniami wznosił się zaledwie kilka łokci ponad mury.

– Żeby ją skończyć, trzeba kilku łasztów[47]...

– Sierżancie! – Jeden z żołnierzy wskazał na zachód. – Samolot!

Niewyraźny jeszcze kształt przesuwał się wolno w stronę fortu.

– Leci chyba do nas – mruknął cicho.

Zszedł szybko na dziedziniec fortu, minął otwartą bramę i zatrzymał się z zadartą ku górze głową. Samolot zbliżał się powoli, nadlatując na niewielkiej wysokości. W chwilę potem maszyna dotknęła kołami piasku i, szybko tracąc prędkość, podtoczyła się prawie pod sam fort. Silnik pracował jeszcze

---

[47] 2324 kilogramy

przez chwilę, napełniając okolicę miarowym dudnieniem. Pilot opuścił szybko kabinę, zeskoczył ze skrzydła i podszedł do Dżalila.

– Kapitan Adam Kulesza, witam serdecznie. – Murzyn o pyzatej twarzy zdjął gogle i podał rękę sierżantowi. – Całe szczęście, że znam trochę okolicę, bo niewiele brakowało, a poleciałbym dalej na wschód. – Uśmiechnął się szeroko. Wyjątkowo szeroko.

– Z pustynią nie ma żartów. – We wzroku sierżanta malowała się przygana, nie ośmielił się jednak pouczyć oficera.

– Ten przeklęty grat zaczął stawać okoniem. Ledwie trzyma się kupy i lata na słowo honoru. – Kapitan wskazał z niechęcią na zabytkową „Łanię 2", w Rzeczypospolitej wycofaną z użytku wiele lat temu, w Afryce nadal podstawowy samolot łącznikowy.

– Jakieś problemy z silnikiem? – zainteresował się uprzejmie sierżant.

– Jakby pan zgadł. – Lotnik pokiwał głową.

– Mam tutaj dobrego mechanika, zna się na wszystkim, złota rączka, może sprawdzić, co i jak.

– Byłbym niezmiernie wdzięczny. Do Nowego Jasła jest ponad sto pięćdziesiąt staj. Jak awaria zdarzy się gdzieś po drodze, sępy będą miały ze mnie ucztę.

– U nas też ciągle coś się psuje. Wie pan, piasek niszczy wszystko, szybciej niż zdążymy naprawiać.

– Ja właściwie w tej właśnie sprawie. – Kulesza spoważniał nagle. – Co z waszą radiostacją?

– Zepsuła się dwa dni temu. Próbujemy ją naprawić, ale w tych warunkach...

– A reszta sprzętu? Sprawna? – Kapitan nawet nie próbował ukryć niepokoju.

Sierżant spojrzał na niego badawczo.

– Mamy problemy z czołgami, ciężarówkami i resztą kramu. Dwa miesiące temu burza piaskowa zniszczyła wieżę i kawałek muru.

– Czy fort jest w stanie się bronić? – Kulesza zmarszczył czoło, już właściwie wiedział, jaka będzie odpowiedź.

– Bronić się? Przed kim? – spytał zaskoczony Dżalil. – Jeśli nie liczyć kilku starć z bandami pustynnymi, mamy tu od dłuższego czasu spokój. Berberowie siedzą cicho, Maurów zaś nie widziałem jeszcze dłużej.

– Widzę, że o niczym nie wiecie. – Murzyn pokręcił głową.

– Kapitanie, proszę nie trzymać mnie w niepewności – powiedział niecierpliwe sierżant.

– Porozmawiajmy gdzieś w spokoju. Jest kilka rzeczy, o których powinien pan wiedzieć.

– Chodźmy zatem do mnie. – Dżalil wskazał bramę fortu.

Ruszyli wydeptaną ścieżką, biegnącą wzdłuż muru.

* * *

W kilka minut później na wzgórzu od północnej strony fortu pojawiła się postać odziana w długą tunikę. Człowiek przypadł płasko na szczycie wzgórza i przysunął do siebie karabin. Podniósł ostrożnie głowę, po czym obrócił się i wykonał dyskretny znak ręką. Po chwili dziesiątki podobnych postaci dołączyły do niego, zalegając w zagłębieniach. Człowiek spojrzał na zachód a potem na wschód. Uśmiechnął się zadowolony.

* * *

– I tak to wszystko mniej więcej wygląda. – Kulesza odstawił blaszany kubek, otarł usta i spojrzał na krążącego po pokoju sierżanta.

– Nic z tego nie rozumiem. – Dżalil wzruszył ramionami. – Zamach na księdza? Spalony meczet? Kto mógł to zrobić?

– Próbujemy się tego dowiedzieć, ale łatwe to nie jest. Arabowie nie dopuszczają nas do pogorzeliska, no i jeszcze ta przeklęta rakietnica. Kiedy wylatywałem, znowu doszło do zamieszek – powiedział kapitan.

– I jesteście pewni, że wiadomość dotarła do Sulejmana?

– Niestety, tak. Cokolwiek by powiedzieć o tym przeklętym bandycie, od czasu, gdy przewodzi dzikim plemionom, zrobiły niejeden krok na drodze do cywilizacji. Nauczyli korzystać się już z kilku zdobyczy techniki, w tym radiostacji właśnie. Nie ma najmniejszej wątpliwości, że ktoś już powiadomił Sulejmana o zajściach w Nowym Jaśle. Znaleźliśmy i tego kogoś, i sprzęt, z jakiego korzystał.

– Skoro tak, to trzeba liczyć się z tym, że już wyruszył szukać zemsty. Ten człowiek zionie czystą nienawiścią do Rzeczypospolitej i wykorzysta każdą okazję, by dać jej ujście. – Dżalil podszedł do szafy i wyjął z niej starą mapę. Jednym ruchem dłoni uprzątnął stół i rozłożył arkusz. – Dzikie plemiona mają kilka siedzib, skupionych wokół trzech największych oaz. – Przesunął palcem wzdłuż wschodniej granicy województwa. – W każdej z nich mieszka po kilkuset wojowników, poza największą, tam będzie ich blisko tysiąc.

– Mówi pan chyba o kobietach i dzieciach. – Na twarzy kapitana pojawiło się niedowierzanie.

– Niestety, nie. Dzikie plemiona, to właściwie sami wojownicy, rabusie i banici. Żyją z dnia na dzień, napadają na kogo się da i są w ciągłym ruchu. Może to oznaczać, że nadciąga na nas chmara licząca trzy tysiące wojowników.

– Jest pan tego pewien? – Kulesza wstał ze swojego miejsca i zaczął krążyć nerwowo po pokoju.

– Walczę z nimi od dwudziestu lat i coś niecoś o nich wiem. – Dżalil westchnął ciężko. – Zanim pojawił się Sulejman, nie byli szczególnie groźni. Trzeba było jedynie uważać na większe kupy. Ale przez te sześć lat wiele się zmieniło. Sulejman zwąchał się z Egipcjanami, od których zaczął kupować broń, zaprowadził wśród tej dziczy niemalże wojskową dyscyplinę i rzecz najgorsza, dał im cel, wskazując obiekt nienawiści, czyli nas.

– Jak pan sądzi, co zrobi ten bydlak? – Kulesza popatrzył na mapę. – Dokąd pójdzie?

Dżalil podrapał się po głowie i odezwał:

– Trudno stwierdzić coś na pewno. Najpierw musi zebrać tę swoją hałastrę do kupy. Nie siedzą przecież wszyscy w jednej oazie. Zanim to nastąpi, minie kilka dni. Co później? Będzie chyba próbował atakować forty graniczne. Trzy tysiące wojowników stanowi poważną siłę, ale nie jest w stanie poprowadzić ich wszystkich w jedno miejsce. Na pustyni trzy tysiące ludzi nie wytrzyma dłużej niż kilka dni. Ruszy więc pewnie na zachód, wypuści kilka Bahtarii na Czechów, rozdzieli siły na kilka oddziałów i spróbuje szczęścia w wojnie podjazdowej.

– Da wam radę?

– Czy da nam radę? Nasz fort wytrzyma atak nawet trzystu, czterystu wojowników. Możemy bronić się przez tydzień.

– Zakłada pan, że mimo wszystko zaatakują? – spytał niespokojnie Kulesza.

– Sulejman to fanatyk, walczący za wiarę. Przed niczym się nie cofnie, a skoro spłonął meczet, wykorzysta gniew Arabów.

Kapitan spojrzał na swojego rozmówcę.

– Pan chyba nie myśli, że za tym zamachem stoją chrześcijanie...

– Boleję nad utratą meczetu, wielokrotnie go odwiedzałem... – sierżant zawiesił głos.

– Mam nadzieję, że pańscy ludzie nie uwierzą w brednie powtarzane przez Arabów?

– Moi ludzie w pierwszej kolejności są obywatelami Rzeczypospolitej, a dopiero potem muzułmanami. Nie mieszajmy dwóch różnych rzeczy.

– Nie chciałem pana urazić.

– Nie uraził mnie pan, kapitanie. – Dżalil obszedł stół i pochylił się nad mapą. – Niestety, mój fort jest na ich drodze. Leży zaledwie czterdzieści staj od najbliższej oazy.

– Czy to znaczy, że mogą być tu szybciej?

– Jak już powiedziałem, możemy bronić się przy znacznej przewadze Arabów, a z tej oazy nie wyjdzie ich więcej niż dwustu. Najszybciej mogą być jutro. Będziemy mieli więc czas, żeby się przygotować.

– Które z fortów są, pana zdaniem, w największym niebezpieczeństwie?

Dżalil popatrzył na mapę.

– Jeśli pójdą na północ, wyjdą na Kolczewiczusa, a potem na Pieroga. Jeden i drugi to starzy wyjadacze i nie pozwolą łatwo się zaskoczyć. Ostrzegłbym jeszcze Zdenka ze Starych Votic. Czesi mają oko na Maurów, więc jakby co, zabezpieczą nam tyłek.

– Rozumiem... – Kapitan urwał, bowiem w drzwiach pojawił się radiotelegrafista.

– Co się stało? – Sierżant zwrócił się do podwładnego.

– Panie! Dzicy pod fortem!

– Co takiego? Już tu są? – Dżalil potrącił krzesło i dopadł okna.

– Sierżancie, o ile mnie wzrok nie myli, jest ich co najmniej tysiąc. – Kulesza spoglądał z niepokojem na schodzących ze wzgórza Arabów.

– Na Allacha! – Dżalil wpatrywał się zdumiony w dobrze widoczne stanowiska ciężkich karabinów maszynowych. – Skąd u dzikich taka broń?!

– Panie! Otaczają nas ze wszystkich stron! – Krzyk radiotelegrafisty podziałał jak uderzenie bicza.

– Ze wszystkich stron? To niemożliwe!

– Chłopaki mówią, że jest ich przynajmniej ze trzy tysiące!

Sierżant cofnął się od okna i ruszył w stronę wyjścia.

– Mówił pan, że się rozdzielą! – krzyknął kapitan.

– Pomyliłem się. – Sierżant westchnął ciężko. – Niestety, pomyliłem się.

* * *

Kiedy dotarli na dziedziniec, cały pluton czekał już w pełnej gotowości. Żołnierze z karabinami w dłoniach spoglądali na pustynię, szepcząc między sobą. Sierżant rozejrzał się na boki i gestem dłoni przywołał stojącego nieopodal kaprala Tarika.

– Jak to wygląda? Naprawdę jest ich aż tylu?

– Sam zobacz. – Tarik ruszył w stronę niedokończonej wieży. Sierżant i kapitan wspięli się szybko po drabinie.

– Toż to prawdziwe wojsko! – krzyknął Kulesza.

W odległości kilkuset łokci od fortu, można było dostrzec arabskich wojowników zajmujących stanowiska. Ich burnusy odcinały się wprawdzie od tła pustyni, ale starali się kryć, wykorzystując nawet mizerne osłony terenowe.

– Sierżancie, czy to normalne, żeby te dzikusy zachowywały się jak wojsko? – Kapitan spojrzał na Dżalila z niepokojem.

– Nie, to nie jest normalne. Zwykle pojawiają się w grupach po kilkudziesięciu, hałasują przy tym niemiłosiernie i uciekają przy pierwszym wystrzale. Prawdę mówiąc, nigdy jeszcze nie widziałem ich tylu naraz. – Sierżant przetarł spocone czoło. – Tarik, sprawdź szybko czy północna ściana jest zabezpieczona.

– Wysłałem tam trzecią drużynę – burknął kapral.

– A furtka wychodząca na lotnisko?

– Zabezpieczona. – Kapral spojrzał na dowódcę niechętnie. – Jakbyś chciał jeszcze wiedzieć, to południowa wieża i składy paliwa też są zabezpieczone.

– Dobrze. – Sierżant nie zwrócił uwagi na sarkazm w głosie kaprala.

Stał z zaciśniętymi pięściami, wpatrując się zasępionym wzrokiem w berberyjskie szeregi. Nagle podniósł głowę, zmrużył oczy i wyjął szybko lornetkę z przytroczonego do pasa futerału. Skierował ją w stronę oddalonych o półtora staja wozów taborowych. Poprawił ostrość i przechylił się przez mur.

– Coś zobaczył? – spytał Tarik.

– Mają chyba moździerze – mruknął ponuro Dżalil. – Trudno ocenić, jak wiele, ale to chyba cała bateria.

– Co takiego? – W głosie kaprala słychać było zdumienie. – Przecież to niemożliwe!

– Sam zobacz. – Dowódca fortu podał Tarikowi lornetkę.

– Dzikie plemiona mają moździerze? – spytał niepewnie Kulesza. – Skąd je wzięli?

– Tego, niestety, nie wiem. Tu dzieje się coś niezwykłego... – Sierżant przerwał w pół zdania, bowiem z arabskiego szeregu wysunął się pojedynczy jeździec z niebieską flagą symbolizującą posła. Jeździec podjechał wolno do głównej bramy fortu, zatrzymał się i spojrzał na mury.

– Jestem posłańcem szejka plemion północnych, Wielkiego Sulejmana! Chcę rozmawiać z wodzem tego fortu, naszym bratem w wierze, dzielnym Dżalilem! – krzyknął po arabsku.

– Mów, co masz do powiedzenia! – odparł po polsku sierżant.

– Panie! Nasz wódz pragnie poinformować cię, jako naszego brata i współwyznawcę, że niewierni targnęli się na święty meczet! Budowla, pamiętająca czasy naszych przodków, leży w gruzach, a wielu naszych braci zostało zabitych przez żołnierzy Korpusu Afrykańskiego! Wielki Sulejman pyta cię, czy pozwolisz obrażać naszą wiarę, czy będziesz bronił tych, którzy ośmielili się targnąć na święte miejsce islamu! Wielki Sulejman wzywa cię, abyś razem ze swoimi żołnierzami przyłączył się do nas i ruszył na Nowe Jasło! Okażesz tym samym prawdziwe przywiązanie do naszej wiary! Wielki Sulejman mówi: Odstąp niewiernych i przyłącz się do nas!

– Co się stanie, jeśli nie przyłączymy się do was? Czy zostawicie nas w spokoju?

– Nasz wódz nie może wyobrazić sobie, abyście trwali przy wrogach naszej wiary – odpowiedział wymijająco poseł.

Sierżant spojrzał raz jeszcze na arabskie szeregi.

– Powiedz swojemu wodzowi, że dam mu odpowiedź za pół godziny. Muszę naradzić się w tej sprawie z moimi ludźmi!

Poseł spiął konia i odjechał galopem.

– Sierżancie, żądam wyjaśnień. – Przysłuchujący się rozmowie kapitan podszedł do Dżalila i spojrzał na niego chmurnie.

Sierżant przysiadł na murze, zapalił papierosa i odezwał się po chwili:

– Podejrzewa nas pan o chęć zdrady Rzeczypospolitej? Wydaje się panu, że Tatarom nie można wierzyć?

Kulesza, wyraźnie zmieszany, wzruszył ramionami.

– Wydawało mi się, że chce pan z nimi pertraktować...

– Kapitanie, niech się pan dobrze przyjrzy tej hałastrze. Jest ich więcej niż liczy cały garnizon nowojasielski. Jeśli dotrą niepostrzeżenie do miasta... – Dżalil zawiesił znacząco głos.

– Mamy jakieś szanse? – spytał ponuro Kulesza.

– Raczej nie. – Dżalil oparł się ciężko o forteczny mur. – Wytrzymamy najwyżej jeden szturm, a potem... no cóż. Inszallah. Zadanie naszego fortu polega wyłącznie na opóźnieniu ich marszu. Jak dobrze pójdzie, ubijemy ich trochę...

– Wszyscy zginiemy – mruknął cicho Kulesza.

– Każdy musi kiedyś umrzeć – odparł sierżant. – Ci dranie wiedzą pewnie, że mamy zepsutą radiostację...

– Zaraz! – Kapitan poruszył się gwałtownie. – Mamy przecież samolot!

Na twarzach Tatarów pojawiło się zaskoczenie.

– Rzeczywiście! – Sierżant aż się rozjaśnił. – Jak mogliśmy o tym zapomnieć?!

– Mówił pan, że maszyna jest uszkodzona – zauważył niechętnie kapral Tarik.

– To stary grat, ale nigdy jeszcze mnie nie zawiódł – powiedział gorączkowo Kulesza. – Bylebym wystartował!

– Nie ma na co czekać. Dzicy uderzą za chwilę. Niech pan powie majorowi, że czwarty pluton forteczny zrobi wszystko, aby zatrzymać Arabów możliwie najdłużej.

– Rzeczpospolita o was nie zapomni! – Kapitan uścisnął dłoń sierżanta i przytrzymał ją chwilę. – Niech Bóg ma was w opiece. Będę modlił się o wasze ocalenie.

Tatarzy spoglądali w milczeniu za oddalającym się Kuleszą.

– Poradzi sobie? Wygląda mi na synalka jakiegoś szlachcica z Nowego Krakowa – odezwał się po chwili Tarik. – Tacy najlepiej sprawdzają się na salonach.

– To wychuchany oficerek, ale coś w sobie ma – stwierdził Dżalil. – Wiesz, jaka potrafi być szlachta. Czasami są jak dzieci, czasami walczą jak lwy. Ten właśnie przemienił się w lwa.

– Sądzisz, że darują życie jeńcom? – Tarik spojrzał na arabskie szeregi.

– Nie sądzę – mruknął sierżant. – Nienawidzą nas bardziej niż chrześcijan. Lepiej, żeby nikt nie ocalał, bo, jako ich jeniec, doświadczy najgorszych cierpień.

Sierżant Dżalil spojrzał na kaprala z ukosa, położył dłoń na jego ramieniu i powiedział spokojnie:

– Musimy dać przykład ludziom. Dziś jeszcze czeka nas raj.

Tatarzy opadli na kolana i skierowali twarz ku wschodowi.

– Panie wszechświata, władco ziemi i nieba, zaopiekuj się naszymi duszami! – Słowa modlitwy niosły się po dziedzińcu. Monotonne zawodzenie napełniło fort, docierając na pustynię. Nowy dźwięk rozległ się nad okolicą. Warkot silnika pomieszany z wyciem Arabów, którzy dostrzegli wzbijający się samolot. Nagła kanonada zerwała się niczym burza, nie czyniąc jednak żadnej szkody maszynie, która, nabierając szybko wysokości, przeleciała nad fortem, kierując się na zachód.

Dżalil uniósł głowę i, spoglądając za samolotem, powiedział z nadzieją:

– Musisz dolecieć. Jesteś nam to winien.

* * *

Sześciu Arabów, siedzących pod rozbitym naprędce płóciennym namiotem, obserwowało uważnie fort. Pośrodku namiotu zasiadał szejk zjednoczonych plemion berberyjskich, syn garncarza, Sulejman, każący nazywać się Wielkim. Określenie to pasowało raczej do jego olbrzymiej zwalistej postury, przypominającej przygarbionego niedźwiedzia. Twarz szejka, porośnięta gęstą brodą, była niemal niewidoczna i tylko małe złośliwe oczy błyskały w stronę pochylonych nisko postaci. Bahtarowie[48] siedzieli w milczeniu, czekając aż szejk przemówi. Poseł, który dotarł przed chwilą z wieściami z fortu, klęczał o opuszczoną głową.

– Powiedział więc, że się zastanowi – odezwał się wreszcie Sulejman. – Biedny głupek, myśli że mnie przechytrzy – prychnął gniewnie.

– Panie, jesteś pewien, że Tatarzy nie przejdą na naszą stronę? – zapytał nieśmiało jeden z Bahtarów.

– Jesteś tak głupi, Sobi, na jakiego wyglądasz. Sądzisz, że te psy zdradzą Rzeczpospolitą?

– Po co więc wysłałeś posła? Zyskają tylko na czasie i zdążą przygotować się do obrony. – Sobi pochylił pokornie głowę, ale w jego oczach dostrzec można było złość. – Powinniśmy zaatakować ich z zaskoczenia!

– Myślisz, głupcze, że ten stary lis Dżalil dałby się zaskoczyć? Ten zdrajca naszej wiary nigdy nie śpi!

– Zdrajców trzeba zabić!

– Masz rację, to właśnie zrobimy, ale na razie niech przypatrzą się naszej potędze i niech duch w nich upadnie.

---

[48] dowódcy kawalerii arabskiej

– Panie! Uderzmy na nich natychmiast! – Sobi poderwał się nagle i stanął przed Sulejmanem. – Uderzę ze swoimi ludźmi!

Ledwie wypowiedział te słowa, znalazł się z powrotem na ziemi. Sulejman obalił go jednym kopniakiem i zaczął okładać trzcinką.

– Ty durniu! Ty bezrozumny idioto! Chcesz walczyć jak dawniej? Chcesz rzucać wiernych na mury fortu i wygubić ich do szczętu? Te psy czekają tylko żebyśmy uderzyli! – Postawił nogę na karku Sobiego, i, przyciskając go do piasku, wycedził w stronę pozostałych Bahtarów. – Czy któryś chce mi się jeszcze przeciwstawić?

Bahtarowie spojrzeli po sobie, a potem jeden po drugim upadli na kolana.

– Nie, panie! Tyś jest nasz wódz!

Sulejman odtrącił ze wstrętem Sobiego, nabrał powietrza i odezwał się wolno:

– Tłumaczyłem wam wiele razy, że, aby zwyciężyć, musimy porzucić dawne sposoby walki. Naszym celem nie jest rozbicie jednego, czy dwóch fortów. Jeśli zaatakujemy chmarą, stracimy wielu wiernych i nasza święta wojna skończy się szybciej, niż wzejdzie księżyc. Żeby ich zwyciężyć, musimy walczyć jak oni. Nasz nowy sojusznik dał nam broń, która sprawi, że Korpus Afrykański nie będzie miał już przewagi. Podejdźcie do mnie. – Sulejman wskazał trzcinką dwóch Bahtarów dowodzących najlepszymi wojownikami. – Znacie plan działania?

– Tak panie, teraz przemówią małe armaty, a my ruszamy na dany przez ciebie znak.

– Jeśli złamiecie zasady i wasz atak się nie powiedzie, zostaniecie rozstrzelani.

Bahtarowie upadli na kolana i poczęli bić głowami.

– Wszystko zrobimy jak kazałeś, panie!

– Idźcie do swoich ludzi, niech przygotują się do bitwy.

– Panie! Spójrz! – jeden z Bahtarów wskazał na niebo. – Stalowy ptak!

Sulejman zmarszczył brwi, obserwując jak jego ludzie, wyjąc i przeklinając, otworzyli ogień do odlatującej maszyny. Samolot przeleciał nad fortem i, nabierając wysokości, oddalił się na zachód.

– Kto miał pilnować północnej strony fortu? – spytał Sulejman głosem przepełnionym wściekłością.

– Ja, panie. – Bahtar, który pierwszy zauważył samolot, opuścił głowę.

– Zmieniłem zdanie. Poprowadzisz atak na fort. Tylko w ten sposób zmyjesz hańbę, którą okryłeś siebie i swój ród.

– Dzięki, panie! Zdobędę fort! – Bahtar podpełznął do nóg wodza i ucałował je z szacunkiem.

– Precz! – warknął Sulejman.

– Niewierni zostaną uprzedzeni – mruknął Sobi. – Stalowy ptak dotrze do Nowego Jasła...

Sulejman zacisnął usta i skinął na dowódcę artylerii.

– Niech przemówią armaty. Pogrzebiemy zdrajców wiary pod ruinami fortu.

Bahtar wybiegł z namiotu, wskoczył na konia i pogalopował ze wzgórza na południe, gdzie, rozstawiono co kilka łokci dwanaście moździerzy, których obsługa czekała na sygnał do otwarcia ognia. Ledwie dotarł do ich stanowisk, plunęły pociskami. Pierwsza salwa była nieco za krótka, kolejna trafiła w cel, burząc mur w kilku miejscach, wzniecając pierwsze pożary. Następne pociski eksplodowały na dziedzińcu i dachu głównego budynku.

– Niech rusza piechota! – Sulejman, podniecony widokiem wzbijających się płomieni, machnął niecierpliwie ręką.

Chwilę później ożyły arabskie szeregi. Dwa tysiące wojowników, z imieniem Allacha na ustach, ruszyło do szturmu. Gdy pokonali połowę odległości, dzielącej ich od murów, przemówił fort. Pustynia pokryła się pierwszymi ciałami.

* * *

– Piękny atak. Twoi ludzie, wodzu, walczą naprawdę wspaniale. – Leon Gruber, brat bliźniak Hansa Grubera, ociekał potem, ale z mściwym uśmiechem patrzył na płonący fort.

– Moi ludzie są jak lwy, które czują krew ofiary. A kiedy jest to krew chrześcijan, nic już nie może ich powstrzymać. – Sulejman, paląc fajkę, spoglądał z zadowoleniem na szeregi wojowników, którzy, pokonawszy bramę, wtargnęli na dziedziniec i na mury. – Nie ma bowiem nic lepszego dla moich dzielnych wojowników, jak utopienie stalowego ostrza w ciele niewiernego.

– O ile wiem, załogę fortu stanowią Tatarzy – powiedział z tłumioną złością Leon Gruber.

Sulejman spojrzał na Krzyżaka chłodno.

– Drażnisz się ze mną, przybyszu z dalekiego, zimnego kraju?

– Nie śmiałbym, wodzu – odpalił Gruber, spoglądając bezczelnie na Sulejmana.

Ten zacisnął usta i dotknął trzcinką ramienia Krzyżaka.

– Pamiętaj, że choć potrzebuję twoich pieniędzy, nie będę tolerował chrześcijańskiej dumy. Wam, Europejczykom, wydaje się, że jesteście od nas lepsi i mądrzejsi, ale skoro już tu jesteś, przekonasz się, że bardzo się mylisz. Arabowie to najwspanialsza rasa, jaka zamieszkuje ziemię, a inne rasy Allach stworzył, aby nam służyły. – Sulejman obserwował, jak Gruber czerwienieje i blednie na przemian. Widok wściekłego Krzyżaka sprawiał mu nieopisaną radość.

– Powiedz mi, biały człowieku, dlaczego aż tak bardzo nienawidzicie Rzeczypospolitej? Co takiego wam uczyniła, że przyjechaliście aż do Afryki, by z nimi walczyć?

– Przed wiekami wodzowie Rzeczypospolitej napadli na nasz kraj i wzięli go w niewolę. Od tego czasu żyjemy pod jarzmem, które stało się nam nieznośne – powiedział Gruber, wyraźnie zadowolony ze zmiany tematu.

Sulejman pokiwał głową i zmarszczył brwi.

– Psy przeklęte! Gdzie się nie pojawią, wszędzie kąsają! – Szejk wykrzywił usta w grymasie pełnym nienawiści. – Nie martw się jednak, biały człowieku. Poprowadzę do walki wszystkich wiernych, którzy zamieszkują ten kraj! Kiedy pomaszerujemy na Nowy Kraków, tysiące, dziesiątki tysięcy, pójdą za mną! Potem zajmiemy się resztą tej chrześcijańskiej hałastry.

– Trzeba to wszystko dobrze zorganizować – powiedział ostrożnie Gruber.

Sulejman spojrzał na niego uważnie.

– Wiem o tym, biały człowieku. Dlatego nie przepędziłem was, kiedy pojawiliście się w naszej oazie. Wy dacie nam pieniądze, za które kupimy nową broń.

– Zakon zawsze wypełnia swoje zobowiązania – odparł dumnie Krzyżak.

Od strony fortu rozległy się nagle radosne okrzyki. Sulejman i Gruber obrócili jednocześnie głowy.

– Zdaje się, że twoi wojownicy uporali się właśnie ze swoim pierwszym zadaniem. – Gruber przyłożył rękę do czoła i spojrzał pod słońce. – Są już na dziedzińcu.

– Masz ochotę zobaczyć to z bliska? – spytał Sulejman.

– Wybacz wodzu, ale mnie interesują tylko żywi żołnierze Rzeczypospolitej. Jeśli pozwolisz, udam się do moich ludzi. – Gruber skłonił się i ruszył w stronę niewielkiego namiotu rozbitego na wzgórzu.

Sulejman spoglądał za nim jeszcze przez chwilę, po czym zawrócił konia i pocwałował w stronę fortu. Minął szybko otwartą bramę, spojrzał na płonące wraki „Łosi" i rozejrzał się po zadymionym dziedzińcu. Fort był niemal całkowicie zniszczony. Ostrzał armatni poszarpał mury, a główny budynek stał w płomieniach. Ciała Tatarów zaścielały całą przestrzeń dziedzińca. Upojeni zwycięstwem wojownicy rabowali ocalałe magazyny żywności, a kilku lepiej obeznanych ze zdobyczami cywilizacji, próbowało uruchomić trzy żubry stojące tuż przy północnej furcie. Nad południową wieżą, nieco tylko uszkodzoną, powiewał zielony sztandar Kalifatu Mauretańskiego. Sulejman zmarszczył brwi, wyraźnie zaskoczony. Otworzył usta, kiedy za jego plecami rozległ się nagle skrzeczący głos.

– Panie, wydałem rozkaz, aby pierwszy zdobyty fort niewiernych przeszedł pod panowanie arabskie.

Sulejman obrócił się gwałtownie.

– Zawsze pojawiasz się niespodziewanie – powiedział ze złością.

Mały człowiek o ziemistej cerze i wydatnym nosie zgiął się w pas i dotknął ręką jego sandałów.

– Wybacz, panie, nie chciałem przerywać twojej radości z pierwszego zwycięstwa. – Abdel Rahman, zaufany Bahtar Sulejmana, uśmiechnął się skromnie. – Widziałem twoje rozpromienione oblicze i serce me zalała radość.

– Mów lepiej, jak mają się sprawy – burknął Sulejman, choć widać było, że słowa Bahtara sprawiły mu przyjemność.

Na twarzy Abdela pojawił się wyraz niechęci.

– Dokonałem, panie, szybkiego podsumowania naszego zwycięstwa. – Skrzywił się. – Nasze zdobycze, zgodnie z przewidywaniami, nie są zbyt wielkie. Ostrzał artylerii spowodował tak wielkie straty, że właściwie nic nie ocalało. Zdobyliśmy tylko trzy ciężarówki, dwadzieścia karabinów, trochę konserw i jedną małą armatę, która jest uszkodzona i nie wiadomo, czy będzie można z niej strzelać. Twoi wojownicy, panie, nie posłuchali rozkazów i zaraz po wejściu do fortu podpalali wszystko, co jeszcze się nie paliło. Zniszczyli wiele rzeczy, które mogły się nam przydać.

– Na naszej drodze będzie jeszcze wiele osad, w których uzupełnimy zapasy. – Sulejman machnął ręką. – Nie musisz się tym martwić.

– Panie, przed nami długa droga. Konie muszą jeść, samochody potrzebują paliwa, a w szturmie zużyliśmy wielkie ilości amunicji. Na jedną armatę przypada teraz po dziesięć pocisków...

– Powiedz lepiej, kto wydał rozkaz umieszczenia flagi Kalifatu na forcie? Nie pomylę się chyba, jeśli ciebie wskażę?

– Nie pomylisz się, panie. – Bahtar wykonał ukłon. – Pomyślałem, że kiedy do wiernych dotrze informacja o sztandarze powiewającym nad zdobytym fortem, zrozumieją, że rozpoczęliśmy świętą wojnę z niewiernymi. Dowódcy posterunków mauretańskich sprzyjają nam, a gniew Kalifa nie ma żadnego znaczenia. Wierni z Kraju Lachów muszą wiedzieć, że nie działamy sami. – Abdel uśmiechnął się przebiegle. – Trzy tysiące wojowników, to zbyt mało, aby pomaszerować na Nowy Kraków.

– Wiem o tym – przyznał niechętnie Sulejman, spoglądając z wahaniem na sztandar. – Może masz rację? Kalif to tchórz, który boi się własnego cienia i nigdy nie odważy się wystąpić otwarcie przeciwko chrześcijanom.

– Pozbawimy go możliwości uników. Będzie musiał określić jasno, czy popiera nas, czy też jest zdrajcą wiary.

Sulejman spojrzał na Bahtara z maskowaną sympatią.

– Jesteś jak wąż. Inni ciągle mówią o swoich wyczynach, ty myślisz.

– Myślenie zawsze ma przyszłość, panie. Dlatego tak dobrze się rozumiemy. – Abdel opuścił skromnie głowę. Zaraz jednak sięgnął do sakwy przewieszonej przez ramię i wyciągnął z niej starą mapę. – Myślałem panie, jaką trasę powinniśmy wybrać...

– Idziemy na Nowe Jasło – przerwał ostro Sulejman. – Nie próbuj mnie do niczego przekonywać.

– Racz tylko posłuchać – powiedział szybko Bahtar. – Cały wczorajszy dzień robiłem obliczenia i wyszło mi, że najkrótsza trasa nie przyniesie nam nic dobrego.

– Idziemy...

– Panie, nasze oddziały są zbyt liczne, by dotarły w pełnej sile do Nowego Jasła. Od miasta dzieli nas ponad dziewięćdziesiąt staj pustyni, na której nie ma wody ani żadnych osad. Konie zaczną padać za dwa dni, samochody ugrzęzną w piasku, a jeśli dopadnie nas burza piaskowa, możemy w ogóle nie dotrzeć do celu.

Wódz dzikich plemion westchnął ciężko.

– Mów, coś wymyślił.

– Powinniśmy ruszyć najpierw na północ, powinniśmy zagarnąć stada wielbłądów, które niewierni trzymają w osadzie Kimlicz. Potem ruszymy na zachód, na mauretańską stronę, gdzie spotkamy się z handlarzami. Trzeba przypilnować, by dostarczona przez nich broń zdatna była do użytku.

– Mieliśmy wysłać tam jedną Bahtarię, która miała odebrać zamówiony sprzęt.

– Panie, znasz przecież tych drabów handlujących bronią. Jeśli wyślesz któregoś z Bahtarów, dadzą mu stare armaty, twierdząc, że są w najlepszym gatunku, a na miejscu okaże się, że to szmelc do niczego nie zdatny.

– Ich ciała pochłonie wtedy pustynia – warknął Sulejman.

– Niewierni bez większego trudu odeprą nasz atak i rozproszą nasze wojska. Co z tego, że się zemścimy, skoro armia pójdzie w rozsypkę?

– Jeśli będziemy zwlekać, zastaniemy garnizon Nowego Jasła przygotowany do obrony.

– Panie... – Abdel zagryzł nerwowo wargi. – Rozważ raz jeszcze swój pomysł marszu na Nowe Jasło. Widziałeś przecież samolot...

– Zamilcz! – krzyknął Sulejman. – Uderzymy na miasto niewiernych i zajmiemy je! Postanowiłem!

– Będzie, jak powiedziałeś – szepnął zrezygnowany Rahman. – Trzeba mieć także na oku naszych sojuszników. – Spojrzał niechętnie w stronę namiotów. – Nie ufam im.

Sulejman odwrócił głowę i osłaniając oczy przed słońcem, powiedział z wahaniem:

– Nienawidzą naszych wrogów, tak samo jak my, ale czują się od nas lepsi. Ich wódz jest przebiegły i pewny siebie, zbyt pewny.

– Kiedy dostarczą nam broń, nie będziemy ich już potrzebować. Choć pomagają islamowi, to są przeklętymi chrześcijańskim psami – powiedział z nienawiścią Abdel. – Kiedy pojawili się w naszej osadzie, przejrzałem stare książki, które opowiadają o dawnych czasach. Dowiedziałem się z nich wielu ciekawych rzeczy.

Sulejman spojrzał z ciekawością na Bahtara.

– Opowiedz, co w nich wyczytałeś.

– Zakon Krzyżacki założyli wojownicy, którzy setki lat temu walczyli z naszymi przodkami w świętej Jerozolimie. Mordowali wiernych, próbując przenieść swoją plugawą wiarę na nasze ziemie. Na ich fladze widnieje krzyż. Nie ufam nikomu, kto oddaje pokłon krzyżowi. – Abdel splunął w stronę namiotów. – Skoro chcą nam pomóc, wykorzystajmy to, ale miejmy się na baczności.

Sulejman zamyślił się na chwilę, po czym powiedział wolno:

– Dobrze się dzieje, jeśli chrześcijanie występują przeciwko chrześcijanom. To dobry znak dla nas.

– Dziwi mnie, panie, że pojawili się w naszym obozie następnego dnia po spaleniu meczetu. Skąd dowiedzieli się o tym tak szybko?

– Nie wiem i nic mnie to nie obchodzi. – Sulejman uśmiechnął się złośliwie. – Póki ich potrzebujemy, będą żyć. Co zrobimy z nimi później, Allach nam wskaże. Zbieraj ludzi. Nie mamy wiele czasu...

* * *

Gruber usiadł ciężko na macie, wypełniającej wnętrze namiotu. Na jego zmęczonej twarzy pojawiła się ulga, kiedy siedzący obok porucznik służb komturialnych, Thomas Linde, podał mu manierkę z wodą. Krzyżak upił łyk i skrzywił się.

– Ciepła – powiedział ze wstrętem. – Czy w tym przeklętym kraju jest jakieś miejsce, w którym można schronić się przed słońcem?

– Chyba nie, panie majorze. – Porucznik westchnął ciężko. – Wysłałem Wolfganga i Bonifacego, żeby poszukali czegoś w forcie. Może mają tam jakieś piwo?

– Kiedy ich posłałeś? – Leon Gruber spojrzał na podkomendnego ze złością.

– Kilka minut temu. – Porucznik Linde wzruszył ramionami.

– Czyś ty postradał zmysły?! Ci barbarzyńcy gotowi ich tam zakopać żywcem! Widziałeś przecież, jak na nas patrzą. Gdyby nie ten ich kacyk, już dawno by nas zabili. – W głosie Grubera brzmiała wściekłość.

– Przecież jesteśmy ich sojusznikami. – Wyraźnie przestraszony Linde skierował wzrok w stronę fortu.

– Sojusznikami? Dla nich jesteśmy przede wszystkim chrześcijanami, a to oznacza, że będą nas tolerować do czasu, kiedy dostarczymy im broń. Przeklęte psy! Słyszałeś, jak ten wieśniak kazał się tytułować? Wódz południa. U nas zostałby zamknięty w ogrodzie jako okaz zoologiczny. – Gruber splunął na piasek. – Od razu wiedziałem, że będą z nimi problemy.

– Jak na razie wszystko idzie po naszej myśli – powiedział Linde. – Rebelia już wybuchła...

– Jak na razie doszło do jednej, nic nieznaczącej potyczki – przerwał mu major. – Jeśli ta hałastra natknie się na większy oddział Korpusu, rozpierzchnie się w ciągu kilku godzin.

– Moim zdaniem, powinniśmy rozmawiać nie z Sulejmanem, ale z tym chudym Bahtarem, Abdelem, czy jak mu tam.

– Chcesz powiedzieć, że rozumie, co się do niego mówi?

– To zbiegły oficer z armii mauretańskiej. Podobno jeden z najlepszych. Przegrał w karty cały majątek, zadłużył się i zgodnie z ich prawem miał zostać sprzedany. Zdążył jednak uciec. Zna się na europejskiej sztuce wojennej i trzyma krótko swoich zbirów. Strasznie się go podobno boją.

– Czy on ma jakiś wpływ na Sulejmana?

– Zasugerowałem mu, aby skierować pochód nieco na zachód i uzupełnić po drodze zapasy. Zgodził się ze mną od razu. Powiedział, że miną Nowe Jasło od wschodu i uderzą z zaskoczenia. Powiedział, że przekona Sulejmana, aby tak właśnie postąpić.

– Naprawdę? – Gruber spojrzał z zainteresowaniem na porucznika.

– To chyba jedyny człowiek z całej tej bandy, który wie coś na temat manewrowania oddziałami.

Dowódca pokiwał głową i westchnął ciężko.

– Przez chwilę myślałem, że mój brat otrzymał trudne zadanie. Teraz widzę, że nasze wcale nie jest łatwiejsze, a kto wie, może to nam przypadnie w udziale główna rola w tym dramacie, którego ostatni akt właśnie się zaczął?

Rozdział 19

Pustynia Słona – okolice osady Kimlicz
10 maja 1957 roku

Silnik samolotu pracował podejrzanie głośno. Kapitan Kulesza, trzymając kurczowo drążek, spoglądał z niepokojem na wskaźnik temperatury, którego wskazówka coraz szybciej zbliżała się do czerwonego pola. Poprawił gogle i przechylił się przez burtę maszyny. Wszędzie, jak okiem sięgnąć, rozciągała się pustynia. Nagle silnik zakrztusił się i umilkł.

– Jasna cholera! – Okrzyk utonął w szumie powietrza.

Dwupłatowiec wytracił prędkość i począł opadać ku ziemi. Kulesza odpiął pasy i, klnąc siarczyście, wygramolił się z trudem z kabiny. Pęd wciskał go do wnętrza samolotu, lecz po chwili pilot stanął na skrzydle i spoglądając w dół, skoczył z rękoma skrzyżowanymi na piersiach. Cudem uniknął zderzenia z ogonem. Pociągnął za rączkę spadochronu. Biała czasza wykwitła na błękitnym niebie, niczym wielki kwiat. Ziemia zbliżała się szybko. Zdążył jeszcze zobaczyć, że spada wprost na zbocze niewielkiego wzgórza i zaraz potem przeszorował po kamienistym podłożu. Spadochron pociągnął go w dół, aż do niewielkiej dolinki, której dno porastały krzaki o ostrych kolcach.

Kulesza wygramolił się powoli z uprzęży i jęknął na widok krwawiących dłoni.

– Jak pech, to pech!

Usiadł na ziemi i począł wyciągać tkwiące głęboko kolce. Potem z zasobnika u pasa wyjął miniaturową apteczkę.

– Co my tu mamy? – mówił do siebie, przeglądając jej zawartość. – Bandaże, opaska uciskowa. Bardziej przydałby się dzban miodu – mruknął zawiedziony.

Podniósł się ostrożnie i, upewniwszy się z zadowoleniem, że nie odniósł żadnych poważniejszych obrażeń, ruszył na szczyt wzgórza. Widoczna ze szczytu okolica nie zachęcała do pieszych wycieczek.

– I co dalej? Wymyśl coś szybko i nie panikuj. – Kulesza wyciągnął z sakwy mapę i rozłożył ją na piasku. – Czwarty fort jest tutaj, przeleciałem jakieś osiemdziesiąt staj, więc powinienem być niedaleko Starego Traktu. – Podniósł głowę i spojrzał przed siebie. – Zgadza się. – Odetchnął z ulgą, widząc charakterystyczne kontury niewielkich pagórków ciągnących się aż do granicy mauretańskiej. – Co leży najbliżej Starego Traktu? No nie. Tylko nie to – sapnął gniewnie. Poprawił czapkę i zaczął zaciekle studiować mapę.

– Masz jednak pecha – powiedział do siebie po chwili. – Będziesz musiał iść do Kimlicza, nic innego na tej przeklętej pustyni nie ma. Jak informacja o Sulejmanie dotrze tam przed tobą, powieszą cię albo zastrzelą...

Z westchnieniem złożył mapę i zaczął schodzić na drugą stronę wzniesienia. Słońce paliło niemiłosiernie.

– Piętnaście staj to niewiele, dasz radę. Twój dziadek przeszedł pięćdziesiąt i przeżył, więc ty nie możesz być gorszy. – Uniósł czapkę, wysunął lniany materiał chroniący kark i ruszył wolno przed siebie, kierując się na północ.

* * *

Kamienny krąg studni stanowił centralny punkt osady. Wokół placu, przez mieszkańców nazywanego szumnie rynkiem, skupiały się niewielkie parterowe budynki, teraz sprawiające wrażenie niemal całkowicie wymarłych. Tylko przed największym z nich siedziało czterech ludzi, popijając miód z glinianych dzbanów. Zbliżał się wieczór, a wraz z nim nadeszło orzeźwiające ochłodzenie.

Od strony osiedla Deskah zaczęły dochodzić śpiewy pasterzy. Pod studnią zbierało się coraz więcej kobiet, które pchały przed sobą dwukołówki z wielkimi amforami, i ustawiały się w kolejkę w oczekiwaniu na nadejście Przełożonego Nad Studnią. Woda była tu największym skarbem, stanowiącym o życiu i śmierci mieszkańców, studnia zaś najważniejszym miejscem w osadzie, pilnowanym dniem i nocą. Kimlicz wyrósł na wodzie i dzięki niej istniał. Jeszcze kilkadziesiąt lat temu, kiedy szlakami handlowymi, wiodącymi na zachód i południe, podążały wielkie karawany bawarskich, węgierskich, czeskich czy nowokrakowskich kupców, miasteczko nieźle prosperowało. Tutejsza szlachta zarabiała krocie na sprzedaży wody i wielbłądów. Pobudowano kościół, dom gościnny, stajnie i kilka magazynów.

Jednak czasy dobrobytu skończyły się, kiedy berberyjskie plemiona z południa poczęły grabić karawany. Na nic zdały się ekspedycje Korpusu Afrykańskiego. Oddziały Korpusu odnosiły spektakularne zwycięstwa i wracały do koszar, a rozbite bandy zbierały się na nowo i wyruszały na pustynię. Handel powoli zamierał, karawany wybierały inne, bardziej bezpieczne szlaki. A wraz z odejściem kupców, Kimlicz podupadał coraz bardziej. Szlachta i rzemieślnicy uciekali do Nowego Jasła lub dalej na południe, a tym, którzy zdecydowali się pozostać w Kimliczu, przyszło patrzeć bezradnie, jak piaski połykają kolejne opuszczone budynki. Wkrótce zamknięto dom gościnny. W osadzie pozostało zaledwie kilku rzemieślników i trzy rodziny szlacheckie, zbyt ubogie, by porzucić Kimlicz. Opustoszałe domy zajmowali Arabowie i banici z Mauretanii. Do osady ściągały na odpoczynek luźne bandy rabusiów, które po kilku dniach ruszały na północ, na mauretańską stronę, gdzie napadały na stada wielbłądów. Zamiast handlu, w Kimliczu kwitł przemyt.

Stu pięćdziesięciu obywateli Rzeczypospolitej coraz częściej kierowało wzrok w stronę Nowego Jasła, zastanawiając się czy nie opuścić osady, w której spokój zapewniały już tylko dwa niezbyt odległe forty graniczne.

Na ganku podupadłego dworu panowała cisza. Dwóch mężczyzn spoglądało w milczeniu na studnię, a trzeci z głową opuszczoną na piersi drzemał w najlepsze. Siedzący po jego prawej stronie grubas o byczym karku trącił śpiącego.

– Tomaszu, wieczór się zbliża. Czas na wieczorny miód.

Właściciel dworu, Tomasz Kujawa drgnął nagle i otworzył szeroko oczy.

– Co się dzieje? Stało się co?

– Wszystko w porządku, miód się skończył.

– Ach tak, rzeczywiście. – Szlachcic zajrzał do dzbana i pokiwał głową. – Zawołaj, Hryńko, Anzelma, niech przyniesie co trzeba.

Grubas odwrócił się za siebie i krzyknął w stronę kuchni.

– Anzelm! Chodź no tutaj, gałganie!

W otwartym oknie pojawiła się rozczochrana głowa.

– Trójniaczek czy półtorak?

– Niech będzie trójniaczek. Półtorak dobry jest na upały, a teraz już noc się zbliża. Przynieś tylko ze dwa dzbany, żebyś nie chodził po próżnicy. – Hryńko uśmiechnął się i pogładził z lubością wydatny brzuch.

Siedzący po drugiej stronie stołu syn Kujawy, młody Antoni, spojrzał z niechęcią na ojca.

– Znowu będziecie pić do rana? Obiecałeś mi kilka niedziel temu, że przestaniesz przesiadywać nad dzbanem. Stada trzeba odprowadzić do miasta, ludziom wypłacić utrzymanie...

– Przestań narzekać. Ciągle tylko gderasz. Słuchać tego nieprzyjemnie. – Ojciec machnął ręką.

– A pewnie, że nieprzyjemnie. Odkąd interesa nie idą jak dawniej, przestałeś zajmować się gospodarstwem.

– Ja z Arabami handlował nie będę! Ty jesteś młody i wielu rzeczy nie rozumiesz.

– Czego na przykład? – spytał zaczepnie Antoni. – Gdyby nie Arabowie, już dawno poszlibyśmy z torbami. Jeszcze tylko oni trzymają Kimlicz.

– I ty to mówisz? Szlachcic z dziada pradziada? – odezwał się Hryńko. – Twoi przodkowie osiedli tu przed wiekami i wszystko pobudowali, a ci obszarpańcy przyszli już na gotowe.

– Niech się Hryńko nie odzywa, jak z ojcem rozmawiam. Hryńko z Arabami nie handluje i co z tego ma? Nic.

– Powinieneś krócej trzymać syna. Inaczej jeszcze przyłączy się do nich i za rok jednego od drugiego nie odróżnisz – powiedział obrażony grubas.

– Słyszałeś, chłystku? Dobrze mówi.

– Wy ciągle o tym, co było przed wiekami, a teraz jest dwudziesty wiek!

– Arabowie to przekleństwo tej ziemi! Zanim przyszli, wszystko mlekiem i miodem płynęło, a teraz? – Tomasz Kujawa zatoczył ręką koło. – Zobacz sam. Wszystko poniszczone, w ruinie. Kiedy byłem młody, w całym Kimliczu nie policzyłbyś niewiernych na palcach jednej ręki, a potem zaczęli płynąć niczym wzburzona rzeka, co wszystko na swojej drodze niszczy. Twój dziadek przed śmiercią ostrzegał mnie, żebym nie wpuszczał ich do miasta, bo wszystko pójdzie na zatracenie. Jeździłem do Nowego Krakowa, gadałem z wojewodą, żeby zamknął granice, ale oni, tam daleko nad oceanem, mają nas za dzikusów, co to czytać i pisać nie potrafią. – Szlachcic splunął pod stół.

– Dobrze mówisz, Kujawa. Urzędnicy z Nowego Krakowa za nic mają pograniczne powiaty i najchętniej oddaliby nas Mauretanii, żeby pozbyć się kłopotu.

– A ja mówię, że trzeba się wziąć do roboty. – Antoni spojrzał niechętnie. – Jak się nie da stąd wyjechać, to trzeba jakoś żyć. Z Arabami też można się dogadać. Jeśli dobrze pójdzie, będę miał co tydzień kilka wielbłądów z mauretańskiej strony.

– O, psi synu! To już zwąchałeś się z dzikimi? – Kujawa rąbnął pięścią w stół tak mocno, że niosący dwa dzbany Anzelm omal ich nie upuścił.

– Uważaj, gałganie! Przedni miód wylejesz! – Hryńko huknął na służącego.

– Bo pan krzyczy – powiedział płaczliwie.

– Jak mu się spodoba, to będzie sobie krzyczał do woli. Pędź do kuchni!

– A ojciec myśli, że kto kupuje ode mnie wielbłądy? No, jak ojciec myśli? – spytał zaczepnie Antoni.

– Nie wiem i nie chcę wiedzieć – burknął.

– A ja ojcu powiem. Sprzedaję je w Nowym Jaśle, Kaczorach, Złocieni i Starych Voticach. I komu je sprzedaję? Szlachcie, hodowcom, a nawet wojsku. Jakoś rzadko mnie kto pyta, skąd pochodzą. Ojciec będzie mi tu opowiadał o dawnych czasach... Teraz wszyscy gonią za pieniądzem. Dawniej może i liczył się honor, teraz tylko pieniądze. Co mi z tego, żem szlachcic, skoro byle rzemieślnik z Nowego Krakowa więcej ma majątku, niż my tutaj na prowincji?

– Zamilczcie na chwilę. – Hryńko podniósł się zza stołu. – Czy ja za dużo wypiłem? Spójrzcie, tam koło studni.

– Co widzisz? Baby stoją i wszystko. – Kujawa wzruszył ramionami.

– Tam dalej, obok magazynów.

– O, do diabła, kto to może być? – Antoni stanął obok Hryńki.

W stronę dworu szedł z wysiłkiem człowiek w poszarpanym mundurze oficera Korpusu Afrykańskiego. Siedzący na obrzeżach placu Arabowie spoglądali ze zdziwieniem na niezwykłą postać. Zaczęli coś szeptać między sobą, a gromada dzieci otoczyła przybysza.

– Zjeżdżajcie stąd, ale już! – krzyknął po arabsku Kujawa. Zaintrygowany podniósł się z krzesła i podszedł do oficera. – Skądeś się tu wziął, człowieku?

– Dajcie pić... – Kapitan zatoczył się i omal nie upadł, w ostatniej chwili złapał się balustrady.

– Wybacz nam, żeśmy zapomnieli o obowiązkach gospodarzy. – Kujawa odwrócił się w stronę kuchni. – Anzelm! Wody z miodem dawaj! I wielbłądzinę przynieś, a solidną porcję wybierz! – Chodźże tu, usiądź i odpocznij sobie nieco. – Szlachcic przysunął krzesło i spojrzał troskliwie w twarz kapitana. – Wieleś przeszedł, to widać. – W jego głosie słychać było ciekawość.

– Nazywam się Adam Kulesza. Jestem oficerem piątego pułku „Zaporoże" z Nowego Jasła. Dzisiaj rano wysłano mnie z misją do fortu czwartego. W drodze powrotnej mój samolot rozbił się na pustyni, jakieś piętnaście staj na południe od Kimlicza. Szedłem sześć godzin i szczęśliwie dotarłem do waszej osady. – Kulesza mówił wolno i z trudem.

– Piętnaście staj przez pustynię to nie w kij dmuchał – powiedział z uznaniem Antoni. – Twoja maszyna miała awarię?

Kapitan poniósł na niego przekrwione oczy. Chwycił łapczywie dzban z wodą i wypił do dna.

– To nie była awaria. Zostałem ostrzelany przez oddziały Sulejmana – powiedział, ocierając usta.

Po jego słowach na ganku zapadła cisza.

– Chcesz powiedzieć, że ten drab znowu wyruszył w pole? Znowu sieje zamęt i panoszy się jak u siebie? – spytał Tomasz Kujawa po chwili.

– To wy o niczym nie wiecie? – zdumiał się kapitan.

– Nie wiemy? Czego nie wiemy? Mów, co się stało? – Hryńko przestawił puchar, żeby lepiej widzieć gościa.

– Dwa dni temu dzicy postrzelili proboszcza Ziębę...

– Zięba nie żyje! – Grubas załamał ręce.

– Tego nie powiedziałem. Żyje, choć jest ciężko ranny. Dzicy napadli go przed plebanią.

– Przeklęci dranie! Podnieśli rękę na księdza! – Tomasz spojrzał na syna z wyrzutem, jakby to on był wszystkiemu winien. – Masz teraz swoich Arabów.

– To jeszcze nie wszystko – przerwał mu kapitan. – Wczoraj w nocy ktoś podpalił meczet, który spłonął do cna, a osiedle leżące nieopodal ledwie udało się uratować. Zginęło kilkunastu Arabów, wielu jest rannych. W mieście trwają zamieszki, policja i wojsko wyszło na ulice. Nasza część miasta przypomina oblężony obóz, niewierni atakowali już starostwo i próbowali wedrzeć się do koszar.

– O cholera! Co robi Stopkiewicz? Powinien ich wszystkich wystrzelać! – krzyknął Hryńko.

– Niech Hryńko przestanie się drzeć! – zgromił grubasa Antoni. – Powiedz lepiej, co stało się w forcie czwartym?

– Fort czwarty został zaatakowany. Kiedy startowałem, zaczynał się atak. Trzy tysiące dzikich przeciwko pięćdziesięciu żołnierzom Rzeczypospolitej – powiedział ponuro Kulesza. – Sądzę, że Tatarzy już nie żyją.

– Na miłość boską! Trzy tysiące? Jeśli pomaszerują na północ, będą przechodzić przez Kimlicz! – Hryńko wstał gwałtownie i zbiegł z ganku.

– A ty dokąd?! – krzyknął za nim stary Kujawa.

– Trzeba uciekać do Nowego Jasła! Niewierni powywieszają nas wszystkich! – Grubas, nie oglądając się za siebie, ruszył przez plac w stronę swojego domu.

– Tchórz i pijanica. – Antoni wydął pogardliwie wargi.

– On ma rację. – Nieoczekiwanie żołnierz poparł tłuściocha. – Dzicy, po zburzeniu fortu czwartego, ruszą na Nowe Jasło. To nie jest zwykła wyprawa, to święta wojna przeciw chrześcijanom. Musicie szybko zapakować co się da na wozy i uciekać do miasta. Tam stoi garnizon, który jest w stanie oprzeć się tej nawałnicy. Mamy nad nimi najwyżej dzień przewagi. Jeśli nie chcecie zginać, ruszajcie ze mną. Muszę powiadomić miasto, o nadciągającym niebezpieczeństwie.

– Ja się stąd nie ruszę. Już nieraz przyszło nam walczyć z dzikimi i zawsze dawaliśmy im nieźle popalić. – Kujawa pogardliwie wydął usta. – Nie zostawię ojcowizny z powodu jakiś barbarzyńców.

– Ojciec chyba nie dosłyszał, co powiedział kapitan – powiedział ze złością Antoni. – To nie jest luźna banda, lecz wielka armia, którą dowodzi fanatyk! Jeśli zostaniemy, zabiją nas.

– Szlachcic nigdy nie ucieka. Szlachcic walczy w obronie słabszych i broni honoru swojego rodu. – Tomasz spoglądał na syna ponuro. – Chcesz wszystko porzucić? Tutaj jest grób twojej matki i brata. Ja ich nie zostawię. – Stary spojrzał na przerażonego Anzelma, który przysłuchiwał się rozmowie. – Ruszaj w osadę i powiadom wszystkie rodziny. Niech zabiorą co najpotrzebniejsze i niech przygotują się do wyjazdu. Powiedz, żeby przyszli do dworu po wielbłądy i wozy. Kiedy już to zrobisz, weźmiesz żubra i pojedziesz do fortu piątego, ostrzec ich przed niewiernymi. Opowiesz wszystko, co tu usłyszałeś. Powiesz Pierogowi, żeby miał się na baczności i żeby ostrzegł Czechów.

– Nie macie tutaj radiostacji? – Kulesza otworzył usta ze zdumienia. – Myślałem, że nawiążę łączność z garnizonem.

– Tutaj nie ma nawet prądu. – Antoni uśmiechnął się z rezygnacją.

– Muszę wyruszyć jak najszybciej. – Kulesza wstał nagle, lecz zachwiał się i opadł z powrotem na krzesło.

– Uspokój się. Skoro Sulejman zaatakował fort wczoraj, nie dotrze tutaj szybciej, niż jutro w południe. Mamy jeszcze kilka godzin – mruknął Antoni.

– Kilka godzin? Dla Nowego Jasła liczy się każda minuta! – krzyknął Kulesza.

– Panie bracie, w tym stanie spadniesz z wielbłąda. Trzeba ci najpierw wypocząć. Anzelm obróci w dwie godziny, a kiedy wróci, ruszycie dla bezpieczeństwa konwojem. Choć raz pokonałeś pustynię, nie licz, że i następnym razem to ci się uda. W nocy można łatwo zjechać z traktu. Jeśli ruszysz samotnie, zginiesz niechybnie. – Kujawa przysunął półmisek z dymiącym mięsem. – Najedz się i nabierz sił. Mnie trzeba przygotować ludzi do wyjazdu.

Szlachcic opuścił szybko ganek, kierując się w stronę placu, gdzie zaczął gromadzić się tłum.

Mieszkańcy Kimlicza rozmawiali z ożywieniem, raz po raz rzucając w stronę dworu spojrzenia pełne niepokoju.

– Pański ojciec jest strasznie uparty. – Kulesza sięgnął po sztućce, nie odrywając wzroku od zbierających się ludzi.

– Uparty to mało powiedziane. Za nic go stąd nie wyciągnę. – Antoni spojrzał na zegarek i westchnął ciężko. – Muszę iść. Trzeba przygotować wielbłądy. – Znów westchnął, po czym obrócił się na pięcie i zniknął we wnętrzu dworu.

– Co za ludzie – westchnął Kulesza. – Cholerni kresowiacy.

* * *

Noc pogrążyła osadę w ciemnościach. Plac przed dworem wciąż jednak rozbrzmiewał gwarem. Dwie wielkie, naftowe latarnie na ganku rozjaśniały mrok w promieniu kilku łokci.

Trwały ostatnie przygotowania do wymarszu. Porykiwania wielbłądów mieszały się z płaczem dzieci i pokrzykiwaniami mieszkańców osady, którzy pakowali dobytek na stłoczone jeden obok drugiego wozy. Bezpośrednio przed dworskim gankiem, stał zdezelowany żubr należący do Hryńki. Krzyki na drodze przycichły nieco, kiedy od strony kościoła, leżącego na skraju osady, rozległ się charakterystyczny dźwięk kołatki. W towarzystwie dwóch ministrantów nadchodził proboszcz miejscowej parafii, Bartłomiej Kaplica. Kroczył wolno, trzymając w wyciągniętych dłoniach monstrancję. Pierwszy ministrant niósł kopię obrazu Pani Częstochowskiej, a drugi wizerunek patrona kościoła, świętego Tomasza. Kiedy minęli dwór i pojawili się na placu, zapadła cisza. Sto głów pochyliło się w skupieniu, a wielu ludzi padło na kolana, szepcząc słowa modlitwy. Proboszcz podszedł do kabiny żubra i złożył sakrament w drewnianej skrzynce. Skinął na ministrantów.

– Połóżcie obrazy na siedzeniu, ale tak, żeby nie spadły podczas drogi. Owińcie je w płótno. – Poprawił jeszcze skrzynkę i wstąpił na ganek.

– Wszystko gotowe, Tomaszu – powiedział cicho, spoglądając na osowiałego szlachcica. – Nie smuć się, mój drogi, taki już nasz los, że musimy uchodzić z ziemi naszych przodków. Nie masz mi chyba za złe, że nie pozostałem w osadzie?

– Pasterz musi być ze swoimi owieczkami – odparł równie cicho Kujawa.

– Tomaszu, raz jeszcze proszę cię, abyś poszedł z nami. Jeśli tu zostaniesz, czeka cię śmierć albo, co gorsza, arabska niewola. Sulejman przeminie, zawierucha uspokoi się, wtedy powrócimy do naszych domów.

– Niech ksiądz nie próbuje mnie przekonywać. Żyję tutaj już sześćdziesiąt lat i tu zostanę. Tutaj jest mój dom. – Stary szlachcic potrząsnął głową. – Jestem już za stary, żeby wszystko zaczynać od nowa.

– Zostaję z ojcem. – Z mroku wynurzył się Antoni.

– Coś powiedział? Zostajesz? – Tomasz spojrzał na niego zaskoczony. – Jesteś młody, całe życie przed tobą i musisz ocalić ród przed zatraceniem.

– Nasz ród wywodzi się ze szlachty, która osiadła dawno temu na pustyni i ożywiła tę jałową ziemię. Tyś zawsze myślał, że gonię za pieniądzem, a to nieprawda. Nie opuszczę mojego Kimlicza – powiedział twardo młodzieniec.

– Antoni, wiesz przecież, że możesz zginąć – zaprotestował ksiądz.

– Arabowie też ludzie. Mam tu wielu znajomych, którym nie w głowie wojny i grabieże. Chcą żyć spokojnie i nie martwić się o jutro. Pomogą nam przetrwać. Poza tym musimy tutaj zostać, żeby pilnować naszych interesów. Kiedy Rzeczpospolita powróci do naszej osady, podniesiemy Kimlicz z ruin. Zdjąłem to przed chwilą z sołectwa. – Trzymał w rękach stary, popękany herb Rzeczypospolitej. – Niech pan go zabierze, kapitanie – zwrócił się do stojącego w milczeniu Kuleszy. – Niech pan powie, że w Kimliczu nadal mieszkają obywatele Najjaśniejszej i że czekają na Korpus Afrykański. Kiedy pobijecie już tego psubrata, pogońcie go aż do Mauretanii, niech wie, z kim zadarł.

Kulesza wziął ostrożnie wyschnięte drewno.

– Wrócimy tutaj, może być pan tego pewien. Rozgonimy tę hałastrę na cztery wiatry.

Tomasz podszedł do syna i objął go ramieniem.

– To mój syn! Prawdziwy szlachcic!

Od wschodu rozległ się nagle ogłuszający warkot rozregulowanego silnika.

– Anzelm wraca. – Ksiądz obrócił się gwałtownie. Podniosły nastrój chwili prysł bezpowrotnie. – Jedzie, jakby go sam diabeł gonił.

Żubr zatrzymał się przed samym gankiem.

– Panie! Sulejman nadciąga!

– Przestań krzyczeć i powiedz spokojnie, co się stało – przerwał mu stary Kujawa.

– Wracałem z fortu piątego, byłem już koło Suchych Dołów, kiedy na południu zobaczyłem wiele świateł, przesuwających się na zachód. Było ich wiele, bardzo wiele – relacjonował przerażony Anzelm.

– Widziałeś wojsko?

– Nie, nie widziałem, ale kto inny to mógł być, panie?! Sulejman tylko!

– Ma rację. To na pewno ten zbir. – Kulesza spojrzał w stronę konwoju. – Wszystko gotowe, możemy ruszać.

– Rośnie, psubrat, w siłę. Skoro nadciąga z południa, znaczy to, że zagarnął wszystkie koczowniki, leżące pomiędzy granicą a Suchymi Dołami – mruknął Antoni.

– Wiele tego jest? – spytał zaniepokojony Kulesza.

– W każdym obozie mieszka dwudziestu, trzydziestu pasterzy. A będzie ich ze dwadzieścia.

– Wzmocnił się o kilkuset ludzi, niech to szlag! – powiedział ze złością kapitan.

– To dopiero początek. Będą przyłączać się do niego ciągle nowi. Po mojemu, nim dotrze do Nowego Jasła, będzie ich jakieś pięć tysięcy – dodał stary Kujawa.

– To prawie trzy razy więcej niż liczy garnizon Nowego Jasła. – Proboszcz podrapał się z zakłopotaniem po głowie. – Dacie sobie z nimi radę? – Spojrzał na kapitana pytająco.

– Damy im radę. Niech się ksiądz nie martwi. – Żołnierz nadrabiał miną.

– Powiedz lepiej, co zamierza Pieróg? Rozmawiałeś z nim, prawda? – Tomasz Kujawa spojrzał na roztrzęsionego Anzelma.

– Pan porucznik powiedział, że połączy się z załogami innymi fortów i zasadzi się na Arabów koło Babich Dołów. Czesi też do nich się przyłączą.

– Co ty mówisz? – spytał z niedowierzaniem Kulesza. – Pięciuset ludzi nie oprze się takiej chmarze!

– Porucznik powiedział, że miasto musi mieć czas na przygotowanie się do obrony – odparł Anzelm.

– Dzielny człowiek – mruknął Antoni. – Powiedz, Anzelm, czy Pieróg przesłał do miasta wiadomość o tych belzebubach?

– Przy mnie rozmawiał z Nowym Jasłem. Już wiedzą, co się szykuje – odparł Anzelm.

– Kamień z serca – odetchnął kapitan. – Jeśli nas ogarną, przynajmniej miasto nie zostanie zaskoczone.

– Nie ogarną was. Nie mogą podejść do miasta ot tak, muszą najpierw wysłać zwiad, żeby rozeznać się w sytuacji. Jeśli nawet natkniecie się na luźną kupę, w konwoju wszyscy mają broń. Dacie sobie radę – powiedział uspokajająco Antoni.

– Jednak nie ma co czekać. – Stary Kujawa podszedł do proboszcza, uścisnął go mocno, potem zbliżył się do kapitana. – Do zobaczenia, panie Kulesza. Mam nadzieję, że jeszcze się spotkamy.

– Niech Bóg ma was w opiece.

– Amen. – Proboszcz podał rękę Antoniemu. – Uważaj na ojca, a jakby co, uciekajcie.

– Bóg z wami. – Antoni odwrócił twarz, kryjąc wzruszenie.

Żubr na czele konwoju ruszył powoli, kierując się na zachód. Za nim powoli, jeden za drugim potoczyły się wozy. Obładowane wielbłądy co rusz porykiwały protestująco. Kolumna minęła dwór, stare magazyny i znalazła się na otwartej przestrzeni.

Kapitan poczekał aż minie go ostatni wóz, po czym wskoczył na jego tył, spoglądając w stronę znikającej osady.

– Niech Bóg ma was w opiece, Kujawy.

Rozdział 20

Nowe Jasło
11 maja 1957 roku

Ledwie poderwałem maszynę, jak zaczęli do mnie strzelać. Przez chwilę myślałem, że to już koniec, ale silnik stanął dopiero kilkanaście staj od Kimlicza. Dotarłem tam po sześciu godzinach marszu. Na szczęście nikt tam nie wiedział jeszcze o pożarze meczetu. – Kulesza zapalił papierosa i usiadł ciężko na krześle.

– Zastanów się jeszcze raz i powiedz, ilu ich było. Przecież to niemożliwe, żeby ten bandyta zebrał wszystkie plemiona w tak krótkim czasie. – Major Stopkiewicz nie odrywał wzroku od twarzy kapitana.

– Jestem całkowicie pewien tego, co powiedziałem – odparł Kulesza. – Widziałem ich z murów fortu jak stali na wzgórzach. Konnica, piechota, no i te moździerze.

– Widziałeś je?

– Oczywiście. – Kapitan skinął głową. – Przeleciałem nad nimi i przyjrzałem się im dokładnie. Dwie baterie, po sześć sztuk każda. Konnicę oceniam na jakieś półtora tysiąca. Reszta to piechota. Kiedy wyjeżdżaliśmy z Kimlicza, służący Kujawów dotarł z wieścią, że dzicy zaczynają łączyć się z pasterzami. Będzie ich podobno z pięć tysięcy. Jeśli pójdą przez Babie Doły, natkną się pewnie na Pieroga, który zasadził się tam na nich.

– Pieróg opuścił fort? – Stopkiewicz spojrzał z niedowierzaniem na kapitana. – Przecież w ten sposób odsłonił całą wschodnią granicę! Teraz już nic nie powstrzyma luźnych band przed atakiem na północne osiedla. Żabno i Rózgi pozostaną bez żadnej ochrony! – W jego głosie słychać było irytację.

– Pieróg da nam trochę czasu na przygotowanie obrony. Na jego miejscu zrobiłbym to samo.

– Tak, wiem. – Major podszedł do wielkiej mapy wiszącej na ścianie. – Już tylko on stoi na ich drodze. Trzy tysiące dzikich pod wodzą Sulejmana, dwa, trzy tysiące nomadów i cholera wie ilu jeszcze przyłączy się do niego po drodze. – Stopkiewicz westchnął ciężko. – Trzeba przyjąć, że stanie ich tutaj jakieś siedem tysięcy.

– I jeszcze te moździerze – dodał kapitan. – Skąd oni je wzięli?

– Skąd mam wiedzieć? Wszystko dzieje się tak szybko, że trudno w tym się połapać.

– Damy im radę? – spytał cicho Kulesza.

– Zrobimy, co w naszej mocy, żeby ocalić miasto. Nieraz już Korpus walczył z wielokrotnie silniejszym przeciwnikiem i jak dotąd, zawsze cało wychodził z opresji. Nadałem szyfrogramy do Jičina i Szegedu. Czesi i Madziarzy idą nam już na pomoc – powiedział Stopkiewicz.

– Mamy tylko tysiąc dwustu żołnierzy...

– Wiem o tym – uciął major. – Dobrze się spisałeś. Dzięki tobie stu pięćdziesięciu ludzi uniknęło niechybnej śmierci. Idź teraz do domu i odpocznij kilka godzin. Ja pójdę do ratusza, już tam na mnie czekają.

– Muszę przygotować ludzi i sprzęt! – Kulesza poderwał się z krzesła.

– Zmęczony na nic mi się nie przydasz. Prześpij się chwilę, a potem dołącz do swoich ludzi.

– Tak jest! – Kapitan strzelił obcasami i opuścił pokój.

Stopkiewicz spoglądał za nim przez chwilę, po czym podszedł do okna. Na dziedzińcu koszar trwał właśnie pośpieszny wymarsz czwartego i piątego batalionu na rozlokowane wokół miasta pozycje. Major przyglądał się równym szeregom piechoty, która opuszczała koszary, kierując się w głąb miasta.

Na progu stanął adiutant majora.

– Burmistrz przysłał posłańca. Pyta, kiedy się pojawimy.

– Już idę. – Stopkiewicz poprawił pas i ruszył do wyjścia. – Jak nastroje wśród naszych dzielnych rajców? – spytał.

– Siedzą jak zaszczute króliki, ale udają, że Sulejman im niestraszny.

– No cóż, będziemy musieli wlać nieco otuchy w upadłe serca.

* * *

W niewielkiej sali obrad na parterze ratusza panowała grobowa atmosfera. Dziesięciu rajców, otaczających burmistrza Semena Antonycza i popa Aleksego, spoglądało ponuro na majora Stopkiewicza, którzy trzymając w ręku trzcinkę, wodził nią po zawieszonej na ścianie mapie województwa nowokrakowskiego.

– Jak już powiedziałem, Sulejman jest jakieś dwadzieścia staj od miasta. Prowadzi ze sobą bliżej nieokreśloną liczbę wojowników, którą oceniamy na jakieś pięć tysięcy, lecz opierając się na wieściach, jakie przynoszą wciąż nowi uchodźcy, ściągający do Nowego Jasła ze wszystkich osad, leżących na północny wschód od miasta, liczba wojowników będzie ciągle się zwiększać. Mamy doniesienia o spaleniu Grabina, Czudowy, Lwówka i Sompolna. Choć tu akurat odpowiedzialności nie ponoszą dzicy, lecz obywatele Rzeczypospolitej pochodzenia arabskiego...

– Psy niewierne! Nazywanie ich obywatelami Rzeczypospolitej, to obraza naszej ojczyzny! – Rajca Lubieżko poderwał się ze swojego miejsca i splunął w stronę okna, wychodzącego na osiedle arabskie.

– Uspokój się i nie przerywaj majorowi – zgromił go burmistrz. – Proszę kontynuować – zwrócił się do dowódcy garnizonu.

– Dzicy poruszają się wschodnim traktem, wprost na Babie Doły. – Major wskazał na biegnący od mauretańskiej granicy szlak, który stanowił jedyną drogę w tej części województwa. – Porucznik Pieróg zebrał tam wszystkie załogi północnych fortów i stanął w zasadzce. Dzięki temu zyskamy może nawet dwa dni spokoju. Sulejman musi trzymać się drogi, bowiem udało mu się zdobyć kilkanaście moździerzy.

– Skąd te brudasy je wzięli? – Zdumiony Lubieżko rozłożył ręce. – Co tu się, do cholery, dzieje? Dzicy mają moździerze?

– Teraz to już nie ma znaczenia. Najważniejsze, że o nich wiemy – powiedział major. – Musimy je zniszczyć, zanim dotrą do miasta. Za dwie godziny startują nasze samoloty. Jeśli Bóg nam dopomoże... przynajmniej je unieruchomimy.

– Sądzi pan, majorze, że trzy samoloty są w stanie powstrzymać Arabów? – Kwiatkowski spojrzał na majora z powątpiewaniem.

– Nasi piloci znają dobrze pustynię. Otrzymali rozkaz atakowania za wszelką cenę – odparł twardo tamten. – W nich cała nadzieja.

– A co na to wszystko Nowy Kraków? – wtrącił się zniecierpliwiony pop. – Otrzymał pan jakąś odpowiedź?

Stopkiewicz westchnął ciężko, spojrzał zmęczonym wzrokiem na rajców i powiedział wolno:

– Musimy utrzymać się tydzień. Dowództwo Korpusu nie przewidziało, że Sulejman uderzy tak wielkimi siłami. We wszystkich północnych powiatach ogłoszono już pospolite ruszenie... To musi potrwać.

– No tak! – mruknął ze złością burmistrz. – Podatki to im wysyłać, ale jak na prowincję nadciąga nieszczęście, przesyłają wyrazy współczucia! Nie ma o czym mówić, trzeba wyprowadzić ludzi z miasta.

– Tego akurat nie możemy zrobić. – Major spojrzał twardo na burmistrza. – Jeśli opuścimy miasto, nic już nas nie będzie chronić przed hordami dzikich. Na pustyni wybiją nas do nogi.

– Mamy więc dać się pozabijać tutaj? – Kwiatkowski postarał się, by pytać tonem najbardziej złośliwym z możliwych. – Przecież pański pułk nie jest w stanie nas obronić!

– Spójrzcie na mapę. – Stopkiewicz wskazał na tereny leżące na zachód od Nowego Jasła. – Jeśli opuścimy miasto, Sulejman wkroczy do powiatu Kaczory i Złocień. Tam nie ma naszych wojsk, będzie mógł grabić i palić bez przeszkód, a zamieszkujący te powiaty Arabowie chętnie mu w tym pomogą. Zagarnie stada wielbłądów, zagarnie prowiant i pomaszeruje dalej. Widzicie, co jest dalej? Nowy Borysów i Kudelniki. Tam też nikt mu się nie przeciwstawi, a kiedy zajmie Kudelniki, jego siły przekroczą na pewno kilkanaście tysięcy ludzi. Za Kudelnikami jest już tylko Nowy Sandomierz, a potem, spójrzcie sami... – Major wskazał na, leżące nad oceanem, wielkie miasto.

– Nowy Kraków – szepnął Kwiatkowski. Już nie silił się na złośliwości. – Później jest już tylko Nowy Kraków.

– Major ma rację. – Pop podniósł się ze swojego miejsca. – Jeśli nie stawimy oporu, za dziesięć dni Sulejman będzie miał pięćdziesiąt tysięcy ludzi pod bronią. Jesteśmy jedyną i ostatnią linią oporu. Poza nami nikt go nie powstrzyma.

– Ale jak my tego mamy dokonać?! Mamy nieco ponad tysiąc żołnierzy, kilka starych czołgów i jeszcze starszych armat! – krzyknął Lubieżko. Nietrudno się było domyślić, jak bardzo się bał.

Dowódca garnizonu nabrał głęboko powietrza i powiedział wolno:

– Do miasta przybyło dzisiaj kilkuset osadników z północnej części powiatu. Wielu z nich śpi z bronią pod poduszką i potrafią się z nią świetnie obchodzić. U nas też trzeba ogłosić pospolite ruszenie. To daje nam kolejnych dwustu, trzystu ludzi. W ten sposób nasze siły wzrosną do ponad dwóch tysięcy. Otrzymałem już odpowiedź z Nowych Teplic. Czesi wysłali do nas kompanię piechoty, a Madziarzy nadciągają z jazdą. Przewaga Sulejmana nie jest aż tak wielka, jak można by sądzić. Jedynie dwie Bahtarie stanowią rzeczywiste zagrożenie, reszta to zbieranina rabusiów i luźnych band, jakich wiele na pustyni. Przyłączyli się do Sulejmana trochę ze strachu, a trochę dla spodziewanych zdobyczy. Chmara, która nadciągnie już niedługo, to w większości ci sami dzicy, których zawsze biliśmy.

– Ludzie się boją, majorze. Boją się i chcą uciekać z miasta – powiedział burmistrz. – Jak mam ich zatrzymać? Siłą?

– Piąty pułk „Zaporoże" wyruszy za chwilę na stanowiska. Niech ludzie zobaczą, że miasto ma swoich obrońców. – Major powiódł ciężkim spojrzeniem po sali. – Muszą zrozumieć, że ucieczka nic nie da i ściągnie na ich głowy pewną śmierć. W Nowym Jaśle mają szansę przeżyć – na pustyni nie.

– Powiedzmy, że zbierze się pospolite ruszenie. Co dalej? – spytał Sobaczka.

– Wojsko zajmie pozycje na przedmieściach, a ochotnicy obsadzą mury – odparł Stopkiewicz. – Nasza przewaga polega na tym, że możemy łatwo i szybko przerzucać siły...

– Zginie wielu naszych! – Lubieżko był bliski histerii. – Skąd ta pewność, że wszystko pójdzie po naszej myśli?

– Takiej pewności nigdy nie ma – westchnął major. – Jeśli Bóg nam dopomoże, pobijemy ich, jeśli nie...

– ...zginiemy – dokończył Kwiatkowski.

– Kiedyś i tak każdy umrze – uciął burmistrz. – Więcej gadać nam już nie trzeba. My nie posłowie, żeby godzinami rozwodzić się nad jedną rzeczą. Niech każdy rusza do swojej dzielnicy i zwoła ludzi na rynku. Za pół godziny.

* * *

Prowadzący długą kolumnę piechoty łazik minął powoli szkołę i cerkiew, kierując się w stronę Przedmieścia Kowali, położonego tuż za ruinami meczetu. Kapitan Kulesza zgasił silnik samochodu, ujął w dłonie lornetkę i skierował ją w stronę arabskiego osiedla. Niewielkie parterowe domki, skupione niczym gniazdo os, na szczycie wzgórza wyglądały na opustoszałe.

– Uciekli dranie do Sulejmana – mruknął cicho.

– Wysłałeś zwiad? – spytał siedzący obok Stopkiewicz.

– Nie sprawdzali każdego domu – odparł burkliwie kapitan.

– Mieli rozpoznać wszystko dokładnie – powiedział niechętnie major.

– Mam narażać swoich ludzi? – spytał chłodno Kulesza. – W tym labiryncie łatwo wpaść w zasadzkę.

Major zawahał się na chwilę.

– Jeśli tam ktoś jest...

– Arabowie wiedzieli, że zajmiemy wzgórze. – Kulesza był wyraźnie zniecierpliwiony. – Daliśmy im wystarczająco wiele czasu.

Major opuścił samochód i zatrzymał się na skraju drogi. Zerknął w stronę trzech moździerzy, których obsługa szykowała się do otwarcia ognia. Podniósł rękę.

– Na moją komendę, gotuj broń!

Pięćset luf skierowało się w stronę milczącego osiedla.

– Naprzód!

Czwarty batalion ruszył powoli w stronę wzgórza. Szereg pokonał już połowę odległości, gdy nagle osiedle odpowiedziało ogniem. Kilku żołnierzy upadło na piasek, reszta zaległa na zboczu, zasypując osiedle lawiną ognia.

– Ognia! – krzyknął Stopkiewicz do obsługi moździerzy.

Trzy pióropusze wybuchów wykwitły na samym szczycie wzgórza. Pociski eksplodowały na dachach budynków, podpalając je błyskawicznie. Dym pokrył całe wzgórze. Kolejne salwy druzgotały arabską dzielnicę. Wśród rosnących płomieni zaczęły pojawiać się niewielkie grupki ludzi, którzy biegnąc na oślep, kierowali się w stronę pozycji wojsk Rzeczypospolitej. Żołnierze natychmiast otworzyli ogień do nadbiegających postaci. Kilka pocisków spadło na resztki meczetu, grzebiąc obrońców strzelających z podziemi świątyni.

– Do ataku! – Kapitan Kulesza poderwał swoich ludzi.

Pięciuset żołnierzy wpadło pomiędzy zabudowania. Eksplodowały wrzucane przez okna granaty. Obsługa miotacza płomieni skierowała strugę ognia na budynki, w których bronili się jeszcze Arabowie. Pięć minut później walka dobiegła końca.

Major spoglądał w milczeniu na powracające oddziały, prowadzące kilku wziętych do niewoli Arabów. Żołnierze, dysząc ciężko, przystawali na drodze, rzucając spojrzenia na płonące osiedle.

– Od tamtej strony już nic nam nie zagraża. – Kulesza pojawił się nagle obok majora. – Dostali, psubraty, za swoje – powiedział mściwie.

Stopkiewicz spojrzał na niego ponuro.

– Wiesz, co masz robić? – spytał krótko.

– Wiem. – Kulesza skinął głową. – Gdy ogień przygaśnie, zabieramy się do budowy umocnień.

Major skinął głową.

– Niech twoi ludzie biorą się do roboty. Ci dranie mogą pojawić się w każdej chwili.

* * *

– Przeklęte wściekłe psy! – Sulejman kopnął ze złością zniekształcony siłą wybuchu element moździerza. Zmrużył oczy przed żarem i odprowadził nienawistnym spojrzeniem odlatujące samoloty.

– Jakie straty? Ile drogocennego sprzętu straciliśmy? – spojrzał ze złością na stojącego nieopodal Abdela.

– Sześć moździerzy zniszczonych, dwa uszkodzone, niezdatne do walki – powiedział jednym tchem Bahtar.

Sulejman skrzywił się i wycedził z pozornym spokojem:

– Gdzie jest Mehmed?

– Zginął jako jeden z pierwszych, panie.

– Zginął? Pan ukarał idiotę. – Sulejman, ściskając trzcinkę, rozglądał się na boki w poszukiwaniu ofiary, na której mógłby wyładować swój gniew, lecz Bahtarowie przezornie nie zbliżali się do niego.

– Pojawili się nagle, wyskoczyli zza wzgórza jak duchy, panie – odezwał się ostrożnie Abdel.

– Jak daleko jeszcze do miasta niewiernych? – Sulejman zacisnął szczęki.

– Pozostało czterdzieści staj otwartej przestrzeni, potem znowu wzgórza, które leżą na północ od Nowego Jasła.

– Do tego czasu te psy zdążą nas zbombardować jeszcze kilka razy!

– Mam pewien pomysł, panie... – Rahman spojrzał na tył kolumny, gdzie na kilku wozach trzymano jeńców, pojmanych w zdobytych osadach.

– Mów, ale szybko. – Sulejman poruszył nerwowo trzcinką.

– Jeśli niewierni znowu nas zaatakują, muszą zobaczyć swoich ziomków. Kiedy rozmieścimy ich wzdłuż kolumny, żaden niewierny nie zrzuci bomby w obawie, że zabije chrześcijanina.

– Jak te świnie z wysokości mają zobaczyć, że chrześcijanie to chrześcijanie? Są, niestety, bardzo do nas podobni. – Szejk machnął niecierpliwie ręką.

– Krzyże, panie. Umieścimy na wozach krzyże i przywiążemy do nich niewiernych. – Abdel uśmiechnął się nieznacznie.

Sulejman zamilkł zaskoczony.

– Można by tak zrobić – powiedział już nieco spokojniej. – Pomyślałem o tym wcześniej, ale nie było czasu, żeby zrealizować mój plan – dodał.

– Jestem sługą, który wyraża twoje myśli, panie. – Abdel skłonił się nisko.

Z zachodu dobiegły nagle odgłosy palby karabinowej.

– Co tam się dzieje? – spytał niespokojnie Sulejman. – Do kogo oni strzelają?

Od strony pobliskich wzgórz nadjechał jeden z wojowników czwartej Bahtarii. Zeskoczył z konia i upadł go nóg Sulejmanowi.

– Panie! Zostaliśmy zaatakowani!

– To niemożliwe. Korpus wyszedł na pustynię? – Głos Abdela Rahmana drżał z emocji. – Jeśli stawi nam czoła w otwartym terenie, to nasze zwycięstwo jest bliższe niż myślałem. Gdzie ich zauważyliście? – zwrócił się do wojownika.

– Panie! Niewierni okopali się na wzgórzach!

Abdel wyjął lornetkę i skierował ją w stronę niewielkich pagórków, położonych po obu stronach drogi.

– Widzisz ich? – spytał Sulejman.

– Siedzą na wzgórzach! – warknął wściekle Bahtar. – Skąd się tam wzięli?!

– Pokaż! – Sulejman szarpnął lornetkę i skierował ją w stronę wzniesień. – Są tam! Niech ich zaraza wygubi!

– Panie, ich jest zbyt mało jak na cały pułk. – Na czole Alego pojawiła się głęboka bruzda. – Już wiem! – krzyknął. – To są załogi fortów granicznych, które, na wieść o naszym pochodzie, porzuciły swoje pozycje! Chcą pewnie dać miastu czas na zorganizowanie obrony!

– Przygotuj ocalałe moździerze, niech przemówią – powiedział z radością Sulejman. – Pustynia stanie się grobem dla tych psów!

Rozdział 21

Nowe Jasło
11 maja 1957 roku

Z ulicy Palmowej, biegnącej do rynku, wysunął się długi sznur żubrów z wymalowanymi na burtach skrzyżowanymi mieczami i wielką literą „V" umieszczoną ponad nimi. Ciężarówki, należące do piątego regimentu z Nowych Teplic, wjechały wolno na rynek. Kompania strzelców opuściła szybko pojazdy i ustawiła się w szeregu na wprost ratusza.

Mieszkańcy miasta spoglądali na żołnierzy z zaciekawieniem i nikłą sympatią. Czesi, w całym chrześcijańskim świecie uważani za husyckich heretyków, także w Afryce nie cieszyli się ani poważaniem, ani wsparciem, jednak tutaj przynajmniej nie spotykały ich prześladowania i otwarta wrogość. Ciągłe zagrożenie za strony Arabów wymuszało bliskie kontakty i współpracę sąsiedzką.

Za Czechami w perspektywie ulicy pojawiła się setka madziarskiej jazdy. Madziarzy, jak to mieli w zwyczaju, gdy tylko zsiedli z wielbłądzich grzbietów, natychmiast rozeszli się po uliczkach, aby wykorzystać ostatnie wolne chwile i nieco pohandlować. W odróżnieniu od Czechów, byli powszechnie lubiani. Wiernych Kościoła rzymskokatolickiego nikt nie ośmieliłby się nazwać heretykami, mimo że w Nowym Jaśle stanowili mniejszość wyznaniową. Nić porozumienia została nawiązana niemalże natychmiast.

Tymczasem żołnierze z Nowych Teplic, wciąż stojąc w równym szeregu, spoglądali na rynek zmieszani. Pomimo upału, nikt nie podał im nic do picia. Dopiero kiedy zjawił się burmistrz Semen Antonycz, wytoczono kilka beczek piwa i uraczono nim piechurów.

Pięć minut później nadjechał łazik dowódcy garnizonu jasielskiego. Major Stopkiewicz wyskoczył na bruk i odszukał czeskiego dowódcę, kapitana Zdenka Železnego. Przywitał się z nim pospiesznie.

– Gdzie podziewa się Szábo? – Rozejrzał w poszukiwaniu dowódcy Madziarów.

– Jakbyś nie wiedział... – Železny wzruszył ramionami. – Ledwie przyjechali a już piją. – Wskazał na piwiarnię „U Mykoły", z której dochodziły radosne okrzyki. Stopkiewicz ruszył w stronę gospody, mijając po drodze kilku Madziarów, sprzedających słynne w tych stronach papierosy „Raab". Ledwie wszedł do środka, powitał go chóralny okrzyk radości.

– Fiodor! Drogi przyjacielu! – Zza stołu podniósł się wąsaty brunet o wesołym spojrzeniu. – Jak miło widzieć cię po tak długim czasie! – Kapitan Szábo, dowódca madziarskich posiłków, podszedł do Stopkiewicza, szeroko rozkładając ramiona.

– Skoro mamy dzisiaj iść w bój, trzeba się wpierw napić, bo nie wiadomo, czy to nie ostatni raz! – Madziar pociągnął majora do stolika i podsunął kufel pełen piwa. – My, co prawda, wolimy nasze wina, ale jak się nie ma co się lubi, to się pije to, co jest.

Stopkiewicz tylko pokręcił głową:

– Pójdę po Zdenka, musimy się naradzić...

– Po tego mazgaja? – Szábo skrzywił się pogardliwie. – To nie wypada, tego nie wolno, mama nie kazała, religia zabrania. Każdy Czech ma w sobie mieszczucha! To liczykrupy! Mogą podać sobie rękę z tymi przeklętymi Bawarami. Jedni i drudzy to straszne pierdoły! – wykrzykiwał Madziar, a jego ludzie spoglądali na swojego dowódcę z uwielbieniem.

– Jednak go zawołam. – Stopkiewicz uśmiechnął się i przywołał jednego z swoich podkomendnych. – Idź na rynek i poproś kapitana Żeleznego.

Szábo upił nieco piwa, spoglądając uważnie na majora.

– I co tam? Znowu te przeklęte dzikusy dały znać o sobie?

– Idzie na nas kilka tysięcy dzikich. Przewodzi im ten bandyta Sulejman. – Major spoważniał.

– Kilka tysięcy? Myślałem, że znacznie więcej. – Kawalerzysta lekceważąco machnął ręką. Nie podzielał obaw Stopkiewicza, a przynamniej starał się sprawiać takie wrażenie. – Z kilkoma tysiącami poradzimy sobie. Jak na nich ruszymy, jak im pogonimy... – Przerwał, bo nagle w drzwiach gospody stanął kapitan Železny.

– Czego się napijesz? – Szábo spojrzał na niego z kpiącym uśmieszkiem. Już wiedział, co usłyszy w odpowiedzi. Nie zawiódł się.

– Dzisiaj czeka nas bitwa, nie czas pić, czas radzić – odparł tamten z urazą.

– Czas radzić, czas radzić – przedrzeźniał go Madziar. – Jeszcze zdążymy się naradzić, że aż nam bokiem wyjdzie.

– Nie zdążymy, Szábo. Dzicy są już niedaleko od miasta. Według moich obliczeń, mogą być tutaj dosłownie w każdej chwili. Zacząłem się już bać, że dotrą tu przed wami. – Stopkiewicz poparł Czecha.

– Bylibyśmy szybciej, gdyby nie nasi drodzy sąsiedzi. – Kapitan Železny spojrzał wymownie w stronę Madziarów. – Po drodze musieli wstąpić jeszcze do karczmy, a potem do kościoła...

– Ostatniej rozmowy z Bogiem mi odmawiasz? – zaperzył się Szábo.

– Rozmowy? – parsknął zirytowany Železny. – Wyobraź sobie, że jak jechaliśmy przez Halászi, był akurat odpust. Mówiłem im, że jesteście w niebezpieczeństwie i trzeba się śpieszyć, ale oni musieli kupić jeszcze te przeklęte papierosy! Że też wasz Kościół pozwala sobie na coś takiego! U nas jest to nie do pomyślenia...

– Zdenek, bardzo cię proszę, nie czas i miejsce na spory. Ani na dyskusje o wierze. W tym mieście spotkali się dziś husyci, katolicy zachodni i prawosławni. Wiele nas dzieli, ale wszyscy jesteśmy chrześcijanami. U bram miasta stoją nas wspólni wrogowie, więc przestańmy się kłócić. Podajcie sobie ręce. – Major spojrzał na naburmuszonego Czecha.

– Ja do niego nic nie mam. Dla mnie husyta czy katolik to prawie to samo. – Szábo wzruszył ramionami i wyciągnął rękę.

Železny zawahał się, lecz, widząc naglące spojrzenie majora, uścisnął dłoń Madziara.

– Tak już dużo lepiej. – Stopkiewicz poważnie skinął głową. – A teraz do rzeczy. Nie ma co ukrywać, że sytuacja jest do dupy, ale z Bożą pomocą damy sobie radę...

Pokrótce streścił wydarzenia ostatnich dni, by zaraz wrócić do tego, co czekało ich w najbliższej przyszłości.

– Wam, Szábo, wyznaczyłem pozycje w okolicy cmentarza. Wiem, że nie mogę wymagać, abyście stali w pierwszej linii...

– Co takiego?! Mamy kryć się za plecami innych?! Żaden Madziar nie zniesie takiej zniewagi! – Kawalerzysta wstał, trącając kufle. – Żądam, aby moi ludzie stanęli razem z twoimi w pierwszym szeregu! Nikt nie powie, że stchórzyliśmy!

– Dobrze więc. Skoro chcesz, twoi ludzie wzmocnią obronę na przedmieściach Jasła. Ty zaś, Zdenku, obsadzisz okolice starego browaru. Stoi tam tylko pospolite ruszenie i boję się, że mogą nie wytrzymać uderzenia.

– Będzie jak chcesz – odparł spokojnie Železny.

– Nie ma co zwlekać. W każdej chwili może rozpętać się tu piekło. Oby Bóg pozwolił nam to przetrzymać. – Stopkiewicz westchnął ciężko.

– Będzie dobrze, co się martwisz. – Szábo uśmiechnął się i poklepał majora po plecach.

– Bóg nam pomoże, na pewno. – Czech przeżegnał się. – Ruszajmy, już czas.

Ledwie wypowiedział te słowa, drzwi karczmy otworzyły się z hukiem. Do środka wkroczyło kilkanaście kobiet z Heleną Kowalską na czele. Szlachcianka, ignorując zaskoczone spojrzenia mężczyzn, podeszła do kontuaru i zaczęła wydawać szybkie polecenia:

– Tutaj urządzimy salę dla rannych, tam, koło beczek będzie punkt opatrunkowy. Panowie! – zwróciła się rozkazująco do Madziarów. – Pomóżcie odstawić ławy.

– Helenko... – Major Stopkiewicz spoglądał zdumiony na narzeczoną. – Miałaś zostać w domu...

– Nasze miasto jest w niebezpieczeństwie. Nie myślisz chyba, że zostaniemy w domach, kiedy pod murami stają dzicy? – Spojrzała wyzywająco na majora.

– Tu może być niebezpiecznie... – zaczął niepewnie Stopkiewicz.

– Jestem do tego przyzwyczajona. Mój ród pochodzi stąd. – Helena podeszła do majora i ucałowała go w policzek. – Kiedy ty będziesz walczył, ja zajmę się rannymi. Taka jest nasza rola, mój drogi.

– Kto to jest? – spytał cicho Szábo, kiedy kobiety zaczęły swoje porządki.

– Moja narzeczona – odparł dumnie major.

– Niezła. – Kapitan pokiwał głową. – Znaczy bardzo stanowcza i w ogóle... – dodał zaraz, widząc podejrzliwe spojrzenie majora.

– Żebyś wiedział – odparł Stopkiewicz. – Pobieramy się zaraz po... po tym wszystkim.

– Zdrowie przyszłej pary młodej! – wrzasnął Madziar, jego ludzie natychmiast podchwycili okrzyk. – Oby nam długo żyli! Wiwat! Wiwat!

Reszta Madziarów powstała, również gratulując majorowi. Kapitan Żelezny uśmiechnął się nieznacznie.

– Gratuluję, Fiodor. Niech los wam sprzyja.

– Dziękuję serdecznie za wszystko. Oczywiście możecie czuć się zaproszonymi na wesele! – Major spojrzał na uśmiechniętą Helenę.

– Mam nadzieję, że dożyję tej chwili – mruknął cicho.

Rozdział 22

Jałta
13 maja 1957 roku

Z tarasu Białego Pałacu – letniej siedziby Kanclerza Rzeczypospolitej – roztaczał się widok na miasto. Sezon turystyczny trwał już w najlepsze. Ulicami największego czarnomorskiego kurortu przelewały się tłumy gości. Promenada Słońca, biegnąca wzdłuż brzegu, przypominała ruchliwy wielkomiejski deptak.

Maksym Chmielnicki, człowiek sześćdziesięcioletni o surowej, zniszczonej chorobą twarzy, siedział w wiklinowym fotelu, wystawionym pośrodku tarasu, i spoglądał na skąpane w słońcu ulice kurortu. Nie docierał tu zgiełk. Otoczona rozległym parkiem posiadłość stanowiła enklawę niedostępną dla zwykłych obywateli. Kanclerz sięgnął po szklankę z wodą, upił łyk i westchnął ciężko. Przez cały dzisiejszy poranek nie czuł się najlepiej. Właściwie nie pamiętał już, kiedy czuł się dobrze. Trzy miesiące temu, podczas wizyty na Węgrzech, jego organizm odmówił posłuszeństwa. Na uroczystym obiedzie wydanym na jego cześć poczuł nagle potworny ból w piersiach, upadł na podłogę i stracił przytomność. Walka o jego życie trwała całą noc.

Kanclerz, otoczony troskliwą opieką, opuścił szpital, lecz powrót do normalnego życia okazał się niemożliwy. Lekarze twierdzili, że teraz potrzebuje spokoju, ciszy i stabilizacji. Kanclerz uśmiechnął się gorzko. Spokojne życie i urząd, który pełnił, pozostawały ze sobą w całkowitej sprzeczności.

Wygrzebał z kieszeni swoją ulubioną fajkę. O niej też mówili, że szkodzi. Idioci. Jak może szkodzić odrobina tytoniu? Kiedy tylko wypuścił z rozkoszą pierwszy kłąb dymu, w drzwiach pojawił się natychmiast sekretarz Kanclerza.

– Szpiegujesz mnie, Walery? – Chmielnicki spojrzał na niego z uśmiechem.

– Miał pan nie palić. – Młody człowiek spoglądał na Kanclerza z wyrzutem. – To polecenie...

– Lekarze to idioci. – Kanclerz wpadł mu w słowo i machnął lekceważąco ręką. – Wiesz co, przynieś mi jeszcze odrobinę wina. Tego tokaju, który podawali dziś do śniadania.

– Ale lekarz...

– Walery, na miłość boską. Jeszcze chwila i pomyślę, że chcesz, bym umarł ze zgryzoty.

– Przyniosę wino pod warunkiem, że zgasi pan fajkę. – Walery wziął się na sposób.

– Ustępuję przed przemocą. – Kanclerz rozłożył ręce w geście poddania.

Poprawił koc okrywający nogi i rozejrzał się po tarasie. Przebywał tu od niemal miesiąca, lecz ciągle nie mógł przyzwyczaić się do obezwładniającego bezruchu panującego w pałacu. Przywykł do tętniącego życiem Lwowa, zaś w tej sennej posiadłości czuł się odcięty od reszty świata. Mimo że wraz z nim do Jałty przeniósł się liczący blisko tysiąc osób sztab, stanowiący jego najbliższe otoczenie, ze względu na jego stan zdrowia, kontakt z ludźmi ograniczony był do minimum. Nie mógł pozbyć się wrażenia, że traci tutaj więź z wielką polityką. Teraz, gdy sytuacja w Europie z dnia na dzień stawała się coraz bardziej napięta, niepokój ten potęgował się niepomiernie.

Lwów przypominał beczkę prochu. Skrytobójczy atak na wojska Rzeczypospolitej był dla wielu doskonałą okazją do realizacji własnych celów politycznych. W kuluarach sejmowych toczyła się zacięta walka przeciwników i zwolenników wojny z Turcją. On zaś musiał tkwić tutaj! W piersi poczuł nagle ostrzegawcze ukłucie. Spokojnie, tylko spokojnie. Nie wolno mu się przecież denerwować.

Odłożył fajkę i skierował wzrok ku zatoce. Z przystani wychodziło w morze kilka jachtów szlacheckich bogaczy, których letnie posiadłości ciągnęły się wzdłuż całego wybrzeża Krymu. Bliżej brzegu śmigały, modne od kilku lat, szybkie łodzie motorowe. Kanclerz obserwował z zaciekawieniem ludzi, którzy, trzymając się podczepionych do motorówek lin, mknęli po falach na czymś, co przypominało do złudzenia narty.

– Czego to nie wymyślą. – Pokręcił głową.

W takich chwilach, coraz częściej łapał się na myśli, że jest już starym człowiekiem. W czasach jego młodości Jałta była niewielkim miasteczkiem, do którego zjeżdżała jedynie sama elita. Tętniący życiem kurort był już zupełnie innym miejscem. Ludzie też byli inni.

Młodzi odrzucali dawne wartości. Jego pierworodny został bankierem, młodszy syn zarządzał wprawdzie rodowymi posiadłościami, lecz nawet on przypominał już bardziej przedsiębiorcę niż szlachcica. Kanclerz westchnął ciężko. Stary świat coraz szybciej ustępował miejsca nowemu. Jeszcze trochę i dawna Rzeczpospolita odejdzie w niepamięć. Na szczęście nie będzie już tego widział...

Drzwi otworzyły się cicho. Dwóch ludzi przeszło przez taras i zatrzymało się na wprost Kanclerza. Chmielnicki zmierzył ich uważnym spojrzeniem. Spodziewał się tej wizyty.

– Siadajcie. – Wskazał stojące obok fotele.

Janusz Sapieha, szef Wydziału Drugiego podał rękę Kanclerzowi.

– Widzę, że tutejszy klimat ma na ciebie korzystny wpływ – powiedział. – Wyglądasz dużo lepiej.

– Klimat klimatem. – Kanclerz machnął ręką. – Pilnują mnie tu jak dziecka. Dieta, badania. Ohyda. Nawet fajki nie mogę zapalić.

– Palenie stępia umysł i osłabia wolę – odezwał się Jan Zamojski, szef Wydziału Piątego[49]. – Zawsze powtarzałem ci, że powinieneś rzucić to świństwo.

---

[49] siły specjalne Rzeczypospolitej

– Gorszy jesteś od lekarzy – mruknął Chmielnicki. – Oni przynajmniej pozwalają mi co jakiś czas zjeść coś normalnego. Ja, mój drogi, nie mam twojej natury. Ty nadajesz się na zakonnika, ja nie bardzo.

– Ja też nie. – Sapieha zapalił papierosa. – Lepiej żyć krótko, ale dobrze.

Zamojski wzruszył ramionami i zwrócił się do Kanclerza.

– Domyślasz się, że składamy ci tak nagłą wizytę nie bez przyczyny – powiedział z namysłem. – Zaszły nowe, nieprzewidziane okoliczności...

– Nowe nieprzewidziane okoliczności... – Kanclerz pokiwał głową. – Od kilku dni to określenie przyprawia mnie o nieprzyjemny dreszcz. Cóż zatem się wydarzyło?

– Kilka godzin temu dotarła do nas wiadomość, że Korpus Afrykański szykuje się do wymarszu z koszar – powiedział Sapieha. – Pięćdziesiąt tysięcy żołnierzy, niemal wszystko, czym dysponują Afrykanie. Według naszych obliczeń dotrą do granicy mauretańskiej w przeciągu trzech, czterech dni. Jesteśmy pewni, że Wiśniowiecki zamierza uderzyć na Maurów.

Kanclerz zmierzył szefa wywiadu uważnym spojrzeniem.

– Skąd ta pewność? – spytał chłodno.

– Według tego, co wiemy, rebelia na północy objęła jedynie kilka granicznych powiatów – odpowiedział Zamojski. – Nowe Jasło zaatakowane zostało przez jedno z mauretańskich plemion, które nie uznaje zwierzchnictwa Kalifa. Jest ich nie więcej niż dwa, trzy tysiące... Stłumienie rebelii nie wymaga aż tak wielkich sił.

– Moi ludzie mają dostęp do sztabu Korpusu – dodał Sapieha. – Według nich, Wiśniowiecki zamierza wykorzystać okazję, jaka się nadarzyła. Rozbije Kalifat i ogłosi się Kanclerzem.

– Wiśniowieccy – Chmielnicki zacisnął usta. – Przeklęty ród warchołów! Nawet po trzystu latach są z nimi problemy!

– Niebezpieczeństwo jest poważne. – Zamojski nie odrywał spojrzenia od jego twarzy. – Kalif nie ma dość sił, by powstrzymać Korpus. Ten człowiek nadludzkim wysiłkiem zjednoczył plemiona mauretańskie. Jeśli Korpus ruszy na północ, cały kraj natychmiast pogrąży się w wojnie domowej.

– Rzuć okiem na to. – Sapieha podał Kanclerzowi dokument opatrzony nadrukiem „ściśle tajne".

– Co to jest?

– Potwierdzenie wieści, że Kalif szuka rozpaczliwie sojuszników. Według nas, pomocy udzieli mu Egipt. Istnieje również duże prawdopodobieństwo, że posiłki przyśle Kalifat Bagdadzki i Hiszpania. Wiesz, co to oznacza.

– Czy ten człowiek wie, że nie uderzymy na Turcję? – spytał ze złością Kanclerz. – Czy wie, że pozostanie sam?

– Liczy pewnie na to, że gdy rozpocznie wojnę, Rzeczpospolita zmuszona będzie stanąć do walki – odparł Sapieha. – Afrykanie wiedzą, że koncepcja wojny z Turcją cieszy się w Rzeczypospolitej ogromnym poparciem.

– Jeśli w Afryce wybuchnie wojna, nie będziemy mogli stać bezczynnie – powiedział Zamojski. – Ludzie chcą zemsty. Gdy Wiśniowiecki uderzy, nasi przeciwnicy zyskają nowy argument, przemawiający za odwetem.

Kanclerz spojrzał na swoich gości jakby dopiero teraz ich zobaczył.

– Z czym do mnie właściwie przychodzicie? – spytał cicho.

Zamojski zerknął na Sapiehę, a gdy tamten nieznacznie skinął głową, powiedział, ważąc słowa.

– Jutro wyrusza do Nowego Krakowa nasze poselstwo z ofertą pomocy dla Afrykanów. Mógłbym wysłać tam również kilku moich ludzi...

– Co masz na myśli? – Chmielnicki podniósł głowę, spoglądając na dowódcę sił specjalnych badawczym wzrokiem.

– Sprawę należy rozwiązać szybko i radykalnie – odezwał się Sapieha. – Gdy zabraknie ich przywódcy, pokój zostanie uratowany.

– Zdajecie sobie sprawę, czego ode mnie żądacie? – spytał chłodno Kanclerz.

– Nakazuje to racja stanu Rzeczypospolitej – powiedział twardo Zamojski.

– Oferujemy im trzy miliardy moresów. – Kanclerz rozłożył ręce. – Trzy miliardy moresów! Za taką kwotę można zbudować duże miasto!

– Wiesz dobrze, że Wiśniowiecki na to nie pójdzie – mruknął Zamojski. – Ten człowiek pragnie przekształcić północną Afrykę w udzielne księstwo. Naszym kosztem.

Chmielnicki przymknął oczy. Wyglądało, jakby zasnął. Zamojski zerknął na Sapiehę. Ten wykonał uspokajający gest. Minęła minuta.

– Zróbcie to – szepnął Kanclerz, nie otwierając oczu.

– Mamy więc twoją zgodę?

Chmielnicki skinął nieznacznie głową.

– Pozbądźcie się ciernia, który rani ciało Rzeczypospolitej.

Rozdział 23

Al-Kuwira – stolica Kalifatu Mauretańskiego
14 maja 1957 roku

Czarny Toor 780, w eskorcie samochodów ochrony, opuścił płytę lotniska i skierował się w stronę centrum miasta. Wkrótce kawalkada wjechała na nadmorski bulwar, biegnący miejscami tak blisko oceanu, że przez otwartą szybę dostawały się do wnętrza krople słonej wody. Samochody przejechały obok portu i skierowały się w stronę widocznego w oddali wielkiego pałacu Multan, siedziby władcy Mauretanii.

Raszid Bejhaid, dziewiętnasty Kalif z rodu Belhidów, spoglądał w milczeniu na błękitny przestwór wody. Odkąd opuścił samolot, nikt nie usłyszał z jego ust choćby jednego słowa. Był wyraźnie nie w humorze. Siedzący obok dowódca armii mauretańskiej, generał Fiodor Stiepanow, raz po raz zerkał na niego niecierpliwie, wreszcie zapytał ostrożnie:

– Panie, czy możemy już porozmawiać?

Kalif westchnął ciężko.

– Nie mam dobrych wieści, przyjacielu – powiedział ponuro. – Egipcjanie wprawdzie ofiarowali nam pomoc, lecz ta nie przybędzie szybciej, niż za kilka tygodni.

– Za kilka tygodni? – Generał zacisnął dłonie w pięści. – Wtedy może być za późno!

– Wiem o tym. – Na twarzy Raszida Bejhaida, zmęczonej i bladej, pojawił się wyraz rezygnacji. – Starałem się ich przekonać, jak wielkie grozi nam niebezpieczeństwo. Sam jednak rozumiesz, że przerzut wojska przez pustynię to wielka operacja.

– Egipcjanie to tchórze! – wybuchnął Stiepanow. – Ociągają się, żeby dać czas niewiernym!

– Nie mów tak! Egipcjanie są nam przychylni. Jeśli komuś możemy zaufać, to im właśnie. Powiedz lepiej, co na południu. – Władca nie ukrywał nawet niepokoju i obawy, z jaką oczekiwał odpowiedzi.

Jego rozmówca zaś przygotował się do niej, bo sięgnął szybko po leżącą obok teczkę.

– Oto zdjęcia zwiadu lotniczego. Wysłałem samolot zaraz po tym, jak ten syn garncarza ruszył na niewiernych.

Raszid Bejhaid wziął odbitki do ręki i długo im się przyglądał.

– Co to jest? – spytał ostro.

– Zburzony fort pograniczny. Ten buntownik ośmielił się wywiesić na ruinach flagę Kalifatu, świadcząc tym samym, że działa z naszego polecenia.

– Pies przeklęty! – syknął Kalif. – Kiedy zrobiono te zdjęcia?

– Dwa dni temu – odparł ponuro Stiepanow. – Samolot przeleciał wzdłuż granicy i sfotografował pozostałe forty. – Wskazał na kolejne zdjęcie. – W dwóch miejscach ostrzelano go, a niedaleko od osady Kimlicz pilot zauważył ciągnącą na zachód kolumnę. Sądząc z opisu, byli to mieszkańcy osady.

– Porzucili swoje domy?

– Najwyraźniej.

– Co dalej?

– Pod Nowym Jasłem trwa bitwa. – Generał zamilkł na chwilę, jakby wahał się, czy kontynuować. – Ten idiota Sulejman, zamiast rozniecić ogień powstania, szturmuje miasto. Jego dni są policzone. Gdy tylko nadejdzie Korpus, jego kości pochłonie pustynia.

– Nie mamy więc czasu – podsumował Kalif ze złością.

– Nie mamy – powtórzył Stiepanow.

– Gdzie jest ten pies Wiśniowiecki?

– Szpiedzy donoszą, że ruszył już na północ. Do granicy dotrze za dwa, trzy dni. Gdy połączy się z Czechami i Madziarami, siły niewiernych liczyć będą prawie siedemdziesiąt tysięcy żołnierzy.

Czoło Raszida Bejhaida przecięła głęboka bruzda.

– Dziś jeszcze wzmocnisz nasze siły na południowej granicy – zadecydował twardo. – Wyprowadzisz w pole czwartą i piątą dywizję.

– Panie... – Stiepanow niemalże się zachłysnął. – Chcesz pozostawić stolicę bez ochrony? Co stanie się, gdy niewierni przełamią naszą obronę? Kto ciebie ochroni?

– Nic nie rozumiesz – uciął Raszid Bejhaid. – Nasza armia i tak nie zdoła powstrzymać Korpusu. Wiesz o tym dobrze.

– Po co więc chcesz przerzucać wszystkie siły na pustynię? – spytał niepewnie generał. – Nasz plan zakładał przecież powstrzymywanie niewiernych w oczekiwaniu na pomoc Egipcjan. Jeśli stawimy opór na południu, po kilku dniach zostaniemy rozbici. Droga do wnętrza kraju stanie przed nimi otworem...

– Ruszysz na pustynię – przerwał mu Kalif. – Gdy Berberowie zbliżą się do granicy, uderzysz na nich.

– Panie! Wybacz, ale nie pojmuję twoich intencji...

– To proste, przyjacielu – odpowiedział władca zaskakująco miękko. W jego głosie nie było już słychać gniewu, tylko smutek i rezygnację. – Musimy zgiąć kark, aby nie został złamany.

– Jak wytłumaczymy ludziom, że mają zabijać swoich braci? – zapytał generał z goryczą. – Nasze wojska mogą się zbuntować!

– Dlatego to właśnie ty poprowadzisz gwardię. Masz posłuch u dowódców, a twoi żołnierze cię kochają. Ty jeden rozumiesz, w jak trudnej sytuacji się znaleźliśmy. Ty jeden kierujesz się rozumem. – Raszid Bejhaid odłożył zdjęcia i spojrzał na generała. – Uwierz mi, że to jedyne wyjście.

– Lud cię znienawidzi...

– Lud nic nie rozumie – syknął Kalif. – Lud nie myśli. Lud jak zawsze żąda rzeczy niemożliwych!

Stiepanow zagryzł wargi, rozważając coś w myślach.

– Pozwól mi pozostawić w mieście choć jeden pułk – powiedział po dłuższej chwili. – Jeśli dojdzie do zamieszek, wystawiony będziesz na wielkie niebezpieczeństwo.

– Dobrze, przyjacielu – odezwał się bezbarwnym głosem Raszid Bejhaid. – Pozostaw w mieście jeden pułk. Jeśli dojdzie do zamieszek, być może on uratuje Mauretanię.

Rozdział 24

Nowy Kraków
15 maja 1957 roku

Dwa Toory 780 skręciły z drogi nad brzegiem oceanu i zatrzymały się przed kutą w żelazie bramą, przy której trzymało wartę kilku żołnierzy Korpusu Afrykańskiego. Latarnie umieszczone na skraju drogi rozpraszały mrok nocy bladym kręgiem światła.

Oficer podszedł do pierwszego samochodu, zerknął przez uchylone okno i na widok generalskich mundurów zasalutował sprężyście.

– Witamy w Afryce! Wojewoda oczekuje panów!

Ciężkie skrzydła bramy drgnęły. Kierowca odczekał, aż otworzyły się wystarczająco szeroko, po czym ruszył wolno szeroką, wysypaną żwirem aleją przez rozległy park. Reflektory wyławiały z ciemności niewyraźne cienie zwierząt umykających w popłochu. Roje papug, drepczących dostojnie środkiem alei, ustępowały niechętnie stalowemu intruzowi. Kierowca raz po raz krótkimi sygnałami klaksonu płoszył stada małp, które z głośnym wrzaskiem uciekały na boki.

Po kilkuset łokciach aleja zakręcała na powrót w stronę oceanu. Biegła teraz niemal nad samym brzegiem, urwistym, ograniczonym wielkimi blokami skalnymi. Dwa rzędy palm tworzyły nad aleją zwarty, poruszany wiatrem baldachim.

Dwóch mężczyzn, zajmujących tylną kanapę limuzyny, spoglądało zmęczonym wzrokiem na krajobraz za oknem. Mimo że upał, który za dnia dochodził do dwustu stopni, zelżał już nieco, ich twarze lśniły od potu. Europejskie mundury, nieprzystosowane do afrykańskiego klimatu, były źródłem dodatkowej udręki. Wykonane z grubego materiału, zapięte na ostatni guzik, zapewniały wrażenia rodem z łaźni parowej. Pasażerowie spoglądali z zazdrością na kierowcę ubranego w mundur Korpusu, czyli przewiewną koszulę i krótkie spodnie. Jeden z generałów, kościsty czterdziestolatek, sięgnął do schowka i mrucząc, począł sprawdzać jego zawartość.

– Orzechówka, miodzik, śliwowica... Masz na coś ochotę? – Zerknął na swojego towarzysza.

– Daj spokój. Alkohol w taki upał? Odkąd tu jesteśmy, mam wrażenie jakbym nie wychodził z sauny. – Tamten tylko machnął ręką, dla kogoś o takiej tuszy upał był nieznośny w dwójnasób. Kurtka munduru, opięta na wydatnym brzuszysku, pociemniała od potu.

– Nie dla nas taka aura. – Chudy sięgnął po orzechówkę. Jednym haustem opróżnił kieliszek i napełnił go ponownie. – Wiesz co? Zastanawiam się, czy zrobimy dobre wrażenie na Afrykanach. Jeśli pokażemy się u wojewody spoceni jak myszy...

– Wiesz dobrze, że i tak nie czeka nas miłe przyjęcie. – Grubas wzruszył ramionami. – Z wojewodą...

– Tymczasem jesteśmy już na miejscu. – Jego kompan trącił go łokciem, zerkając znacząco na kierowcę.

Toor zatrzymał się na zatłoczonym podjeździe, przed okazałym pałacem, otoczonym przez olbrzymie baobaby. Rzędy lśniących limuzyn dziwnie kontrastowały z gromadami małp, które, nie zwracając najmniejszej uwagi na ludzi, zajadały banany, kłócąc się zawzięcie, ilekroć któraś próbowała porwać kiść owoców. Obaj generałowie Rzeczypospolitej, wysiadłszy, z równym zaciekawieniem rozglądali się na boki. Nie dane im jednak było zobaczyć zbyt wiele, gdyż niemal w tej samej chwili dołączył do nich senator Walery Kulka.

– Pośpieszmy się, panowie. Przyjęcie trwa już od godziny! Gotowi jeszcze wziąć nas za gburów! – denerwował się.

– Spokojnie panie Kulka – mruknął niechętnie gruby generał. – Zapowiedzieliśmy się na ósmą, jest ósma, więc nie ma powodów do obaw. Jesteśmy nad wyraz punktualni.

– Jednak się denerwuję. – Senator otarł spocone czoło i poluźnił uwierający kołnierzyk. – Chodźmy, panowie, trzeba stawić czoło przeznaczeniu.

Rzeplici ruszyli w stronę wejścia. Minęli ganek i po chwili znaleźli się w przestronnym holu. Na piętro, skąd dobiegały dźwięki muzyki, prowadziły szerokie schody, wyłożone grubym dywanem. Generałowie raz jeszcze poprawili mundury i ruszyli wolno na górę. Kiedy pokonali ostatni stopień, ujrzeli wielką salę balową. Marmurowa posadzka lśniła w świetle kryształowych lamp, zdobiących ściany, pokryte ręcznie malowanymi tapetami. Filigranowe, zdawałoby się, kolumny wspierały przeszklony dach, przez który widać było cudownie rozgwieżdżone niebo. Północną część sali zajmował olbrzymi stół ustawiony w podkowę, nakryty ciężkim obrusem, z orłami Rzeczypospolitej wyszytymi złotą nicią. Nad nim biegła szeroka galeria, którą zajmowała orkiestra. Jednak to nie przepych i bogactwo wnętrza sprawiły, że Rzeplici zatrzymali się na progu.

– Na miłość boską! – Senator rozejrzał się niepewnie. – Gdzie my jesteśmy?

Kontusze, szable, wąsy i podgolone czupryny wyglądały niemal tak samo, jak trzysta lat temu. Szare, proste mundury generałów, na tle oszałamiających barwami strojów Afrykanów, wyglądały nie tyle skromnie, co wręcz niestosownie. Setki oczu spoglądały na przybyszów z równym zaskoczeniem. Coraz głośniejszy szept sunął przez salę, docierając wreszcie w okolicę stołu, gdzie zasiadał wojewoda nowokrakowski. Szepnięto mu o nadejściu oczekiwanych gości. Podniósł się ze swojego miejsca i wolnym, wyważonym krokiem ruszył w stronę gości.

Gospodarz przyjęcia, wojewoda nowokrakowski, był mężczyzną w sile wieku, słusznej postury, i o przenikliwym spojrzeniu. Z całej jego postawy biła pewność siebie i dostojeństwo, dokładnie tak, jak tego oczekiwano po szlachcicu piastującym wysokie stanowisko w dziedzinach Rzeczypospolitej. W swoim kontuszu, opiętym szerokim srebrnoczerwonym pasem, z szablą przy boku, był ucieleśnieniem afrykańskiego arystokraty. Podszedł do generałów i ukłonił się lekko.

– Witam w Afryce – odezwał się donośnym głosem. – Cieszy mnie, że możemy gościć panów, choć czas jest nie ku zabawie, lecz idzie ku wojnie. Jestem Antoni Sierpiński, herbu Ostoja.

– Mykoła Didiuk, herbu Leliwa – przedstawił się gruby generał.

– Adam Klepacz, herbu Pomian.

– Walery Kulka, senator.

Wojewoda skinął głową zadowolony z prezentacji. Ujął Didiuka pod ramię i poprowadził gości w stronę stołu.

– Moja małżonka, Wanda Sierpińska, nasi goście z Rzeczypospolitej. – Dostojna matrona wstała, gdy tylko się zbliżyli i teraz obdarzyła przybyszów czarującym uśmiechem.

– Witamy serdecznie w Afryce. Mam nadzieję, że mieliście panowie dobrą podróż?

– Owszem, obyło się bez większych przygód – odparł uprzejmie Klepacz, ukłonem dziękując za okazane zainteresowanie.

– Usiądźmy zatem. – Wojewoda wykonał zapraszający gest.

Kilku służących, na dany znak, odsunęło krzesła przeznaczone dla specjalnych gości. Siedzący po obu stronach podkowy ludzie przyglądali się przybyszom z zaciekawieniem. Klepacz, usadowiwszy się na miejscu, omiótł stół szybkim spojrzeniem.

– Co teraz mamy robić? – mruknął niepewnie senator Kulka.

– Nic – powiedział spokojnie Didiuk. – Zobaczymy, jak rozwinie się sytuacja.

– Ejże! – Z prawej strony uniósł się wielki szlachcic. – Ejże! Czy mi się zdaje, czy to przybyły posiłki z Rzeczypospolitej? Nie ma co! Dwóch generałów przysłali! Panowie bracia! Wypijmy za naszą macierz! Nieźle sobie ona poczyna, skoro przybywa do nas z tak wielką siłą!

– Wiwat Rzeczpospolita! Niech ją piorun trzaśnie! – zawtórował wielkoludowi brodaty jegomość, któremu już nieźle dymiło się z czuba. – Po coście tu przyjechali, panowie Rzeplici?!

– Panie Skórzewski! Panie Barabasz! – Wojewoda wstał gwałtownie. – Zapomnieliście chyba, gdzie jesteście! To goście nasi, jak im się przedstawiacie, panowie?!

– Panie wojewodo! – Skórzewski zachwiał się, lecz podtrzymany przez kamratów, ustał na nogach. – Panie wojewodo Sierpiński! Nie dalej niż godzinę temu, sam żeś pan na nich pomstował! Niech wiedzą, co myślimy!

– Ma rację! – darł się Barabasz. – Niech wiedzą, co myślimy! Po co tu przyjechali?!

– Odpowiem na wasze pytania. – Senator Kulka powstał gwałtownie z miejsca. – Przybyliśmy tu...

– Kto waść jesteś? – Skórzewski przymknął jedno oko, czknął i uderzył pięścią w stół. – Kto waść jesteś?!

– Nazywam się Walery Kulka. Jestem senatorem Rzeczypospolitej...

– Kulka? – przerwał mu Barabasz. – Jaki twój herb?

– Nie jestem herbowy – odparł chłodno senator.

– Nie jesteś herbowy? – Szlachcic poczerwieniał. – Skoro nie jesteś herbowy, to co tu robisz?!

– Powiedziałem już, że jestem senatorem...

– Bezherbowy! – Barabasz chwycił się za głowę. – Sklepikarz, albo jeszcze co gorszego! Możesz sobie podać rękę z tymi tam. – Ruchem głowy wskazał siedzących z boku Czechów i Bawarów. – Sklepikarz senatorem!

– Ja, drogi panie, mam fabrykę obuwia – powiedział Kulka urażony do żywego.

– Ma fabrykę! Słyszycie? – wykrzyknął Barabasz. – Wiesz, gdzie mam twoją fabrykę?!

– Panie Skórzewski! Panie Barabasz! Spokój ma być, bo będę musiał za drzwi was wyprosić! – huknął wojewoda i skinął na kilku żołnierzy Korpusu strzegących dyskretnie sali.

– A co to?! Gwałt?! Gwałt?! Na szlachcicu?! – zaperzył się Skórzewski. – Jeśli kto mnie tknie, zaraz odwołam moich ludzi! Mam ich niemało! Każdy o tym wie!

– Ma ich niemało! – wtórował mu Barabasz.

– Na miłość boską, panowie, proszę o spokój – powiedział już znacznie spokojniej wojewoda.

– Nie będziemy gadać z bezherbowym! – Skórzewski machnął pogardliwie ręką, gdyby nie był na sali balowej, zapewne by i splunął Kulce pod nogi.

– Reprezentuję Rzeczpospolitą i nie pozwolę się obrażać! – odpowiedział dumnie tamten.

Muzyka umilkła nagle i całe towarzystwo zamarło w oczekiwaniu na dalszy rozwój wypadków.

– Senatorze, niech pan da lepiej spokój... – zaczął Didiuk.

– Herb nikomu nie daje prawa, żeby innych znieważać. W niczym herbowym nie ustępuję. Niech udowodni, że jest lepszy. – Senator nie spuszczał wzroku z Afrykańczyka.

– Chcesz się bić? – Pijany szlachcic parsknął śmiechem. – Dobrze więc. Niech będzie! Wychodź na szable!

Kulka niepewnie rozejrzał się po sali.

– Uspokój się, człowieku. – Generał Klepacz podniósł się z krzesła i zmierzył Skórzewskiego spojrzeniem pełnym nie do końca tajonej niechęci. – Nie mów rzeczy, których mógłbyś później żałować.

– Grozisz mi?! – Szlachcic aż zapiał.

– Nie grożę tylko proszę...

– Wychodźcie na szable! Obaj!

– Na szable? – Twarz Klepacza pozostała niewzruszona. – Wiesz dobrze, że w Rzeczypospolitej białej broni nie używa się od stuleci. Widać boisz się równej walki, skoro proponujesz coś takiego.

– Ano tak. Zapomniałem, że wy w Europie nie jesteście już nasi...

– Stawaj! – Generał jednym szarpnięciem rozpiął mundur. – Stawaj na rękę! Pokaż żeś nie tylko w gębie mocny!

– Adam! Na miłość boską! – Didiuk złapał się za głowę. – Daj spokój!

– Kto myśli, że w Rzeczypospolitej dawny duch zamarł, niech się przekona, że rzeczy mają się zupełnie inaczej. – Klepacz ruchem ręki odgarnął naczynia. – Stawaj, panie Skórzewski!

– A pewnie, że stanę! – Szlachcic chwiejnie wyszedł zza stołu. Zatrzymał się na środku i ujął pod boki. Na zaczerwienionej gorzałką twarzy malowały się buta i pewność siebie. – Widzicie te zapotniałe myszki? – zakpił, zwracając się do swoich kompanów, którzy odpowiedzieli śmiechem. – Biedacy ledwie żyją! Co, klimat zaszkodził? Gorąco? W Rzeczypospolitej podobno teraz zima?

– Widać, żeś do szkoły nie chodził! – odciął się nieoczekiwanie Didiuk. – Panie wojewodo, to są afrykańskie zwyczaje?! Najpierw gości do domu zaprosić, a potem ich obrażać do woli?

Wojewoda Sierpiński, pobladły i wściekły, skinął na żołnierzy ochrony.

– Nie! – Okrzyk Klepacza zatrzymał sierżanta, który wraz z żołnierzami szykował się, aby wyprowadzić szlachciców z sali. – Znam wasze prawa i wiem, że macie tu pojedynki. Wyzywam więc tego jegomościa na pojedynek. Oznajmiam to wszem i wobec!

– Jeśli coś wam się stanie... – Wojewoda, dla odmiany czerwony ze wstydu, robił wrażenie bezradnego w zaistniałej sytuacji.

– Niech walczą – wtrąciła się nagle Sierpińska, z uznaniem spoglądając na Klepacza. – Nie na szable, Rzeplici nie znają tej broni. Niech walczą na ręce. Pan Skórzewski podał w wątpliwość honor pana Klepacza i pana Kulki. Skoro tak, niech zwycięży silniejszy.

W jednej chwili tłum zbił się wokół uprzątniętego kawałka stołu. Czesi i Bawarzy utworzyli zwarty krąg tak, by ochronić walczących od nagłej interwencji kilkudziesięciu towarzyszy pijanego zawadiaki. Duszne powietrze, wypełniające wielką salę, stało się ciężkie. Mokry od potu Didiuk kręcił z niedowierzaniem głową.

– Generale, niech pan da spokój. – Przerażony senator rozglądał się niespokojnie na boki. – To moja wina. Niepotrzebnie z nim zacząłem...

– Pan nic nie rozumie, senatorze. – Klepacz spojrzał na Kulkę ze złością. – Teraz wszystko się waży – tłumaczył półgłosem. – Oni nam nie ufają, myślą, że przyjechaliśmy tu mydlić im oczy. Wie pan, jak wiele zależy od tego, czy przekonamy ich do naszych planów. Nie słyszał pan, co mówił ten pijus? Wojewoda myśli dokładnie to samo, co wszyscy, lecz dyplomatyczny blichtr nie pozwala mu powiedzieć tego głośno. Jeśli nie zdobędziemy ich zaufania, wszystko pójdzie na marne.

– Myślisz, że je zdobędziesz dzięki tej walce? To niegodne generała Rzeczypospolitej...

– Czasami nie ma miejsca na konwenanse. Wolę prawdę zamiast dyplomatycznego gnoju. – Klepacz stanowczym gestem wręczył senatorowi generalski uniform, podwinął rękawy koszuli i zasiadł okrakiem na krześle. Skórzewski, posapując gniewnie, zrzucił kontusz, pociągnął słuszny łyk miodu i spojrzał wilkiem na swojego przeciwnika.

– No, panie Rzeplita, stawaj!

Skrzyżowali ręce. Sala zamarła w milczeniu. Członkowie orkiestry, porzuciwszy instrumenty, przechylili się przez balustradę, obserwując w napięciu niezwykłą walkę. Jeden z Czechów, ujrzawszy dyskretny sygnał wojewody, puścił skrzyżowane dłonie.

– Walka! – krzyknął.

Skórzewski natarł z pasją. Jego potężne ramię niemal od razu przygniotło rękę generała do stołu. Jednak Klepacz wytrzymał wściekły atak. Przymknął oczy, nabrał głęboko powietrza i powoli, systematycznie, wyprowadził dłoń do pionu. Szlachcic napierał, poczerwieniał, a w zmrużonych oczach błyskało szaleństwo, mimo wszystko Rzeplita nie oddawał pola. Wisieli tak przez dłuższą chwilę, nieruchomo niczym posągi. Jedynie strużki potu, płynące po twarzach obu walczących, świadczyły o ogromnym wysiłku, jakiego wymagał ten bezruch. Skórzewski natarł ponownie. Nie potrafił walczyć systemem.

– Przegrasz! – wysapał z trudem.

– Jak dasz radę – odparł przez zaciśnięte zęby Klepacz.

Szlachcic był wyraźnie silniejszy, lecz generał posiadał wolę przetrwania. Walczył spokojnie, systematycznie, kontrolując sytuację spod wpółprzymkniętych powiek. Wyrównał oddech i przeszedł do natarcia. Skórzewski szarpnął raz jeszcze, lecz jego dłoń się zachwiała. Trudno było określić, po czyjej stronie jest sympatia widzów. Warchoł, pijanica, ale jeden z najznamienitszych przedstawicieli afrykańskich rodów, wyraźnie tracił siły. Próbował jeszcze walczyć, lecz bezskutecznie. Wyraźnie przegrywał. Szarpał się, sapał, napierał, ale nic nie mogło ocalić go od klęski. Wreszcie skapitulował. Jego dłoń opadła, uderzając z hukiem o blat stołu. Wściekły i upokorzony poderwał się z miejsca, wyszarpnął nagłym ruchem szablę i, dysząc ciężko, przystawił ją do szyi generała. Żołnierze Korpusu sięgnęli po broń.

– Stać! – Krótki okrzyk Klepacza zatrzymał ich w miejscu. – Mówiłeś przed chwilą, że chcesz równej walki. Miałeś ją. Czy teraz posuniesz się do gwałtu? – Podniósł na szlachcica zmęczone spojrzenie.

– Ja ciebie! Ja ciebie...

– Dość tego, panie Skórzewski! – Wojewoda podniósł się gwałtownie z miejsca. – Przekroczyłeś waść wszelkie dopuszczalne granice! Chciałeś walki? Miałeś ją! Chcesz teraz stracić honor?!

Na dźwięk tych słów Skórzewski opuścił szablę i powiedział wolno:

– Ja wiem, co to godność szlachecka. Wy zaś przyszliście tu słuchać rad tego Rzeplity! Na co nam oni?!

– Chodź, Adam. – Barabasz chwycił kamrata za ramię. – Nic tu po nas.

Kilkunastu szlachciców z otoczenia Skórzewskiego ruszyło do wyjścia. Przeszli przez salę w milczeniu, odprowadzani ponurymi spojrzeniami zebranych. Kiedy umilkły odgłosy ich kroków, zapadła głucha cisza... Siedzący obok Klepacza Didiuk poruszył się niespokojnie, zerknął nerwowo na swojego towarzysza i spytał szeptem:

– Co teraz? Masz jakiś pomysł?

Nie zdążył usłyszeć odpowiedzi, bowiem zza stołu podniósł się wojewoda.

– Przykro nam, że na naszej ziemi spotkało was takie przyjęcie. Powinniście jednak wiedzieć, że nie wszyscy myślimy w ten sposób. – Z sali odpowiedział mu przychylny pomruk. – Wierzymy głęboko, że dawne nieporozumienia odejdą w niepamięć, że w tych trudnych chwilach macierz nie zapomni o swoich dzieciach zamieszkujących Afrykę. Było w naszej historii wiele nieporozumień, lecz oto nadchodzi chwila, w której wszystko, co złe, może zostać naprawione. – Wojewoda zwrócił się w stronę gości, dając tym samym do zrozumienia, że potwierdzą oni jego słowa.

Klepacz odgarnął opadające na czoło włosy, poprawił bluzę munduru, wstał i odparł w tym samym tonie i równie poważnie.

– Kanclerz Rzeczypospolitej, którego jesteśmy przedstawicielami, pragnie przekazać naszym afrykańskich braciom zapewnienie, że Rzeczpospolita nie uczyni niczego, co mogłoby naruszyć przyjaźń z afrykańskimi dziedzinami.

– Panowie bracia! – powiedział głośno wojewoda. – Dzisiejsze przyjęcie wydane zostało na cześć naszych dostojnych gości! Bawmy się i weselmy! Niech zobaczą, jaka naprawdę jest nasza gościnność! – Wojewoda skinął na orkiestrę, która natychmiast wypełniła salę dźwiękami muzyki.

* * *

Generał Adam Klepacz otworzył oczy i zaraz je zamknął. Nieznośny ból rozsadzał głowę, gardło wyschło całkiem na wiór, a żołądek dawał znać o sobie gwałtownymi skurczami. Generał jęknął cicho. Próbował przypomnieć sobie, gdzie jest i co robi w tym wielkim, wypełnionym gdańskimi meblami, pokoju. Jak przez mgłę napłynęły wspomnienia wczorajszego wieczoru. Przyjęcie przeciągnęło się do późna. Pamiętał głośną muzykę i morze piwa, które wypił do spółki z Afrykanami. Jak znalazł się w pokoju, nie wiedział. Domyślał się jednak, bowiem gdzieś w bolącej głowie kołatało się mgliste wspomnienie tego, jak wnoszono go do samochodu.

– Niech to szlag! – Mógł mieć pretensje jedynie do siebie samego. I miał. – Nieźle sobie poczynasz! Zamiast reprezentować Rzeczpospolitą, spiłeś się jak świnia!

Sięgnął po stojącą na stoliku karafkę z wodą. Opróżnił ją do dna i poczłapał do łazienki. Była luksusowa, jak wszystko wokół, bardziej łaźnia niż łazienka, z wielką żeliwną wanną i ogromnym lustrem, biegnącym przez całą ścianę. Kamienne płyty posadzki chłodziły przyjemnie stopy. Generał zerknął w lustro i skrzywił się.

– Mój Boże! Jak ty wyglądasz?! – Dotknął obrzmiałej twarzy i skrzywił się ponownie. Pod przekrwionymi oczyma kładły się głębokie cienie, kontrastujące paskudnie z niezdrowo bladymi policzkami i czołem. Wyglądał tak, jak się czuł, a czuł się tak źle, jak intensywnie bawił się poprzedniego wieczora. – Nie ma co, popisałem się – mruknął.

Westchnął ciężko i przetarł spocone czoło. W łazience, podobnie jak w pokoju, powietrze było ciężkie i wilgotne. Jego organizm, przyzwyczajony do chłodnego klimatu północnej Europy, wyraźnie źle znosił afrykańską saunę. Generał podszedł do okna i otworzył je na oścież. Ledwie to uczynił, całe pomieszczenie wypełnił uliczny gwar.

Dom gościnny, w którym ulokowano gości z Rzeczypospolitej, noszący dumną nazwę „Królewski", stał przy rynku staromiejskim Nowego Krakowa. Na wprost okien, pośrodku wielkiego placu, wznosiła się wierna kopia Sukiennic. Wokół, podobnie jak w starym Krakowie, tłoczyły się liczne stragany, na których sprzedawano jednak nie kwiaty, a daktyle, orzeszki ziemne i orzechy kokosowe. Zamiast gwaru przekupek, słychać było gardłowe okrzyki arabskich kupców, zachwalających swój towar.

Kamienice dokoła rynku przypominały nieco te z dalekiej Europy, lecz rosnące przed nimi palmy nadawały temu miejscu wygląd wschodniego bazaru. Generał obrócił wzrok na kłębiący się w dole tłum ludzi. Wszyscy wydawali się czymś podnieceni, wszyscy krzyczeli, mówili głośno, pragnąc zwrócić na siebie uwagę. Jakby tego było mało, na rynku zasiedli i muzykanci. Murzyni w szerokich i barwnych koszulach rytmicznie uderzali w wielkie bębny, akompaniując Arabom i ich piszczałkom, których przeraźliwy dźwięk wybijał się ponad panujący na ulicy hałas...

Klepacz, ogłuszony niemalże, zamknął szybko okno i puścił do wanny strumień zimnej wody. Chłodna kąpiel przyniosła upragnioną ulgę.

Kiedy wreszcie opuścił łazienkę, spojrzał z niechęcią na swój generalski mundur. Obok, na poręczy krzesła ujrzał, złożony równo, jasnobrązowy uniform Korpusu Afrykańskiego. Klepacz zawahał się, po czym machnął ręką.

– Niech tam. Nie będę przecież paradował w wełnie, kiedy tu tak gorąco.

Nałożył lekką bluzę, wciągnął krótkie spodnie i popatrzył w lustro. Uznał, że w luźnym stroju, który bardziej przypominał worek niż mundur, wygląda raczej zabawnie. Zerknął na naramienniki. Tu wszystko było w porządku. Generalskie dystynkcje w Europie i Afryce były identyczne. Przeczesał jeszcze włosy, westchnął ciężko i ruszył do wyjścia. Kiedy znalazł się na korytarzu, stanął zakłopotany, widząc długi rząd podobnych do siebie drzwi.

– Gdzie mieszka Didiuk? – mruknął cicho, próbując przypomnieć sobie numer pokoju. Jak za dotknięciem czarodziejskiej różdżki obok pojawił się pokojowy.

– Czym mogę służyć? – spytał uprzejmie.

– Chciałbym wiedzieć, gdzie mieszka generał Didiuk – powiedział Klepacz.

– Generał Didiuk? – Murzyn zastanawiał się chwilę. – Pokój sto osiem, tym korytarzem prosto, trzecie drzwi na lewo – odparł po chwili.

– Dziękuję. – Generał chwiejnym krokiem ruszył przed siebie. Mimo lekkiego munduru, pocił się niemiłosiernie, a wyschnięte gardło znowu dało znać o sobie.

Skręcił w boczny korytarz i po chwili stanął przed drzwiami oznaczonymi numerem sto osiem. Zastukał delikatnie kołatką.

– Wejść! – Dobiegł ze środka zbolały głos.

Na widok leżącego pośrodku wielkiego łoża towarzysza Klepacz uśmiechnął się współczująco.

– Widzę, że nie tylko ja padłem ofiarą gościnności Afrykanów – powiedział z ulgą.

– Co ty gadasz? – Didiuk chwycił się z jękiem za głowę. – Tyś padł około drugiej, ja zaś piłem do rana. Mój Boże! Ileż oni mogą wypić!

– Powiedz mi, czy przypadkiem nie palnąłem jakiegoś głupstwa?

– Myślisz, że coś pamiętam?

– Jedno co pamiętam, to toasty. Potem wyszliśmy na zewnątrz. Wsadzili cię do samochodu, a kiedy chciałem jechać z tobą, odmówili kategorycznie.

Były jakieś przemówienia... Nie wiem, naprawdę nie pamiętam. – Grubas zwlókł się z łóżka i sięgnął po wodę. – Nie ma co, nasza misja zaczęła się, że tak powiem, dość dziwnie... Mam przeczucie, że pójdzie o wiele gorzej niż przypuszczaliśmy. Ci przeklęci Afrykanie nie ufają nam i są bardzo podejrzliwi. Myślisz, że przemówimy im do rozsądku?

– Trudno powiedzieć. Najgorsze jeszcze przed nami. – Klepacz westchnął ciężko. – Musimy od razu przystąpić do działania. Zauważyłeś, że na przyjęciu nie było żadnego wyższego rangą oficera?

– Czuję, że chodzi ci coś po głowie. – Didiuk spojrzał na towarzysza pytająco.

– Mam pewien pomysł – przyznał tamten. – Ubieraj się szybko.

– Co chcesz zrobić? Ja cię znam, to coś głupiego.

– Ty spotkasz się z radą miejską, a ja pojadę na północ, na pustynię.

– Na północ? – spytał z niedowierzaniem tłuścioch. – Jesteś po prostu szalony! Nie słyszałeś, co mówił wojewoda? W północnych powiatach rebelia! Chcesz jechać tam sam?! Mieliśmy jechać jutro, w konwoju. Afrykanie wściekną się, jeśli pojedziesz sam, bez ochrony!

– Nie mamy czasu – uciął niecierpliwie Klepacz. – Korpus jest już na pustyni i lada chwila może dojść do starcia z Maurami. Muszę wiedzieć, co zamierza Wiśniowiecki. Pojedynczy samochód przemknie niezauważony. – Spojrzał na zegarek – Czas na mnie. Jeśli wszystko pójdzie po mojej myśli, stanę w Nowym Kownie na południe.

– Nie zjemy śniadania? – Skrzywił się Didiuk, wyraźnie niezadowolony z takiego obrotu sprawy.

– Jakoś nie mogę. Mam wrażenie, że minie trochę czasu, zanim coś zjem.

* * *

Toor, z oddelegowanym do wyłącznej dyspozycji generałów kierowcą, stał w podziemiach domu gościnnego. Sierżant Korpusu, chudy Murzyn o szelmowskim spojrzeniu, na widok zbliżającego się Klepacza zasalutował sprężyście.

– Spocznij. – Generał oddał salut i spojrzał na żołnierza z namysłem. – Wasze nazwisko wypadło mi z pamięci...

– Sierżant Jan Kalinowski, panie generale! Drugi batalion Strzelców Nowokrakowskich!

– A tak. Przypominam sobie. – Klepacz skinął głową. – Samochód przygotowany do drogi?

– Tak jest! Możemy ruszać choćby zaraz!

– Doskonale. Urządzimy sobie małą przejażdżkę.

– Dokąd chce pan jechać? – spytał sierżant.

– Pojedziemy na północ, na pustynię – odparł spokojnie Klepacz.

– Dokąd? – Na twarzy żołnierza pojawił się wyraz niedowierzania.

– Dobrze słyszałeś, pojedziemy na północ, do Nowego Kowna. O ile wiem, główne siły Korpusu stoją w tym właśnie mieście.

– Tak, ale...

– Bez dyskusji – uciął krótko Klepacz. – Masz tu jakiś karabin, granaty?

– Tylko pistolet.

– No cóż, mam nadzieję, że jakoś sobie poradzimy. Ruszamy, panie Kalinowski.

Żołnierz posłusznie siadł za kierownicą, ale w jego oczach wciąż błyszczało zdziwienie.

Wyjechali z podziemi i prawie natychmiast duszne powietrze wdarło się do wnętrza maszyny. Generał skrzywił się z niechęcią. Ból głowy zelżał nieco, lecz pragnienie ustąpić nie chciało. Klepacz otworzył schowek i dotknął butelki z orzechówką, jednak zaraz odsunął rękę.

– O nie, to jest na krótki czas. Swoje trzeba odchorować – mruknął.

– Mówił pan coś? – spytał sierżant.

– Nie, nic. Jedź najkrótszą drogą.

Toor jechał wolno ulicami starówki. Generał mógł się przekonać, jak niewiele wspólnego miały jego wyobrażenia o tym największym mieście zachodniej Afryki z rzeczywistością widzianą za oknem. Spodziewał się europejskiej metropolii, podobnej do Kijowa lub Wilna, tymczasem, już po kilkuset łokciach, kamienice ustąpiły miejsca niskim budynkom, różniącym się nieznacznie od glinianych chat, tworzącym zatłoczone labirynty miast Egiptu i Mauretanii. Na progach domów wysiadywali Arabowie, ubrani w długie galabije, podobne do tych, jakie noszono we wschodniej Afryce. Zaprzężone w muły dwukołówki sunęły bez pośpiechu środkiem ulicy, ignorując klakson limuzyny.

– Co to za dzielnica? – spytał.

– To? – Sierżant wydął pogardliwie wargi. – To Arabskie Miasto. Najgorsza jego część. Mieszkają tu ci z plemienia Burtus, Egipcjanie i trochę Maurów. W nocy nikt z naszych tu się nie zapuszcza, a oni nie mają wstępu do naszych dzielnic. Widzi pan ten wielki meczet? – Żołnierz wskazał ogromną budowlę, górującą pośród morza domów.

– Widzę, no i co?

– To największy meczet w zachodniej Afryce. Stoi tu już ze trzysta lat, a może i więcej. – Kalinowski starał się być dobrym przewodnikiem.

– Rozumiem. – Generał skinął głową.

Pół godziny później samochód opuścił ciągnące się przez kilka staj Arabskie Miasto i wjechał na brukowaną drogę nad brzegiem Oceanu Arabskiego. Mimo doskonałych resorów, limuzyna wpadła w nieprzyjemne wibracje, żołądek generała, nadwerężony po przeżyciach poprzedniej nocy, zaprotestował gwałtownie. Klepacz zacisnął usta i opuścił w pośpiechu szybę.

– Coś nie tak? – Sierżant przyhamował.

– Zatrzymaj się! – wydusił Klepacz przez zęby.

– Rozumiem. Pan pewnie niezwyczajny naszych miodów... – Generałowi zdało się, że w głosie żołnierza słychać drwinę, ale to nie był właściwy moment, żeby się nad tym głębiej zastanowić.

Szarpnął drzwi i wypadł na pobocze. Szukał jakiegoś ustronnego miejsca, lecz po obu stronach drogi ciągnęły się podmiejskie ogrody. Znalazł wreszcie samotną palmę.

Wkrótce nadeszła ulga. Otarł ze wstrętem usta i, kiedy już zamierzał powrócić do samochodu, odkrył ze zgrozą, że z tarasu wielkiego dworu, położonego po drugiej stronie drogi, przygląda mu się kilku Afrykanów. Szeptali coś między sobą, spoglądając z niedowierzaniem na generalski mundur. Klepacz westchnął ciężko i zrezygnowany wrócił do limuzyny. Trzasnął drzwiami i rzucił krótko:

– Jedź!

Samochód ruszył powoli. Przejeżdżali obok zabudowań do złudzenia przypominających zwykłe dwory szlacheckie, jednak Rzeplicie wydawały się częścią zupełnie obcego i odległego świata... Może sprawiała to tropikalna roślinność, wypełniająca ogrody? Może stada małp, biegające luzem niczym sfora psów myśliwskich, nadawały otoczeniu aurę niezwykłości? Toor minął ostatnie domy i skręcił na wschód, w stronę, jedynej w afrykańskim kraju, autostrady biegnącej z Freiburga przez Nowy Kraków i dalej do Nowej Pragi.

Opłata za wjazd wyniosła moresa. Kiedy uniósł się szlaban, toor wjechał na pas szybkiego ruchu i, minąwszy kilkanaście ciężarówek konsorcjum „Freiburg – Afrika", pomknął na północ.

* * *

Za oknem przesuwał się monotonny krajobraz północnych powiatów województwa nowokrakowskiego. Wypalona słońcem sawanna przypominała nieco ukraiński step, typowy dla okolic Kamieńca i Humania, lecz setki potężnych baobabów i kępy akacji nadawały jej swoisty, niepowtarzalny charakter.

Biegnąca przez środek tej, niemal bezludnej, krainy autostrada skupiała przy sobie miasta, wsie i pojedyncze majątki, które przypominały żywo niewielkie fortece, otoczone kamiennymi obwarowaniami. Miasta, liczące nie więcej niż kilka tysięcy mieszkańców, podobne były do siedemnastowiecznych fortów osadników ukraińskich. Niemal wszystkie pobudowano na planie kwadratu, z umieszczonym centralnie kościołem lub cerkwią, niewielkim rynkiem i wysokim murem zabezpieczającym od nagłej napaści.

Wokół ludzkich osad rozciągały się plantacje palm olejowych, daktylowców i kawy. Kilka staj za nimi plantacje kończyły się, a ich kolejne pojawienie było zapowiedzią następnego miasteczka lub wsi.

Sierżant zmienił pas ruchu. Wielka tablica, umieszczona wysoko nad autostradą, informowała, że zjazd na powiat nowokowieński pojawi się za dwa staja. Dziesięć minut później limuzyna wjechała na płaską, pozbawioną śladów życia pustynię.

* * *

Zbliżała się godzina szósta, gdy toor minął pierwsze zabudowania Nowego Kowna. Niewielkie, liczące dwa tysiące mieszkańców, miasto leżało przy głównej drodze, prowadzącej w stronę Nowego Jasła.

Generał Klepacz, mrużąc oczy przed stojącym nisko słońcem, spoglądał ze złością na wojskowego żubra, który zamykał konwój, zmierzający w stronę, położonego za osadą, głównego obozu Korpusu.

– Aleśmy się wpieprzyli – mruknął cicho.

– Najważniejsze, to wydostać się z miasta, potem powinno być już lepiej – odezwał się półgębkiem Kalinowski.

– Nie znasz jakiegoś skrótu? – spytał niecierpliwie generał.

– Skrótu? – Sierżant wzruszył ramionami. – Sam pan widzi, co tu się dzieje.

Klepacz zapalił papierosa i, ocierając spływające potem czoło, powrócił do obserwacji okolicy. Niewielkie miasteczko pękało wprost w szwach. Setki żołnierzy koczowały na skraju drogi, przekleństwa kierowców mieszały się z dźwiękami klaksonów i pokrzykiwaniami oficerów, próbujących zapanować jakoś nad tym bałaganem.

Na pobliskiej bocznicy kolejowej skończono właśnie wyładunek baterii ciężkich haubic, które natychmiast podczepiono do oczekujących ciągników artyleryjskich. Kilku żandarmów zatrzymało ruch na drodze. Konwój żubrów zamarł. Przez twarz generała przemknął cień niepokoju. Haubice na pustyni? Przydatność tego typu sprzętu w tłumieniu rebelii była raczej wątpliwa.

Podejrzenia, jakie zrodziły się w jego umyśle od chwili przyjazdu do Afryki, nabierały coraz bardziej realnych kształtów. Wszystko, co zobaczył do tej pory, świadczyło niezbicie, że dowódca Korpusu realizuje jakiś tajemniczy, bardzo podejrzany plan. Również wiadomości o rebelii okazały się mocno przesadzone. W mijanych po drodze muzułmańskich osadach panował spokój. Być może był to spokój pozorny, wymuszony bliską obecnością Korpusu, jednak Klepacz nie mógł pozbyć się wrażenia, że Afrykanie wyolbrzymiają zagrożenie buntem.

– Jedziemy, panie generale! – Kalinowski uśmiechnął się szeroko na widok żandarma, który zauważył pewnie dystynkcje pasażera i nakazał przepuszczenie limuzyny.

– Nie każmy mu czekać. – Generał odetchnął z ulgą.

Toor wzbijając tumany kurzu, pomknął w stronę starej cerkwi, położonej w centrum osady. Minął świątynię, skręcił w wąski zaułek i po chwili znalazł się na pustyni. Limuzyna, poruszając się wolno wśród tłumów żołnierzy, dotarła po chwili w pobliże, otoczonego niewysokim płotem, skromnego majątku. Wjechali na niewielki dziedziniec zastawiony pojazdami, należącymi do dowództwa Korpusu.

– Czekać na pana?

– Nie wiem, jak długo tu zabawię – odparł Klepacz. – Bądź w pobliżu.

– Tak jest – odpowiedział bez entuzjazmu sierżant.

Generał skierował się w stronę dworku. Oddając honory mijanym oficerom, wszedł na ganek i po chwili znalazł się w obszernym holu. Dwóch żandarmów u wejścia do salonu przyglądało mu się badawczo.

– Czym mogę służyć, panie generale? – spytał jeden z nich.

– Chciałbym widzieć się z generałem Wiśniowieckim. Wiecie, gdzie obecnie przebywa?

– Jest tutaj – odparł żandarm.

– Powiadomcie go o moim przybyciu.

– Generał w obecnej chwili...

– Powiadom go natychmiast o moim przybyciu – powtórzył z naciskiem Klepacz.

– Tak jest! – Żandarm obrócił się na pięcie i wszedł do salonu.

Klepacz założył ręce do tyłu i zaczął przechadzać się po korytarzu. Przystanął przed rzędem portretów, przedstawiających przodków właściciela majątku. Najstarsze malowidło pochodziło z końca siedemnastego wieku. „Antoni Repczyński 1623-1674" Klepacz odczytał ledwie widoczny podpis. Pierwszy z afrykańskich Repczyńskich musiał zapewne przybyć tu z ostatnią krucjatą[50]. Data śmierci wskazywała, że zginął podczas walk, jakie toczyły, z przeważającymi siłami arabskimi, zdziesiątkowane, zepchnięte na pustynię oddziały chrześcijan. Portretów było kilkadziesiąt. Generał przyglądał się w milczeniu potomkom Antoniego Repczyńskiego.

---

[50] Dziewiąta krucjata – 1672-1675. Bezpośrednim impulsem do obwołania ostatniej krucjaty było zajęcie, w roku 1671, Rzymu i północnej Italii przez wojska Emiratu Sycylijskiego. W krucjacie, prócz Czech, Węgier i Bawarii, udział wzięło blisko 55 tysięcy ochotników z Rzeczypospolitej, wywodzących się głównie ze zubożałej małopolskiej i ukraińskiej szlachty. 14 lipca 1673 roku doszło do bitwy pod Avezzano, w której siły muzułmańskie poniosły całkowitą klęskę. Zachęcone powodzeniem wojska koalicji zajęły Sycylię, która opanowana została całkowicie do końca 1673 roku. 15 maja

– Panie generale, jest pan oczekiwany. – Żandarm pojawił się niespodziewanie.

Klepacz skinął głową, nabrał głęboko powietrza i zdecydowanym krokiem wszedł od salonu. Całe pomieszczenie tonęło w kłębach tytoniowego dymu. Kilku oficerów odwróciło się od ustawionego pośrodku salonu stołu i obrzuciło przybysza zaciekawionymi spojrzeniami. Zapadło krępujące milczenie.

– Generał Klepacz, jak sądzę? – Wysoki, mniej więcej pięćdziesięcioletni, mężczyzna o władczym spojrzeniu i energicznych ruchach wystąpił krok naprzód i wyciągnął sztywno dłoń.

– Miło pana poznać, generale Wiśniowiecki. – Klepacz zmierzył uważnym spojrzeniem swojego rozmówcę.

Dowódca Korpusu Afrykańskiego spoglądał na przybysza badawczo.

– Mówiąc szczerze, jestem nieco zaskoczony pańską wizytą – powiedział z namysłem. – Sądziłem, że zaszczyci nas pan swoją obecnością w dniu jutrzejszym...

1674 roku siły chrześcijańskie wylądowały na afrykańskim wybrzeżu pod Ras Al-Dżabat, kontynuując pościg za odchodzącą na zachód armią mauretańską. 23 lipca 1674 roku doszło do bitwy pod Al-Dżadidą. Połączone siły Kalifatu Zachodniego, Mauretanii i Egiptu rozgromiły siły chrześcijan, które rozpoczęły odwrót na południe. Z blisko osiemdziesięciotysięcznej armii chrześcijańskiej przy życiu pozostało zaledwie około piętnastu tysięcy ludzi, którzy, zepchnięci w głąb afrykańskiego lądu, przetrwali dzięki pomocy tamtejszych plemion murzyńskich.

– Wynikły pewne nieprzewidziane okoliczności, dlatego pojawiłem się już dziś – odparł Klepacz.

– Rozumiem. – Tamten skinął głową z niezmienionym wyrazem twarzy. – Domyślam się, że przybył pan, by zorientować się w sytuacji na froncie?

– W rzeczy samej. – Klepacz zignorował ciężkie spojrzenia Afrykanów.

Wiśniowiecki zerknął w stronę oficerów.

– Panowie, dziękuję za spotkanie.

Wojskowi bez słowa opuścili salon, żegnając niespodziewanego gościa chłodnymi ukłonami.

– Jak pan widzi, nie mamy tu warunków odpowiednich do przyjmowania wizyt – odezwał się po chwili dowódca Korpusu. – Właściciel majątku był uprzejmy zaprosić nas do siebie, lecz w czasie wojny trudno o wygody...

– Zdarzało mi się nieraz bywać w miejscach, przy których to jest prawdziwym pałacem – powiedział spokojnie Klepacz. – Niech pan nie sądzi, że my, Europejczycy, jesteśmy tacy wyjątkowo delikatni.

Przez twarz Wiśniowieckiego przebiegł ledwie dostrzegalny uśmiech.

– Przyjechał pan sam? Sztab Generalny zapowiedział przybycie dwóch obserwatorów – zaakcentował ostatnie słowo.

– Mój towarzysz pozostał w Nowym Krakowie. Przybędzie tu jutro.

– Rozumiem. W takim razie pozwoli pan, że pomogę w wykonaniu przydzielonego panu zadania. – Dowódca Korpusu ruchem ręki wskazał stół. – Zechce pan podejść.

Klepacz skwapliwie pochylił się nad ogromną, zajmującą cały blat, mapą zachodniej Afryki. Odszukał wzrokiem pogranicze Kalifatu Mauretańskiego i Waclavii. Czerwone chorągiewki oznaczające Legion Praski wskazywały, że Czesi przerzucili wojska na wschód. Jednak oznaczenia naniesione na terenach północnych powiatów województwa, sprawiły że na czole Klepacza pojawiła się głęboka zmarszczka. Niebieskie chorągiewki symbolizujące poszczególne jednostki Korpusu rozmieszczono równolegle do granicy z Kalifatem. Zaledwie jeden pułk piechoty zmierzał w stronę Nowego Jasła. Co dziwniejsze, czwarta brygada pancerna – największa jednostka Korpusu – podążała ku granicy z Egiptem.

– Widzę, że wyprowadził pan w pole wszystkie siły. – Klepacz podniósł wzrok znad mapy, przeszedł wolno wokół stołu i zatrzymał się na wprost Wiśniowieckiego. – Sądzi pan, że do rozbicia kilku tysięcy słabo uzbrojonych wojowników, atakujących Nowe Jasło, potrzeba aż tak wielu żołnierzy? – spytał z pozornie uprzejmym zainteresowaniem.

– Nie wiem, czy pan się orientuje, ale na północy mamy rebelię – odparł chłodno gospodarz.

– Rebelię? – Klepacz wyprostował się i popatrzył swojemu rozmówcy prosto w oczy. – Przejechałem dwieście pięćdziesiąt staj i nie zauważyłem niczego, co mogłoby wskazywać, że Arabowie chwycili za broń.

– Jechał pan przez obszary, które kontrolujemy. – Wiśniowiecki rozejrzał się w poszukiwaniu wskaźnika, znalazł i zakreślił nim okrąg nad powiatami Kaczory i Złocień, na północ od Nowego Kowna. – Ten teren jeszcze do wczoraj był areną zaciekłych walk. W okolicach Patrykowa rozbiliśmy oddział, liczący pięciuset zbrojnych, który po opanowaniu osady spalił tamtejszy kościół i na jego ruinach wywiesił flagę Kalifatu Mauretańskiego. Rozumie pan, co to znaczy? Mamy do czynienia ze zorganizowanym buntem. Jeśli nie stłumimy go w zarodku, ogarnie on szybko całe województwo.

– Określenie „zorganizowany bunt" w obliczu pięćdziesięciu tysięcy żołnierzy Korpusu wydaje się być mocno przesadzone – odpowiedział spokojnie Klepacz.

– Do czego pan zmierza? – Przez twarz dowódcy Korpusu przemknął ledwie dostrzegalny cień zaskoczenia. Zaraz jednak opanował się i zapytał z pozornym spokojem:

– Nie uderzycie na Turków?

– Armia Rzeczypospolitej pozostanie na swoich pozycjach. – Uwagi Klepacza nie uszedł niepokój Afrykanina. To dodało mu otuchy. Jego przewidywania co do planów dowódcy Korpusu zdawały się potwierdzać. – Przekroczenie granicy Kalifatu Mauretańskiego, przez połączone siły Korpusu i Legionu Praskiego, uznane zostanie za samodzielną operację wojsk afrykańskich, za którą nie zamierzamy ponosić odpowiedzialności. – Natarł mocno, pragnąc pozbawić Wiśniowieckiego wszelkich złudzeń.

Zaciśnięte mocno usta tamtego świadczyły o wielkim napięciu, a w oczach błysnęły ogniki złości.

– Stawia mnie pan po ścianą – powiedział ponuro. – Niech pan nie sądzi, że decyzję o ataku na Kalifat podjęliśmy lekkomyślnie. Wbrew temu, co pan uważa, my również kierujemy się racją stanu. Kalifat Mauretański rośnie w siłę. Z roku na rok ich armia staje się bardziej nowoczesna i za kilka lat będzie mogła stawić czoło Korpusowi. Za kilka kolejnych lat, to my będziemy się bronić. Musimy uprzedzić ich atak. To nasza jedyna szansa na przetrwanie.

Klepacz poczuł nagle, że zaczyna brakować mu powietrza. Przed chwili był pewien, że wygrał już to stracie, lecz ten oto człowiek oświadczył mu, że mimo braku poparcia z Europy, rozpocznie wojnę. Zrozumiał, że nie docenił Afrykanów. Oni również potrafili grać twardo.

– Generale, jest jeszcze jedna rzecz, o której panu nie powiedziałem. – Starał się zapanować nad wzbierającym wzburzeniem. – Kanclerz Rzeczypospolitej zdaje sobie sprawę ze wzrostu zagrożenia ze strony Kalifatu Mauretańskiego. Dlatego też polecono mi przekazać panu, że gotowi jesteśmy uczestniczyć w powiększeniu potencjału militarnego województwa.

– Co zatem proponuje Kanclerz? – spytał z udaną obojętnością Wiśniowiecki.

– Przedstawienie naszej oferty wymaga...

– Generale... – Afrykanin podniósł ostrzegawczo dłoń. – Niech pan nie próbuje żadnych sztuczek. Żądam konkretów.

– Dobrze więc. – Klepacz skinął głową. – Mam na myśli systemy rakietowe, najnowocześniejsze samoloty bojowe i czołgi. Przekażemy wam także eskadrę krążowników i sfinansujemy budowę dwóch lotnisk. Województwo otrzyma zaś bezzwrotną pożyczkę na kwotę miliarda moresów, oraz dodatkowo sto milionów na usunięcie skutków zamieszek.

Wiśniowiecki pokiwał głową, jakby chciał wyrazić uznanie dla tak hojnej oferty, lecz jego oczy pozostały chłodne.

– Rozważymy proponowane warunki – powiedział spokojnie. – Myślę jednak, że nie nastąpi to wcześniej, niż po ostatecznym rozbiciu buntowników i odblokowaniu Nowego Jasła.

– Muszę mieć pewność, że Korpus nie przekroczy granicy – powiedział z naciskiem Klepacz. – Kanclerz oczekuje na wiadomość...

– Kanclerz będzie musiał poczekać – przerwał mu Wiśniowiecki. – Podjęcie takiej decyzji wymaga konsultacji z naszymi sojusznikami.

– Czesi i Bawarzy nie popierają pańskiego planu – odparł ostro Rzeplita. – Czy ich zdanie nic dla pana nie znaczy?

Dowódca Korpusu uśmiechnął się z przymusem.

– Wiem, że w Europie niektórzy mają mnie za warchoła. Wiem, że wielu ludziom Wiśniowieccy kojarzą się z mrocznym okresem historii Rzeczypospolitej. Pan pewnie też sądzi, że moja rodzina żywi ciągle zapiekłą nienawiść za wygnanie ze starej ojczyzny?

– Nie dopuszczam nawet myśli, że ktoś może jeszcze rozumować takimi kategoriami. – Generał pokręcił głową.

– Ma pan całkowitą rację – przytaknął Wiśniowiecki. – Moja rodzina żyje tutaj od wieków i tej ziemi służy. Stała się ona naszą ojczyzną i dla jej dobra gotowi jesteśmy podjąć największe wyzwanie.

– Opowiada się pan więc za wojną. – Klepacz przełknął z trudem ślinę.

– Przyjęcie waszej oferty nie rozwiąże problemu. – Twarz Wiśniowieckiego pozostała niewzruszona. – Tylko odsunie w czasie nieuniknione.

Klepacz oparł dłonie na stole i wodząc wzrokiem za Afrykaninem, który na powrót wrócił do okna, przemówił żarliwe:

– Nie wiem, co przyniesie przyszłość. Wiem jednak, że nawet jeśli Korpus pokona armię mauretańską, utrzymanie tak wielkich obszarów jest niemożliwie. Jak pan właściwie to sobie wyobraża? Kalifat Mauretański to kilkadziesiąt plemion, które w posłuszeństwie utrzymują rządy tamtejszego Kalifa. Co się stanie, gdy jego zabraknie? Myśli pan, że Korpus jest w stanie zapanować nad piętnastoma milionami Arabów, zamieszkującymi ten kraj?

– Nic pan nie zrozumiał, generale – powiedział sucho Wiśniowiecki. – Poznałem pańskie stanowisko, pan poznał moje. Dalszą rozmowę uważam za bezcelową. Wybaczy pan, ale wzywają mnie obowiązki.

To był już koniec rozmowy.

Klepacz skinął głową i bez słowa skierował się ku wyjściu. Wyszedł na dziedziniec i odszukał wzrokiem Kalinowskiego, który oparty o maskę samochodu rozmawiał z żandarmami.

– Sierżancie!

– Na rozkaz!

– Wracamy do Nowego Krakowa!

– Tak jest! – Sierżant zasiadł za kierownicą toora i uruchomił silnik.

Chwilę później samochód opuścił majątek i skierował się na południe.

* * *

Trzech oficerów, w otwartym oknie salonu, obserwowało ponurym wzrokiem wyjeżdżającą z majątku limuzynę.

– Czego chciał ten przeklęty Rzeplita? – Szef sztabu Korpusu Afrykańskiego, pułkownik Leon Ziółkowski odwrócił głowę od okna i spojrzał na dowódcę badawczo. – Próbował pewnie przekonać cię, abyśmy poniechali ataku?

– Owszem. – Wiśniowiecki skinął głową. – Przyjechał tu z bardzo konkretną propozycją.

– Jaką? – spytał z oburzeniem porucznik Antoni Zakrzewski, adiutant Wiśniowieckiego.

– Proponował mi pieniądze. – Twarz dowódcy Korpusu wykrzywił grymas złości. – Przysłali go tu, żeby mnie przekupił.

– Nie rozumiem. – Ziółkowski zmarszczył brwi i raz jeszcze skierował wzrok na dziedziniec, samochodu nie było już widać. – Jak to, pieniądze?

– Chcą nam ofiarować jakieś trzy miliardy moresów w najnowocześniejszym uzbrojeniu. W zamian mam zawrócić Korpus do koszar.

– Trzy miliardy? – W głosie Zakrzewskiego zabrzmiało niedowierzanie. – Muszą być naprawdę zdesperowani, skoro dają aż tyle.

– Odmówiłeś mu, oczywiście? – Ziółkowski poszedł za dowódcą, który przeszedł przez salon i usiadł ciężko na krześle, ze wzrokiem utkwionym w mapę. – Odmówiłeś mu, prawda?

– Wiesz dobrze, że nie przyjmę od nich niczego! – Generał uderzył pięścią w skraj mapy. – Są durniami, skoro myśleli, że będzie inaczej.

– Dowiedziałeś się czegoś jeszcze. – Pułkownik usiadł obok Wiśniowieckiego, mierząc dowódcę badawczym spojrzeniem. – Czegoś ważnego? Czy coś cię niepokoi?

Dowódca Korpusu potrząsnął głową, jakby starał się odpędzić dręczące go myśli.

– Nie, nie powiedział nic więcej. Rozmawialiśmy tylko o pieniądzach.

– Co w Europie? – Oficer nie ustępował. – Nie powiedział ci, co zamierza Chmielnicki?

– To nie ma żadnego znaczenia – odparł niespodziewanie ostro Wiśniowiecki. – Cokolwiek uczynią Rzeplici, my nie zaniechamy ataku na Kalifat.

– Jeśli w Europie... – zaczął Ziółkowski, lecz na widok groźnej miny dowódcy Korpusu umilkł nagle. – Co zmierzasz, w sprawie naszych szanownych gości? – spytał po chwili.

– Trzeba przyśpieszyć realizację niektórych elementów naszego planu. – Wiśniowiecki, wyraźnie zadowolony ze zmiany tematu, wrócił do rozłożonej mapy i pochylił się nad nią.

– Których konkretnie? – spytał adiutant podekscytowany.

– Jutro w nocy rozpoczniemy operację „Nowy Świat".

– Chcesz już teraz zająć Nowy Kraków? – spytał zdziwiony Ziółkowski. – Myślisz, że nadszedł już czas? Nie wiem, czy to dobry pomysł...

– Te świnie z Europy ryją bez chwili przerwy – wycedził przez zęby Wiśniowiecki. – Skoro oferują nam trzy miliardy, prędzej czy później wielu ulegnie pokusie. Nie możemy dopuścić, by ich pieniądze pokrzyżowały nam szyki.

– Masz chyba rację. – Ziółkowski przez chwilę patrzył na mapę, ale widać było, że jej właściwie nie dostrzega. Milczał, głęboko zamyślony. Wreszcie się zdecydował. – Pozwól mi to zrobić. Poprowadzę ludzi.

Wiśniowiecki zmierzył pułkownika uważnym spojrzeniem.

– Poradzisz sobie? – spytał ostrożnie.

– Możesz być spokojny. – Ziółkowski gorliwie skinął głową. – Zajmę miasto i przygotuję je na twoje przybycie.

– Dobrze, przyjacielu. – Wiśniowiecki położył rękę na ramieniu pułkownika. – Wyruszysz dziś wieczorem. Godzinę rozpoczęcia operacji wyznaczam na północ dnia jutrzejszego.

Rozdział 25

Nowy Kraków
15 maja 1957 roku

Minęła trzecia po południu, gdy generał Klepacz znalazł się z powrotem w Nowym Krakowie. Odprawił kierowcę, sam zaś udał się pospiesznie do pokoju Didiuka. Zapukał do drzwi i, nie czekając na odpowiedź, wszedł do środka.

Pokój był pusty. Klepacz zaklął pod nosem, zawrócił i zbiegł po schodach, prosto do wielkiej sali jadalnej na parterze. Trafił bezbłędnie. Generał Didiuk w towarzystwie senatora Kulki jadł właśnie obiad.

– Witajcie, panowie – przywitał ich chmurnie Klepacz, przysiadając się do stołu.

Kulka obrzucił go uważnym spojrzeniem.

– Czy coś się stało? – spytał ostrożnie. – Pańska mina świadczy, że wizyta na północy nie należała do udanych.

– Widziałeś się z Wiśniowieckim? – Didiuk od razu przeszedł do sedna. – Rozmawiałeś z nim?

– Za chwilę – Klepacz odwrócił się w stronę kuchennego, który skłonił się nisko i położył na stole kartę dań.

– Witamy serdecznie, w naszym domu. – Młodzieniec był wyraźnie podekscytowany obecnością niezwykłych Rzeplitów. – Chciałbym polecić panu...

– Nie będę jadł – przerwał mu niezbyt uprzejmie generał. – Poproszę tylko o kawę. Mocną i bez cukru.

– Tak, oczywiście. – Chłopiec trochę się speszył. – Może w takim razie zechce pan spróbować naszej specjalności, deseru...

– Proszę tylko o kawę.

Senator zerknął dyskretnie na boki, po czym spytał ściszonym głosem:

– Co na północy? Jak wygląda sytuacja?

– Nie najlepiej, a właściwie bardzo źle.

Streszczenie przebiegu rozmowy z dowódcą Korpusu nie zajęło Klepaczowi wiele czasu.

– Wiśniowiecki zdecydował się więc na atak – podsumował Didiuk. Na twarzy grubasa żal mieszał się ze złością. – Można było się tego spodziewać.

– Wyprowadzili w pole wszystko, co mają – odparł tym samym tonem Klepacz. – Obawiam się, że armia Kalifatu najdalej po tygodniu pójdzie w rozsypkę, a Afrykanie bez większych przeszkód zajmą Al-Kuwirę. Wiśniowiecki dotrze do brzegów Morza Śródziemnego szybciej, niż Egipcjanie zdążą przerzucić siły, więc cała Afryka stanie w ogniu.

– Arabowie są aż tak słabi? – spytał z niedowierzaniem senator. – Myślałem, że ich armia wytrzyma przynajmniej miesiąc.

– Nic z tego. – Drugi generał wzruszył ramionami i założył ręce na brzuchu. – Granicy broni pięć mauretańskich dywizji, lecz ich uzbrojenie pochodzi, w najlepszym wypadku, z początku wieku. Korpus w ciągu dwóch, może trzech dni przełamie ich pozycje i, nie zatrzymywany przez nikogo, pomaszeruje na stolicę Kalifatu. Tak to właśnie wygląda.

– Potwierdził pan nasze przypuszczenia. – Senator zacisnął usta i odsunął talerz. Całkiem stracił apetyt. – Ten człowiek pragnie wojny za wszelką cenę.

Umilkli.

Klepacz doczekał się swojej kawy, za którą podziękował sztywnym skinieniem głowy.

– Rozmawiał pan dziś z wojewodą? – zapytał, gdy tylko kuchenny oddalił się od ich stolika. – Co on o tym wszystkim myśli?

– Oni się go boją – wtrącił Didiuk, nie kryjąc złości. – W całym chyba województwie nie ma człowieka, który ośmieliłby się mu przeciwstawić.

– Nie mogę się z tym zgodzić – zaprzeczył gwałtownie senator. – Rada miejska nie chce wojny i czeka tylko na okazję, aż Wiśniowieckiemu powinie się noga. Jeśli ten stary cap poniesie na północy choć jedną, nawet niewielką klęskę, wszystkie rody kupieckie Nowego Krakowa opowiedzą się przeciwko niemu. Wojna dla tego miasta to wyrok śmierci. Nawet część szlachty jest przeciwko niemu.

– Jak zareagowali na naszą ofertę pomocy?

– Przyjęli ją z zainteresowaniem, lecz obawiam się, że Wiśniowiecki zrobi wszystko, by Rzeczpospolita nie zwiększyła swojego zaangażowania w Afryce. Dla niego i jego ludzi bardziej od pieniędzy liczy się niezależność. Gdy zaczniemy ich finansować, utraci swoje wpływy.

Kulka zamilkł nagle. Zawahał się, otworzył usta i znów je zamknął. Wreszcie podjął decyzję.

– Jest jednak pewien sposób, aby zapobiec wybuchowi wojny. Ryzykowny, powiedziałbym nawet, że bardzo niebezpieczny, ale jedyny, jaki nam pozostał...

Obaj generałowe spojrzeli na niego z zaskoczeniem.

– Co pan wymyślił? – spytał ostrożnie Klepacz.

Senator nabrał głęboko powietrza i odezwał się ledwie słyszalnym szeptem:

– Zamierzam skontaktować się z Kalifem Mauretanii.

Na twarzy wojskowego pojawił się wyraz niedowierzania.

– Kalif? Myśli pan, że będzie chciał się spotkać?

– Tutaj upatruję szansy na zażegnanie konfliktu. – Kulka zdawał się nie słyszeć słów generała. Był wyraźnie podniecony swoją wizją, która miała zapobiec wybuchowi wojny. – Rozmawiałem dziś o tym z wojewodą. Choć starał się tego nie okazywać, odniosłem wrażenie, że mój pomysł przypadł mu bardzo do gustu. Afrykanie już od pewnego czasu szukali sposobu, by porozumieć się z Arabami, lecz sami wiecie, jak to u nich wygląda. Żadna ze stron nie wystąpi pierwsza. Podjąłem się więc roli mediatora.

– Nadal nie rozumiem jaki w tym sens. – W głosie Klepacza słychać było nutę rozczarowania. – Nawet gdyby doszło do spotkania Kalifa z wojewodą, cóż to zmieni?

– Senator zamierza przekonać Arabów, by potępili napad na Nowe Jasło – powiedział Didiuk. – Jeśli to się uda, Wiśniowiecki straci pretekst do ataku.

– Znajdzie nowy...

– To wcale nie takie pewne – przerwał szybko Kulka. – Jeśli Kalif potępi buntowników, przeciwnicy Wiśniowieckiego zyskają argumenty przemawiające za zachowaniem pokoju.

– To się nie uda – powiedział z goryczą Klepacz. – Korpus jest w pełnej gotowości i może uderzyć na Maurów dosłownie w każdej chwili. Rozumie pan, co to oznacza?

Senator zacisnął usta i opuścił głowę.

– Radzi więc pan nic nie robić?

– Tego nie powiedziałem – odparł znużonym głosem generał. – Być może zdążymy ich uprzedzić, lecz szanse są naprawdę niewielkie.

– Lepsze to, niż nic – mruknął Didiuk. – Trzeba działać, panowie, trzeba działać.

Koniec tomu pierwszego

Spis treści

Opracowanie graficzne i projekt okładki
Dariusz Nowakowski

Redakcja serii
Eryk Górski
Robert Łakuta

Grafika na okładce
Piotr Cieśliński

Ilustracje
Dominik Broniek

Redakcja
Dominika Repeczko

Korekta
Barbara Caban

Skład i łamanie
Dariusz Nowakowski

Zawsze dostępne w Salonach Empik
EMPiK Pełna kultura

Zamówienia hurtowe

Firma Księgarska Jacek Olesiejuk
01-217 Warszawa, ul. Kolejowa 15/17
tel./fax: (22) 631-48-32
www.olesiejuk.pl, e-mail: hurt@olesiejuk.pl

Wydawnictwo

Fabryka Słów Sp. z o.o.
20-111 Lublin, ul. Rynek 2
e-mail: fabryka@fabryka.pl, www.fabryka.pl

Druk i oprawa
ABEDIK S.A.
www.abedik.com.pl